DAS GRAB IST ERST DER ANFANG

Kathy Reichs

DAS GRAB IST ERST DER ANFANG

Roman

Aus dem Amerikanischen
von Klaus Berr

Weltbild

Die amerikanische Originalausgabe erschien 2009 unter dem Titel
206 Bones
bei Scribner, New York.

Besuchen Sie uns im Internet:
www.weltbild.de

Genehmigte Lizenzausgabe für Verlagsgruppe Weltbild GmbH,
Steinerne Furt, 86167 Augsburg

Übersetzung: Klaus Berr
Umschlaggestaltung: zeichenpool, München
Umschlagmotiv: Getty Images, München (© Nick Veasey)
Gesamtherstellung: GGP Media GmbH, Pößneck
Printed in the EU
ISBN 978-3-86800-426-7

2013 2012 2011 2010
Die letzte Jahreszahl gibt die aktuelle Lizenzausgabe an.

Dieses Buch ist meinen Kollegen in den forensischen Wissenschaften gewidmet, die ihr berufliches Engagement und ihre Befähigung bewiesen haben, indem sie sich um die offizielle Verbandszulassung bewarben und diese auch erhalten haben.

Die Prüfung war eine harte Nuss, aber wir haben es geschafft!

Bravo.

American Board of Forensic Anthropology
American Board of Criminalistics
American Board of Forensic Engineering
American Board of Forensic Entomology
American Board of Forensic Odontology
American Board of Forensic Psychology
American Board of Forensic Toxicology
American Board of Pathology
American Board of Psychiatry and Neurology

1

Kalt.

Taub.

Verwirrt.

Ich öffnete die Augen.

Dunkelheit. Schwarz wie ein arktischer Winter.

Bin ich tot?

Einem limbischen Befehl gehorchend, atmete ich tief ein.

Mein Hirn registrierte Gerüche.

Schimmel. Modrige Erde. Etwas Organisches, das auf das Vergehen der Zeit hinwies.

War dies die Hölle? Ein Grab?

Ich lauschte.

Stille. Undurchdringlich.

Aber nein. Es gab Geräusche. Luft, die durch meine Nasenlöcher rauschte. Blut, das mir in den Ohren pochte.

Leichen atmen nicht. Tote Herzen schlagen nicht.

Andere Gefühle mischten sich ein. Härte unter mir. Ein Brennen auf der rechten Seite meines Gesichts.

Ich hob den Kopf.

Bittere Galle flutete mir den Mund.

Ich bewegte die Hüften, um Druck von meinem verdrehten Hals zu nehmen.

In meinem linken Bein explodierte der Schmerz.

Ein Stöhnen zerriss die Stille.

Instinktiv rollte mein Körper sich fötal zusammen. Das Pochen wurde lauter.

Ich lag zusammengerollt da und lauschte dem Rhythmus meiner Angst.

Dann die Erkenntnis. Das Geräusch war aus meiner eigenen Kehle gekommen.

Ich spüre Schmerz. Ich reagiere. Ich lebe.

Aber wo?

Ich spuckte Galle und versuchte, die Hand auszustrecken. Spürte Widerstand. Merkte, dass meine Handgelenke gefesselt waren.

Ich zog ein Knie an die Brust. Beide Füße hoben sich gleichzeitig. Ich ließ die Hände sinken.

Ich versuchte es ein zweites Mal, diesmal fester. Wieder feuerten Neuronen mein Bein hoch.

Einen weiteren Schrei unterdrückend, versuchte ich, Ordnung in mein wirres Denken zu bekommen.

Man hatte mich an Händen und Füßen gefesselt und abgelegt. Wann? Wo? Wer?

Warum?

Die Suche im Datenspeicher nach jüngst zurückliegenden Ereignissen brachte nichts. Und die Lücke im Gedächtnis reichte noch viel länger zurück.

Ich erinnerte mich an ein Picknick mit meiner Tochter Katy. Aber das war im Sommer. Der Eiseskälte nach musste es jetzt Winter sein.

Traurigkeit. Ein letzter Abschied von Andrew Ryan. Das war im Oktober. Hatte ich ihn danach wiedergesehen?

Ein leuchtend roter Pullover zu Weihnachten. Dieses Weihnachten? Ich hatte keine Ahnung. Desorientiert suchte ich nach irgendeinem Detail aus den letzten paar Tagen. Doch alles blieb verschwommen.

Vage Eindrücke ohne rationale Form oder Abfolge tauchten kurz auf und verschwanden wieder. Ein Gestalt, die aus dem Schatten trat. Mann oder Frau? Wut. Schreien? Weswegen? Gegen wen gerichtet?

Schmelzender Schnee. Licht, das in Glas funkelt. Der dunkle Rachen eines Türspalts.

Erweiterte Gefäße pochten in meinem Schädel. Sosehr ich mich auch bemühte, ich konnte meinem umnebelten Verstand keine Erinnerungen entlocken.

Hatte man mich mit Drogen vollgepumpt? Hatte ich einen Schlag auf den Kopf abbekommen?

Wie schlimm war mein Bein dran? Falls ich es schaffte, mich zu befreien, konnte ich dann gehen? Kriechen?

Meine Hände waren taub, mein Finger unbrauchbar. Ich versuchte, die Handgelenke nach außen zu drücken. Spürte kein Nachgeben der Fessel.

Tränen der Frustration brannten mir hinter den Lidern.

Nicht weinen!

Ich biss die Zähne zusammen, drehte mich auf den Rücken und riss meine Füße auseinander. Flammen schossen mir in den linken Unterschenkel.

Dann wusste ich nichts mehr.

Ich wachte wieder auf. Augenblicke später? Stunden? Ich hatte keine Ahnung. Mein Mund fühlte sich trockener an, die Lippen noch ausgedörrter. Der Schmerz im Bein war dumpfer geworden.

Obwohl ich meinen Pupillen Zeit ließ, registrierten sie nichts. Wie sollten sie sich auch anpassen können? Die dichte Schwärze bot nicht den winzigsten Schimmer von Licht.

Die alten Fragen kehrten wieder. Wo? Warum? Wer?

Offensichtlich war ich verschleppt worden. Um zum Opfer irgendeines kranken Spiels zu werden? Um als Bedrohung aus dem Weg geschafft zu werden?

Der Gedanke löste meine erste klare Erinnerung aus. Eine Leiche, verkohlt und verdreht, der Mund in einem letzten Schrei aufgerissen.

Dann eine kaleidoskopische Sequenz, Bilder, die einander jagten. Zwei Autopsiesäle. Namensschilder, die zwei Labore kennzeichneten. Temperance Brennan, Forensische Anthropologin. Temperance Brennan, Anthropologue Judiciaire.

War ich in Charlotte? Montreal? Viel zu kalt für North Carolina. Sogar im Winter. War es Winter? War ich in Quebec?

War ich zu Hause verschleppt worden? Auf der Straße? Vor dem Édifice Wilfrid-Derome? Im Institut?

War ich nur durch Zufall zum Opfer geworden? Oder weil ich war, was ich war? Suchte da jemand Rache für einen früheren Beschuldigten? Ein Verwandter mit Verschwörungsfantasien? An was für einem Fall hatte ich zuletzt gearbeitet?

Mein Gott, konnte es wirklich so kalt sein? So dunkel? So still?

Warum dieser Geruch, der mir so verstörend vertraut vorkam?

Wie zuvor schon, versuchte ich, meine Hände zu bewegen. Meine Füße. Vergeblich. Ich war verschnürt, konnte mich nicht einmal aufsetzen.

»Hilfe! Ich bin hier! Ist da jemand? Helft mir!«

Immer und immer wieder rief ich das, bis ich heiser wurde.

»Irgendjemand. Bitte!«

Mein Flehen blieb unbeantwortet.

Panik drohte mich zu überwältigen.

Du wirst nicht hilflos sterben.

Vor Angst und Kälte zitternd und weil ich verzweifelt etwas sehen wollte, drehte ich mich auf den Rücken, drückte die Hüfte nach oben und streckte die Arme so weit aus, wie es ging, ohne auf den Schmerz in meinem Bein zu achten. Ein Stoß. Der zweite. Der dritte. Mein Fingerspitzen spürten einen knappen halben Meter über meinem Gesicht Härte.

Ich bäumte mich noch einmal auf. Bekam Kontakt. Sediment rieselte mir in die Augen und den Mund.

Spuckend und blinzelnd drehte ich mich auf die rechte Seite und schob mich mit einem Arm und beiden Füßen nach vorne. Der raue Boden schürfte mir die Haut an Ellbogen und Fersen ab. Ein Knöchel kreischte protestierend. Es war mir egal. Ich musste mich bewegen. Musste hier rauskommen.

Schon nach einer kurzen Strecke stieß ich gegen eine Wand. Rechteckiger Umriss. Mörtel und Ziegel.

Mit hämmerndem Herzen drehte ich mich auf die andere Seite und schob mich in der Gegenrichtung vorwärts. Wieder stieß ich sehr schnell gegen eine Wand.

Adrenalin flutete meinen Körper, als Entsetzen sich auf Entsetzen legte. Meine Eingeweide zogen sich zusammen. Meine Lunge sog keuchend die Luft ein.

Mein Gefängnis war keinen halben Meter hoch und keine zwei Meter breit! Die Länge scherte mich nicht. Die Wände schienen schon näher zu rücken.

Ich verlor die Kontrolle.

Ich rutschte ein Stückchen vorwärts und fing an zu schreien und mit den Fäusten gegen die Wand zu hämmern. Immer und immer wieder schrie ich, versuchte die Aufmerksamkeit eines Passanten zu erregen. Eines Arbeiters. Eines Hundes. Egal.

Als meine Knöchel wund waren, drehte ich mich um und bearbeitete die Wand mit den Füßen.

Schmerz schoss mir in den Knöchel. Zu viel Schmerz. Aus meinen Hilferufen wurde Stöhnen.

Niedergeschlagen kippte ich nach hinten. Ich keuchte, und auf meinem eisigen Fleisch kühlte der Schweiß.

Eine Parade von Gesichtern marschierte mir durchs Hirn. Katy. Ryan. Meine Schwester Harry. Mein Kater Birdie. Mein Exgatte Pete.

Würde ich sie je wiedersehen?

Heftiges, keuchendes Schluchzen drang aus meiner Brust.

Vielleicht verlor ich das Bewusstsein. Vielleicht nicht. Meine nächste Wahrnehmung war ein Geräusch.

Ein Geräusch außerhalb meines Körpers. Nicht von mir verursacht.

Ich erstarrte.

Tick. Tick. Tick. Tick. Tick.

Im Hirn öffnete sich ein Spalt.

Die Erinnerung glitt durch.

2

Noch ein Blick auf die Armbanduhr. Noch ein Seufzen. Noch mehr Füßescharren.

Über uns tickte stetig eine Wanduhr, ein krasser Gegensatz zu Ryans Ruhelosigkeit. Es war eine altmodische Analoge, rund und mit einem Sekundenzeiger, der mit scharfen, kleinen Klick-klicks vorwärts rückte.

Ich betrachtete meine Umgebung. Dieselbe Plastikpflanze. Derselbe schlechte Druck einer winterlichen Straßenszene. Dieselben halb leeren Becher mit schalem Kaffee. LCD-Projektor. Leinwand. Laserpointer. Nichts Neues hatte sich herbeigezaubert, seit ich mich zum letzten Mal umgeschaut hatte.

Zurück zur Uhr. Ein Logo nannte die Firma Enterprise als Hersteller. Vielleicht war das aber auch der Name für dieses spezielle Modell.

Gab man Zeitmessern eigentlich Namen? Arnie Analog? Reggie Regulator?

Okay. Ich war genauso nervös wie Ryan. Und sehr, sehr gelangweilt.

Wieder dieses Fingertrommeln auf der Tischplatte. Seit einer halben Stunde tat Ryan das in regelmäßigen Abständen. Das Stakkato ging mir allmählich auf die Nerven.

»Er kommt zu uns, sobald er kann«, sagte ich.

»Dass wir hierher kommen sollen, war seine Idee.«

»Ja.«

»Wie kann man in einer Leichenhalle eigentlich eine Leiche verlieren?«

»Du hast Corcoran doch gehört. Sie haben über zweihundert Leichen. Die Einrichtung hier arbeitet jenseits ihrer Kapazität.«

Man hat mich zwar auch schon ungeduldig genannt, aber Lieutenant-détective Andrew Ryan, Section de crimes contre la personne, Sûreté du Québec, hob die Bedeutung dieses Worts auf eine ganz neue Ebene. Ich wusste, wie er reagierte. Bald würde er auf und ab marschieren.

Ryan und ich saßen in einem Besprechungszimmer im Büro des Cook County Medical Examiners in der West Side von Chicago. Wir waren auf Bitten von Christopher Corcoran, einem Pathologen am CCME, von Montreal hierher geflogen.

Vor mehr als drei Jahren war eine neunundfünfzigjährige Frau namens Rose Jurmain von Chicago nach Quebec geflogen, um dort das herbstliche Laub zu genießen. Am vierten Tag ihres Besuchs hatte sie ihren Landgasthof für einen Spaziergang verlassen und war nie zurückgekehrt. Ihre persönliche Habe blieb in ihrem Zimmer. Niemand sah oder hörte je wieder etwas von ihr.

Dreißig Monate später wurden in einem Waldgebiet etwa eine halbe Meile nördlich des Gasthofs menschliche Überreste gefunden. Die Verwesung war weit fortgeschritten, es gab ausgedehnte Schädigungen durch Tierfraß. Ich hatte die Identifikation übernommen. Ryan hatte die Ermittlungen geleitet. Jetzt brachten er und ich Rose nach Hause.

Warum dieser persönliche Service? Für mich war es die Freundschaft mit Corcoran und eine Ausrede, um meine alte Heimatstadt wieder einmal besuchen zu können. Für Ryan? Ein kostenloser Ausflug in die Windy City.

Für Corcoran und seinen Chef? Das würde eine meiner ersten Fragen sein. Natürlich hätte ein Angestellter des CCME nach Montreal kommen können, um die Überreste abzuholen. Oder ein Transportdienst. Bis jetzt hatte die Familie noch kein Interesse an dem gezeigt, was von Rose Jurmain übrig geblieben war.

Und warum diese Bitte um unsere Anwesenheit in Chicago neun Monate nach Abschluss des Falls? Das *Bureau du coroner* hatte Roses Tod zum Unfall erklärt. Warum jetzt dieses besondere Interesse?

Trotz meiner Neugier hatte es bis jetzt noch keine Zeit für Fragen gegeben. Als Ryan und ich ankamen, fanden wir die Harrison Street voller Übertragungswagen und das Institut unter Belagerung.

Corcoran hatte uns nur schnell in dieses Besprechungszimmer geführt und dabei eine äußerst knappe Erklärung geliefert. Am Tag zuvor hatte ein Bestattungsinstitut versucht, eine Leiche zur Verbrennung abzuholen. Unerklärlicherweise war diese Leiche nirgendwo zu finden gewesen.

Das ganze Institut war mit Krisenmanagement beschäftigt. Der Chef redete sich vor der Presse den Mund fusselig. Eine hektische Suche war im Gange. Ryan und ich standen uns die Beine in den Bauch.

»Schätze, die Familie ist stinksauer«, sagte Ryan.

»O ja. Und die Presse liebt es. Verlorene Leichen. Schockierte Hinterbliebene. Peinlich berührte Politiker. Aus dem Stoff werden Pulitzer-Preisträger gemacht.«

Ich bin ein Nachrichten-Junky. Zu Hause lese oder zumindest überfliege ich die Tageszeitung von hinten bis vorne. Auf Reisen schalte ich CNN oder einen Lokalsender ein. Kurz zuvor in meinem Hotelzimmer hatte ich zwischen WFLD und WGN hin- und hergezappt. Ich wusste also von der Geschichte, hatte allerdings das daraus resultierende Chaos nicht erwartet. Oder die Wirkung auf uns.

Tatsächlich stand Ryan nun auf und marschierte hin und her. Ich schaute auf meinen Kumpel Enterprise. Detective Dauerstress hielt sich genau an seinen Zeitplan.

Nach dreißig Metern Fußmarsch setzte Ryan sich wieder auf seinen Stuhl.

»Wer war Cook?«

Ich hatte keine Ahnung, was er meinte.

»Cook County?«

»Weiß nicht«, sagte ich.

»Wie groß ist es?«

»Das County?«

»Nein, das Hinterteil meiner Tante Dora.«

»Du hast eine Tante Dora?«

»Drei.«

Ich merkte mir dieses familiäre Detail, um später darauf zurückkommen zu können.

»Cook ist das zweitbevölkerungsreichste County in den Vereinigten Staaten und die neunzehntgrößte Regionalverwaltung der Nation.« Ich hatte das irgendwo gelesen.

»Was ist das größte?«

»Sehe ich aus wie ein Almanach?«

»Atlas.«

»Einige Almanache enthalten statistische Daten.« Abwehr. Nach dem Flug war ich nicht mehr in der Stimmung für Wortgefechte.

Ryan ist normalerweise ein fröhlicher Mensch, aber Reisen verdirbt ihm die Laune, und das sogar, wenn die Luftfahrtgötter lächeln. Gestern waren sie verdammt mürrisch gewesen.

Unser Flug von Pierre Elliot Trudeau International nach O'Hare hatte anstatt zwei sechs Stunden gedauert. Zuerst gab es eine Verzögerung wegen schlechten Wetters. Dann ein mechanisches Problem. Dann wurde die Crew verhaftet, weil sie nackt auf der Rollbahn getanzt hatte. Oder etwas in der Richtung. Verärgert und frustriert wie Ryan daraufhin war, hatte er sich die Zeit damit vertrieben, an allem, was ich sagte, herumzumäkeln. Was er sich eben unter einem amüsanten Geplänkel vorstellte.

Einige Augenblicke vergingen.

Tick. Tick. Tick. Tick. Tick.

Ryan sprang eben wieder auf, als die Tür aufging und Christopher Corcoran in Labormantel, Jeans und Turnschuhen eintrat. Mit seiner blassen Haut und den grünen Augen, den roten

Haaren und den Sommersprossen war Corcoran die Verkörperung des irischen Klischees. Und entschieden nervös.

»Tut mir wirklich leid wegen der Verzögerung. Aber diese Sache mit der verschwundenen Leiche entwickelt sich zu einer italienischen Oper.«

»Ich hasse es, wenn Leichen Beine kriegen.« Der alte Ryan-Humor.

Corcoran lächelte freudlos. »Vor allem, wenn man verantwortlich ist für den Verstorbenen.«

»Das war dein Fall?«, fragte ich.

Corcoran nickte. Als ich ihn anschaute, gingen mir unzählige Erinnerungen durch den Kopf. Ein schmächtiger Junge, steckendürre Glieder und wilde, karottenfarbene Haare. Gusseiserne Tische, die in langen Reihen an den Boden geschraubt waren. Endlose Messen auf harten Kirchenbänken.

Als Kinder waren Corcoran und ich direkte Nachbarn in einem Viertel in der South Side mit dem Namen Beverly und eingetragene Mitglieder der St. Margaret's Church of Scotland gewesen. Man darf nicht vergessen, dass die Katholiken Chicagos die Bevölkerung nach Pfarrgemeinden unterteilen, nicht nach der Geografie. Merkwürdig, aber so ist es eben.

Als ich acht war, starben mein Vater und mein Bruder, und meine Familie siedelte um nach North Carolina. Corcoran blieb in Chicago. Wir verloren uns natürlich aus den Augen. Ich wuchs heran, besuchte die University of Illinois und machte dann meinen Master an der Northwestern. Er studierte in Michigan, machte seinen Bachelor in Medizin und absolvierte dann eine Spezialausbildung in Pathologie. So war es die Forensik, die uns beide wieder in Kontakt brachte.

Zu einem Wiedersehen kam es schließlich '92 anlässlich eines Falls, in dem es um ein Baby in einem Koffer ging. Corcoran hatte inzwischen geheiratet, war nach Chicago zurückgekehrt und hatte sich ein Haus am Longwood Drive gekauft.

Auch wenn er jetzt ein wenig weiter östlich und in einer deutlich besseren Gegend lebte, war Corcoran doch zu seinen Wurzeln zurückgekehrt.

»Jetzt hat sich herausgestellt, dass die Leiche die ganze Zeit hier war.« Corcorans Stimme brachte mich in die Gegenwart zurück. »Der Kerl war so dürr, dass er hinter einer fetten Frau auf einem der oberen Kühlregale einfach verschwand. Die Techniker haben ihn schlicht übersehen.«

»Happy End«, sagte Ryan.

Corcoran schnaubte. »Sagen Sie das Walczak.«

Von Stanley Walczak hieß es, dass sein Ego seinen Ehrgeiz um Längen überragte. Auch seine Gerissenheit war gigantisch. Nach dem Rücktritt des früheren Medical Examiners vor neun Monaten hatte Walczak sein weit verzweigtes Netz politischer Beziehungen aktiviert und einige Gefallen eingefordert und war so, zur Überraschung einiger und zum Missfallen vieler, zum Cook County Medical Examiner ernannt worden.

»Walczak ist sauer?«, fragte ich.

»Der Mann hasst schlechte Publicity. Und ineffizientes Arbeiten.« Corcoran seufzte. »Wir bearbeiten hier ungefähr zwanzig Einlieferungen pro Tag. Zwischen gestern und heute Morgen mussten unsere Leute sechzig Bestattungsinstitute anrufen, um herauszufinden, ob eine Lieferung vielleicht an eine falsche Adresse gegangen war. Vier Techniker und ein Ermittler mussten von ihren normalen Arbeiten abgezogen werden, damit sie mithelfen konnten, Zehenetiketten zu kontrollieren. Drei Mal mussten wir alles durchgehen, bis wir den Kerl gefunden hatten. O Mann, wir haben einen halben Kühlraum nur für langfristig Unbekannte reserviert.«

»Fehler passieren schon mal.« Ich versuchte, ermutigend zu klingen.

»Hier wird das Verlegen einer Leiche nicht gerade als karrierefördernder Schachzug betrachtet.«

»Du bist ein fantastischer Pathologe. Walczak kann sich glücklich schätzen, dich zu haben.«

»Seiner Ansicht nach hätte ich viel schneller Herr der Lage sein müssen.«

»Erwarten Sie Konsequenzen?«, fragte Ryan.

»Die Familie sieht sich vermutlich jetzt in diesem Augenblick nach einem Anwalt um. Es gibt doch nichts Besseres als ein paar Dollar, um unerträglichen Schmerz zu lindern, auch wenn niemand wirklich leiden musste. Die amerikanische Art eben.«

Corcoran kam um den Tisch herum, und wir alle setzten uns.

»Walczak sagt, er braucht nicht mehr lange. Er sitzt gerade im Konklave mit dem Familienanwalt der Jurmains. Ihr werdet ihn *lieben.«*

»Ach so?«

»Perry Schechter ist eine Legende hier in Chicago. Ich habe mal ein Interview mit ihm gehört. Bezeichnete seinen Stil als konfrontativ. Meinte, barsch zu sein bringt die Leute aus dem Konzept, verleitet sie dazu, Fehler preiszugeben.«

»Charakterfehler oder Fehler in ihrer Aussage?«

»Keine Ahnung. Ich weiß nur, dass dieser Kerl ein Pitbull ist.«

Ich schaute Ryan an. Er zuckte die Achseln. Wie auch immer.

»Bevor sie kommen«, sagte ich. »Warum sind wir hier?«

Wieder dieses freudlose Lachen. »Schon mal einen Muh-Muh-Riegel oder ein Gack-Gack-Teilchen gesehen?«

Als Harry und ich noch klein waren, hatte Mom uns immer kleine Gebäckteilchen in unsere Lunchpakete gesteckt. Ich wusste zwar nicht, was für eine Bedeutung das haben sollte, aber ich nickte, weil ich die Namen kannte.

Ryan schaute verständnislos drein.

»Denk an Vanchon«, übersetzte ich ins Québecois. »Jos. Louis. May West. Doigts de Dame.«

»Süßes Gebäck«, sagte er.

»Dreizehn Sorten«, sagte Corcoran. »Seit zwei Generationen gebacken und verkauft von Smiling J. Foods.«

»Gibt's die eigentlich immer noch?« Ich hatte diese kleinen Köstlichkeiten seit Jahren nicht mehr gesehen.

Corcoran nickte. »Unter neuem Namen.«

»Ein ziemlicher Schlag ins Gesicht der Freunde des ländlichen Lebens.«

Nun schaffte Corcoran fast ein echtes Grinsen. »Das J. in Smiling J. stand für Jurmain. Die Familie verkaufte zweiundsiebzig an einen Konzern. Für einundzwanzig Millionen Dollar. Nicht dass sie die Kohle gebraucht hätten. Sie schwammen schon damals im Geld.«

Allmählich verstand ich, worauf er hinauswollte.

Ryan ebenfalls.

»Familienvermögen ist gleich politischer Einfluss«, sagte ich.

»Kann man so sagen.«

»Deshalb die Samthandschuhe.«

»Genau.«

»Ich versteh das nicht. Der Fall wurde vor über neun Monaten abgeschlossen. Die Familie Jurmain hat einen vollständigen Bericht erhalten, aber nie darauf reagiert. Obwohl der Coroner ihnen Briefe per Einschreiben schickte, hat bis jetzt noch keiner Interesse an einer Rückholung der Überreste gezeigt.«

»Ich werde mich bemühen, eine lange, aber keineswegs originelle Geschichte möglichst kurz zusammenzufassen.«

Corcoran schaute zur Decke, als wollte er seine Gedanken ordnen. Dann begann er:

»Die Jurmains sind eine alteingesessene Chicagoer Familie. Kein uraltes, aber doch ziemlich altes Geld. Residenz in East Winnetka. Indian Hills Country Club. Per Du mit Gouverneuren, Senatoren, Kongressabgeordneten. Für die Kinder zuerst North Shore Country Day School, dann irgendeine Ivy-League-Uni. Alles klar?«

Ryan und ich signalisierten Klarkeit.

»Roses Vater ist der gegenwärtige Patriarch der Familie, ein elender, alter Mistkerl namens Edward Allen. Nicht Ed. Nicht Al. Nicht E. A. Edward Allen. Rose war das schwarze Schaf, weil sie sich Zeit ihres Lebens weigerte, einen Kurs einzuschlagen, den Edward Allen als angemessen erachtete. Achtundsechzig machte sie keine Schlagzeilen durch ihren Auftritt auf dem Debütantinnenball, sondern schaffte es gleich in die *Tribune,* weil sie auf dem nationalen Parteikongress der Demokraten einen Polizisten angriff. Anstatt sich an der Smith oder der Vasar einzuschreiben, ging sie nach Hollywood, weil sie ein Star werden wollte. Anstatt zu heiraten, entschied sie sich für den lesbischen Lebensstil.

Als Rose dreißig wurde, hatte Edward Allen die Nase voll. Er strich sie aus seinem Testament und verbat der Familie jeden Kontakt mit ihr.«

»Bis sie zur Einsicht kommen würde«, vermutete ich.

»Genau. Aber das war nicht Roses Stil. Sie streckte Daddy die Zunge raus und beschloss, lieber von einem kleinen Treuhandfonds zu leben, den Grandpa ihr vermacht hatte. Geld, an das Edward Allen nicht herankam.«

»Ein wirklich freier Geist.«

»Ja. Aber es ist nicht nur alles eitel Sonnenschein. Laut ihrer Partnerin Janice Spitz war Rose zum Zeitpunkt ihres Verschwindens depressiv und litt an chronischer Schlaflosigkeit. Außerdem trank sie sehr viel.«

»Das passt zu dem, was wir herausgefunden haben«, sagte Ryan.

»Hielt Spitz sie für selbstmordgefährdet?«, fragte ich.

»Falls ja, sagte sie das nicht.«

»Was soll dann das Ganze?«, fragte ich. »Warum dieses plötzliche Interesse?«

»Vor zwei Wochen erhielt Edward Allen zu Hause einen anonymen Anruf.«

Corcoran wurde schon immer leicht rot, vor allem, wenn er verlegen oder verunsichert war. Er wurde es auch jetzt.

»In Bezug auf Roses Tod?«, fragte ich.

Corcoran nickte, wich aber meinem Blick aus. Plötzlich bekam ich ein ungutes Gefühl.

»Was hat dieser namenlose Tippgeber gesagt?«

»Das hat Walczak mir nicht mitgeteilt. Ich weiß nur, dass ich den Auftrag erhielt, eine Revision dieses Falls von unserer Seite her zu leiten.«

»Tabernouche.« Ryan lehnte sich angewidert zurück.

Ich war sprachlos.

Tick. Tick. Tick. Tick. Tick.

Corcoran brach das Schweigen.

»Edward Allen ist jetzt einundachtzig Jahre alt und bei schlechter Gesundheit. Vielleicht schämt er sich, weil er Rose aus seinem Leben verbannt hat. Vielleicht ist er immer noch derselbe kontrollversessene Hurensohn wie eh und je. Vielleicht ist er einfach nicht mehr richtig im Kopf. Ich weiß nur, dass Jurmain seinen Anwalt angerufen hat. Und der Anwalt hat Walczak angerufen. Und deshalb sind wir hier.«

»Jurmain glaubt, dass der Fall fehlerhaft bearbeitet wurde?«, fragte ich.

Corcoran nickte, ohne den Blick vom Tisch zu heben.

»Walczak glaubt das ebenfalls?«

»Ja.«

»Fehlerhaft bearbeitet von wem?« Die Frage klang schärfer, als ich beabsichtigt hatte.

Corcoran hob den Blick und schaute mich an. Ich sah echten Kummer in seinen Augen.

»Hör zu, Tempe. Das ist alles nicht auf meinem Mist gewachsen.«

Ich atmete tief durch, um mich zu beruhigen. Dann wiederholte ich meine Frage.

»Schlecht bearbeitet von wem, Chris?«

»Von dir.«

3

Ich schaute Ryan an. Er schüttelte nur den Kopf.

»Du darfst dir nicht anmerken lassen, dass ich dir das alles schon gesagt habe.« Corcoran sah ängstlicher aus, als ich ihn je gesehen hatte.

»Natürlich nicht.« Mein Tonfall war erstaunlich ruhig. »Vielen Dank, dass du –«

Die Tür ging auf. Corcoran und ich lehnten uns zurück, lässig bis zum Gehtnichtmehr.

Zwei Männer traten ein, beide in Anzügen, die von Armani persönlich geschneidert waren, der eine blau, der andere grau.

Im blauen Anzug erkannte ich Stanley Walczak, Pfau und Legende nach eigener Einschätzung. Vor allem, was seine Wirkung auf Frauen anging.

Ich hatte Walczak bereits bei einigen Konferenzen der American Academy of Forensic Sciences getroffen, und mindestens bei einer Gelegenheit erwies er mir die Gunst seiner Aufmerksamkeit. Ganze fünf Minuten lang.

Warum ich nicht *mehr* Eindruck auf ihn gemacht hatte? Ganz einfach. Ich bin über vierzig. Walczak ist zwar deutlich über fünfzig, bevorzugt seine Damen aber frisch aus dem Schulsport-BH. Aus einem großen.

Im grauen Anzug steckte, wie ich vermutete, Perry Schechter. Er hatte schütteres Haar und ein langes, furchiges Gesicht, das mindestens sechs Jahrzehnte gebraucht hatte, um so zu werden. Sein Aktenkoffer und sein Auftreten schrien förmlich Anwalt.

Als wir aufstanden, warf Walczak einen schnellen, verstohlenen Blick in die Runde. Dann ging er zu Andrew Ryan und streckte die Hand aus.

»Stanley Walczak.«

»Andrew Ryan.«

Die beiden schüttelten sich die Hand. Corcoran klimperte mit den Schlüsseln in seiner Labormanteltasche.

»Tempe.« Meterbreite, überkronte Zahnreihen kamen in meine Richtung. Walczak folgte. »Sie sehen mit jedem Mal jünger aus.«

Ich musste sehr tief graben, um die Kraft zu finden, Walczaks berühmtem Charme zu widerstehen.

»Schön, Sie zu sehen, Stan.«

Walczak umkrallte meine Finger mit beiden Händen und hielt sie viel zu lange fest.

»Soweit ich weiß, kennen Sie und Dr. Corcoran sich bereits.«

Corcoran und ich bestätigten dies.

Walczak stellte Schechter vor.

Wieder wurden Hände geschüttelt.

»Gentlemen, Dr. Brennan.« Noch einmal blitzten viele Zähne in meine Richtung. »Können wir beginnen?«

Walczak ging zum Kopfende des Tisches und setzte sich.

Ryan und ich holten Akten hervor, er aus seinem Aktenköfferchen, ich aus meiner Computertasche. Während Schechter sich neben Corcoran setzte, fuhr ich meinen Laptop hoch.

»Nun gut«, begann Walczak. »Ich nehme an, Sie beide wundern sich, warum der Tod einer exzentrischen, alten Dame mit ernsten Alkohol- und psychiatrischen Problemen solche außerordentlichen Unbequemlichkeiten Ihrerseits erforderlich macht.«

»Jeder Todesfall verdient angemessene Aufmerksamkeit.« Sogar in meinen eigenen Ohren klang ich pedantisch. Aber ich meinte es ernst. Ich teile Hortons Weltsicht. Ein Mensch ist ein Mensch. Egal, wie exzentrisch. Oder alt. Rose Jurmain war noch nicht einmal sechzig gewesen.

Walczak betrachtete mich einen Augenblick. Mit seinen silbernen Haaren und seiner Sonnenstudiobräune sah er gut aus, das musste ich zugeben. Äußerlich.

»Das ist genau der Grund, warum ich Dr. Corcoran gebeten habe, die Revision dieses Falls zu leiten«, sagte Walczak.

Corcoran rutschte verlegen auf seinem Stuhl hin und her.

»Dr. Brennan und ich werden sehr gerne alle Fragen beantworten, die meine Ermittlungen, ihre Untersuchung der Überreste und den Befund des Coroners betreffen«, sagte Ryan.

»Ausgezeichnet. Dann übergebe ich diese Besprechung nun an Mr. Schechter und Dr. Corcoran. Bitte sagen Sie mir Bescheid, wenn Sie etwas, irgendetwas, brauchen.«

Mit einem bedeutungsvollen Blick in Corcorans Richtung verließ Walczak das Zimmer.

»Es freut mich sehr, dass Sie Englisch sprechen, Detective.«

Ein leichtes Anspannen der Haut um Ryans Augen verriet, dass Schechters erste Bemerkung bei ihm nicht gut ankam.

»Mais oui, monsieur.« Ryans Akzent war eine Überdosis Paris.

»Mr. Jurmain verlangt eine Klärung diverser Punkte.« Schechters Ton wies darauf hin, dass Ryans Humor nicht gewürdigt wurde.

»Klärung?« Ryan setzte cool gegen cool.

»Er ist sehr besorgt.«

»Sie haben Kopien unserer Berichte?«

Schechter zog einen gelben Notizblock, einen goldenen Cross-Kugelschreiber und einen großen, weißen Umschlag aus seinem Aktenkoffer. Ich erkannte das Logo des Umschlags und die Wörter *Laboratoire de sciences judiciaires et de médicine légale.*

»Dr. Brennan und ich haben Fundort- und Autopsiefotos vorbereitet, anhand derer wir Sie durch die Ermittlungen führen wollen.«

Schechter klickte die Minenspitze aus seinem Kuli und machte mit der anderen Hand eine herrische Geste.

Ryan warf mir einen französischen Satz zu. »Lass uns diesen hochnäsigen Wichser in Grund und Boden klären.«

»Certainement«, stimmte ich ihm zu.

Ich schloss meinen Laptop an den Projektor an, öffnete PowerPoint, wählte eine Datei mit dem Namen LSJML 44893 aus und doppelklickte auf ein Bild. Eine Weitwinkelansicht der L'Auberge des Neiges füllte die Leinwand. Gebaut aus Redwood-Stämmen und mit geschnitzten Balkonen und Fensterrahmen sah der Gasthof aus wie direkt aus einer Volksmusiksendung.

Corcoran gab mir den Laserpointer.

Ryan begann.

»Ms. Jurmain checkte am zwanzigsten September in der L'Auberge des Neiges ein, nachdem sie bereits vorab für zwei Wochen reserviert hatte. Am dreiundzwanzigsten September erzählte sie anderen Gästen, sie wolle am folgenden Tag eine Wanderung unternehmen.«

»Und diese anderen Gäste sind?«, fragte Schechter.

Ryan schaute in seine Notizen.

»John William Manning aus Montreal. Isabelle Picard aus Laval. Laut Manning und Picard wirkte Ms. Jurmain an diesem Abend angetrunken und hatte im Verlauf dieser drei Tage bei mehreren Gelegenheit so gewirkt.«

Ryan schob mehrere Blatt Papier über den Tisch, Zusammenfassungen der Vernehmungen des Personals und der Gäste des Gasthofs, wie ich annahm.

Corcoran überflog die Seiten nur kurz. Schechter nahm sich Zeit mit der Lektüre. Dann sagte er:

»Die sind ja auf Französisch abgefasst.«

»Ich bitte vielmals um Entschuldigung.« Ryans Tonfall war so weit von entschuldigend entfernt, wie ein Tonfall es nur sein konnte.

Schechter machte in seiner Kehle ein nicht entschlüsselbares Geräusch.

Ich schaltete zu einer Distanzaufnahme von Roses Zimmer. Es zeigte einen Flickenteppich, lackierte Kiefernmöbel und ein Überangebot an rosa Chintz mit Blumenmuster. Ein Koffer stand geöffnet auf einem kleinen Sofa, daraus quollen Kleidungsstücke hervor wie Lava aus einem schläfrigen Vulkan.

Ich schaltete zu einem Foto auf dem Nachtkästchen, dann zu einer Großaufnahme der Etiketten von fünf kleinen Tablettenfläschchen. Oxycodone. Diazepam. Temazepam. Alprazolam. Doxylamin.

Ich deutete mit dem Laserpointer. Während der kleine rote Punkt von Fläschchen zu Fläschchen sprang, nannte Corcoran Schechter die generischen Namen der Medikamente.

»Das Schmerzmittel OxyContin, die Angstlöser Valium und Xanax und die Schlafhilfen Restoril und Unisom.«

Schechter sog Luft durch die Nase ein und atmete langsam wieder aus.

»Wenn Rose sich etwas in den Kopf gesetzt hatte, war nicht mehr mit ihr zu reden. Immer ging sie in den Wald. Vor drei Jahren passierte es in Quebec.« Er sagte *Quie-beck* mit dem Abscheu, den man sonst höchstens für »Mundfäule« oder »Darfur« aufbot. »Obwohl es« – er hielt inne, um nach dem angemessenen Ausdruck zu suchen – »mit ihrer Gesundheit nicht zum Besten stand, konnte man sie nicht davon abbringen.«

Ryan fuhr ohne weiteren Kommentar fort.

»Am vierundzwanzigsten September um fünfzehn Uhr zwanzig wurde Ms. Jurmain gesehen, wie sie alleine auf dem Chemin Pierre-Mirabeu in Richtung Sainte-Marguerite spazierte. Obwohl die Temperatur nahe des Gefrierpunkts lag, berichtete ein Autofahrer, sie habe nur eine leichte Jacke, keine Kopfbedeckung und keine Handschuhe getragen.«

Während ich eine Karte der Region auf die Leinwand warf, schob Ryan Schechter ein weiteres Papier zu.

»Der Sonnenuntergang an diesem Tag war etwa gegen siebzehn Uhr. Um neunzehn Uhr war es völlig dunkel. Die Nachttemperaturen fielen auf minus acht Grad Celsius.

Am fünfundzwanzigsten September wurde bemerkt, dass Ms. Jurmain nicht in den Gasthof zurückgekehrt war. Nun wurde bei einer Nummer mit einer Drei-eins-zwei-Vorwahl angerufen, die Ms. Jurmain beim Check-in angegeben hatte. Anschließende Ermittlungen ergaben, dass dieser Anschluss nicht existierte.

Am sechsundzwanzigsten September wurde der SQ, die für Sainte-Marguerite zuständig ist, Ms. Jurmains Verschwinden gemeldet. Die Waldstücke, die an die Straße grenzen, sowie die in der Umgebung des Gasthofs wurden mit Spürhunden abgesucht. Ohne Erfolg.«

Weitere Blätter.

»Was ist diese SQ?«, wollte Schechter wissen.

»La Sûreté du Québec. Die Provinzpolizei.«

»Warum ruft man da nicht die örtliche Dienststelle?«

Ryan setzte nun zu einem Abriss der polizeilichen Strukturen in Quebec an und machte dabei kräftig einen auf Maurice Chevalier, sooft sich ihm Gelegenheit dazu bot.

»In Städten und größeren Orten gibt es örtliche Einheiten. Auf der Insel Montreal zum Beispiel ist der Service de police de la Ville de Montréal, der SPVM zuständig, der früher Police-Communauté urbaine de Montréal oder CUM genannt wurde. Dieselbe Einheit, ein neuer Name.

In ländlichen Gegenden ist für die Polizeiarbeit La Sûreté du Québec, die SQ, zuständig. In Gegenden ohne Provinzpolizei, das heißt in allen Provinzen außer Ontario und Quebec, ist es die Royal Canadian Mounted Police, die RCMP, oder, für Frankofone, die Gendarmerie royale du Canada, die GRC. Gelegentlich werden die Mounties auch zu einer Ermittlung in Quebec eingeladen, aber das kommt selten vor.«

Mit anderen Worten, die polizeiliche Zuständigkeit in *la belle province* kann ebenso verwirrend sein wie in irgendeinem amerikanischen Staat. FBI. Die Bureaus of Investigation des jeweiligen Staates. Die städtische und die Bezirkspolizei. Die Verkehrspolizei. Das Sheriff's Department. Wen soll man anrufen? Viel Glück. *Bonne chance.* Das sagte Ryan nicht.

»L'Auberge des Neiges liegt fünfundsiebzig Kilometer nördlich der Insel Montreal, in den Laurentian Mountains. Die nächste Stadt ist Sainte-Marguerite. Deshalb fiel Ms. Jurmains Fall an die SQ. Soll ich fortfahren?«

Schechter machte eine arrogante Handbewegung. Am liebsten hätte ich mich über den Tisch gebeugt und dem selbstgerechten kleinen Scheißer eine verpasst.

»Dreißig Monate nach Ms. Jurmains Verschwinden, am einundzwanzigsten März, stolperten André Dubreuil und sein Sohn Bertrand über etwas, das sie für menschliche Überreste hielten. Die Fundstelle befand sich zwanzig Meter von einer Provinzstraße entfernt, etwa eine halbe Meile nördlich der L'Auberge des Neiges. Die SQ, der Coroner und das LSJML wurden benachrichtigt. In dieser Reihenfolge.«

Während ich eine zweite Karte auf die Leinwand warf, machte sich Schechter seine erste Notiz auf seinem Block. Dann fragte er: »Sie sind ein Mordermittler bei dieser SQ?«

»Section des crimes contre la personne.«

Ich übersetzte. »Detective Ryans Abteilung ist das Äquivalent des Morddezernats, eine Abteilung, die man Verbrechen gegen Personen nennt. Er bearbeitet spezielle Fälle.«

»Und dieser Fall wurde als speziell betrachtet wegen?« Schechter dehnte das letzte Wort seines unvollständigen Satzes.

»Von Anfang an bestand der Verdacht, dass die fraglichen Überreste die von Ms. Jurmain sein könnten. Da sie eine Nicht-

Kanadierin, konkret eine Amerikanerin war, wurde Detective Ryan dieser Fall zugewiesen.«

Schechter und Corcoran warfen einen Blick auf den Polizeibericht, den Ryan ihnen zuschob. Als sie ihre Aufmerksamkeit dann wieder auf die Leinwand richteten, klickte ich durch eine neue Reihe von JPEGs.

Das erste Bild war eine Weitwinkelaufnahme einer schmalen, zweispurigen Teerstraße, deren Kiesbankette an dichten Wald stießen. Die nächsten sechs dokumentierten den Weg von der Straße zu der Leiche. Vereinzelt lagen Schneeinseln auf toter Vegetation, ihre Ränder waren vom davonfließenden Schmelzwasser dunkel gefärbt.

Das achte Bild zeigte gelbes Absperrband, das um eine Kieferngruppe gespannt war. Im neunten standen Leute innerhalb der Absperrung. Ryan war da in einem erbsengrünen Parka und einem leuchtend blauen Halstuch. Zwei Spurensicherungstechniker trugen marineblaue Overalls mit der Aufschrift *Service de l'identité judiciaire, Division des scènes de crime.* Ich ebenfalls. Aus meinem Mund quoll Dampf.

Bild zehn war die Nahaufnahme eines kleinen, dunklen, aus dem Schnee herausragenden Hügels. Eingebettet in das Gewirr aus Blättern, Zweigen, Moos und Kiefernnadeln war ein glänzendes, braunes Objekt etwa von der Größe eines Kohlkopfs. Rechts davon lag ein Knäuel verfilzter, grauer Haare.

»Der Schädel.« Ich umkreiste das Objekt mit dem Laserpointer.

Die nächsten Aufnahmen konzentrierten sich auf die Skelettreste, die vom Schädel ausgehend in fast linearer Ausrichtung auf dem Boden lagen. Unterkiefer. Wirbel. Rippen. Brustbein. Die Beckenhälften. Kreuzbein. Rechte Hand. Rechtes Bein. Alles war identisch dunkelbraun verfärbt.

Einen nach dem anderen benannte ich die Knochen.

»Offensichtlich menschlich«, sagte Corcoran.

»Tiere hatten die Knochen auf einer Fläche von etwa zwanzig Quadratmetern verstreut«, sagte ich.

Während ich eine Fundortkarte auf die Leinwand warf, legte Ryan Berichtkopien auf den Tisch. »Dr. Brennan dokumentierte die Position jedes einzelnen Skelettteils.«

Als Corcoran und Schechter wieder aufsahen, fuhr ich mit meiner Präsentation fort und bewegte mich von der zentralen Knochengruppe ausgehend durch die verstreut liegenden Überreste.

»Jeder Plastikkegel markiert die Position eines Knochens oder einer Knochengruppe.« Ich klickte durch die Bilder und identifizierte wieder jeden einzelnen Körperteil. »Rechter Oberschenkelknochen, Schienbein und Kniescheibe. Rechtes Fersenbein. Rechte Fußwurzelknochen und Mittelfußknochen und Zehenglieder. Rechter Speichenknochen. Rechte Elle und Handknochen. Linker unterer zentraler Schneidezahn. Rechter oberer zentraler Schneidezahn.«

»Können wir das ein wenig beschleunigen?«, fragte Schechter.

Ryan nahm den Bericht wieder auf.

»Ausgehend von Ms. Jurmains bekannter Vorgeschichte des Alkoholismus, des Missbrauchs verschreibungspflichtiger Medikamente, den Augenzeugenberichten und den klimatischen Bedingungen in der Nacht ihres Verschwindens aus dem Gasthof, bestimmte der Coroner die Todesart als Unfall und die Todesursache als Unterkühlung, die durch Intoxikation noch verschlimmert wurde.«

»Sie sagen also, Rose betrank sich, spazierte davon und erfror.« Schechter.

»Im Wesentlichen ja. Dr. Brennan wird in Kürze die skelettale Identifikation und die Verletzungsanalyse erläutern.«

»Nicht in Kürze. Jetzt.«

»Sir?«

»Genug von diesen lächerlichen Ausflüchten.«

Ich schaute Ryan überrascht an. Sein Gesicht war eine zu dem Anwalt auf der anderen Tischseite gerichtete, steinerne Maske. Ich kannte diesen Ausdruck und nahm deshalb das Heft in die Hand.

»Detective Ryan hat nur die Hintergründe für die Entscheidung des Coroners geliefert. Aber wenn Sie lieber zu einem anderen Thema kommen wollen, haben wir keine Einwände.«

»Ich würde vorschlagen, wir kommen direkt zu Ihrem Bericht, Dr. Brennan.«

»Ich würde vorschlagen, Sie sagen uns genau, was Sie wollen.« Ryans Tonfall war wie eine Stahlklinge.

»Nun gut, Detective.« Schechter hob ganz leicht das Kinn. »Mein Mandant glaubt nicht, dass seine Tochter an Unterkühlung starb. Er glaubt, dass sie ermordet wurde.«

Schechter stützte beide Arme auf die Tischplatte, verschränkte die Finger und beugte sich vor.

»Des Weiteren glaubt er, dass Dr. Brennan diese Tatsache vertuscht hat.«

4

Mein Blick schnellte zu Corcoran. Er starrte weiter die Leinwand an.

»Ach tatsächlich?« Ryans Tonfall klang nach Grabenkrieg. »Aus welchem Grund?«

»Genau das habe ich vor herauszufinden.«

Schechter deutete mit manikürten Fingern auf den Laserpointer.

Ich gab ihn ihm.

»Projizieren Sie die Nahaufnahme der unberührten Überreste.«

Mein Magen zog sich zusammen, doch ich tat, wie verlangt. Wie befohlen.

Der rote Punkt tauchte auf dem halb vergrabenen Skelett auf, wanderte über den Unterkiefer, die Schlüsselbeine und die oberen Rippen. Dann vollführte er ruckartige Pirouetten um das Brustbein herum.

»Das ist das Sternum«, sagte ich.

»Das weiß ich durchaus.«

Mein Magen entspannte sich wieder. Wollte Schechter darauf hinaus? Falls ja, dann war er ein noch größerer Trottel, als ich dachte. Offensichtlich hatte er keinen Osteologen konsultiert.

Ich schloss die Datei mit den Fundortfotos und öffnete eine andere mit Fotos, die im LSJML aufgenommen worden waren. Die ersten zwei zeigten einen Leichensack, zuerst geschlossen, dann geöffnet, wobei beim zweiten die durcheinandergeworfenen Knochen im Inneren des Sacks zu sehen waren.

Die nächste Serie zeigte einen Autopsietisch, ein schmutzverkrustetes Skelett lag auf dem Edelstahl. Einige Knochen waren noch mit vertrocknetem Muskelgewebe oder Bändern verbunden. Die meisten lagen lose da, in etwa so angeordnet, wie sie im noch intakten Körper gewesen waren.

»Hier sehen Sie die Überreste, wie sie in der Leichenhalle ankamen, vor jeder Manipulation. Soll ich die einzelnen Elemente identifizieren?«

Schechter machte noch eine hochnäsige Geste. Der alte Knacker hatte ein ziemlich großes Repertoire.

»Soll ich den Reinigungsprozess erläutern?«

»Nicht sachdienlich.«

»Prima. Dann kommen wir jetzt zur Identifikation.«

»Mein Mandant stellt nicht infrage, dass die Überreste die seiner Tochter sind.«

»Bestens. Dann wollen wir jetzt über Verletzungen sprechen.

Soll ich die Begriffe antemortal, perimortal und postmortal erklären?«

»Kurz und bündig.«

»Bei skelettalen Überresten bezieht sich antemortal auf Verletzungen, die vor dem Tod auftraten, Verletzungen also, die das Opfer früher im Leben erlitten hatte und die Hinweise auf Heilungsprozesse zeigen. Perimortal bezieht sich auf Verletzungen, die zum Todeszeitpunkt oder in dessen nahem Umkreis zugefügt wurden. Postmortal bezieht sich auf Verletzungen, die nach dem Tod zugefügt wurden, Schäden also, die mit Verwesung, Missbrauch der Leiche, Tierfraß und so weiter zu tun haben.«

»Inwiefern ist dies sachdienlich?« Offensichtlich mochte Schechter dieses Wort.

»Es ist *sachdienlich* für das Verständnis Ihres Mandanten, was mit seiner Tochter passiert ist. Und, vielleicht noch wichtiger, was nicht mit ihr passiert ist.«

Wieder so eine Geste.

»Ich will mich nicht lange mit der Bedeutung der Unterscheidung zwischen perimortalen und postmortalen Verletzungen aufhalten. Ich möchte jedoch klarstellen, dass für einen Anthropologen diese Unterscheidung mehr mit Knochenqualität als mit dem Todeszeitpunkt zu tun hat. Das ist ein sehr komplexes Thema, verzeihen Sie mir deshalb, falls ich zu sehr vereinfache.

In frischen oder lebenden Knochen ist der Flüssigkeitsgehalt relativ hoch, und das Kollagen, die Komponente, die dem Knochen seine Elastizität gibt, zeigt eine gewisse Flexibilität. Dies erlaubt einen gewissen Grad an Biegung unter Druckbelastung. Bei der Verwesung geht die Feuchtigkeit verloren und das Kollagen zersetzt sich, die Biegequalität geht deshalb verloren. Mit anderen Worten, trockener Knochen reagiert auf Druck eher wie anorganisches denn wie organisches Material. Es versagt, oder bricht bereits unter Einwirkung geringerer Kräfte. Denken Sie an einen grünen Stecken im Vergleich zu einem trockenen Stecken. Ersterer gibt unter Druck nach, Letzterer bricht.«

Schlechter machte sich Notizen, unterbrach mich aber nicht.

»Praktisch bedeutet das, dass Brüche in trockenen Knochen weniger sauber sind und ausgezacktere Kanten haben. Fragmente sind eher kleiner. Von der Bruchstelle abstrahlende Längsrisse, die bei frischen Knochen relativ häufig sind, kommen selten vor. Konzentrische kreisförmige und abstrahlende Brüche, Muster also, die bei der Weiterleitung von Energie durch den Knochen entstehen, sind ungewöhnlich.«

»Sehr beeindruckend. Jetzt sind wir alle Experten.«

Da ich Schechters Taktik inzwischen kannte, ignorierte ich seine Unhöflichkeit.

»Die Unterscheidung und Klassifizierung antemortaler Verletzungen ist ebenso wichtig für die präzise Bestimmung der Todesart. Da die ersten Anzeichen einer Heilung oft schwer zu entdecken sind, werden skelettale Überreste auf drei Ebenen untersucht, der makroskopischen, der radiografischen und der histologischen Ebene.«

»Lassen wir doch das Fachchinesisch weg.« Schechter.

»Makroskopisch heißt mit dem bloßen Auge. Der erste Hinweis auf eine antemortale Heilung ist ein schmaler Streifen von Oberflächenresorption direkt neben der Bruchstelle. Dies deutet auf eine Entzündung an dem Punkt hin, wo die darüberliegende Membran weggerissen wurde. Als Nächstes kann an den Bruchenden eine graduelle Erosion festgestellt werden. Diese Veränderungen sind nachweisbar ab zehn bis vierzehn Tagen nach der Verletzung.

Radiografisch heißt Röntgen. Hier zeigt sich Heilung als ein Verschwimmen der Bruchkanten, wieder ab zehn bis vierzehn Tagen nach der Verletzung. Die Lücke zwischen den Bruchkanten verbreitert sich bei fortschreitender Kallusbildung.«

Schechter kniff leicht die Augen zusammen.

»Ein Kallus ist ein unorganisiertes Netzwerk aus Knochengewebe, das sich an einer Bruchstelle sehr schnell bildet. Er funktioniert wie Kitt, der die zerbrochenen Enden zusammenhält. Im Heilungsprozess wird der Kallus zunehmend durch echten Knochen ersetzt.

Histologisch heißt unter dem Mikroskop. Hierbei sind Knochendorne innerhalb des Kallus die ersten Anzeichen einer Heilung. Diese Dorne sind bereits ab fünf bis sieben Tagen nach der Verletzung erkennbar.«

»Kommen wir heute noch irgendwann zu Rose?«

Ich öffnete eine neue PowerPoint-Datei. Roses Skelett lag nun, von Erde und Gewebe gereinigt, in meinem Labor. Alle Knochen, bis hin zu den Endgliedern der Finger und Zehen, waren in anatomisch korrekter Anordnung präzise ausgebreitet.

»Wie Detective Ryan zuvor schon erwähnte, wurde den Überresten durch Tierfraß beträchtlicher postmortaler Schaden zugefügt.«

Ich wählte ein Foto von Roses rechtem Schenkelknochen aus. Anstelle eines runden Knubbels an einem Ende und Gelenkköpfen am anderen endete der Schaft in langen, schartigen Dornen. Ich klickte das Wadenbein und dann das Schienbein an und demonstrierte ähnliche Schäden am unteren Bein.

»Beachten Sie die Risse und die Längssplitterungen. Diese Merkmale deuten, zusammen mit der weiten Verteilung von Elementen im Umkreis des eigentlichen Skeletts, auf Fraß durch große Fleischfresser hin.«

Ich klickte eine Großaufnahme des Oberschenkelknochens an und deutete mit dem Laserpointer auf einen kreisrunden Defekt und dann auf einen zweiten.

»Diese Löcher wurden von Reißzähnen verursacht. Ausgehend von der Größe würde ich sagen, die Schlemmer waren *Ursus americanus.*«

»Schwarzbären«, sagte Corcoran.

»Bären fressen Aas?« Schechter versuchte erst gar nicht, seinen Ekel zu verbergen.

»Mit großem Behagen.«

Ich wechselte zu einer Nahaufnahme des Unterkiefers.

»Aber sie waren nicht alleine. Beachten Sie die Unterkante.« Ich fuhr mit dem Strahl am unteren Rand entlang. »Sehen Sie die parallelen Furchen?«

»Bissspuren von Nagern«, sagte Corcoran.

»Genau. Nach Abschluss der Skelettierung kamen Ratten und Mäuse dazu.«

Corcoran schüttelte langsam den Kopf. »Ich habe nie verstanden, was die noch anzieht, wenn das Fleisch erst einmal verschwunden ist.«

»Trockener Knochen ist eine sehr mineral- und proteinreiche Nahrungsquelle.«

Schechter strich mit Daumen und Zeigefinger an seiner Nase entlang. »Falls Sie die Absicht haben, mich zu schockieren, Dr. Brennan, dann wird Ihnen das nicht gelingen.«

»Meine Absicht ist, Sie zu informieren.«

»Dann kommen wir doch jetzt zu dem Fall.« Schechter schaute böse in meine Richtung.

»Okay.« Ich grinste fast. Ich freute mich schon darauf, diesem arroganten Blähsack die Luft abzulassen.

»Zusammenfassung.« Ich beugte mich vor, stützte die Unterarme auf und verschränkte die Finger, wie Schechter es zuvor getan hatte. »Ich habe an Rose Jurmains Skelett signifikante Schädigungen festgestellt, alle von postmortaler Natur.«

»Was meinen Sie mit postmortaler Natur?«

»Ich meine postmortal. Im Sinne von nach dem Tod zugefügt.«

»Von Bären.«

»Und Nagern.«

»Sie konnten also keine Hinweise auf perimortale Verletzungen feststellen?«

»Weder perimortale noch antemortale.«

»Was ist mit dem Brustbein, dem Sternum, wie Sie so schön sagen?«

»Sie haben mich gehört.«

Schechters Mund verzog sich zu einem reptilischen Grinsen. »Haben Sie denn kein Bild des Sternums, *Doctor*? Oder wollen Sie es nur nicht zeigen?«

Ryan rutschte auf seinem Stuhl nach vorne. Ich legte ihm die Hand auf den Arm. Er schaute mich an. Ich schüttelte kaum merklich den Kopf.

»C'est un ostie de crosseur.« Der Kerl ist ein hirnverbranntes Arschloch. Frei übersetzt.

»Jetzt kriegt er sein Fett weg«, erwiderte ich auf Französisch.

Ich drückte ein paar Tasten auf meinem Laptop. Auf der Leinwand ersetzte Roses Sternum ihren Unterkiefer. Daneben war eine Röntgenaufnahme zu sehen.

Schechter schnappte sich den Pointer und ließ den roten Punkt über einen kleinen, runden Defekt zwei Zentimeter über dem unteren Knochenrand tanzen. Dann schoss der Punkt zu der Röntgenaufnahme, wo der Defekt als runder Kreis im Grau-Weißen des schwammigen Knocheninneren zu sehen war.

»Wollen Sie mir jetzt sagen, dass Bären das gemacht haben?«

»Nein. Das will ich nicht.«

»Wie erklären Sie es dann?«, fragte Schechter barsch.

»Wie erklären *Sie* es denn?«, fragte ich beinahe lieblich zurück.

»Das ist offensichtlich eine Schusswunde.«

»Ich sehe keinen Hinweis darauf.«

»Soll heißen?«

»Keine Projektilfragmente oder metallischen Spuren auf dem

Röntgenbild. Keine schartigen Kanten. Keine Knochenabsplitterungen. Keine abstrahlenden Brüche, keine abgesprengten Fragmente.«

»Wollen Sie damit sagen, das Loch ist eine antemortale Verletzung?«

»Nein. Das will ich nicht.« Ich wusste, es war kindisch, Schechter so zu quälen, aber ich konnte nicht anders. Der Kerl war so unangenehm, dass ich mich darauf freute, ihn unter meinem Absatz zu zerquetschen.

»Erklären Sie das.«

»Das Loch ist nicht die Folge irgendeiner Verletzung.«

»Keine Verletzung.« Zum ersten Mal schwang nun eine gewisse Unsicherheit in Schechters Stimme mit.

»Nein.«

»Erläutern Sie.«

»Meine Erklärung erfordert ein Verständnis der sternalen Entwicklung.«

Schechter machte wieder eine seiner Gesten. Diesmal mit etwas weniger Flair.

Ich sammelte mich kurz und begann dann.

»Das Sternum beginnt sein Leben als zwei vertikale, nebeneinanderliegende Knorpelstränge. Nach einer Weile verschmelzen die Stränge entlang der Mittellinie. Das jetzt noch aus Knorpeln bestehende Sternum ossifiziert nun, das heißt, es wird zu Knochen. Diese Verknöcherung geht von sechs Zentren aus, von denen vier den Körper des Sternums, den langen, dünnen Teil also, bilden. Wenn es keine Einwände gibt, beschränke ich meine Erläuterungen auf den sternalen Körper, da sich dort das Loch befindet.«

»Bitte.« Es war das erste Mal an diesem Morgen, dass Schechter dieses Wort benutzte.

Ich bewegte den Laser seitlich über Roses Brustbein.

»Beachten Sie die quer verlaufenden Grate. Jeder markiert

die Stelle einer Verschmelzung bis dahin getrennter juveniler Elemente, die man Sternebrae nennt. Die Verknöcherung beginnt im ersten Sternebrum während des fünften bis sechsten Fötalmonats, im zweiten und dritten während des sechsten bis achten Fötalmonats und im vierten während des ersten Jahres nach der Geburt.

Dies allerdings nur, wenn alles normal verläuft. Manchmal läuft es aber anders. Gelegentlich verknöchert ein Sternebrum von mehr als einem Ausgangspunkt aus. Im unteren Sternebrum betrifft diese Variation für gewöhnlich zwei nebeneinanderliegende Zentren.«

Ich hielt inne. Um ihn zu ärgern? Vielleicht.

»Verschmelzen diese beiden nebeneinanderliegenden Zentren nicht, resultiert daraus eine Anomalie, die man sternales Foramen, also ein Loch im Brustbein nennt.« Ich sprach langsam, wie ein Lehrer, der einem dummen Schüler etwas erklärt. »Eine Variation infolge einer unvollständigen Verschmelzung eines unteren Sternalsegments, das von zwei getrennten, linken und rechten Zentren ausgehend verknöchert.«

Schechter schrieb, unterstrich und redete dann wieder.

»Sie sagen also, dass Rose eins dieser Dinger hatte.«

»Ja. Es wird erwähnt auf Seite drei meines Berichts, in dem Abschnitt mit der Überschrift ›unverkennbare Merkmale‹.«

Während Schechter in meinem Bericht blätterte, warf ich ein neues Bild auf die Leinwand. Anhand einer Großaufnahme von Roses Brustbeinloch erläuterte ich die Charakteristika.

»Einzelner, kreisrunder Defekt mit einem Durchmesser von vierzehn Millimetern. Glatter, gerundeter Rand, wie das Loch in einem Donut. Lage an der Mittellinie, im unteren Drittel des sternalen Körpers. Das ist wie aus dem Lehrbuch.«

»Konnte Rose mit so etwas überhaupt normal leben?« Schechters Wangen waren rotfleckig geworden.

»Leute tun das die ganze Zeit.«

»Hätte sie denn keine Symptome gezeigt?«

»Nein.«

»Wie häufig ist dieser Zustand?«

»Sternale Foramina treten bei etwa sieben bis zehn Prozent der Bevölkerung auf.«

Lange Zeit, so kam es mir zumindest vor, sagte keiner etwas.

Tick. Tick. Tick. Tick. Tick.

»Sie haben also keinen Hinweis darauf gefunden, dass Rose erschossen wurde?«

»Absolut keinen.«

»Kein Hinweis auf einen Mord?«

Ich schüttelte den Kopf. »Keine Anzeichen für Strangulation, stumpfe Gewalteinwirkung, Stich- oder Schnittverletzungen. Keine Abwehrverletzungen auf ihren Finger-, Hand- oder Armknochen. Neben den von Bären verursachten Schäden gibt es absolut keinen Hinweis auf Gewalteinwirkung.«

»Zeigen Sie mir das.«

Knochen für Knochen führte ich ihn durch das ganze Skelett.

Hin und wieder stellte ein besänftigter Schechter eine Frage.

Als ich mit meinen Erläuterungen fertig war, saßen wir alle stumm da.

Tick. Tick. Tick. Tick. Tick.

Ich konnte sehen, dass Schechters Hirn arbeitete, dass er versuchte, diese neue Information einzuordnen. Und vielleicht die Stunden zusammenzählte, die er dem alten Edward Allen in Rechnung stellen konnte.

»Sagen Sie mir eins, Mister Schechter. Was hat das alles hier ausgelöst?« Meine Geste umfasste die Leinwand, die Berichte und uns vier am Tisch.

»Das ist kaum –«

»Sachdienlich. Bitte seien Sie nachsichtig mit mir.«

Schechter starrte mich an, die Lippen zu einem Strich verkniffen. Ich erwartete, dass er sich Block und Kuli schnappte und den Raum verließ. Zu meiner Überraschung antwortete er mir.

»Mr. Jurmain wurde darüber informiert, dass die Ermittlungen über den Tod seiner Tochter entweder fehlerhaft durchgeführt oder bewusst verfälscht wurden.«

»Von mir.«

»Ja.«

»Informiert von wem?«

Schechter zögerte, offensichtlich überlegte er, wie viel er preisgeben, wie viel er zurückhalten sollte.

»Der Anrufer hinterließ keinen Namen.«

Wut verdrängte jeden Triumph, den ich hätte empfinden können, weil ich diesen Mann niedergerungen hatte.

»Sie haben diese Hexenjagd also ausschließlich aufgrund eines anonymen Tipps initiiert?«

»Mein Mandant hielt diesen Anruf für echt.«

»Sie hätten Ihren Mandanten hinsichtlich angemessener Vorgehensweisen beraten können.«

Wieder nur ein langes Starren.

Ich erwiderte es.

Tick. Tick. Tick. Tick. Tick.

Kommentarlos packte Schechter seine Sachen zusammen, klappte den Aktenkoffer zu und ging zur Tür. Die Hand bereits auf dem Knauf, drehte er sich noch einmal um.

»Sie haben einen Feind, Dr. Brennan. Ich würde sagen, es ist in Ihrem Interesse herauszufinden, wer diesen Anruf getätigt hat.«

Und damit verschwand er.

5

»Richie Cunnigham war da drin ja eine große Hilfe.«

»Wer?«

»Du weißt schon, Richie und der Fonz. Aus *Happy Days*?« Ryan deutete auf seinen Kopf. »Rote Haare?«

»Du schaust zu viel fern.«

»Verbessert mein Engliesch.« Wieder dieser grässliche französische Akzent.

»Chris hat uns immerhin vorgewarnt, dass Jurmains Anwalt uns diese hirnrissigen Behauptungen auftischen würde.« Obwohl ich Corcoran verteidigte, konnte ich Ryan nicht wirklich widersprechen. Mein Schulfreund hatte sich für mich nicht gerade ins Zeug gelegt.

»Na klasse, Alter.«

Ryan und ich fuhren auf der Harrison nach Osten. Ich saß am Steuer. Er spielte den Beifahrer. Wie am Flughafen und im Hotel war dieses Arrangement Ergebnis einer lebhaften Debatte gewesen. Ryan hatte mit seinen überlegenen fahrerischen Fähigkeiten argumentiert. Ich hatte mit meiner besseren Kenntnis der Stadt dagegengehalten. Das war zwar ein bisschen dick aufgetragen gewesen, aber mein zweites Argument hatte schließlich den Ausschlag gegeben. Mein Mietwagen, meine Entscheidung.

»Chris hatte noch nie großes Durchsetzungsvermögen«, sagte ich.

»Ein Goldfisch hat mehr Durchsetzungsvermögen als dieser Kerl. Er sollte bei Schechter in die Schule gehen.«

»Stimmt«, schnaubte ich. »Schechter ist ein Stier.«

»Und du hast ihm die Hörner gestutzt.«

Ryan grinste und ließ seine Augenbrauen tanzen, wie er es so gern tat.

Ich lächelte und hob die rechte Hand. Er klatschte mich ab.

Einige Augenblicke fuhr ich schweigend und dachte einen sehr lächelfernen Gedanken. Ryan sprach ihn aus.

»Schechter hatte recht, als er meinte, du solltest die Quelle identifizieren.«

»Ja«, sagte ich.

»Soll ich mit Jurmain reden?«

»Danke, Ryan. Aber das schaffe ich selber.«

»Ich komme immer wieder auf eine Frage zurück.«

»Wer ist dieses Arschloch von Anrufer?«

»Ja, natürlich. Aber auch, warum? Was ist die Motivation, dich in die Pfanne zu hauen? Hast du in letzter Zeit irgendjemanden sauer gemacht? Ich meine, mehr als normal?«

Ich schaute Ryan an und verzog das Gesicht.

»Augen auf die Straße. Das Zeug ist rutschig.«

Ryan hatte recht. Graupel war bereits auf die Windschutzscheibe geprasselt, als wir heute am frühen Morgen zum CCME gefahren waren. Das Zeug kam jetzt noch heftiger herunter. Die Temperaturen schwankten um den Gefrierpunkt, und die Sonne hatte nicht die Kraft, die dicken, kobaltblauen Wolken zu durchdringen, die den Himmel bedeckten. Halb gefrorener Matsch lag auf Autodächern und Briefkästen und auf den Trottoirrändern und Bordsteinen. Die Harrison war mit etwas überzogen, das aussah wie schwarzes Eis.

»Es muss was Persönliches sein«, fuhr Ryan fort. »Jemand, den du in irgendeinem Kontext verärgert hast.«

»Das denke ich auch. Ein Insider, wahrscheinlich in Quebec. Wer sonst könnte denn wissen, dass ich den Fall Rose Jurmain bearbeitet habe?«

»Hat der Fall Aufmerksamkeit erregt?«

»Ich kann mich dunkel an ein paar Zeilen im *Le Journal* erinnern, als die Überreste gefunden wurden. Oder vielleicht nach der Identifikation. Aber das war vor neun Monaten. Jurmain hat diesen Anruf doch erst vor zwei Wochen erhalten.«

Wieder stieg die Wut in mir auf. Ich schaute auf die Uhr am Armaturenbrett. 13 Uhr 40. Ich wechselte das Thema.

»Wann geht dein Flug?«

»Halb sieben.«

»Hast du Hunger?«

»Bin am Verhungern.«

»Vorschläge?«

»Deine Stadt. Deine Entscheidung.«

»Richtige Antwort.«

»Wo sind wir?«, fragte Ryan.

»Knapp westlich des Zentrums. In Chicago nennt man das Viertel *The Loop.«*

»Warum die Schleife?«

»Wohl wegen der alten *El*-Schienen, die einen Kreis bilden.«

»El?«

»Elevated CTA Tracks. Die Schienen der CTA-Hochbahn.«

»CTA?«

»Also komm, Ryan. Da könntest du doch selbst draufkommen. Chicago Transit Authority. Die Verkehrsgesellschaft von Chicago. In dieser Stadt läuft das öffentliche Transportwesen zum Teil unterirdisch, zum Teil oberirdisch und zum Teil erhöht. Die ganze Maschinerie nennt man *The El,* die Abkürzung von *elevated,* erhöht eben.«

»Du redest jetzt von Pendlerzügen.«

»Hier redet keiner vom Zug, außer Vorstädtern und Fremden. Für Chicagoer ist der ›Zug‹ die Metra, die die *Loop* mit den Vorstädten verbindet.«

»Und was umkreist dieses facettenreiche Schmuckstück?«

»Siehst du mich ein Schild auf einem Stecken tragen?«

»Soll heißen?«

»Ich bin keine Reiseführerin.«

»Du hast doch gesagt, du kennst diese Stadt wie deine Westentasche.«

Das hatte ich tatsächlich gesagt. Was ich nicht erwähnt hatte, war die Tatsache, dass ich vor fast drei Jahrzehnten von Chicago nach Charlotte gezogen war und meine Erinnerung an Details vielleicht etwas verschwommen war. Aber das hier war ein Kinderspiel.

»Die alten El-Gleise führen im Norden an der Lake Street entlang, im Osten an der Wabash Avenue, im Süden an der Van Buren Street und im Westen an der Wells Street. Innerhalb dieser Schleife befindet sich das ursprüngliche Geschäftszentrum der Stadt. Aber ich glaube, dass der Spitzname sogar noch älter ist als die El. Ich glaube, ursprünglich kommt er von einer Straßenbahnschleife aus den späten 1880ern.«

»Das hast du dir jetzt alles ausgedacht.«

»Wenn du eine Profiführung willst, nimm eine Grey Line.«

»Du weißt, wohin du fährst?«

»Ja.«

Links von uns ratterte eine Blue Line El über die oberirdischen Gleise in der Mitte des Eisenhower Expressway. Um sie herum zuckelten Schlangen von Autos anfahrend und bremsend und mit mürrischen Fahrern in östlicher und westlicher Richtung.

»Der Kasten da sieht aus, als hätte er seine beste Zeit schon hinter sich.« Ryan deutete auf einen Beaux-Arts-Bau, der sich rechts von uns über zwei Blocks erstreckte.

»Cook County Hospital. Ich glaube, jetzt heißt es Stroger. Und ich glaube, man plant, es abzureißen. Viele Leute sind dagegen.«

»In *Emergency Room* sieht das gar nicht so alt aus«, sagte Ryan.

»Du schaust wirklich zu viel fern.«

»Ich schalte nur für Charlie ein.«

»Unser Papagei mag Soaps?«

»Sitcoms sind ihm lieber. Er steht auf die eingespielten Lacher.«

Charlie war eine Weihnachtsüberraschung von Ryan. Ein Teil des Geschenks war das Versprechen, er werde den Vogel übernehmen, wenn ich nicht in Montreal bin. Anfangs war ich skeptisch. Aber das Arrangement funktioniert, und das Federvieh ist mir trotz seines Kodderschnabels ans Herz gewachsen.

Ironisch. Ryan hat mich sitzen gelassen, aber mein gefiederter Freund ist mir treu geblieben.

»Diese Gegend sieht ziemlich gut aus.«

Ich warf einen Blick nach rechts. »Wir sind jetzt schon außerhalb des County. Das ist das Rush Presbyterian.«

Wir fuhren eben unter einer Fußgängerbrücke hindurch, die die El mit dem Rush Medical Complex verbindet, als Mr. Tourist wieder zuschlug.

»Wird dieses Gebäude von unten nach oben breiter?«

Ohne hinzusehen wusste ich, was Ryan meinte. »Das ist UIC. University of Illinois-Chicago. Hieß früher Circle Campus.«

»Und was ist der komische Kasten?«

»University Hall. Beherbergt Fakultäts- und Verwaltungsbüros. Verbreitert sich nach oben hin zwei Mal, das heißt, die Spitze ist knappe sieben Meter breiter als das Fundament.«

Ryan reckte den Kopf nach vorne, um durch den vom Wischer freigeräumten Fächer auf der Windschutzscheibe zu schauen.

»Brutalismus«, sagte ich. »Trifft auch auf den Campus zu.«

»Ein hartes Wort.«

»Der Begriff stammt von einem Architekten, der sich Le Corbusier nannte, seinen richtigen Namen habe ich vergessen. Kommt vom französischen *béton brut*, nackter Beton. Hättest eigentlich selber draufkommen müssen.«

Ryan wandte sich mir zu. »Was ist denn Brutalismus für ein Name? Warum nicht gleich Grässlichismus? Oder Abscheulichismus? Oder –«

»Beschwer dich bei Le Corbusier.«

»Mit Marketing hatte der Kerl offensichtlich nichts am Hut.«

»Seine Erfindung, seine Entscheidung.«

»Beschreibe den Stil.«

Ich wusste nicht, ob Ryan wirklich interessiert war oder nur gelangweilt oder ob er mich auf den Prüfstand stellen wollte. Wie auch immer. Ich erinnerte mich an einen Artikel, den ich vor Urzeiten gelesen hatte.

»Der Brutalismus charakterisiert sich durch die wiederholte Verwendung rechtwinkliger, geometrischer Formen und Klumpen schmuckloser Gussbetons. War angesagt von den Fünfzigern bis zu den Siebzigern, kam dann aber aus der Mode.«

»Nicht doch. Warum wohl?«

Ryan lehnte sich wieder zurück. »Nicht schlecht, Brennan.«

»Woher weißt du, dass ich mir das alles nicht nur ausgedacht habe?«

»Wohin fahren wir?«

»Greektown.«

»Warum?«

»Lamm und Parkservice.«

»Eine unschlagbare Kombination.«

Ich bog nach links auf die Halsted ab, überquerte den Highway und fuhr Minuten später an den Bordstein der Adams. Als ich ausstieg, riss der Wind an meinem Schal und peitschte mir Graupel ins Gesicht. Die Eisbrocken fühlten sich auf meinen Wangen wie brennende Streichholzköpfe an.

Ein Mann in einem Parka und einer tief ins Gesicht gezogenen orangefarbenen Bears-Strickmütze gab mir einen Parkschein, und ich schlitterte in das Restaurant. Ryan folgte mir.

Die Einrichtung des Santorini war genau so, wie der Name es versprach. Holztische und Stühle mit Sprossenlehne, gestärkte Tischtücher, weiß getünchte Wände, ein offener, steinerner Kamin und reichlich Fischerutensilien.

Ryan und ich hängten unsere Mäntel an einen Garderobenständer. Dann führte ein Kellner mit einem Sonny-Bono-Schnurrbart und einem blau karierten Hemd uns zu einem Tisch auf der Empore. Nur wenige Mittagsgäste waren noch da, die meisten trugen Anzüge und Retsina-Röte im Gesicht.

Ein zweiter Kellner brachte die Speisekarten. Der gleiche Schnurrbart, ein anderes Hemd. Ich bestellte ein Diet Coke. Ryan bat um ein Sam Adams.

»Die Leute stehen total auf die Meeresfrüchte hier, aber ich mag das Lamm lieber.« Ohne die Speisekarte aufzuschlagen, wischte ich mir die Feuchtigkeit aus den Haaren.

»Nicht mal ein Blick?«

»Ich weiß, was ich will.«

Ryan studierte das Angebot. »Das Lamm-Youvetsi?«

Ich schüttelte den Kopf.

»Kampana?«

»Nee.«

»Jetzt bist du aber kindisch.«

»Lamm mit Artischocken.«

»Heute nicht, Zuckerschnäuzchen.«

Ich schaute nach. Verdammt. Ryan hatte recht. Lamm mit Artischocken gab es nur dienstags und sonntags.

»Kein Problem.« Ich lehnte mich zurück und verschränkte die Arme vor der Brust. »Butterblümchen.«

Zuerst das Wetter. Ich hasse Kälte. Nasse Kälte? Fragen Sie lieber nicht. Dann die Begegnung mit Schechter und seine Angaben über einen anonymen Feind. Jetzt kein Lamm mit Artischocken. Oder vielleicht war es die Nähe zu Ryan. Oder seine Verwendung des alten Kosenamens. Meine Stimmung war im freien Fall.

Neben uns diskutierten zwei Männer die Stärken und Schwächen eines Eishockeyspielers, dessen Name mir nichts sagte. Draußen wurde eine Sirene laut, dann wieder schwächer und verklang ganz. Irgendwo links von mir klirrten Gläser.

Als der Kellner zurückkam, bestellte ich Exohiko-Lamm. Ryan nahm die Meeresfrüchte-Platte und ein zweites Sam Adams.

Eine lange Zeit verstrich ohne Gespräch.

Ryans Glas war halb leer, als er schließlich sagte: »Was denkst du?«

»Hassen es Männer nicht, wenn man ihnen diese Frage stellt?«

»Ich nicht.« Ryans Gesicht erstrahlte in einem Jungenlächeln.

Ich konnte nicht anders, ich musste zurückgrinsen. Wir waren so lange ein Team gewesen, Ryan als Detective und ich als diejenige, die die Opfer untersuchte. Obwohl der Bruch zwischen uns schwierig war, wollte ich, dass diese gemeinsame Arbeit weiterging. Früher waren wir mal ausschließlich Kollegen gewesen, und wir konnten es wieder sein.

»Ich denke, wir sollten essen und dich dann zum Flughafen bringen. Bei dem Wetter kann es ziemlich eklig werden, nach O'Hare zu kommen.«

»Sehr praktisch gedacht.« Ryan nickte ernst.

Minuten vergingen. Die beiden Männer neben uns waren sich uneins, was die Unfähigkeit des Trainers der Blackhawks anging.

Unser Essen kam. Das meine erwies sich als eine mit Lamm- und Käsebrocken gefüllte Blätterteigpastete.

Beim Essen gingen mir unwillkommene Erinnerungen durch den Kopf.

Der Anfang. Meine Ankunft im Montrealer Institut, bewaffnet mit einem Grundsatz gegen Büroromanzen. Ryans Missachtung dieses Grundsatzes. Mein letztendliches Nachgeben.

Die Mitte. Abendessen bei Kerzenschein in Vieux-Montréal. Spaziergänge auf den Berg. Essen vom Tablett vor Filmklassikern im Fernseher. Ausflüge in die Laurentians. Flüge in die Carolinas. Reisen nach Guatemala und Israel.

Das Ende. Ryans Offenbarung eines neu entdeckten Sprösslings, eines wütenden, heroinsüchtigen Mädchens. Daddys Plan, wieder mit der Mutter zusammenzugehen, um die Tochter zu retten.

Unser letztes gemeinsames Abendessen, Ryans Worte, die mir ein Loch ins Herz rissen. Ich war aus dem Spiel. Lily und Lutetia waren drin. *Adieu.* Ein schönes Leben noch.

Dann, drei Monate später, Ryans Eingeständnis, dass er einen Fehler gemacht hatte, eine Entschuldigung und das Angebot einer Wiedervereinigung. Lily war in der Reha, und er und Lutetia lebten getrennt. Ryan wollte mich. Wollte uns.

Hey, mein Großer. Neuauflagen sind nicht so einfach.

Seit dieser Unterhaltung waren zwei Monate vergangen. Ich hatte Ryans Angebot weder abgelehnt noch angenommen. Ein gebranntes Kind scheut das Feuer.

Abgedroschen, ich weiß. Aber es gibt einen Grund, warum gewisse Sätze zu Klischees werden.

»– Scheiße. Die haben O'Hare zugemacht.« Die Wörter drängten sich in meine Erinnerungen.

Ich schaute zum Nebentisch. Einer der Sportkritiker starrte auf sein BlackBerry.

»Haben Sie eben gesagt, dass der Flughafen geschlossen ist?«, fragte ich.

»Können Sie das glauben?«

»Warum?«

»Eine Bombendrohung, ein Sicherheitsleck oder sonst irgendein Quatsch.«

Ryans Handy gab ein komisches, krächzendes Geräusch von sich.

»Textnachricht. Mein Flug wurde storniert.« Er drückte bereits auf die Tasten.

In den nächsten dreißig Minuten telefonierte Ryan mit Fluggesellschaften, dann mit mindestens acht Hotels. Keine Flüge. Keine Zimmer. Sogar das Hotel, das wir eben verlassen hatten, war voll ausgebucht.

»Wie konnte da jeder so schnell reagieren?«, fragte ich.

»Anscheinend checkt niemand mehr aus. Und in der Stadt laufen mehrere große Kongresse.« Unschuldiger Chorknabenblick. »Schätze, jetzt hast du mich am Hals.«

»Du weißt, dass ich Pläne habe.«

»Schätze, ich könnte versuchen, wenigstens ein Mietauto zu bekommen.« Unsicher.

O Gott. Ich konnte Ryan unmöglich dorthin mitnehmen, wohin ich wollte.

»Könnte heikel werden, bei diesem Wetter und weil ich doch die Stadt nicht kenne«, fuhr Ryan fort.

»Autovermieter liefern auch Stadtpläne mit. Oder du könntest nach was mit GPS fragen.«

Keine Chance bei Hertz oder Avis.

Ich konnte nicht glauben, was da passierte. Konnte der Tag noch schlimmer werden?

Ich dachte an den bevorstehenden Abend.

Noch viel schlimmer, erkannte ich.

»Okay«, sagte ich, während Ryan nach der Nummer von Budget fragte. »Du kannst mein Auto haben. Aber du musst mich in die Vorstädte fahren.«

»Klingt machbar. So weit draußen gibt es doch sicher Motels mit freien Zimmern.«

»Sicher.«

So lief es allerdings nicht.

6

Sogar bei dichtestem Verkehr sollte die Fahrt von Greektown nach Elmhurst weniger als eine Stunde dauern. An diesem Nachmittag dauerte sie zweieinhalb.

Als ich die St. Charles Road erreichte, zeigte die Uhr auf

dem Armaturenbrett 18:40. Toll. Ich hatte mich für vier angekündigt. Inzwischen würden alle hier sein. Falls man Ryan entdeckte, würde aus meiner Ankunft ein Zirkus werden.

Ich klinge melodramatisch? Vertrauen Sie mir. Ich kenne die Horde.

Ryan wusste ein wenig über meine schrillen Schwiegerleute. Während der Fahrt hatte ich ihm die neuesten Geschichten erzählt. Ich hatte Thanksgiving verpasst und würde dieses Verbrechen an Weihnachten noch verschlimmern, indem ich mit Katy nach Belize zum Tauchen fuhr anstatt nach Chicago, um dort Strümpfe an den Kamin zu hängen. Deshalb wollte ich wenigstens jetzt ein paar Tage mit der Petersons-Sippe verbringen.

»Deine ehemaligen Schwiegerleute?«

»Hm.«

Obwohl wir seit Jahren getrennt lebten, waren mein Ex und ich formaljuristisch noch gar keine Exe. Wir hatten uns nie offiziell scheiden lassen. Doch das würde sich ändern. Vor Kurzem hatte der Mittfünfziger Pete der Mittzwanzigerin Summer einen Diamantring auf den Finger gesteckt. Es versteht sich von selbst, dass Pete den Truthahn in diesem Jahr ebenfalls ausgelassen hatte.

»Macht deine Schwiegermutter Abendessen?«

»Du hast doch eben erst gegessen, Ryan.«

»Du schwärmst doch immer von ihren Kochkünsten.«

»Sie wird das Haus voll haben.«

»Tante Klara und Onkel Juris?«

Im Lauf der Jahre hatte ich Ryan einige Geschichten über Petes beängstigend eng zusammenhaltende und erstaunlich weit verzweigte Familie erzählt. Der jährliche Ausflug an den Strand. Der Eierfärbe-Wettbewerb an Ostern und das weihnachtliche Singen vor den Bären im Brookfield Zoo. Das obligatorische Erscheinen bei Taufen, Hochzeiten und Beerdigungen. Das

Telefonnetzwerk, das das nationale Katastrophenwarnsystem wie ein Kinderspielzeug aussehen lässt. Anscheinend erinnerte Ryan sich an die Namen der Hauptfiguren.

Hier ist die Geschichte. Nach dem Zweiten Weltkrieg und der darauffolgenden sowjetischen Besatzung der baltischen Staaten beschlossen Petes Großmutter, ihre Söhne und deren Ehefrauen, es sei an der Zeit, sich nach besseren Möglichkeiten umzusehen. Nach der Familiengeschichte gehörten zu der Abreise aus Riga ein überstürzter Aufbruch mitten in der Nacht und eine beängstigende Überfahrt auf einem klapprigen Frachter.

Darauf folgte eine längere Wartezeit in Flüchtlingslagern quer durch die deutschen Lande. Doch die beiden Paare ließen sich von der erzwungenen Untätigkeit nicht abschrecken, sondern nutzten die Zeit, um fruchtbar zu sein und sich zu vermehren. Madara und Vilis brachten Janis hervor, unseren »Pete« also, und seine Schwester Regina. Klara und Juris brachten Emilija und Ludis hervor.

Nach acht langen Jahren sprang schließlich eine lettische Kirche in Chicago in die Bresche. Der Pastor und seine Gemeinde versprachen, die tapfere, kleine Truppe zu unterstützen, und garantierten Beschäftigung, Unterbringung und ein sprachlich geeignetes Netzwerk in der Windy City.

Nach ihrer Ankunft lebte die Familie in einem aufgegebenen Laden. Nicht viel, aber immerhin ein Zuhause.

Indem beide Brüder parallel zwei Jobs nachgingen, schafften sie es nach einer Weile, die Ruine eines Hauses in Elmhurst zu kaufen, eine Vorstadt in direkter Nähe der Fabriken, des Colleges und der lettischen Kirche. Und, vielleicht das Wichtigste, die prächtigen, alten Bäume Elmhursts erinnerten Omamma an ihre verlorene Heimat auf der anderen Seite des großen Teichs.

Das Haus war ein verschachtelter Holzbau mit genug Schlafzimmern für den ganzen bunt zusammengewürfelten Clan.

Doch das ist keine Familie auf die amerikanische Art. In den USA halten wir es eher mit der Kernfamilie, Ward, June, Wally und der Beaver.

Noch ein paar Jahre, und die Brüder wohnten bereits in verschiedenen Häusern. Pete, seine Eltern und seine Schwester blieben bei Omamma und einem Collie namens Oskars in dem großen Haus. Petes Onkel und Tante und seine Cousins zogen in ein kleineres Anwesen nur zwei Blocks entfernt.

Häuser, Autos, Fernseher, College-Rücklagen für die Kinder. Innerhalb eines Jahrzehnts wurden die Petersons-Familien zum fleischgewordenen amerikanischen Traum. Juris arbeitete bis zur Pensionierung in der Kühlschrankfabrik. Vilis wechselte und wurde Mathematiklehrer am Elmhurst College.

Fast ein halbes Jahrhundert nach der transatlantischen Odyssee hat sich einiges verändert. Omamma ist inzwischen tot. Vilis ebenfalls. Petes Mutter, die man jetzt die Vecamamma nennt, ist die herrschende Patriarchin. Ehepartner kamen hinzu, und neue Cousins und Cousinen teilen sich nun die Piroggen. Obwohl sich die Bande durch Heiraten und Geburten vervielfacht haben, sind sie noch immer aus demselben Altwelt-Stahl geschmiedet.

»Wie ist das eigentlich?«, fragte Ryan. »Bei der Exverwandtschaft zu sein?«

»Großartig.«

»Nicht peinlich?«

»Im Augenblick halten sie Pete für ein Arschloch und mich für die Engelskönigin.«

»Das sollte zu deinen Gunsten funktionieren.«

»Ich sage dir jetzt, wie meine Ankunft ablaufen wird. Ich schnappe mir meine Tasche und fange an zu rennen. Du fährst davon. Schnell. Kapiert?«

»Ein bisschen sehr theatralisch, was?«

»Kapiert?«

Ryan salutierte schneidig mit zwei Fingern.

Als ich in nördlicher Richtung in die Cottage Hill einbog, brach das Auto hinten aus. Ich stieg mehrmals leicht auf die Bremse, bis das Auto sich wieder ausgerichtet hatte.

Ich erwartete einen Kommentar von Ryan. Überraschenderweise sagte er nichts.

Jetzt säumten uralte Ulmen die Straße zu beiden Seiten. Hinter den Bäumen warfen Erdgeschossfenster in großen, alten Häusern Lichtrechtecke auf matschbedeckte Rasenflächen. Vor uns in der Church Street ragten zwei dunkle Gebäude düster in den kalten, nassen Abend. Die Immaculate Conception Highschool und die Hawthorn Elementary School.

Ich bog links ab, fuhr noch einen halben Block und rollte dann an den Bordstein vor einem viktorianischen Haus, dessen rundumlaufende Veranda sich an allen vier Ecken zu Pavillons wölbte. Die gedrechselten Säulen der Veranda saßen auf einer gut einen Meter hohen Grundmauer aus Kalkstein. Das Dach des Hauses und die Säulenvorbauten über der Haustür und dem Eingang zum rechten Flügel bildete ein Trio aus Dreiecken, das auf die Straße hinausging.

Jetzt hingen von jeder Kante elektrische, weiße Eiszapfen. Ho. Ho. Ho.

Ich schaltete in den Parkmodus und wandte mich Ryan zu.

»An der Route Eighty Three gibt's ein Marriott und an der York Road ein Holiday Inn.« Ich deutete in die entsprechenden Richtungen. »Wenn die voll sind, sollen sie an der Rezeption in Oak Brook anrufen. Dort wimmelt es von Hotels.«

Ich stieg aus, öffnete die hintere Tür und holte mir Handtasche und Koffer vom Rücksitz. Der Wind blies mir eisige Kügelchen waagrecht ins Gesicht. Ich stieß fast mit Ryan zusammen, als er um den Kofferraum herumkam.

»Wenn du ein Zimmer und einen Flug hast, ruf mich an. Und morgen können wir uns dann überlegen, wie wir das mit dem Auto machen.«

Ryan sagte etwas, das ihm aber der Wind von den Lippen riss.

»Und sei vorsichtig.« Geschrien. »Ich habe die Zusatzversicherung abgelehnt.«

Und damit stürzte ich aufs Haus zu, hielt mit einer Hand mein Halstuch fest und zerrte mit der anderen meinen Rollkoffer über Matsch, der zu kabbeligen, kleinen Wellen gefroren war.

Bevor ich auf die Klingel drücken konnte, öffnete sich die Tür, und ich wurde ins Innere gezerrt. Die Luft roch nach Zitronenpolitur, Roggenbrot und bratendem Fleisch.

»Wer fährt das Auto?«, fragte Vecamamma, nachdem sie mich auf die Wange geküsst hatte. Das war kein spitzes Küsschen oder ein flüchtiges Wangestreifen, sondern ein richtiger, feuchter Schmatz.

»Ein Mann, mit dem ich arbeite.«

»Ein Polizist?« Eine meiner Nichten spähte an uns vorbei durch die Sturmtür. Mit ihren dunklen Haaren, den grünen Augen und der Elfenbeinhaut zeigte Allie nicht die geringste Spur ihrer baltischen Gene.

»Ja.«

»Cool.« Allies jüngere Schwester kam ebenfalls dazu. Sie trug einen übergroßen Pullover, einen sehr kurzen Rock, eine schwarze Strumpfhose und Stiefel. An einer eins achtzig großen Blonden sah das wirklich beeindruckend aus.

»Hat dein Polizistenfreund Hunger?« Vecamamma riss mit solcher Gewalt an meinem Mantel, als wollte sie einem Reh das Fell abziehen. »Ich brate gerade frischen Schinken. Männer mögen frischen Schinken.«

»Er hat schon gegessen.« Ich schaffte es, aus beiden Ärmeln zu schlüpfen und gleichzeitig meine Arme zu behalten.

»Wie heißt er?« Bea war so forsch, wie Allie schüchtern war.

»Ryan.«

»Ist er süß?«

»Wir arbeiten zusammen.«

»Soll das heißen, du hast noch nie darüber nachgedacht?«

»Alise und Beatrise, deckt den Tisch zu Ende.« Vecamammas Befehl dröhnte aus den Tiefen des Wandschranks. »Wir werden zwölf sein.«

Nur ein Dutzend. Gar nicht mal so schlimm.

Vecamamma tauchte mit leicht zerzauster Haarpracht wieder aus dem Schrank auf. Mich mit eisenharter Faust am Arm packend, befahl sie: »Lass den Koffer einfach stehen. Teodors wird ihn hoch in dein Zimmer bringen.«

Die Hauptarterie des Hauses ist eine breite, zentrale Diele. Direkt vor mir führten zwei überwölbte Türen in das Wohn- und das Speisezimmer, von denen Letzteres sehr häufig, Ersteres fast nie benutzt wurde. Auf der linken Seite führt eine Treppe in den ersten Stock.

Die Küche liegt etwas weiter hinten auf der rechten Seite. Daneben die Vorratskammer. Gegenüber zwei Schlafzimmer und ein Bad.

Die gesamte Rückseite des Hauses nimmt ein holzgetäfeltes Zimmer mit grünem Teppichboden, einem riesigen, steinernen Kamin und genug Grundfläche ein, um Pässe zu werfen. Na ja, zumindest Querpässe. Sportzentrum, Festsaal, Speakers Corner und Familientreffpunkt der Petersons.

Durch die Tür sah ich Ted, Ludis und Juris vor einem Großbildfernseher sitzen, jeder genau die Strickmütze auf dem Kopf, die auch der Parkplatzwächter des Santorini getragen hatte. Ted hatte das NFL-Logo nach hinten gedreht. Ludis und Juris waren eher alte Schule und trugen es vorne genau in der Mitte.

»Tempe ist hier«, flötete Vecamamma.

Ludis und Juris hoben Flaschen mit Special Export. Ted sagte: »Die Bears spielen!« Alle sechs Augen blieben am Bildschirm kleben.

Emilijas Mann Gordie und Reginas Mann Terry unterhielten sich neben einem überladenen Christbaum, der ein bisschen an den schiefen Turm von Pisa erinnerte. Gordie ist kahl und schmerbäuchig und hat spezielle politische Ansichten, die Rush Limbaugh wie einen Libertin wirken lassen. Terry ist kurz und zottelhaarig und hat sein Leben lang nur die Demokraten gewählt. Bei Familientreffen versucht jeder der beiden eifrig, aber vergebens den anderen von der Fehlerhaftigkeit seines Denkens zu überzeugen. Wenn sie sich zu sehr in Rage reden, was normalerweise nach dem vierten Bier passiert, drücken Vecamamma und Tante Klara ihr Missfallen durch Zungenschnalzen aus.

Ich folgte eben Vecamamma durch die Schwingtür in die Küche, als mir etwas einfiel.

Koffer. Einzahl.

Meine Hand flog an meine Schulter. Nur ein einsamer Handtaschenriemen.

»Scheiße!« Vecamamma hob eine drahtige Augenbraue.

Ich war schon halb durch die Diele, als es an der Tür klingelte.

»Ich geh schon«, rief ich.

Bea war bereits an der Tür.

Ich hörte das Klirren der Sicherheitskette, dann die Türangel. Eine Männerstimme. Kichern.

Als ich dazukam, stand Ryan im Windfang, meine Laptop-Tasche hing von seiner graupelnassen Schulter.

»Dachte mir, den brauchst du vielleicht.« Er klopfte mit der Handfläche auf die Tasche.

»Danke.« Ich trat einen Schritt vor und nahm den Laptop. »Tut mir leid, dass ich dich aufgehalten habe.«

»Absolut kein Problem.«

»Kübelt es draußen immer noch so heftig?«, fragte Bea.

»Der reinste Rinnsteinspüler.«

Rinnsteinspüler?

»Sie sollten zum Abendessen bleiben und abwarten, bis der Sturm sich ein wenig gelegt hat«, sagte Bea. »Meine Großmutter macht immer genug für eine ganze Armee.«

»Er hat noch was zu erledigen.« Ich schaute Ryan an und kniff warnend die Augen zusammen.

»Ist das dein Polizistenfreund?« Vecamamma hatte sich hinter mir aufgebaut.

»Ich habe was im Auto vergessen. Detective Ryan war so freundlich, es mir zu bringen. Er muss gleich wieder gehen.«

»Auf gar keinen Fall. Schau ihn dir nur an. Er ist nass bis auf die Knochen.« Zu Ryan: »Officer, wollen Sie mit uns zu Abend essen?«

»Er ist Detective, kein –«

Bea fiel mir ins Wort. »Ich übertreibe nicht. Sie kocht wirklich immer Tonnen.«

»Irgendetwas riecht mächtig verlockend.«

Mächtig verlockend? Rinnsteinspüler? Ryan gab irgendeine verquere kanadische Version der Waltons.

»Ich habe frischen Schinken mit Sauerkraut gemacht.«

»Ich will Ihnen keine Scherereien machen.« Bescheidenes Lächeln.

»Was denn für Scherereien? Einen zusätzlichen Teller auf den Tisch stellen?«

»Tempe schwärmt wirklich sehr von Ihren Kochkünsten.«

»Dann ist das geklärt.« Vecamamma zeigte einen ganzen Meter Zähne. »Bea, nimm dem Officer die Jacke ab.«

7

Während die anderen sich in Richtung Familienzimmer davonmachten, nahm ich Ryan beiseite und gab ihm ein paar Tipps.

»Trink Gordies selbst gemachten Wein nicht. Rede mit Ludis

und Juris nicht über Politik. Lass dich auf keinen Wettstreit ein. Rede nicht über deine Arbeit oder über Details von meiner.«

»Warum?«

»Einige von Petes Verwandten können eine bedrohliche Begeisterung fürs Makabre an den Tag legen.«

Ryan wusste, was ich meine.

Wir im Todesgeschäft werden oft nach unserer Arbeit gefragt, vor allem über Fälle, die in den Medien durchgekaut werden. Ryan und ich werden so regelmäßig ausgefragt, dass unsere Esseneinladungen oft mit Vorschlägen der Gastgeberin in Bezug auf angemessene Tischgespräche eröffnet werden. Es funktioniert nie. Obwohl ich nie freiwillig aus dem Nähkästchen plaudere und auf Fragen immer ausweichend antworte, wollen einige Gäste beharrlich im blutigen Gekröse stochern.

Man könnte fast meinen, die Welt unterteilt sich in zwei Lager: diejenigen, die nicht genug bekommen können, und diejenigen, die lieber gar nichts hören wollen. Ryan nennt sie die Stocherer und die Meider.

»Stocherer?«, fragte Ryan.

»Ja. Bis auf Vecamamma und Klara. Vecamamma mag dieses Thema ganz und gar nicht.«

»Wissen sie von –« Ryan wackelte mit Daumen und Zeigefinger zwischen seiner Brust und meiner hin und her. Uns?

»Nein. Aber sie haben Rudelinstinkte.« Ich setzte meine Liste mit Handlungsanweisungen fort. »Und denk nicht einmal daran, eine Einladung zum Übernachten anzunehmen.«

»Bin schon so gut wie unterwegs zum Holiday Inn.«

»Und noch ein Vorschlag.«

»Bin ganz Ohr.«

»Lass diese John-Boy-Walton-Nummer.«

Es lief dann besser, als ich erwartetet hatte. Ryan akzeptierte und lobte Gordies magenzerfressenden Bordeaux. Mit Bea und Allie redete er über Rapper. Vecamamma, Emilija und Connie bezauberte er, indem er Servietten zu Schwänen mit gebogenen Hälsen verknotete.

Niemand fragte nach seinem Ehestand. Niemand wollte etwas über unsere persönliche Beziehung wissen. Keiner quetschte ihn nach Mord und anderen Blutrünstigkeiten aus.

Doch als wir uns dann alle im Speisezimmer versammelten, platzte Cukura Kundze herein.

Was soll man über Mrs. Cukurs sagen?

Die Cukurs waren die Säulen der kleinen Kirche, die die Petersons in der Neuen Welt willkommen geheißen hatte. Da sie liberaler war als die meisten Damen ihrer Generation, hatte Laima Cukurs mit ihren Großtaten für beträchtlichen Klatsch unter ihren anständigen lutheranischen Altersgenossen gesorgt. Die expliziten Skulpturen. Die schrille Sprache. Die nur im Flüsterton erwähnte Hippie-Periode. Das unglückliche Tattoo.

Vor einiger Zeit hatte Cukura Kundze, mit vierundachtzig und seit zehn Jahren Witwe, ein Verhältnis mit einem Ungarn namens Mr. Tot angefangen, der ebenfalls in seinen Achtzigern war. Kein Mensch hatte je den Vornamen des Herrn erfahren. Und jetzt, nach vier Monaten und einigen Braten und Kasserolen, fragte auch keiner mehr danach.

Vielleicht erschien die formellere Anrede aber auch nur angemessener. Obwohl die Petersons Laimas Vornamen seit einem halben Jahrhundert kannten, blieb Cukura Kundze immer nur Cukura Kundze.

An diesem Abend erschien Cukura Kundze mit einer Torte in den Händen.

»Das ist Himbeere.« Cukura Kundze gab Vecamamma den Kuchen. »Wer ist das?«

»Ein Polizistenfreund von Tempe.«

»Gut.« Cukura Kundze trug eine Brille mit transparentem Plastikrahmen, die wahrscheinlich für Soldaten im Kampfeinsatz konzipiert war. Sie nickte so nachdrücklich, dass das Ding auf ihrer Nase hüpfte. »Ehemänner betrügen. Frauen haben Bedürfnisse.«

»Pete hat nicht betrogen.« Der Kuchen klatschte auf den Tisch.

Cukura Kundze ließ ein Räuspern hören, das alte Damen so gut beherrschen.

»Er und Tempe dachten einfach, es ist an der Zeit, 'ne Fliege zu machen.« Und an mich gewandt: »Oder?«

Zum Glück kam in diesem Augenblick Emilija mit Schüsseln voller Kraut, schlaffem Brokkoli und Sauerrahmgurken aus der Küche. Connie folgte mit Tomatenscheiben, Kartoffeln und Soße. Tante Klara brachte Roggenbrot und eine komische Art kleiner, grauer Würste. Juris trug eine Platte mit Schweinefleisch, die so groß war wie Nebraska.

Wir setzten uns alle an den Tisch. Die Teller füllten sich schnell und wurden ebenso schnell wieder geleert. Ich entschied mich für einen konversationellen Präventivschlag.

»Spielen die Bears eine gute Saison?«

Zehn Minuten Sportanalyse folgten. Als das Interesse nachließ, schwenkte ich auf Eishockey um.

»Die Blackhawks –«

Cukura Kundze startete einen Frontalangriff auf Ryan.

»Tragen Sie einen Taser?« Sie schob sich den Nasenbügel ihrer Brille mit rot lackiertem Fingernagel hoch. »Die Leute kriegen ganz schön was ab mit diesen Dingern.«

»Ich habe noch nie einen benutzt.«

»Sie haben eine richtige Waffe, nicht?« Teds Tonfall zeigte Verachtung für Cukura Kundzes Frage. »Eine Glock? Eine SIG? Eine Smith & Wesson?«

»Haben Sie schon mal jemanden getötet?« Cukura Kundze drehte auf.

»In Montreal gibt es nur wenige Gewaltverbrechen.« Ryan nickte Gordie dankend zu, als der sein Glas nachfüllte. Ich konnte nicht glauben, dass er wirklich noch mehr wollte. Pete hatte Gordies Wein einmal als ein zartes Cuvée aus Ziegenpisse und Krill beschrieben.

Zungeschnalzen von Vecamamma und Klara.

»Schaffen die Blackhawks dieses Jahr die Play-offs?«, fragte ich.

»Kann ich bitte die Kartoffeln haben?«, fragte Ludis.

»Ich habe mal von einem Biker-Krieg in Montreal gelesen.« Zwischen Allie und Bea sah Cukura Kundze wie ein Hobbit aus. »Sind Sie hier, um ein paar Hells Angels in den Arsch zu treten? Oder arbeiten Sie auf der Straße und schnappen Stricher?«

»Ryan und ich sind in einer Verwaltungsangelegenheit hier«, sagte ich. »Übrigens, er ist ein Fan der Canadiens.«

»Luden einbuchten?«

»Nichts so Aufregendes«, lachte Ryan. »Tempe und ich haben den Tag in der Leichenhalle verbracht.«

»Kartoffeln?«, wiederholte Ludis.

Die Kartoffeln wurden weitergereicht, gefolgt vom Fleisch und den Beilagen. Es wurde viel hin und her geschoben, um Platz für die Platten und Schüsseln zu finden.

Gordie goss Ryan Wein nach. Erstaunlicherweise leerte er das halbe Glas auf einen Zug.

»Ja. Ryan ist ein Habs-Fan.« Wieder versuchte ich es mit Eishockey. »Besitzt ein Saku-Koivu-Trikot.«

»Die Chicagoer Leichenhalle?« Cukura Kundzes Augen waren hinter den dicken Brillengläsern weit aufgerissen.

»Unser Besuch hatte vorwiegend mit Papierkram für einen abgeschlossenen Fall zu tun.«

»Wie in *Cold Case«,* sagte Bea. »Ich liebe diese Serie.«

»Du kennst Leute im städtischen Leichenschauhaus?« Ich kannte Cukura Kundzes Tonfall. Und ihren Blick.

»Ja, schon.« Argwöhnisch.

»Habe ich dich je schon mal um einen Gefallen gebeten, Tempe?«

Der letzte Gefallen war eine Kappe der Spurensicherung der New Yorker Polizei gewesen. Davor hatte es sich um frei verkäufliches Aspirin mit Kodein aus Kanada gehandelt. Ich sagte nichts.

»Magst du etwas tun, das eine alte Frau glücklich macht? Bevor ich sterbe?«

Vecamamma schnaubte so heftig, dass die dauerwellenbrüchigen Locken auf ihrer Stirn flatterten.

»Also eigentlich –«

»Es ist nicht für mich, nein, nein. Für mich selber würde ich dich nie um einen Gefallen bitten. Es ist für den armen Mr. Tot.«

In einem Observatorium hoch oben auf dem Halealeka piepste leise ein intergalaktisches Beobachtungsinstrument, ausgelöst von einem schwarzen Loch des Schweigens, das plötzlich in einer mittelwestlichen Vorstadt entstand.

»Mr. Tot?« Völlige Stille. Ich spürte vierundzwanzig Augen auf meinem Gesicht.

»Sein Enkel wird vermisst, und die Navy behauptet, er wäre desertiert. Das ist Blödsinn. Lassie hätte nie seine Pflichten vernachlässigt.«

»Lassie?« Klaras Lautstärke sagte mir, dass sie ihr Hörgerät nicht trug. »Hat sie Lassie gesagt?«

»Mr. Tot sagt, der Junge muss tot sein.«

»Vielleicht hat er ja Amnesie«, sagte Allie. »Ihr wisst schon, vielleicht ist er in irgendeiner fremden Stadt und weiß nicht mehr, wer er ist. Ich hab das mal im Fernsehen gesehen.«

»Lassie ist ein Hund.« Klara war so laut, dass man sie noch in Topeka verstanden hätte. »Wie Oskars. Wo ist Oskars?«

Der Collie war 1984 gestorben.

»Cukura Kundze«, sagte ich sanft, »ich kann da wirklich nichts tun.«

»Du könntest Richie Cunningham bitten, ein paar Zehenetiketten zu kontrollieren.« Ryans Augen sahen beschwingt nach schlechtem Bordeaux aus.

»War Richie Cunningham nicht dieser Trottel in *Happy Days*?«, fragte Ted.

»Davor hat er Opie gespielt«, sagte Connie.

»Ron Howard«, sagte Susan. »Er ist jetzt Filmemacher.«

»Und in der Leichenhalle gibt's einen Typ, der Richie Cunningham heißt?«

»So heißt er nicht wirklich«, sagte ich und schaute Ryan mit zusammengekniffenen Augen an.

»Warum hat er ihn dann so genannt?«

»Weil er rote Haare hat.«

»Und Sommersprossen.« Ryan grinste dämlich.

Super. Detective Angeschickert würde heute Abend nicht mehr fahren.

»Könnte dieser Richie-Freund sich vielleicht mal umsehen, nachschauen, ob der Coroner Lassie auf Eis hat?«

Eins musste man ihr lassen. Das alte Mädchen war so hartnäckig wie Herpes.

»Hat Mr. Tot seinen Enkel als vermisst gemeldet?«, fragte ich ohne große Begeisterung.

»Sofort. Und er hat sich auch selber auf die Suche gemacht. Natürlich wusste er nicht so recht, wo er hin sollte. Sein Bowling-Kumpel Mr. Azigian begleitete ihn.«

»Wie kommt Mr. Tot auf den Gedanken, dass sein Enkel tot ist?«, fragte ich.

»Sie hatten Karten für das Spiel der Sox gegen die Cubs. Im Wrigley Field. Glaubst du, dass Lassie das sausen lassen würde?«

Ich hatte keine Ahnung, was Lassie tun würde. Was ich allerdings wusste, war, dass jedes Jahr viele Leute einfach aus ihrem Leben verschwanden. Das sagte ich ihr allerdings nicht.

»Kann ja nicht schaden, Corcoran mal anzurufen«, sagte Ryan.

Ein ganzer Chor von Stimmen pflichtete ihm bei.

»Na gut.« Ich zwang mich zu einem Lächeln. »Ich rufe ihn morgen an.«

Beim Kuchen erzählte Cukura Kundze uns das Folgende.

Vor beinahe vier Jahren hatte Laszlo Tot in der Woche seines vierundzwanzigsten Geburtstags seine Kaserne in der Great Lakes Naval Station, von Chicago aus etwa fünfunddreißig Meilen das Ufer des Lake Michigan hoch, mit einem Urlaubsschein für das Wochenende verlassen. Am darauffolgenden Montag und auch an allen anderen Tagen meldete sich Obergefreiter Tot nicht zum Dienst zurück. Den Vorschriften entsprechend wurde eine militärische Untersuchung eingeleitet und die zivilen Behörden informiert.

Es folgten Suchaktionen, die aber nichts erbrachten und deshalb nach einer gewissen Zeit eingestellt wurden. Die Navy klassifizierte Obergefreiter Tots Nichterscheinen als AOE. Als Abwesenheit ohne Erlaubnis.

Zwei Monate nach Einstellung der Ermittlungen wurde ein 1992er Ford Focus auf dem Parkplatz eines Einkaufszentrums im Nordosten von Northbrook gefunden. Das Melderegister deutete darauf hin, dass das Fahrzeug auf Laszlo Tot zugelassen war. Die Spur führte ins Leere.

Als ich nach oben ging, entkorkten Ryan, Ludis und Gordie gerade ihre vierte Flasche. Das Gespräch drehte sich um Waffenrecht.

Sayonara.

Normalerweise nehme ich zum Frühstück Kaffee, vielleicht einen Joghurt oder ein Bagel. Wenn ich wirklich übermütig bin, gibt's vielleicht noch Frischkäse oder Marmelade dazu.

Das ist allerdings nicht Vecamammas Stil.

Nach Grapefruit, gebratenem Speck und Pfannkuchen mit Ahornsirup und Butter rief ich im CCME an. Corcoran nahm fast sofort ab.

Er fing damit an, dass er sich für das gestrige Debakel entschuldigte. Ich versicherte ihm, dass ich es ihm nicht übel nähme. Dann erzählte ich ihm eine verkürzte Version von *Lassie-Heimweh.*

Corcoran sagte, er werde im Computer nach Unbekannten suchen, auf die Laszlo Tots Beschreibung passte. Er versprach, gleich zurückzurufen.

Ich legte eben auf, als Ryan durch den hinteren Vorraum in die Küche kam. Sein Gesicht war gerötet, und er trug Reeboks, Handschuhe, einen Schal und einen Jogginganzug.

»My kind of town, Chicago is« – Ryan wickelte sich den Schal ab und beendete den Liedtext dann in einer veränderten Version – »schnell schmelzend.«

»Du warst laufen?«

»Nur fünf Kilometer.«

Bei den Unmengen von Wein, und ich meine jetzt wirklich nicht nur Mengen, schien Ryan in erstaunlich guter Verfassung zu sein.

Vecamamma drehte sich mit erhobenem Kochlöffel vom Herd um.

»Labr:t. Ka: jums iet?« Guten Morgen. Wie geht's?

»Labi, Paldies. Et vous, Vecamamma?«

»Très bien, Monsieur. Merci.«

Ich verdrehte eben die Augen, als mein Handy klingelte.

Corcoran. Ich schaltete ein.

»Der Computer ist abgestürzt. Hör mal, komm doch einfach vorbei. Wir nehmen die Kühlräume in Augenschein. Und wenn dann das System wieder läuft und Überreste da sind, die dich interessieren, dann holen wir sie.«

Ich hatte eigentlich vorgehabt, am Vormittag mit Vecamamma Schnappschüsse in Alben zu kleben und Weihnachtsplätzchen zu backen. Aber ich kannte meine Schwiegermutter. Sie würde wollen, dass ich Cukura Kundze helfe.

»Wo ist Walczak?«, fragte ich.

»Milwaukee.«

Ich schaute kurz zu Ryan hinüber und fragte mich, ob ich ihn zum Flughafen würde fahren müssen. Vergiss es. Sein bester Kumpel Gordie konnte den Chauffeur spielen.

»Ich bin so gegen zehn dort.«

8

Corcoran und ich fanden zwei infrage kommende Kandidaten.

Der eine war Opfer einer Heroinüberdosis, ein Weißer mit einem geschätzten Alter von zwanzig bis fünfundzwanzig. Die nackte Leiche war vor sechzehn Monaten in der South Side der Stadt gefunden worden, in der Nähe der Kreuzung Forthy-Fifth und Stewart, zwischen den Gleisen der Chicago & Western Indiana Railroad und dem Rand des Fuller Park. Weder Freunde noch Familienmitglieder hatten sich gemeldet. Ein Datenabgleich hatte nichts erbracht. Desgleichen Zahnstatus und Fingerabdrücke. Der Mann lag noch immer im Gefrierraum.

Der andere war ein Skelett. Merkmale waren angegeben als: weiß, männlich, achtzehn bis vierundzwanzig Jahre alt. Die Knochen waren seit achtunddreißig Monaten in Verwahrung.

In beiden Fällen zogen wir Nieten.

Obwohl die Information erst noch in den Computer eingegeben werden musste, erfuhr Corcoran, dass der Mann aus der Kälte vor zwei Tagen identifiziert worden war. Es zeigte sich, dass die Leiche die eines neunzehnjährigen Studenten aus Ohio State war, der sich in Richtung Großstadt aus dem Staub gemacht hatte, ohne die Eltern anzurufen. Was dann auf den Straßen des Lasters genau passiert war, konnte kein Mensch sagen. Mom und Dad warteten auf die Aushändigung der Leiche.

Durch einen Anruf bei Cukura Kundze erfuhr ich, dass Lassie

einen Meter fünfundachtzig groß war und ungefähr neunzig Kilo wog. Die Maße der Röhrenknochen des Skelett-Manns legten eine Größe von maximal einssechsundsechzig nahe.

Ich holte mir die Fallakte, um die Größenschätzung noch einmal zu kontrollieren. Dasselbe Ergebnis.

»Nicht dein Junge«, sagte Corcoran.

»Nein«, pflichtete ich ihm bei.

Wir standen neben einem Arbeitstisch im Lagerraum des CCME. Corcoran schaute zu, wie ich die Knochen des Skelett-Manns wieder in den Karton zurücklegte.

»Wer macht bei euch die Anthropologie?«, fragte ich und setzte den Deckel auf.

»Jahrelang hatten wir einen Kerl aus Oklahoma. Aber jetzt, da er in Rente ist, läuft das ziemlich willkürlich. Manchmal ein Student im Aufbaustudium. Manchmal ein Assistenzarzt, der hier seinen Turnus macht. Manchmal einer unserer festen Pathologen.«

»Leute, die umsonst arbeiten«, vermutete ich.

»Walczak behauptet, dafür ist im Budget kein Geld.«

»Irgendwann einmal beißt ihn diese Vorgehensweise in den Arsch.«

»Hey, mir musst du das nicht sagen. Ich bin auch der Meinung, dass wir nur Spezialisten mit Verbandszulassung verwenden sollten. Würde mir die Arbeit auf jeden Fall einfacher machen.«

»Wer hat diesen Kerl da untersucht?« Ich legte die Hand auf den Karton mit dem Skelett-Mann.

Corcoran schaute in der Fallakte nach.

»AP. Das war Tony Papatados, ein Doktoratskandidat am UIC. Gräbt Knochen in Peru aus. Vielleicht ist es auch Bolivien. Ich weiß es nicht mehr.«

»Ein Archäologe.«

»Warst du nicht auch Archäologin?«

»Ja. Versteh mich jetzt nicht falsch. Viele Bioarchäologen und biologische Anthropologen sind ausgezeichnete Wissenschaftler. Sie wissen viel über Osteologie, wissen, wie man Alter und Geschlecht einschätzt, wie man Knochen korrekt vermisst. Aber sie sind nicht ausgebildet für die ganze Bandbreite der forensischen Aspekte. Die meisten haben nur wenig Erfahrung mit modernen Populationen.«

Ein plötzlicher Gedanke. Wenn Walczak seine Anthropologiefälle von unterqualifizierten Leuchten bearbeiten ließ, dann war es möglich, dass einige Überreste nicht korrekt bewertet worden waren.

»Was dagegen, wenn ich noch ein bisschen länger hierbleibe?«

»Von mir aus gern. Warum?«

»Laszlo Tot war Soldat. Und als vermisst gemeldet. Wenn er hierherkam, und wenn auch nur als verweste Leiche, dann wäre die Identifikation anhand von Zahnstatus und Fingerabdrücken ein Kinderspiel gewesen. Aber angenommen, seine Leiche wurde eine ganze Weile nicht gefunden. Was, wenn er bereits skelettiert war und seine Knochen von jemandem mit, sagen wir mal, begrenzten Fähigkeiten untersucht wurden?«

»Dann würden wir ihn übersehen, weil seine Akte irreführend ist.«

»Oder ganz einfach falsch.«

»Möglich ist das.« Corcoran klang skeptisch.

»Kannst du die Datenbank nach unidentifizierten Verwesten und Skeletten durchsuchen, die in den letzten vier Jahren hier ankamen?«

Corcoran tippte auf der Computertastatur, schaute auf den Bildschirm, tippte noch ein wenig und drückte dann eine einzelne Taste.

»Einen Augenblick. In meinem Büro steht ein Drucker.«

Augenblicke später kehrte er mit einer Liste mit vierzehn

MMCE-Fällen zurück. Außerdem hatte er für jeden Fall die Polizeiberichte, die Aufnahmedaten und die Anthropologieberichte ausgedruckt.

Sieben Leichen waren stark verwest hier eingetroffen. Bei diesen hatte man das Fleisch abgelöst und die Knochen durch Kochen gereinigt. Ein Individuum war verbrannt, ein anderes mumifiziert. Deren Überreste waren unberührt geblieben. Fünf Leute waren lediglich als Knochen erschienen.

»Sie sind alle da drüben.« Corcoran deutete zu dem Regal, in das ich den Skelett-Mann in seiner Abwesenheit zurückgestellt hatte. »Aber du bist jetzt auf dich allein gestellt. Eben wurde ein völlig zerschlagenes Kleinkind eingeliefert. Die Autopsie wurde mir zugewiesen.«

»Kein Problem.«

Corcoran zeigte mir, wo die nötige Ausrüstung verwahrt war, und schrieb mir eine Nummer auf, falls ich einen Techniker brauchte. Dann war er verschwunden.

Ich fing mit denen an, die als Skelett angekommen waren, und erstellte für jedes ein biologisches Profil: Alter, Geschlecht, Rasse und Größe. Danach verglich ich meine Ergebnisse mit den Fallakten.

Um Viertel nach eins kam Corcoran vorbei und fragte, ob ich Mittagspause machen wollte. Bei einem Sandwich aus dem Automaten mit einem sehr fragwürdig aussehenden Hähnchensalat, einem Sechserpack Oreos und einem Diet Coke redeten wir über meine Absichten in Bezug auf Jurmain. Ich sagte ihm, ich würde Edward Allen gleich morgen früh anrufen, vielleicht sogar nach Winnetka fahren, um ihm einen Überraschungsbesuch abzustatten.

Corcoran entschuldigte sich noch einmal. Wie zuvor versicherte ich ihm, dass er nicht das Ziel meiner Verärgerung war.

Um Viertel vor zwei kehrte ich in den Lagerraum zurück.

Um vier war ich mit den Skeletten fertig. Eine indianische

Frau war als negroid identifiziert worden. Ein älterer Weißer hatte einen chirurgisch verschraubten Oberarmknochen, der tatsächlich der Oberschenkelknochen eines sehr großen Hundes war.

Kein Lassie-Kandidat.

Da ich wusste, dass ich Röntgenaufnahmen brauchen würde, übersprang ich die verbrannte und die mumifizierte Leiche und wandte mich den gereinigten Verwesten zu. Im dritten Knochenkarton wurde ich fündig.

In der ersten Hälfte des 20. Jahrhunderts war das Cook County einer der führenden Lieferanten von Kalkstein und Dolomit in den Vereinigten Staaten. Der Großteil des Materials kam aus Steinbrüchen in Vororten im Westen und im Süden von Chicago: Elmhurst, Riverside, La Grange, Bellwood, McCook, Hodgkins, Thornton. Das meiste wurde auf dem Illinois and Michigan Canal verschifft, später auf dem Sanitary and Ship Canal.

Das goldene Zeitalter des Steinbrechens ist längst vergangen, geblieben sind Kraterlandschaften. Ich rede nicht von kleinen Senken in der Erde. Diese Gruben sind gigantisch.

Und großartige Orte, um Leichen loszuwerden.

Nach Angaben von Police Officer Cyril Powers wurde am 28. Juli 2005 knapp südlich einer Brücke, die den Tri-State Tollway über die Thornton Quarry, den Thornton-Steinbruch also, trägt, eine Leiche mit dem Gesicht nach unten im Wasser treibend gefunden. Powers alarmierte das Personal der Material Service Corporation, die Besitzer und Betreiber des Steinbruchs, und forderte dann Enterhaken und einen Transporter der Leichenhalle an.

Die Überreste wurden unter der Nummer 287JUL05 in die Leichenhalle aufgenommen. Der Fall wurde einem Pathologen namens Bandhura Jayamaran zugewiesen. Jayamaran schätzte das PMI, das postmortale Intervall, also die Leichenliegezeit, auf zwei bis drei Wochen.

Aufgrund von fortgeschrittener Fäulnis und schwerer Beschädigung des Schädels, darunter auch das völlige Fehlen der linken Gesichtsseite und des ganzen Unterkiefers, waren nur noch drei Zähne vorhanden, zwei vordere Backenzähne und ein hinterer Backenzahn oben rechts. Keiner wies unverwechselbare Merkmale oder Zahnrestaurationen auf.

Fingerabdrücke waren nicht mehr abzunehmen. Da Jayamaran zu dem Schluss kam, dass mit der Leiche nicht mehr viel anzufangen war, ließ er die Knochen vom Fleisch befreien und reinigen und für eine spätere anthropologische Untersuchung verwahren.

Einen Monat später wurde 287JUL05 von jemandem untersucht, der sich nur mit den Initialen ML auswies. Dieser ML kam nun zu dem Schluss, dass es sich bei dem Individuum um einen männlichen Weißen mit einem Alter von ungefähr fünfunddreißig Jahren und einer Größe von einem Meter siebzig, plus oder minus zwei Zentimeter, handelte. Die Altersschätzung basierte auf dem Zustand der Schambeinfuge, den kleinen Oberflächen, an denen die beiden Beckenhälften vorne zusammentreffen. Die Größe wurde anhand der Länge des Oberschenkelknochens errechnet.

ML stellte Verletzungen der Wirbel, der Rippen und des Schädels fest, die vom Sturz des Opfers in den Steinbruch verursacht worden waren, sowie verheilte, antemortale Brüche von Elle und Speiche rechts. ML gab keine Einschätzung in Bezug auf die Todesart ab.

MLs Profil des Toten wurde in die Datenbank der Vermisstenabteilung der Polizei von Chicago eingegeben und eine Woche später in die Datenbank des NCIC, des National Crime Informations Center des FBI. Keine von beiden ergab eine eindeutige Identifikation.

Am 4. September 2005 kam 287JUL05 auf ein Regal im Lagerraum des CCME. Seitdem lag er dort.

Okay, ML. Mal sehen, wie du dich geschlagen hast.

Zuerst ordnete ich die Schädelfragmente so an, dass das Ganze aussah wie ein explodierter Totenkopf. Dann legte ich die restlichen Knochen in anatomisch korrekter Anordnung zurecht.

Ich begann mit der Geschlechtsbestimmung, betrachtete zunächst den Schädel, dann das Becken.

Das rechte Stirnbein verbreiterte sich am unteren Rand, über der Augenhöhle, zu einem breiten, gerundeten Wulst. Das Hinterhauptbein zeigte genau in der Mitte des Schädels einen deutlich ausgeprägten Muskelansatz. Der Warzenfortsatz, ein Knochenstück, das hinter der Ohröffnung nach unten reicht, war beeindruckend.

Das Becken zeigte, nachdem ich es zusammengefügt hatte, einen kräftigen Schambereich mit einem spitzen Winkel unterhalb der Stelle, wo die beiden Hälften sich vorne berührten. Links und rechts wölbten sich die beiden Seiten nach oben hin zu einer tiefen, schmalen Kerbe unterhalb der Hüftschaufel.

Okay. Einverstanden. 287JUL05 war männlich.

Ich notierte mir das und wandte mich dann der Abstammung zu.

Das war schwieriger, weil kaum noch Gesichtsarchitektur vorhanden und der Schädel zu beschädigt war, um noch aussagekräftige Maße zu liefern. Dennoch sah ich, dass die Schädelform eher gemäßigt war, nicht besonders lang und schmal oder kurz und kugelförmig. Die Wangenkochen saßen eng am Oberkiefer, der Nasenrücken war hoch, die Nasenöffnung von gemäßigter Große.

Wieder einverstanden. 287JUL05 war weiß.

Ich notierte es mir und wandte mich dem Alter zu.

Auf dem linken Hüftknochen war der Schambeinfugenrand stark erodiert. Die rechte Seite war weniger beschädigt, und Details waren zwar abgeschürft, aber noch erkennbar. Ich trug den Knochen zu einem Mikroskop und betrachtete die Oberfläche unter Vergrößerung.

Und spürte ein Kribbeln im Nacken.

Ich kehrte zum Skelett zurück, nahm mir die vierten und fünften Rippen und trug sie ebenfalls zum Mikroskop. An der sternalen oder Brustseite endete jede Rippe in einer flachen Vertiefung, die von einer glatten Wand mit welligem Rand begrenzt wurde.

Noch ein Kribbeln.

Nachdem ich mir eine Osteometrietafel gesucht hatte, vermaß ich Oberschenkelknochen und Schien- und Wadenbein der rechten Seite. Ich betrachtete eben die Schätzwerte, die ich auf meinem Laptop mit Fordisc 3.0 errechnet hatte, als Corcoran durch die Tür kam.

»Gott im Himmel, Mädchen. Du bist immer noch da?«

»Kann sein, dass ich ihn gefunden habe.«

»Im Ernst?«

Ich deutete mit dem Kopf auf 287JUL05. »Jemand mit den Initialen ML untersuchte dieses Skelett.«

Corcoran machte ein nachdenkliches Gesicht und schüttelte dann den Kopf. »An einen oder eine ML kann ich mich nicht erinnern. Ich bearbeitete damals einen merkwürdigen Fall, schrieb sogar einen Artikel darüber im *JFS*. Hast du ihn gelesen?«

Ich schüttelte den Kopf.

»Das musst du dir anhören. Eine achtundsechzigjährige Frau wird bei einem Familienpicknick am 4. Juli zum letzen Mal lebend gesehen. Danach hört zwei Wochen lang keiner etwas von ihr. Schließlich geht die Tochter nachsehen und findet auf dem Wohnzimmerboden eine Leiche. Ich brauche wohl nicht zu sagen, dass Mama nicht mehr allzu gut aussah.

Ich mache die Autopsie und finde nichts, was auf eine Todesursache hinweist, also klassifiziere ich sie als unklar. Als Nächstes erzählt mir ein Polizist, einer der Enkel habe zugegeben, die alte

Dame erschossen zu haben. Offensichtlich brauchte der kleine Wichser Geld für Drogen, und Oma rückte nichts heraus. Ich bin skeptisch, weil ich keine perforierten Organe, keine eingekerbten Knochen, keine Kugeln oder Kugelfragmente und keine Metallspuren auf den Röntgenaufnahmen gefunden habe.«

»Aha.« Ich wollte nicht unhöflich wirken, aber der Fall interessierte mich nicht sonderlich.

»Aber diesem alten Sherlock hier lässt das keine Ruhe, und er nimmt sich die Dame noch einmal vor. Und rate mal, was ich gefunden habe?«

Ich machte mein »Ich bin beeindruckt«-Gesicht.

»Anscheinend hatte sie sich bewegt, als der Junge den Abzug drückte. Ich finde einen Schusskanal genau durch die Muskeln, die parallel zum Rückgrat verlaufen. Obwohl kein lebenswichtiges Organ getroffen wurde, verblutete das Opfer wahrscheinlich.« Corcoran strahlte.

»Du bist ein Genie.« Ich wartete eine respektvolle halbe Sekunde. »ML hat es vermasselt.«

»Was? Ach so.«

Ich führte Corcoran zum Mikroskop.

»Schau dir die Schambeinfuge an.« Ich redete weiter, während Corcoran die Schärfe einstellte. »Diese Oberfläche verändert sich während des gesamten Erwachsenenlebens. Zu diesen Veränderungen gehört auch die Bildung eines Rands, der die Peripherie umkreist. Siehst du die Lücke an der Oberkante?«

»Auf der Bauchseite?«

»Ja.«

»Sehe ich.«

»Bei jungen Erwachsenen ist eine solche Lücke normal. Die ventrale, also die Bauchseite des Rands, bildet sich erst noch. Wenn Erwachsene altern, verschmelzen die Enden des Kreises, und der Rand ist komplett. Dann fängt der Rand an, sich wieder zurückzubilden. Auch das ist normal.«

»Erst bildet sich der Rand, dann bricht er wieder zusammen.«

»Genau. Leute mit geringer Erfahrung verwechseln diese beiden Stadien oft. ML sah diese Lücke und interpretierte sie fälschlicherweise als Rückbildung. Er oder sie schätzte das Alter auf fünfunddreißig.«

Corcoran schaute zu mir hoch.

»Der Kerl war viel näher an zwanzig, als er starb. Aber das ist nicht das einzige Problem.«

Corcoran verschränkte die Arme vor der Brust.

»ML benutzte ein veraltetes System der Größenbestimmung, maß ungenau und verließ sich auf zu wenige Knochen. Dann benutzte er oder sie ungeeignete Formeln für die Regressionsgleichungen und missinterpretierte die statistische Bedeutung der Schätzungen, die diese Gleichungen erzeugten. Soll ich die Fehler einen nach dem anderen mit dir durchgehen?«

»Nein.«

»ML schätzte die Große auf eins achtundsechzig bis eins dreiundsiebzig. Ich würde sie eher auf eins achtzig bis eins achtundachtzig schätzen.«

»Endergebnis?«

»287JUL05 war ein eins achtzig großer Weißer, der mit ungefähr zwanzig Jahren starb.«

»Wie Lassie.«

»Genau. Hat euch die Navy antemortale Unterlagen geschickt, damit ihr sie parat hättet, falls ihr einen Unbekannten bekommt, auf den Tots Beschreibung passt?«

Corcoran zuckte die Achseln, um anzudeuten, dass er es nicht wusste. »Ich kann nachsehen. Das ist keine fünf Jahre her. Falls wir Tots Unterlagen bekommen haben, müssten sie immer noch da sein.«

Einige Augenblicke lang dachten wir beide darüber nach.

»Irgendwelche Ideen in Bezug auf die Todesart?«

»Ich habe keine Hinweise gefunden.«

»Das ergibt keinen Sinn. Thornton liegt südwestlich der Stadt. Great Lakes ist praktisch schon Wisconsin. Wenn das der Enkel deines Freunds ist, dann hatte er, freiwillig oder unfreiwillig, eine ziemlich lange Fahrt hinter sich, und ich glaube, du hast mir gesagt, dass sein Auto nördlich der Stadt gefunden wurde.«

Wieder vergingen ein paar Augenblicke. Ich dachte an die alte Cukura Kundze, ihre triefenden Augen hinter der altmodischen Brille. Tief drinnen wusste ich, dass das Opfer in dem Karton Laszlo Tot war.

Plötzlich fühlte ich mich sehr erschöpft. Ich schaute auf meine Uhr. Zehn vor sechs. Seit fast acht Stunden war ich jetzt schon in der Leichenhalle. Und auch *mañana* würde kein Tag für Fotoalben und Plätzchen werden.

»Um Verletzungsspuren kann ich mich morgen kümmern«, sagte ich. »Nach meinem Gespräch mit Jurmain.«

»Das wäre gut.«

Corcoran errötete.

Ich wusste, was jetzt kam.

»Walczak wird dich nicht bezahlen.«

»Keine Angst«, sagte ich. »Den Fall mache ich ohne Honorar.«

Es schneite, als ich das CCME verließ, der in den Rinnsteinen an der Harrison Street erstarrte dunkle Matsch war weiß überzuckert. Während ich auf der Eisenhower nach Westen fuhr, ließ ich meine Gedanken schweifen.

Wohin war Laszlo Tot in den letzten Stunden seines Lebens gegangen? Was hatte er getan? War sein Tod die Folge irgendeiner Dummheit? Oder von Sorglosigkeit? Oder von Gier? Was war das für ein Tag gewesen, an dem er dieses Baseballspiel verpasst hatte? Freitag, Samstag, Sonntag? Wo hatte er vorgehabt zu schlafen?

Wieder sah ich die alte Cukura Kundze vor mir. Wenn ich den Schmerz lindern könnte, der sie und ihren Partner belastete, würde ich es tun. Wenn ich 287JUL05 irgendwie in den geliebten, toten Enkel eines anderen Menschen verwandeln könnte, würde ich es ebenfalls tun.

Ich konnte beides nicht. Stattdessen würde ich nach Antworten suchen. Nach Gerechtigkeit. Für Cukura Kundze. Für Mr. Tot. Für Lassie. Das Schicksal jedes Menschen verdient Aufmerksamkeit. Wieder der alte Horton.

Edward Allen Jurmain. Was für ein Mistkerl hatte ihm eingeredet, ich sei unfähig? Korrupt? Warum?

Ich packte das Lenkrad fester.

Wie konnte ich Jurmain dazu bringen, mir zu sagen, was er über diesen mysteriösen Informanten wusste? Sollte ich ihn anrufen? Nach Winnetka fahren? Schaffte ich es überhaupt, bis zu ihm vorzudringen?

Ich dachte an Pete und seine junge Verlobte mit den Melonenbrüsten. Waren die Heiratspläne noch immer aktuell? Machte mir das etwas aus?

Katy? Ich wusste, dass meine Tochter keinen großen Spaß hatte an ihrem Job im Mecklenburg County Public Defenders Office. Hatte sie gekündigt? Wenn ja, um was zu tun?

Ryan. Ich fragte mich, ob mit seinem Flug alles planmäßig gelaufen war. Ich vermisste ihn. Am Sonntag würde ich nach Charlotte fliegen. Wollte ich, dass er zu Besuch kam? Würde es je wieder so sein, wie es einmal war? Konnte es das?

Ich hatte Kopfschmerzen. Es war ein langer Tag gewesen.

Ich stellte mir Vecamamma vor, wie sie an ihrem uralten Tappan-Herd stand. Heute kochte sie Lamm mit Karotten und Kohl. Ich fragte mich, ob sie die Plätzchen inzwischen alleine gebacken hatte.

Ich lächelte, weil ich mich freute, dass jemand mir ein Abendessen kochte. Ich wusste nicht, wer sonst noch dabei sein würde oder wie viele, aber ich war froh, dass ich nicht in ein leeres Haus zurückkehrte.

Jawoll. Familie war genau das, was ich brauchte. Arterienverstopfende Köstlichkeiten wie Kartoffeln mit Soße, Brot und Butter, Rhabarberkuchen und Eiscreme. Belanglose Gespräche. Sich keine Sorgen über Pete, Ryan, Katy, Jurmain machen zu müssen. Distanz zu früheren Ehemännern, Geliebten, ruhelosen Töchtern und hinterhältigen anonymen Informanten.

Vor allem Distanz zu gewaltsamem Tod.

9

Im Haus angekommen, machte ich zwanzig Minuten Yoga und nahm dann ein sehr heißes Bad.

Während ich bis zum Kinn in Schaumbläschen lag, überlegte ich mir einen Plan für Cukura Kundze und Mr. Tot. Ich würde erst anrufen, wenn ich mit den Knochen fertig war und eindeutig festgestellt hatte, dass es sich bei 287JUL05 um Lassie handelte. Und ich hoffte, dass ich zu dem Zeitpunkt auch erklären konnte, was ihn umgebracht hatte.

Außerdem überlegte ich mir eine Strategie, wie ich mit Jurmain umgehen sollte. Nach einigem Nachdenken entschied ich mich für einen Hausbesuch. Ich würde direkt vom CCME dorthin fahren. Nur keine Zeit verlieren. Vielleicht überrumpelte ich damit den alten Knacker. Na und? Mehr als mich vom Butler hinauswerfen lassen, konnte er nicht tun.

Das Wasser war lauwarm, als es anfing, an der Tür zu klingeln.

Ich stieg aus der Wanne und zog mir Jeans und einen langen, roten Pullover an. Kein Fönen. Kein Make-up. Ist Familie nicht großartig?

Nach Yoga und Wanne hatte der Knoten in meinem Bauch sich gelöst, die Kopfschmerzen waren verschwunden.

Vielleicht war es auch das Aspirin. Was auch immer. Ich fühlte mich entspannt und erfrischt. Heute Abend keine Leichen. Keine Vorwürfe beruflichen Fehlverhaltens. Keine zweischneidigen Neckereien von Ryan.

Zum Glück würde es an diesem Abend nur eine kleine Gesellschaft geben. Vielleicht trug auch das zu meiner neu gefundenen Heiterkeit bei.

Andrejs und Brigita würden kommen, allerdings ohne ihre Eltern, die aus gesundheitlichen Gründen nicht konnten. Nach Vecamamma waren Emilijas Hämorrhoiden über Nacht um schnelle sieben Kilo gewachsen. Gordies Gebrechen blieb ungenannt.

Regina und Terry waren verhindert wegen des donnerstagabendlichen Bingo in St. Ignatius. Ted hatte Dienst in seinem Nachtjob. Bea musste einen Aufsatz schreiben. Allie hatte einen Kurs. In die anderen Ausreden hatte man mich nicht eingeweiht.

Onkel Jaris und Tante Klara würden natürlich anwesend sein. Sie würden Ananassalat mit Schlagsahne mitbringen.

In der Wanne hatte ich mir außerdem das Für und Wider eines Anrufs bei Ryan überlegt. Das Wider hatte gewonnen. Ryan war inzwischen zu Hause. Meine Nummer war auf seinem Handy gespeichert.

Immer wieder hörte ich gedämpftes Klingeln, es kamen weitere Gäste. Ich erkannte die Stimmen an Tonfall und Lautstärke.

Nach dem vierten Bimmeln dröhnte Tante Klaras Alt durch die Bodendielen.

Alle anwesend oder entschuldigt. Zeit, mich in Gesellschaft zu begeben.

Ich stand am oberen Treppenabsatz, als es zu meiner Überraschung noch einmal klingelte. Ich hörte die Tür aufgehen, dann Gordies Stimme.

»Sveiki, Vecamamma.«

»Vai tev iet labak?« War Vecamamma verwirrt? Gordie war

ungefähr so zweisprachig wie George Bush. Warum fragte sie auf Lettisch nach seiner Gesundheit?

»Konnte mir deinen Lammbraten doch nicht entgehen lassen«, antwortete Gordie.

Vecamamma sagte etwas, das ich nicht verstand. Gordie antwortete. Auf das Gelächter folgte eine zweite Männerstimme.

»Sveiki, Vecamamma.«

Nein.

»Sveiki, monsieur.«

»Tabernac, das riecht aber gut.«

»Tabernac, monsieur.« Jetzt klang Vecamamma wie ein flirtendes Mädchen.

Mit einem theatralischen Seufzen trottete ich nach unten. Ryan und Gordie kamen eben in die Diele, jeder mit einem meilenbreiten Grinsen auf dem Gesicht.

Gordie richtete zwei Finger wie eine Pistole auf mich. »Männer sind von Erde. Frauen sind von Erde. Damit muss man zurechtkommen.«

»George Carlin.«

Ryan und Gordie klatschen sich ab.

»Essen Vegetarier Katzenzungen?« Gordie.

»Wieder Carlin«, sagte Ryan. »Mann, hat mich ganz schön mitgenommen, als er starb.« Pause. »Wenn Gott nicht wollte, dass wir Tiere essen, warum hat er sie dann aus Fleisch gemacht?«

»Woody Allen?«, riet Gordie.

»John Cleese.«

»Andy, mein Freund. Mit Komikern kennst du dich aus.«

»Habt ihr den ganzen Tag ›Rat den Komiker‹ gespielt?« Ich war die Einzige, die nicht lachte.

»Billy Goat!«

»Billy Goat!«

Noch ein beschwipstes Abklatschen.

»Die Untere, nicht die Obere!«

Wieder klatschen zwei Handflächen.

Als man in Chicago im Jahr 1910 mit der Entwicklung eines modernen Straßennetzes begann, kamen die Stadtplaner auf die Idee, Straßen auf mehreren Ebenen anzulegen. Klingt verrückt? Nicht wirklich. Das Arrangement wurde diktiert von der Topografie und dem Verkehrsfluss. Es ging um Folgendes:

Viele Straßen in der Loop überqueren den Fluss auf Klappbrücken, bewegliche Brückenbögen, die über ein System von Gegengewichten gesteuert werden. Spannbrücken ermöglichen einen problemlosen Schiffsverkehr, benötigen aber viel Freiraum beim Manövrieren.

Eisenbahnschienen waren ein anderes Problem. Einige liefen parallel zum Fluss, andere endeten an ihm. Schienen brauchten ebenfalls Freiraum.

Deshalb wurde an Stellen dicht beieinanderliegender Flussquerungen eine Freiraumzone geschaffen. Straßen, die in diese Zone fielen, erhielten nun mehrere Ebenen, sogenannte Decks. Geplant war, dass der örtliche Verkehr das obere Deck benutzte, der kommerzielle und der Durchgangsverkehr dagegen das untere.

Der längste und berühmteste Multidecker ist der Wacker Drive, der an der Südseite des Hauptarms und an der Ostseite des Südarms des Chicago River verläuft. Michigan Avenue ist ein anderer.

Die Billy Goat Tavern liegt am unteren Deck der Michigan. Offenbar hatten Gordie und Ryan einige verwirrende Momente bei der Expedition zu ihrer erwählten Kneipe erlebt. Aber gefunden hatten sie sie eindeutig.

»Hast du gewusst, dass das Billy Goat Belushi zu seinem ›Cheez-borger-Pepsi‹-Sketch bei *Saturday Night Live* inspiriert hat?«, fragte mich Ryan.

»Ja.« Ein gespieltes Lächeln. »Kann ich kurz allein mit dir sprechen?«

»Klar.«

»Entschuldige uns für einen Augenblick«, sagte ich zu Gordie.

Resolut drehte ich mich um und ging ins Wohnzimmer. An den Schritten hörte ich, dass Ryan mir folgte.

»Was *tust* du denn hier?« Leises, aber sehr nachdrückliches Kirchenflüstern.

»Gordie und ich haben Racquetball gespielt. Dann hatten wir ein paar Bier. Der Knabe ist übrigens zum Schreien.«

»Warum bist du nicht in Montreal?«

»Weil ich in Chicago bin.«

»Du weißt, was ich meine. Ich versuche, ein paar schöne Stunden mit meiner Familie zu verbringen.«

»Sie sind toll. Vecamamma ist –«

»Ich weiß. Zum Schreien. Du solltest doch eigentlich heute heimfliegen.«

»Der einzige Flug, den ich kriegen konnte, ging um acht Uhr abends. Vecamamma meinte, ich könne solange bleiben, wie ich müsste. Gordie schlug Racquetball vor und dann eine Tour durch die Loop. Warst du schon mal am Navy Pier?«

»Ja.« Meine Backenzähne waren beinahe zusammengebissen.

Ryan zuckte die Achseln. »Klang gut, und deshalb habe ich beschlossen, eine Weile zu bleiben.«

»Eine Weile?«

»Ich rufe heute Abend noch mal in der Zentrale an. Hören, ob was vorgefallen ist, seit ich heute Morgen angerufen habe. Wenn nicht, was soll's. Ich habe frei bis Montag.«

»Dein Verhalten ist völlig unangemessen.«

»Du bist nicht die erste Frau, die mir das sagt.«

»Na, Andy.« Gordie stand in der Tür. »Ein Glas Wein?«

»Eine Frau trieb mich in den Alkohol.« Ryan eröffnete das Zitat.

»Ich hatte nie die Höflichkeit, ihr zu danken.« Gordie beendete es.

»W. C. Fields«, sagte ich in ein leeres Zimmer.

Das Abendessen lief, wie man es erwarten konnte.

Als ich um elf nach oben ging, rauchten Gordie und Ryan Zigarren und führten Stand-up-Sketche auf. Vecamamma hielt Schilder mit Ziffern in die Höhe, um ihre Darbietungen zu bewerten.

Um acht am nächsten Morgen kam ich wieder herunter. Ryan war bereits in der Küche und aß French Toasts so schnell, wie meine Schwiegermutter sie ihm auf den Teller legen konnte. Beide begrüßten mich mit *bonjour.*

Beim Essen erzählte ich Ryan von 287JUL05. Noch wollte ich nicht allgemein verkünden, was ich in Bezug auf Lassie Tot vermutete, und ich bezweifelte auch, dass Vecamammas neu erworbene sprachliche Fähigkeiten es ihr gestatteten zu *comprendre.*

»Du bist überzeugt, dass es er ist?«

»Alles passt. Alter, Geschlecht, Rasse, Größe und Zeit des Verschwindens. Wie viele gut Zwanzigjährige mit einem Meter achtzig verschwinden pro Jahr schon?«

Aus der Gegend des Herds kam leises Zungeschnalzen.

»Wer hat die ursprüngliche Anthropologie gemacht?«

»Corcoran wusste es nicht.«

»Wie ist der Junge gestorben?«

»Ich weiß es nicht. Er hat eine Menge Brüche, aber die können durchaus alle eine Folge des Sturzes sein.«

»Wie tief ist der Steinbruch?«

»Ich weiß es nicht.«

»Wie ist er da hineingeraten?«

»Ich weiß es nicht.«

Zungeschnalzen. Vom Herd.

Ich wechselte ins Englische.

»Das ist köstlich, Vecamamma.«

»Heute Abend gibt es Schmorbraten.«

»Den möchte ich auf keinen Fall verpassen.« Ich goss mir Sirup auf den neuen Pfannkuchen, den sie mir auf den Teller gelegt hatte. »Tut mir wirklich leid wegen der Fotoalben.« Wegen der Plätzchen brauchte ich gar nichts mehr sagen. Sie hatte inzwischen bestimmt schon Millionen gebacken.

»Das machen wir ein anderes Mal. Hilf du nur Cukura Kundze.«

Ryan wechselte nun wieder ins Französische und überbrachte mir die erste schlechte Nachricht des Tages.

»Erinnerst du dich noch an die alte Dame, die vor eineinhalb Jahren in ihrem Haus zu Tode geprügelt wurde?«

»In Pointe-Calumet?«

Ryan nickte. »Anne-Isabelle Villejoin. Sie war sechsundachtzig. Lebte mit ihrer dreiundachtzigjährigen Schwester Christelle zusammen. Christelle wurde nie gefunden.«

Ich war an dem Fall zwar nicht beteiligt gewesen, aber ich erinnerte mich daran. Ganz Montreal war entsetzt über die Brutalität des Verbrechens gewesen. Und über die kaltblütige Ermordung so betagter Opfer. Die Suche nach Christelle war erschöpfend, aber ergebnislos gewesen.

»Vor einer Stunde habe ich einen Anruf erhalten«, fuhr Ryan fort. »Gestern Nacht wurde auf dem TransCanada ein Kerl namens Florian Grellier mit einhundertvierzig Sachen gestoppt. Eine Routineüberprüfung ergab, dass Monsieur Grellier die Formalität versäumt hatte, den Volvo XC90, den er fuhr, tatsächlich zu kaufen.

Grellier nahm sich einen Gerichtsschleicher namens Damien Abadi zum Anwalt. Abadi behauptete, sein Mandant habe Informationen bezüglich einer vermissten alten Dame. Nach erhitzten Verhandlungen beschloss Grellier, als Gegenleistung für ein absolutes ›Vielleicht‹ des Staatsanwalts, dass es in seinem Interesse sei, mitzuteilen, was er wusste.

Um es kurz zu machen, heute Morgen führte man einen Spürhund über ein Feld in der Nähe des Parc d'Oka.«

O nein.

»Der Hund schlug an.«

»Schrie wie eine Ziege in einem Pferch.«

»Leichenhunde bellen nicht. Sie setzen sich.«

»Okay. Fido klatschte seinen Arsch auf den Schnee und zeigte an, dass da was nicht stimmt.«

»Wurde mein Name erwähnt?«

»Man sagte mir, Hubert würde dich anrufen.«

Jean-Claude Hubert ist der Chief Coroner von Quebec und im Augenblick mein wichtigster Ansprechpartner. Falls es eine Exhumierung geben sollte, würde Hubert wollen, dass ich sie leite, das wusste ich.

»Was hast du heute vor?« Ryan wechselte das Thema.

»Ich will die Sache im CCME zu Ende bringen. Falls das Skelett aus dem Steinbruch Lassie ist, besuche ich Cukura Kundze und Mr. Tot, um ihnen die Nachricht persönlich zu überbringen. Dann will ich nach Winnetka fahren, um zu sehen, was ich mit meinem Charme aus dem alten Jurmain herauslocken kann.«

»Willst du Gesellschaft?«

»Oprah hat gerade andere Verpflichtungen.«

»Ich kann sehr charmant sein.« Ryan zwinkerte doch tatsächlich.

»Hast du mit deinem neuen besten Freund denn keine Exkursion geplant?« Eine Vorahnung, dass ich nun doch nicht nach Charlotte kommen würde, machte mich gereizt.

»Ich fliege um sechs.« Ryan wusste auch, was Hubert von mir verlangen würde. »Also, ich denke mir Folgendes: Während du dich um die Knochen kümmerst, buche ich dein Flugticket um. Und nach dem Besuch bei Cukura Kundze wickeln wir den alten Jurmain mit unserem vereinten Charme ein und fahren dann direkt zum O'Hare.«

Nach dem Frühstück rief ich im Bureau du coroner an. Wir hatten beide recht.

Verdammt.

Auf dem Weg zum Auto schnappte ich mir die *Tribune,* die auf dem Vordertreppchen lag.

Meine Laune war so mies, dass ich Ryan sogar fahren ließ. Weil ich nicht reden wollte, schlug ich die Zeitung auf und überflog die Schlagzeilen.

Und erhielt meine zweite Ladung schlechter Nachrichten.

10

Die Kälte, bei der man sich fragte, warum ein vernunftbegabtes Wesen freiwillig hier lebte, trat in den Hintergrund. Die beschlagenen Scheiben. Die Heizung, die mir arktische Luft an die Füße blies.

Nichts existierte mehr außer der Schrift vor meinen Augen.

»Du wirst dich noch verletzen.«

Ryans Stimme holte mich zurück.

»Jurmain ist tot«, sagte ich und zog die oberen Schneidezähne aus meiner Unterlippe.

»Edward Allen?«

»Lokalteil erste Seite.«

»Was ist passiert?«

»Wurde am Fuß seiner Kellertreppe gefunden.« Meine Stimme klang spröde. »Die Familie sagt, es war ein Schlaganfall.«

»Autopsie?«

»Wird nicht erwähnt.«

»Schechter sagte doch, Jurmain sei gesundheitlich angeschlagen.«

»Ein paar Tage länger hätte der alte Fuchs schon noch durchhalten können.«

Ryan ignorierte das. »Was sonst noch?«

»Der Artikel ist vorwiegend eine Huldigung.«

Ich las ihm einige Auszüge vor.

»Früherer Präsident und Hauptgeschäftsführer von Jurmain Foods, später Smiling J. Blablabla. Bekannte Persönlichkeit in der Snack-Industrie von den Vierzigern bis in die Achtziger. Blablabla. Starb im Alter von einundachtzig Jahren in seinem Haus in Winnetka. Blablabla. Erhielt eine Auszeichnung für seine Verdienste in der SFA.«

»SFA?«

»Snack Food Association. Dieser Verband der Snack-Hersteller ist eine internationale Handelsorganisation, die weltweit über vierhundert Firmen vertritt.«

»Der ordinäre Käsekringel hat seine eigene Lobby?«

»Nach diesem Artikel teilen sich Käse-Snacks eine Vertretung mit Kartoffelchips, Tortilla-Chips, Müsli-Snacks, Brezeln, Popcorn, Snack-Crackern, Nüssen, Party-Mix, Mais-Snacks, Getreide-Snacks, Frucht-Snacks, Schokoriegeln und Plätzchen.«

»Wer hätte das geahnt.«

»Die alljährliche Messe heißt SNAXPO.«

»Natürlich heißt sie so.«

Ich las laut vor. »Jurmains Verbindung mit der Snack-Industrie beginnt 1956 nach seinem Dienst bei der Neunundsiebzigsten Infanteriedivision im Zweiten Weltkrieg. Nach –«

»Das ist wahrscheinlich schon mehr, als ich wissen muss.«

»Verdammt, Ryan. Wie soll ich je diesen Mistkerl von Anrufer finden?«

»Vielleicht weiß Schechter mehr, als er sagt.«

»Vielleicht.«

»Wie wär's damit? Ich jage den Anwalt, während du Lassie untersuchst. Wenn du fertig bist, überfallen wir Schechter statt Jurmain.«

»Wenn der Kerl in einer großen Kanzlei arbeitet, kommen wir nie an der Rezeption vorbei. Diese Leute sind wie Samuraikrieger, die den König bewachen.«

»Shogun.«

»Was?«

»Sie bewachen den Shogun. Aber eigentlich meinst du die Hatamoto, die ranghöheren Krieger. Nur die Hatamoto dienten als persönliche Wachen des Shogun.«

»Wie auch immer.« Ich wackelte mit den Zehen, um sie zu wärmen. »An Schechter kommen wir nie ran.«

»Du vergisst den alten Ryan-Charme.« Er blinzelte mir zu.

»Und wenn der nicht wirkt.«

»Dann halte ich meine Marke hoch.«

»Du hast hier keine Befugnisse.«

»Ich halte sie sehr kurz hoch.«

Wir hatten Glück. Die Navy war auf Nummer sicher gegangen, und das CCME hatte Laszlo Tots Unterlagen noch im Archiv.

Zunächst verglichen Corcoran und ich Lassies antemortale Röntgenaufnahmen der Zähne, der Brust und des rechten Unterarms mit den postmortalen Aufnahmen, die nach 287JUL05s Ankunft in der Leichenhalle gemacht wurden. Trotz der fehlenden Zähne, der Schäden am Schädel und den Rippenbrüchen konnten wir eindeutig feststellen, dass der Mann, den man im Thornton Quarry gefunden hatte, tatsächlich der vermisste Matrose war.

Vielleicht gab es gerade wenig Neuzugänge. Vielleicht lag es daran, dass 287JUL05 jetzt einen Namen hatte. Ich fragte nicht nach, ich akzeptierte einfach meine Beförderung aus dem Lagerraum in einen Autopsiesaal im hinteren Teil des Gebäudes.

Um zehn lag Lassie auf Edelstahl ausgebreitet. Corcoran war verschwunden, um die Vermisstenabteilung der Chicagoer Polizei und die Great Lakes Naval Base anzurufen. Ryan war losgezogen, um Schechter aufzuspüren.

Eins nach dem anderen betrachtete ich die Skelettteile unter Vergrößerung. Arm-, Bein-, Hand-, Fußknochen. Rippen. Wirbel. Becken. Schlüsselbeine. Schulterblätter. Brustbein. Hin und wieder streckte ich mich, ging ein wenig auf und ab und formulierte im Kopf die traurige Nachricht, die ich Cukura Kundze und Mr. Tot würde überbringen müssen.

Gegen Mittag kehrten Ryan und Corcoran gemeinsam zurück. Ich war froh, sie zu sehen. Obwohl ich mir inzwischen ziemlich sicher war, wie Lassie gestorben war, brauchte ich noch Antworten auf mehrere Fragen.

»Beschreibe den Thornton Quarry«, sagte ich zu Corcoran.

»Er ist groß.«

»Wie groß?«

»Wirklich groß.«

Ich bedachte ihn mit einem stahlharten Blick. Er wurde rot.

»Thornton ist eineinhalb Meilen lang und eine halbe Meile breit, einer der größten Steinbrüche der Welt. Neben der Produktion von Steinen oder Kies oder sonst was wird er auch benutzt, um zu verhindern, dass bei Unwettern die Wassermassen das Kanalsystem von Chicago überlasten.«

»Wie das?«, fragte Ryan.

»Da ist so ein Wasserkontrollplan in Arbeit mit dem schönen Titel Deep Tunnel Project. Als Teil davon wird der Thornton Quarry als Reservoir dienen, das den Rückfluss von Überläufen und Abwasser aus den lokalen Flüssen in den Lake Michigan verhindert. Ich habe irgendwo gelesen, dass das Thornton Reservoir schon jetzt eine Kapazität von über zehn Milliarden Litern hat und man nach Abschluss der Arbeiten mit einer Kapazität von über dreißig Milliarden rechnet.«

»Ein Monster von einem Rückhaltetank«, sagte Ryan.

»Tanks«, korrigierte ihn Corcoran. »Es gibt mindestens fünf oder sechs Gruben oder Lobi, einige aufgelassen, andere noch aktiv. Das Projekt fängt mit zwei davon an.«

Ich versuchte, mir das Gelände vorzustellen. »Wir reden jetzt von der Gegend knapp östlich von Halstead und knapp südlich des Tri-State Tollway, richtig?«

Corcoran nickte. »Eine Brücke trägt die I-294 und die I-80 direkt über den Steinbruch. An diesem Punkt heißt die West 175th Street Brown Derby Road, benannt nach einer in den Dreißigern errichteten Bar mit Tanzsaal. Der Laden hat tatsächlich eine ziemliche Geschichte. In den Vierzigern kamen ein Karussell und ein Picknickgelände dazu, und politische Parteien, Firmen und Schulen hielten dort ihre jährlichen Picknicks ab. In den Fünfzigern wurde das Karussell wieder abgerissen, und auf der anderen Straßenseite wurde eine neue Bar gebaut. Das war später –«

»Ist der Steinbruch denn nicht gesichert?« Ryan unterbrach die Geschichtsstunde.

»Ich habe mich das auch schon gefragt und deshalb den Bericht des Polizisten noch einmal gelesen. Der Komplex ist eingezäunt, und es gibt auf dem Gelände einen Beobachtungsposten. Aber Powers fand ein Loch im Zaun in der Nähe der Kreuzung der Brown Derby und der Ridge Road. Seiner Schätzung nach war das Loch groß genug für ein Fahrzeug. Drinnen hätte Tot ein paar Meter auf einem Kiesweg in Richtung Westen zum Rand der westlichen Grube gefahren oder gefahren worden sein können. Dort wurde die Leiche gefunden.«

»Wenn man annimmt, dass Lassie von dort oben ins Wasser plumpste, wie tief war der Sturz?«

»Hundertdreißig Meter vielleicht.«

»Das würde reichen«, sagte ich.

»Wofür?«

»Schaut euch das mal an.« Ich deutete auf eine Ansammlung locker arrangierter Schädelfragmente.

Die Männer traten an den Tisch. Ryan zuliebe hielt ich meine Erläuterungen einfach.

»Diese Knochen bildeten die Schädelbasis, den Teil, der direkt auf der Wirbelsäule saß.« Mit einem behandschuhten Finger fuhr ich einen Riss nach, der sich als krumme Linie über mehrere Segmente schlängelte. »Diese Fraktur zeigt eine anteriore Ausbreitung –«

Ich merkte, dass ich Fachchinesisch redete.

»Der Bruch breitet sich von hinten nach vorne über die Felsenbeinteile beider Schläfenlappen aus.« Ich deutete auf die beiden ovalen Wülste, die die Innenohren umschließen.

»Die beiden Enden des kreisförmig verlaufenden Bruchs treffen sich hier, im Türkensattel.« Ich bewegte den Finger zu der sattelförmigen Erhebung am Schädelboden, dann weiter zum Foramen magnum, dem großen Loch, das die Verbindung zwischen Rückenmark und Gehirn darstellt.

»Es ist eine komplette Ringfraktur. Zu Ringfrakturen kann es kommen, wenn man den Kopf mit Gewalt direkt nach unten auf die Wirbelsäule rammt –«

»Wie bei einem Sturz kopfüber«, warf Ryan dazwischen.

»Ja. Aber Ringfrakturen können auch verursacht werden, indem man den Kopf von der Wirbelsäule weg nach oben reißt.«

»Und jetzt sagst du uns, dass Lassie einen Kopfsprung gemacht hat.« Ryan.

»Schaut euch die Bruchränder genau an.« Ich gab jedem ein Fragment.

»Die Ränder zeigen schräg nach innen«, sagte Corcoran.

»Genau. Die Abschrägung ist nach innen gerichtet, weil der Schädel mit Gewalt nach unten auf die Wirbelsäule gedrückt wurde. Wenn der Bruch durch ein Hochreißen des Kopfs verursacht worden wäre, dann wäre die Abschrägung nach außen gerichtet.«

»Kann ein Sturz so massive Schädigungen an Oberkiefer und Unterkiefer verursachen?«, fragte Corcoran.

»Die plötzliche Verzögerung bei einem Aufprall kann das Gesicht komplett vom Rest des Schädels reißen.«

»Lassie starb also infolge eines Sturzes kopfüber, der seinen Schädel auf das Rückgrat presste.«

»Nein.«

Beide verlagerten ihr Gewicht von einem Fuß auf den anderen, wie nur Männer es tun.

»Ich fand zusätzlich zu den Schädelverletzungen auch Rippenbrüche. Das ist verständlich. Wahrscheinlich prallte Lassie auf seinem Weg nach unten von einem Vorsprung ab. Komisch ist allerdings, dass seine Arm- und Beinknochen unbeschädigt sind.«

»Der Junge versuchte gar nicht, seinen Sturz zu stoppen.« Ryan hatte es sofort begriffen.

»Ein Sturz kopfüber bedeutet nicht automatisch, dass das Opfer bereits tot ist«, sagte Corcoran. »Vielleicht ist Lassie gesprungen. Oder er war ohnmächtig.«

»Gutes Argument.« Ich nahm zwei Rippen und die rechte Elle zur Hand. Dann ging ich zum Mikroskop, legte eine Rippe darunter und stellte die Schärfe ein.

»Schaut euch diesen Bruch an.«

Ryan ließ Corcoran den Vortritt.

»Der Bruch hat schartige Kanten«, sagte Corcoran, ohne den Kopf zu heben. »Sieht aus wie eine typische Verletzung durch stumpfe Gewalteinwirkung. Wie du bereits gesagt hast, wahrscheinlich ist er bei dem Sturz von einem Felsen abgeprallt.«

»Zustimmung«, sagte ich.

Corcoran räumte seinen Platz am Mikroskop. Als Ryan genug gesehen hatte, legte ich eine andere Rippe darunter und korrigierte die Schärfe. Nun setzte Corcoran sich wieder davor.

»Dieser Bruch sieht sehr glatt aus. Aber das muss nichts heißen. Ich habe schon glatte Rippenbrüche gesehen, die von stumpfer Gewalt verursacht wurden.«

»Stimmt wohl. Aber hat einer davon so sauber ausgesehen? Dreh die Vergrößerung hoch.«

Corcoran tat es und veränderte den Einfallswinkel des Lichts.

Einige Sekunden vergingen. Dann: »Ist es das, was ich glaube?«

»Furchen. Jetzt schau dir den frischen Bruch auf der Elle an. Nicht den alten, verheilten Bruch.«

Corcoran tauschte die Knochen aus und schaute ins Okular.

»Schnittspuren?«, fragte Ryan über Corcorans gebeugten Rücken hinweg.

Ich nickte.

An der Decke summten Neonröhren. Draußen im Gang klapperten Schritte vorbei.

Schließlich hob Corcoran den Kopf.

»Schnitt an der Elle, Stich in die Rippen. Der Schnitt an der Elle ist wahrscheinlich eine Abwehrverletzung.«

Corcoran meinte Verletzungen, die entstehen, wenn das Opfer bei einem Messerangriff die Hände oder Arme zur Abwehr des Messers hochreißt.

»Ich habe an mindestens vier Rippen Stichverletzungen gefunden.«

Ich hielt die andere Rippe so, dass Corcoran und Ryan den anterioren Teil, das Brustende also, sehen konnten. Längs über die Oberfläche lief ein zehn Zentimeter langer Riss.

Ryan pfiff leise. »Das war ein Riesending von einem Messer.«

»Lass dich vom Aussehen nicht täuschen«, sagte ich. »Da Brüche sich entlang der Maserung des Knochens fortpflanzen, deutet die Länge eines Risses nicht unbedingt auf die Größe der Klinge hin, die ihn verursachte. Aber hier ist ein Indikator.«

Ich deutete auf einen fünf Zentimeter langen Abschnitt innerhalb des größeren Defekts. »Unter Vergrößerung erscheint dieser Abschnitt sehr glattrandig. Außerdem ist an einem Ende eine leichte, kantige Verbreiterung zu erkennen. Zusammen deuten diese Merkmale auf eine fünf Zentimeter breite Klinge mit nur einer Schneide hin.«

Ryan öffnete den Mund. Ich hob die Hand.

»Wenn man den Brustkorb wieder zusammensetzt, zeigt sich, dass kein Schnitt sich zwischen nebeneinanderliegenden Rippen ausdehnt. Ein Schnitt auf Rechts-sieben passt perfekt zu einem kantigen Defekt auf Rechts-sechs. Auch dieses Muster deutet auf eine einschneidige Klinge hin.«

»Furchung heißt Zahnung.«

Ich nickte. »Ich würde sagen, die Waffe hatte eine einschneidige, gezahnte, fünf Zentimeter breite Klinge.«

»Wie ein großes Steakmesser«, sagte Ryan.

»Du meinst also, Lassie war bereits tot, als er in den Steinbruch stürzte«, sagte Corcoran.

»Meiner Meinung nach ist das wahrscheinlichste Szenario so, dass er erstochen und seine Leiche dann hinuntergeworfen wurde.«

»Ermordet.«

Das Wort dröhnte in meinem Kopf wie Donner am Strand.

Wie sollte ich das Cukura Kundze sagen?

11

Tick. Tick. Tick. Tick.

Desorientiert wachte ich auf. In meinem Traum hatte ich Sex. Das Geräusch war ein Ventilator, der sich an der Decke drehte. Zu schnell.

Das Gesicht des Mannes war verschwommen. Wer war er? War das der Grund, warum ich hier war?

Aber das Geräusch kam nicht von sirrenden Ventilatorblättern.

Ich lag auf der Seite, Arme und Beine angezogen, die Handflächen unter der Wange zusammengedrückt. Das Ticken war direkt an meinem Ohr.

Ich hob das Kinn und spürte etwas Hartes an meinem Ohrläppchen.

Eine Armbanduhr?

Aber meine Cyma war geräuschlos. Wessen Uhr trug ich da? Warum?

Ich hob mir das linke Handgelenk vor die Augen. In der Pechschwärze leuchteten schwach Stunden- und Minutenzeiger.

1:40? 8:05? Vormittags? Nachmittags? Ich hatte keine Ahnung. Kein Gefühl dafür, wie lange ich geschlafen hatte.

Zitternd steckte ich die Hände zwischen die Schenkel, um sie zu wärmen. Durch den Jeansstoff spürte ich die eisigen Finger.

Da ich die Uhr nun nicht mehr dicht am Kopf hatte, umhüllte mich wieder völlige, äußerste Stille.

Wie ich nun wieder nichts sehend, nichts hörend dalag, kamen mir dieselben Fragen wie zuvor. Wo? Wie lange schon? Wer? Warum?

Ich stellte mir vor, wie ich von weit oben aussah, den Körper zusammengerollt, gefangen in einem sehr kleinen Raum.

Google Earth.

Google Grab.

O Gott.

Die unsichtbaren Wände und die Decke schienen nach innen zu rücken, von oben herabzudrücken. Mein Atem wurde abgehackt.

Um gegen die Klaustrophobie anzukämpfen, konzentrierte ich mich auf mein Inneres.

Herz: hämmernd.

Kehle: ausgedörrt.

Finger und Zehen: taub.

Beine: kribbelnd.

Blase: voll.

Magen: leer.

Kaum wurde mir bewusst, dass ich Hunger hatte, musste ich an Essen denken. Scharf angebratener Ahi-Thunfisch, Speck in dicken Scheiben, Thai-Suppe mit Zitronengras und Kokosnussmilch.

Ich versuchte zusammenzufassen, was ich über meine Umgebung wusste. Doch mein Hirn lieferte keine Liste. Nur noch mehr Futter.

Muscheln mit Knoblauch, Tomaten, Paprika und Wein. Belgische Pommes mit dicker Mayonnaise. Ryan, der ein Bavik Pils trank.

Wie lange war es her, dass er und ich diese Mahlzeit geteilt hatten? Stunden? Tage? War es das letzte Mal, dass ich gegessen hatte? Oder war dieses Abendessen schon einen Monat her? Jahre?

War Ryan der Liebhaber in meinem Traum? Wenn nicht, war er real oder nur ein Konstrukt meines Unterbewusstseins?

Mein Körper zitterte, die Zähne klapperten im Mund.

Was hatte ich an?

Indem ich mich auf dem Boden wand, fand ich die Antwort: Turnschuhe, kurzärmelige Bluse. Jeans.

Plötzlicher Einfall. Wenn mein BlackBerry nicht in meiner Handtasche war, dann steckte es entweder in einer Hosentasche oder klemmte am Bund. Hatte ich schon danach gesucht? Natürlich hatte ich das. Ich war ja keine Idiotin.

Aber ich hatte nicht klar gedacht. Ich hatte Schmerzen gehabt. Ja? Nein? Ich konnte mich nicht erinnern.

Bitte!

Indem ich die Knie auf den Boden drückte und die Arme seitlich wegstreckte, konnte ich mit der linken Hand die vordere rechte Hosentasche abtasten. Kein BlackBerry.

Ohne auf die Schmerzen in meinem Bein zu achten, drehte ich die Arme nach links und tastete diese Tasche ab. Auch dort war nichts.

Ich legte mich halb auf den Rücken und zog die Beine an und schaukelte von einer Seite auf die andere. Kein Wulst an meinem Bund oder in den beiden Gesäßtaschen.

Tränen der Frustration sprangen mir in die Augen.

Nein!

Ich drehte mich wieder auf die Seite. Der Boden fühlte sich an meiner nackten Haut eiskalt an.

Ich musste etwas tun, um warm zu bleiben. Um nicht verrückt zu werden.

Ich brauchte ein Ziel. Eine Serie von Zielen.

»Erstens.« Ich redete laut. »Befreie dich.«

Meine Stimme klang bleiern. Gedämpft von Metern aus Ziegeln und Mörtel? Tonnen von Erde? Hektaren von darüberliegendem Wald oder Farmland?

Wieder umschnürte Panik meine Brust wie ein Tentakel.

»Zweitens.« Lauter. »Finde einen Ausgang.«

»Drittens.« Ein Bellen wie auf dem Kasernenhof. »Fliehe.«

Ich fing an, mit den Handrücken schnell über die Innensäume meiner Jeans zu reiben, und sagte mir im Geist das Mantra vor.

Befreien. Finden. Fliehen.

Befreien. Finden. Fliehen.

Befreien. Finden. Fliehen.

Die hektische Bewegung scheuerte seitlich am Ellbogen, aber die Reibung brachte mir Wärme in die Finger. Langsam und schmerzhaft kam das Gefühl zurück.

Mit kribbelnden Nerven rutschte ich nach vorne und tastete mit den gefesselten Händen die Wand ab, suchte nach einem Nagel, einem kaputten Rohr, irgendetwas, womit ich das Seil von meinen Handgelenken säbeln könnte.

Nichts.

Methodisch rutschte ich Stück für Stück weiter, suchte erst unten und richtete mich dann so weit auf, wie meine Fesseln es erlaubten. Mein Gefängnis war länger, als ich es mir vorgestellt hatte. Ein kleiner Trost.

Weniger tröstlich war die Tatsache, dass die Wand frustrierend glatt war.

Ich hatte etwa zweieinhalb Meter zurückgelegt, als meine Finger einen schlecht eingepassten Ziegel ertasteten, der in knapp einem halben Meter Höhe aus der Wand herausragte. Die äußeren Kanten des Ziegels fühlten sich vielversprechend scharf an.

Ich richtete mich zu einer geduckten, halb sitzenden Position auf und drückte auf die Oberseite des Ziegels. Der Mörtel hielt.

»Rühren, Soldat!«

Allmächtiger. Ich redete mit einem Ziegel.

Indem ich mich wieder auf die Seite legte und die Knie an die Brust zog, erhielt ich genug Bewegungsfreiheit in meinen Fesseln, damit ich meine Handgelenke an die Kante des Ziegels legen konnte. Ich fing fiebrig an zu reiben.

Doch schon bald sank ich zurück, meine Arme kreischten, in meinem Kopf drehte sich alles.

Bei diesem Tempo würde ich mich erschöpfen, ohne viel zu erreichen. Neue Strategie. Reiben. Rasten. Wiederholen.

Und genau das tat ich und sagte es mir dabei im Geiste wieder als Mantra vor.

Reiben. Rasten. Wiederholen.

Reiben. Rasten. Wiederholen.

Reiben. Rasten. Wiederholen.

In den Ruhepausen verarbeitete mein Neokortex die Daten, die ihn erreichten. Der Input war allerdings dürftig. Kalt. Dunkel. Frisch aufgescheuerte Haut an Knöcheln und Händen. Ein schwacher und doch merkwürdig vertrauter Geruch.

Allein und voller Angst lag ich da und horchte auf das Geräusch einer Stimme, eines Schrittes, eines sich drehenden Schlüssels. Doch ich hörte nur meinen eigenen, schweren Atem und mein hämmerndes Herz.

Erschöpft schlief ich immer wieder ein.

Beim Aufwachen schaute ich auf die Position der leuchtenden Zeiger. Und überlegte. Waren Stunden vergangen? Minuten? Ich hatte kein Zeitgefühl mehr.

Dann fing ich mit steifen und zittrigen Armen wieder an zu säbeln. Jede Bewegung war eine Qual.

Reiben. Rasten. Wiederholen.

Reiben. Rasten. Wiederholen.

Reiben. Rasten. Wiederholen.

Zweihundert Mal. Vier. Sechs. Zehntausend.

Nach jedem Zyklus zerrte ich prüfend an meinen Fesseln.

Schließlich glaubte ich, ein gewisses Nachgeben zu spüren.

Ich drückte meine Handgelenke mit so viel Kraft nach außen, wie meine geschundenen Muskeln noch aufbrachten.

Noch einmal.

Und noch einmal.

Beim sechsten Versuch spürte ich ein Gleiten, dann rutschte meine linke Handfläche an der rechten nach unten. Oder hatte ich mir das nur eingebildet?

»Reißt!«, schrie ich in die Dunkelheit.

Ich drückte und drehte, drückte und drehte.

»Reißt, ihr Mistkerle!«

Tränen strömten mir über die Wangen, während meine Hände hektisch arbeiteten.

»Reißt!« Ich schmeckte Salz auf meinen zitternden Lippen.

»Reißt!« Immer und immer wieder drückte ich die Arme auseinander. Nach einer Ewigkeit gaben einige ausgefranste Stränge nach.

Die Fessel lockerte sich. Ich schaffte es, meine linke Hand herauszuziehen.

Ich fummelte an der Rechten herum, bis sie ebenfalls frei war. Setzte mich auf. Schüttelte beide Hände. Blut rauschte wie Feuer in meine abgedrückten Gefäße.

Ich strich mit den Fingern über die Fußgelenke, tastete die Fesseln ab. Als ich den Knoten gefunden hatte, riss ich verzweifelt daran.

Es war sinnlos. Meine Finger funktionierten kaum, und die Knoten waren steinhart.

Wieder drohten Tränen.

Wieder verbannte ich sie.

»Beweg dich!« Meine Kasernenhofstimme dröhnte.

Ich drehte mich auf den Bauch und robbte durch die Dunkelheit, indem ich mit den Ellbogen schaufelte und mit den Beinen schob. Als das zu schmerzhaft wurde, setzte ich mich auf den Hintern und schob mich mit Füßen und Handflächen weiter.

Ich bewegte mich im Zickzack, weil ich entschlossen war, einen Weg in die Freiheit zu finden. Oder, falls ich das nicht schaffte, irgendetwas, mit dem ich meine Füße befreien konnte.

Mein Gefängnis war lang und schmal, vielleicht ein Tunnel oder ein Durchgang. Je weiter ich kam, umso stärker wurde der Geruch.

Ab und zu hielt ich inne, um auf die Uhr zu schauen. Die leuchtenden Zeiger bildeten eine horizontale Linie. Ein L. Einen Winkel auf der rechten Seite.

Die Perioden meiner Bewegung wurden unausweichlich kürzer. Immer und immer öfter sank ich zu Boden und rollte mich zusammen. Meine Ellbogen waren blutig, meine Hände und Füße taub vom Kontakt mit dem gefrorenen Boden. Trotz meiner Entschlossenheit wurden meine Bemühungen immer schwächer.

Dann zog ich mich in einer Bauchphase mit den Ellbogen vorwärts, und meine Schulter streifte etwas. Es wackelte. Und nahm die alte Position wieder ein.

Meine Hände griffen in die Dunkelheit.

Ich hörte ein kiesiges Knirschen.

Mein aller Eindrücke beraubtes Hirn verarbeitete die Informationen.

Rund. Hart. Rollbahnlänge sechzig Zentimeter nach oben und nach links.

Mit den Ellbogen Torso und Beine nachziehend, tastete ich den unteren Rand der Wand ab. Der Geruch war jetzt sehr stark, eine Mischung aus Schimmel und Moder und mottenzerfressenem Gewebe, wie Kleider, die man in einem alten Koffer auf dem Dachboden vergessen hatte.

Meine blutigen Finger streiften schließlich eine Kante. Ich setzte mich gebückt auf und nahm den Gegenstand in die Hände.

Ich hob ihn leicht an, um das Gewicht zu schätzen. Ich strich über die Oberfläche. Ertastete seine Größe und seine Konturen.

Voller Entsetzen wusste ich plötzlich, womit ich die Dunkelheit teilte.

12

Ich hob die Finger und ließ den Schädel in seine Ursprungsposition zurückrollen.

Der Name der Suchhündin war Étoile. Stern. Und das war sie wirklich: ein Star.

Das Grab hatte unter mehr als einem halben Meter Schnee gelegen. Egal. Étoile hatte es gefunden.

Ryan hatte mich am Sonntag vor Sonnenaufgang abgeholt. Mein Fensterthermometer sagte minus sechs Grad Celsius.

Wir redeten kaum während der Fahrt. Der Flug vom O'Hare war spät in Montreal gelandet, und es war Mitternacht, als ich meine Wohnung in *centre-ville* erreichte, zwei, als ich endlich im Bett lag. Noch kaum wach, trank ich den Kaffee, den Ryan mitgebracht hatte, und ließ die Stadt an meinem Fenster vorbeiziehen.

Meine trübe Stimmung lag nicht nur an der Übermüdung. Mir gingen noch immer die Ereignisse in Chicago im Kopf herum.

Ryan und ich hatten es tatsächlich nicht bis zu Schechter geschafft. Die Ausrede war, er nehme in Rock Island eine Zeugenaussage auf. So hatte ich noch immer keine Ahnung, wer die Schlange war, die meinen Ruf mit falschen Anschuldigungen besudelt hatte.

Das Gespräch über Lassie war so schmerzhaft gewesen wie erwartet. In der ganzen Zeit weinte Cukura Kundze, als hätte sie ihren eigenen Enkel verloren. Das einzig Gute daran war, dass Mr. Tot darauf bestanden hatte, seinen Sohn und seine Schwiegertochter persönlich über das Schicksal ihres Sohns zu informieren.

Noch dazu hatte ich mal wieder einen Zusammenstoß mit meinem neuen Nachbarn Sparky Monteil. Ja, Sparky. Obwohl der Kerl gebaut ist wie eine Birne, arbeitet er hart daran, tough auszusehen. Elvis-Frisur. Macho-Tattoo seitlich am Hals. Mein Hausmeister Winston sagt, der kleine Blödmann ist mindestens fünfundfünfzig.

Irgendwann im letzten Frühling zog Sparky in meine Wohnanlage. Seine Kisten waren noch nicht ausgepackt, als das Jammern schon anfing. Anscheinend hasst Sparky Katzen. Nein, das wird der Sache nicht gerecht. Am liebsten würde Sparky jede Katze auf diesem Planeten einfangen, in einen Sack stecken und im Meer versenken lassen.

Zugegeben, unsere Eigentümerversammlung hat sich strikt gegen Haustierhaltung ausgesprochen. Da aber Birdie und ich so oft in Charlotte sind, und da der kleine Kerl nie eine Pfote vor die Tür setzt, wenn wir in der Wohnung sind, wurde mir eine Ausnahme gewährt. Sparky kämpft nun darum, dass sie widerrufen wird.

Sparky kam aus dem Aufzug, als ich in der Eingangshalle auf Ryan wartete. Bei der Beschwerde dieses Morgens ging es um Kotwürste im Garten.

Sorry, Kumpel. Diesmal habe ich meine Katze gar nicht dabei.

Und zu alledem fror ich wieder einmal.

Die Heizung in Ryans Jeep war nicht gerade das neueste Modell. Die Fenster waren mit Reif überzogen, und ich spürte, wie die Kälte durch meine Stiefel und die Beine ins Becken stieg. Ich befürchtete, die einzige Wärme, die ich an diesem Tag erleben würde, würde von dem Becher kommen, den ich in meinen Händen hielt.

Unser Ziel lag ungefähr fünfzig Kilometer nordöstlich von Montreal in Oka. Wenn ich den Namen dieser Stadt höre, denke ich an drei Dinge: Mohawks, Mönche und Klosterkäse.

Die letzten beiden hängen zusammen.

Im Jahr 1815 ließ sich eine Gruppe Mönche in der Bretagne nieder und kreierte einen Käse, den sie Port Salut nannte. Sechs

Jahrzehnte später war ihre Erfindung der letzte Schrei in Paris. 1880 besetzte die Armee der Dritten Französischen Republik die Abbaye de Bellefontaine des Ordens, und die käsemachenden Trappisten wurden aus dem Land gejagt.

Auf Einladung der Sulpizianer von Quebec machten sich acht der Exilanten auf den Weg nach Kanada. Von ihren ausgedehnten Besitztümern schenkten die gastgebenden Brüder den Immigranten Land am Nordufer des Lac des Deux-Montagnes. Die Neuankömmlinge nannten ihre neue Liegenschaft La Trappe nach Soligny-la-Trappe, der Gründungsstätte des Ordens im Jahr 1662, und errichteten darauf die L'Abbaye Notre-Dame du Lac.

Zu seiner Blütezeit hatte das Kloster über zweihundert Mönche. Anfang des 20. Jahrhunderts waren nur noch achtundzwanzig übrig, die meisten über siebzig Jahre alt. Heute ist L'Abbaye kein funktionierendes Kloster mehr, sondern ein gemeinnütziges Zentrum zum Erhalt ihres kulturellen Erbes.

Bei ihrer damaligen transatlantischen Reise brachten die Trappisten ihr hochgeschätztes *recette de fromage* mit, und kaum hatten sie sich hier niedergelassen, fingen sie wieder an, Kuhmilch zu rühren.

Soweit ich weiß, überwachen die Brüder noch immer die Produktion des Trappistenkäses, der im Lauf der Jahre einen ganz eigenen Neue-Welt-Charakter entwickelt hat.

Die Sache mit den Mohawks ist ein bisschen komplizierter.

Im Sommer 1990 machte die »Oka-Krise« international Schlagzeilen. Die Konfrontation, im Wesentlichen ein Streit um Land zwischen der Stadt und dem Mohawk-Stamm von Kanesatake, dauerte von Mitte Juli bis Ende September und führte zu einem Albtraum für Pendler, einem PR-Fiasko für die Regierung und dem Tod eines Beamten der Sûreté du Québec.

Zusammengefasst passierte Folgendes:

Die Stadt Oka wollte einen Golfplatz erweitern, und zwar

auf Land, auf dem sich eine indianische Begräbnisstätte und ein geheiligter Kiefernhain befanden. Die Eingeborenen schrien Sakrileg. Ihr Einspruch wurde abgelehnt, und der Bau der restlichen neun Löcher begann. Daraufhin verbarrikadierten die erzürnten Stammesmitglieder den Zugang zu dem strittigen Terrain.

Keine große Sache. Die Polizei schafft die Protestierenden weg, richtig? Falsch.

Als die SQ anfing, den Zugang nach Oka und Kanesatake einzuschränken, strömten indianische Gruppen aus ganz Kanada und den Vereinigten Staaten herbei. Aus Solidarität mit den Kanesatake blockierten die Kahnawake Mohawks eine Brücke, die die Insel Montreal mit den Vorstädten am Südufer verband, an der Stelle, wo die Brücke ihr Territorium durchquerte.

Auf dem Höhepunkt der Konfrontation waren die Mercier Bridge und die Routes 132, 138 und 207 blockiert. Es kam zu gigantischen Verkehrsstaus, die Nerven aller Beteiligten lagen blank.

Auftritt der Kanadischen Armee.

Letztendlich verhandelten die Mohawks über ein Ende ihres Protests mit dem Armeekommandanten, der für die Überwachung des Südufers des St. Lawrence River westlich von Montreal verantwortlich war. Der Name des Oberstleutnants war Gagnon.

Das Leben kann durchaus ironisch sein. Die ersten käsebringenden Trappisten lebten in der Hütte eines Müllers, solange sie auf die Fertigstellung ihres Klosters warteten. Der Name des Müllers war Gagnon.

Eine vierte Facette ist der Parc national d'Oka, eins aus einer ganzen Kette von Naturreservaten und Touristenzentren. Von Mai bis September beherbergen die vierundzwanzig Quadratkilometer des Parks Camper, Picknicker, Wanderer, Kanu- und Kajakfahrer. Im Winter haben ein paar Hartgesottene noch immer das Bedürfnis, im Freien zu kampieren, aber die Mehrheit der Besucher sind dann Schneeschuhwanderer und Skilangläufer.

Für mich wäre das nichts. Was ich mag, sind Ausflüge im Sommer, Radtouren, Sonnenbaden am Strand und Vögelbeobachten auf dem schwimmenden Bretterweg im Sumpf von Grande-Baie. Keine Diskussion. Ich bin ein Wetter-Weichei.

Während Ryan auf der Laurentian Autoroute nach Norden und dann auf dem Highway 640 nach Westen fuhr, beobachtete ich, wie die verdichtete großstädtische Bebauung identischen Vorstadthäusern auf identischen Gartenstücken Platz machte und die wiederum der schneebedeckten offenen Landschaft. Gelb fleckte den Horizont, dann sickerte Grau in das Schwarz des Himmels.

Fünfundvierzig Minuten, nachdem ich meine Wohnung verlassen hatte, bog Ryan auf den Chemin Oka ein. Die Sonne war inzwischen eine tiefhängende weiße Scheibe. Laublose Bäume warfen lange, verschwommene Schatten auf Felder und Asphalt.

Augenblicke später fuhren wir durch den Haupteingang des Parks. Gleich hinter dem Tor erhob sich ein kleines Steingebäude, der *Poste d'accueil Camping* – das Camping-Begrüßungscenter. Eine gelbe Raute zeigte eine Schildkröte, eine Eidechse, einen Frosch und eine Schlange als schwarze Silhouetten.

Zwanzig Meter hinter dem Parkeingang stand ein Streifenwagen der SQ mit laufendem Motor auf dem gegenüberliegenden Bankett, Rauchschwaden quollen aus seinem Auspuff.

Ryan wendete und hielt hinter dem Streifenwagen. Der Fahrer des Streifenwagens stellte einen Styroporbecher aufs Armaturenbrett, zog Handschuhe an und schwang sich aus dem Auto. Er trug eine olivgrüne Jacke mit schwarzem Pelzkragen, einen dunkelgrünen Schal und eine olivfarbene Kappe mit hochgebundenen Ohrenklappen. Auf seinem Namensschild stand Halton.

Ryan ließ das Fenster herunter und zeigte seine Marke. Halton schaute sie flüchtig an und bückte sich dann, um mich zu mustern.

Ich hielt meine LSJML-Karte in die Höhe.

Halton zeigte auf den Wald und sagte dann auf Französisch: »Nehmen Sie die Forststraße, die am Rand des Parks entlangführt. Die Party steigt am Flussufer.«

»Was für ein Fluss?«, fragte ich.

»Rivière aux Serpents.« Halton grinste. »Die kleinen Mistkerle dürften zu dieser Jahreszeit schlafen.«

Ryan fuhr vom Bankett wieder auf die Straße und beschleunigte. Unsere Reifen knirschten über eisigen Kies. Hinter uns, auf der anderen Seite des Highways, dominierte Le Calvaire d'Oka die Landschaft. Ich bin einmal den Pfad bis hinauf zum Gipfel gewandert. Es ist eine Art Kreuzweg durch den Wald, der sich fünf Kilometer bis zu einer Ansammlung von Kapellen aus dem 18. Jahrhundert hochwindet. Die Aussicht ist eine Klasse für sich.

Der Giftefeu ebenfalls. Noch Wochen später nervten mich juckende und nässende Pusteln.

»Vorfahrt für Reptilien?« Ryans lahme Witze deuteten darauf hin, dass ihm nicht wohl war in seiner Haut.

»Und Amphibien«, sagte ich.

Ryan schaute mich an.

»Das Schild stellt Herpetofauna dar. Dazu gehören auch Amphibien.« Es war viel zu früh für eine Biologiestunde.

»Was ist der Unterschied?«

»Amniotische Eier.«

»Gerührt sind sie mir lieber.«

»Reptilien können sich außerhalb des Wassers fortpflanzen.«

»Was für ein Durchbruch. Wann ist das passiert?«

»Vor über dreihundert Millionen Jahren.«

»Man sollte meinen, dass sie in der Zeit ein paar Verkehrsregeln gelernt haben.«

Ich zog es vor, nicht zu antworten.

Wir fuhren auf einer schmalen Straße, an deren Rändern sich der von Pflügen beiseitegeräumte Schnee türmte. Um uns herum ragten Bäume wie hohe, nackte Wächter in die Luft.

Das Gefälle wurde stärker, als wir uns dem Fluss näherten. Kurz darauf sah ich das Ufer. Am Wasserrand stand die übliche Ansammlung von Fahrzeugen: ein zweiter Streifenwagen, ein schwarzer Transporter, ein blauer Laster der Spurensicherung.

Eine uniformierte SQ-Beamtin winkte uns zu sich. Auf ihrem Namensschild stand Naveau. Wieder die herzliche Gesetzeshüter-Begrüßung.

Wir zeigten unsere Ausweise. Naveau sagte Ryan, er solle an der Rückseite eines rustikalen Holzbaus parken, der wahrscheinlich eine Wärmehütte für Skilangläufer war.

Ryan tat es, dann setzten wir beide Kappen auf und stiegen aus dem Jeep. Die Sonne stand inzwischen höher, Baumstämme und Äste warfen unscharfe Schatten. Die Luft war so kalt, dass sie sich kristallin anfühlte.

Gute Nachricht. Ein Plastikzelt war über der Stelle aufgebaut worden, die, wie ich vermutete, die Leichenhündin Étoile interessiert hatte. Seitlich davon lag ein Haufen frisch weggeschaufelter Schnee.

Ich kannte die Szenerie von einer Exhumierung, die ich vor Jahren in einem Innu-Reservat in der Nähe der Stadt Sept-Îsles gemacht hatte. Damals hatte die Tiefsttemperatur minus 34 Grad Celsius betragen. Ich wusste, dass in dem Zelt ein tragbares Heizaggregat Luft durch geriffelte Schläuche pumpte, um den Innenraum zu erwärmen und den Boden aufzutauen.

Vor dem Zelt standen vier Männer. Zwei trugen Overalls und Jacken mit demselben Logo wie der Spurensicherungslaster. Service de l'identité judiciaire. Division des scènes de crime.

Einer trug einen schwarzen Kanuk-Parka, ähnlich meinem eigenen himmelblauen. In dem dick gefütterten Anorak sah Joe

Bonnet, mein neuer Labortechniker, aus wie ein Marshmallow am Stiel. Sein Kopf war zum Glück von einer Zipfelmütze bedeckt. Er glaubte, dass er mit platinblonden, hochgegelten Haaren aussehe wie ein Punk. In meinen Augen sah er einfach nur trottelig aus, vor allem, da er rasant auf die Vierzig zuging. Aber ich sagte nichts.

Joe war sehr kompetent in seiner Arbeit, aber auch zartbesaitet. Und bedürftig. Es reichte nicht, sich Tadel oder Kritik zu verkneifen. Bei Joe musste man beständig loben und bestätigen. Ich mag keine Weicheier. Die meisten Leute wissen und akzeptieren das. Joe kapierte es einfach nicht.

Selbstverständlich hatte es bereits Wutausbrüche und Schmollphasen gegeben. Auf seiner Seite, nicht auf meiner. Auch im Waffenstillstand waren wir wie zwei einander fremde Haustiere, die man gemeinsam bei Großmutter abgeladen hatte. Immer auf der Hut, immer die Laune des anderen erschnuppernd.

Ist zum Teil meine Schuld. Es war zwar bereits zwei Jahre her, aber ich ärgerte mich noch immer über den Verlust meines langjährigen Assistenten Denis. Warum geht man eigentlich in Rente?

Der vierte Mann trug einen Mantel, der sich deutlich über seinen mächtigen Bauch spannte. Jean-Claude Hubert, Chief Coroner der Provinz Quebec.

Hubert watschelte in unsere Richtung. Sein Gesicht war sehr rot, seine Lippen sehr aufgesprungen.

»Detective Ryan. Dr. Brennan.« Huberts Akzent klang nach weiter oben am Fluss, vielleicht Quebec City. »Danke, dass Sie so früh gekommen sind.«

»Worum geht's?« Das Wichtigste wusste ich bereits, aber ich wollte Huberts Version hören.

»Ein Knastvögelchen zwitschert über eine Frau, die seit zwei Jahren vermisst wird.«

»Florian Grellier«, sagte Ryan.

Hubert nickte. Über seinem Schal wogten drei Kinne. »Das Opfer war Christelle Villejoin. Grellier sagt, sie sei ermordet und hier vergraben worden.«

»Ermordet von wem?«, fragte Ryan.

»Er behauptet, das wisse er nicht.«

»Und wie kam Monsieur Grellier zu dieser Information?«

»Sagt, er habe in einer Bar einen Kerl kennengelernt. Schwört, dass er den Namen des Kerls nie gehört und ihn auch nicht mehr gesehen hat, seit sie an diesem Abend gemeinsam Schnäpse kippten.«

»Wann war das?« Ryan.

»Irgendwann im letzten Sommer. Grellier ist da ein bisschen vage.«

»Haben Sie ihn hier?«

»Nein. Er hat uns gute Orientierungspunkte genannt, die Straße, die Wärmehütte, den Fluss. Wir haben eine Kadaverhündin über das Gelände geführt, und sie hat angeschlagen.« Hubert deutete mit einem Fäustling in die Richtung des Zelts. »Der Hundeführer sagt, die Chance, dass da drüben jemand in der Erde liegt, steht bei neunzig Prozent.«

»Ziemlich präzise Angaben für eine alkoholisierte Erinnerung«, sagte ich.

»Ja.« Hubert blies Luft durch die Lippen. Sie brauchten dringend einen Labello.

»Was haben Sie bis jetzt getan?«

»Die Umgebung gesichert, Fotos geschossen, Schnee weggeräumt, das Zelt aufgestellt. Der Heizlüfter läuft seit gestern, der Boden sollte also inzwischen aufgetaut sein.«

»Bon«, sagte ich. »Dann gehen wir's an.«

Hubert hatte recht. Der Boden war weich genug zum Graben. Und noch etwas spielte uns in die Hände. Die menschliche Natur. Der Täter hatte, weil er zu faul oder zu nervös war, sein Opfer nur knapp fünfzig Zentimeter tief begraben.

Um eins hatten Bonnet und ich das gesamte Skelett freigelegt. Die meisten Knochen hatten wir an Ort und Stelle belassen. Diejenigen, die wir beim Durchsieben der Erde gefunden hatten, steckten jetzt in Beweismitteltüten.

Ich hatte ein Inventar erstellt und alles detailliert beschrieben bis auf die Finger- und Zehenglieder. Die zählte ich nur.

Ein Schädel, komplett mit allen einundzwanzig Hirnschalenknochen und den sechs des Innenohrs. Ein Unterkiefer. Ein Zungenbein. Ein Brustbein. Zwei Schlüsselbeine. Zwei Schulterblätter. Vierundzwanzig Rippen. Vierundzwanzig Wirbel. Ein Kreuzbein. Ein Steißbein. Sechs Armknochen. Sechs Beinknochen. Zwei Hüftbeine. Zwei Kniescheiben. Sechzehn Handwurzelknochen. Zehn Mittelhandknochen. Vierzehn Fußwurzelknochen. Zehn Mittelfußknochen. Sechsundfünfzig Finger- und Zehenglieder.

Zweihundertundsechs Knochen. Mann, waren wir gut.

Während der Exhumierung waren Ryan und Hubert immer wieder gekommen und gegangen. Es zeigte sich, dass der Heizlüfter nur zwei Einstellungen kannte: aus und subtropisch. Obwohl wir die Eingangslasche geöffnet hatten, stieg die Temperatur im Zelt auf ungefähr dreißig Grad. Bonnet und ich hatten uns Stück für Stück ausgezogen und zum Schluss nur noch in Jeans und T-Shirt gearbeitet.

Während ich mir nun Notizen machte und Bonnet Fotos schoss, standen Ryan und Hubert da und starrten in die Grube. Ihre Gesichter waren gerötet, die Haaransätze schweißfeucht.

Das Opfer, das nur BH und Schlüpfer trug, lag mit dem Gesicht nach unten, die Arme und Beine nach rechts verdreht. Ein Bruch überzog die Schädelrückseite wie ein Spinnennetz.

»Eh, misère.« Hubert hatte den Kraftausdruck schon mindestens zwanzigmal benutzt.

»Irgendwelche Gedanken zur Position der Leiche?«, fragte mich Ryan.

»Nur vorläufige.«

Ryan nickte.

»Ich vermute, sie wurde von hinten erschlagen. Dann fiel sie entweder in die Grube oder wurde hineingestoßen.«

»Womit erschlagen?« Angespannt.

»Nach dem Bruchverlauf zu urteilen, würde ich sagen, etwas Flaches mit einem erhöhten Wulst in der Mitte.«

»Sie?« Hubert hatte meinen Hinweis auf das Geschlecht mitbekommen.

»Ja.«

»Wegen der Unterwäsche?«

»Aufgrund von Schädel- und Beckenmerkmalen.«

»Der Rest ihrer Kleidung ist einfach verrottet?«

»Das bezweifle ich. Zugegeben, die Unterwäsche ist Polyester, und Synthetikstoffe überdauern natürliche Fasern wie Baumwolle oder Leinen, aber dann hätte ich Reißverschlüsse, Knöpfe, Druckknöpfe oder sonst irgendwas gefunden. Ich glaube, sie trug sonst nichts.«

»Und keine Schuhe oder Socken«, stellte Ryan fest.

»Nein.«

»Alter?«, fragte Hubert.

Ich kauerte mich hin, nahm den Schädel in die Hand und drehte ihn.

Nur acht gelbliche Zähne waren vorhanden, die Zahnhöcker waren stark abgenutzt. Die restlichen Zahnhöhlen waren mit Knochenmaterial verfüllt und geglättet.

Die Schädelnähte waren verschmolzen. Beide Kiefergelenke und die Gelenkköpfe des Hinterhauptbeins waren arthritisch verformt.

»Alt«, sagte ich und sonst nichts, weil ich meiner Stimme nicht mehr traute.

»Das muss Villejoin sein. Wie viele Omas verschwinden schon hier in der Gegend?«

Ich stellte mir die grausige Szene vor. Eine entsetzte alte Frau, die man zwingt, sich auszuziehen und dem Tod am Rand des eigenen Grabes ins Auge zu sehen.

Hatte sie um ihr Leben gefleht? Hatte sie die Augen geschlossen, als sie erkannte, dass es keine Gnade geben würde? Dem Wind in den Bäumen gelauscht? Vogelgesang? Hatte sie das Geräusch der Waffe gehört, als die auf ihren Schädel zusauste?

Plötzlich musste ich raus aus diesem Zelt.

13

Zurück in der Stadt, aßen Ryan und ich einen schnellen Lunch in einem La Belle Province. Ich hatte nur wenig Appetit. Feuchte Wischtücher und Desinfektionsmittel waren nicht gerade der Hygiene letzter Schluss gewesen. Ich wollte einfach nur duschen und Haarewaschen und mir den restlichen Dreck aus den Nägeln schrubben. Aber Ryan war resolut. Oft zeigte er eine mütterliche Ader und bestand darauf, dass ich etwas aß, wenn ich absolut keine Lust darauf hatte.

Ryan bestellte *poutine*, eine Quebecer Spezialität, die mir ewig ein Rätsel bleiben wird. Man nehme Fritten, bröckele etwas Weißkäse darüber und bedecke das Ganze mit geschmackloser, brauner Soße. Wer's mag.

Ich nahm Erbsensuppe und einen Salat.

Vom Restaurant fuhren wir direkt zum Édifice Wilfrid-Derome im Hochelaga-Maisonneuve-Distrikt am östlichen Rand von *centre-ville*. Das Laboratoire des sciences judiciaires et de médicine légale belegt die beiden obersten Stockwerke des T-förmigen Gebäudes, das Bureau du coroner die elfte Etage, und die Leichenhalle befindet sich im Keller. Der Rest gehört der SQ.

Ryan fuhr mit einem ungesicherten Aufzug in den Vierten. Ich stieg in einen mit Zugangsbeschränkung, der nur das LSJML, das Büro des Coroners und die Leichenhalle anfährt.

An Wochentagen wimmelt es in den Laboren, Büros und Korridoren von weiß bemäntelten Wissenschaftlern und Technikern. An diesem Nachmittag war es hier still wie in einem Grab. Ein Hoch auf die Samstage.

Ich zog meinen Zugangsausweis zum vierten Mal seit Betreten des Gebäudes durch einen Leseschlitz, trat durch die Glastür, die den gerichtsmedizinischen Flügel vom Rest des zwölften Stocks trennt, und ging einen Korridor mit Büros rechts und Laboren links entlang. Mikrobiologie. Histologie. Anthropologie-Odontologie.

Während ich in Chicago war, waren Fensterrahmen, Bücherregale, Schranktüren und Kühlschränke umgestaltet worden. Jeder Arbeitsbereich verriet den weihnachtlich-kitschigen Geschmack des Dekorateurs. Girlanden aus Plastiktannennadeln. Spitzendeckchen, die aussahen wie Schneeflocken. Père Noël mit seinem Geschenkesack, dem Rentier und dem Schlitten.

Mein Schreibtisch war vollgestapelt, und mein Telefon blinkte. Ich ignorierte das hysterische rote Lämpchen, steckte meine Handtasche in eine Schublade und ging in den Umkleideraum.

Nachdem ich geduscht und Laborkluft angezogen hatte, kehrte ich ins Labor zurück, um Fallformulare, Greifzirkel und ein Klemmbrett zu holen. Dann nahm ich einen anderen Aufzug, der dieselben beschränkten Ziele hatte: LSJML, Coroner und Leichenhalle.

Im Keller erstreckt sich hinter einer weiteren Sicherheitstür ein schmaler Gang über die ganze Länge des Gebäudes. Links sind ein Röntgenraum und vier Autopsiesäle, drei mit je einem Tisch, einer mit zwei. Rechts sind Trockengestelle, Computerterminals und Wannen auf Rädern und Karren zum Transport von Proben in die verschiedenen Abteilungen ganz oben.

Durch ein kleines Fenster in jeder Tür konnte ich sehen, dass auch hier unten nichts passierte. Keine Polizeifotografen, keine Autopsietechniker, keine Pathologen. Einige der Anschlagtafeln waren geschmückt wie die Labore oben.

Die besinnliche Zeit, dachte ich bedrückt und wünschte mir, ich wäre zu Hause bei Katy und Birdie.

Ich ging direkt in den *salle d'autopsie* Nummer vier, meinen *salle* mit einer speziellen Ventilation für Verweste, Wasserleichen, Mumifizierte und andere Stinker.

Wie auch die anderen drei hat Autopsiesaal Nummer vier eine Doppeltür in den Lagerbereich, der in Kühlfächer unterteilt ist. Kleine, weiße Kärtchen zeigen die Anwesenheit von zeitweiligen Bewohnern an.

Doch ich musste gar nicht dort hinein. Das Oka-Opfer lag auf einer Rollbahre, die in meinem Saal neben der Tür stand. Unter dem Leichensack lugten Formulare heraus.

Ein schneller Blick zeigte mir, dass man den Überresten bereits LSJML- und Leichenhallennummern zugewiesen hatte, und dass Hubert die Anfrage für ein Anthropologiegutachten ausgefüllt hatte.

Ich fing damit an, dass ich die relevanten Daten in mein Anthropologieformular übertrug. *Numéro de morgue:* 38107. *Numéro de LSJML:* 45736. *Enquêteur:* Lieutenant-détective Andrew Ryan, Section de crimes contre la personne, Sûreté du Québec. *Nom: Inconnue.* Unbekannt.

Zum Schluss schrieb ich das Datum und eine kurze Zusammenfassung der Fakten.

Dann warf ich das Klemmbrett auf die Arbeitsfläche, holte mir eine Kamera und schaute nach, ob der Akku auch geladen war. Als Nächstes griff ich mir eine Plastikschürze aus einer Schublade und Handschuhe aus einer anderen und zog beides an. Derart ausstaffiert schob ich die Rollbahre neben den Edelstahltisch, der in der Mitte des Raums mit dem Boden verschraubt war.

Als Vorsichtsmaßnahme fotografierte ich den Leichensack zuerst geschlossen und dann mit offenem Reißverschluss, so dass der Inhalt zu sehen war. Auch BH und Schlüpfer waren zu sehen, sie steckten zusammengelegt in einer Ecke.

Ich schaute mir die Etiketten der Unterwäsche an, aber der Druck war so verblasst, dass nichts mehr zu entziffern war. Nachdem ich Taillen- und Brustumfang gemessen und noch ein paar Fotos geschossen hatte, breitete ich die Kleidungsstücke auf der Arbeitsfläche aus.

Nach diesen Präliminarien fing ich an, das Skelett anatomisch korrekt auf dem Untersuchungstisch anzuordnen. Da ich bereits vor Ort ein Knocheninventar gemacht und linke und rechte Seite gekennzeichnet hatte, ging das sehr schnell, bis ich zu den Fingern und Zehen kam. Da die Identifikation dieser Knochen so entsetzlich mühselig ist, hatte ich sie nur gezählt und in Tüten gesteckt.

Ein normaler, erwachsener Mensch hat sechsundfünfzig Finger- und Zehenglieder. Die Daumen und die großen Zehen haben jeweils zwei Knochen, den proximalen und den distalen. Alle anderen haben drei, den proximalen, den mittleren und den distalen.

Zuerst trennte ich Hände von Füßen. Ein Kinderspiel bei *le premiers.* Die Knochen der großen Zehen sind charakteristisch geformt und kräftiger als die der Daumen.

Das Gegenteil trifft auf Zeige-, Mittel-, Ring- und kleinen Finger zu. Die Knochen der normalen Finger sind größer als die der Zehen. Sie sind außerdem flacher auf der Innenseite und gerundeter auf der Außenseite, die Schäfte sind kürzer und seitlich weniger zusammengedrückt.

Bei der Anordnung spielen die Gelenke die Hauptrolle. Am proximalen Ende hat ein Glied der ersten Reihe eine konkave, ovale Oberfläche für die Verbindung mit einem Mittelfuß- oder einem Mittelhandknochen. Am distalen Ende befinden sich doppelte Rundungen. Ein Glied der zweiten Reihe hat Doppelrundungen am distalen und doppelte Konkavflächen am proximalen Ende. Ein Glied der dritten Reihe hat zwei Konkavflächen am vorderen und eine zulaufende Spitze am hinteren Ende.

Ich legte die achtundzwanzig Fingerknochen beiseite und sortierte die Zehenglieder nach ihrer Position. Danach bestimmte ich die einzelnen Zehen, von zwei bis fünf. Dann trennte ich die rechten von den linken.

Das meine ich mit mühselig.

Als ich mit den Füßen fertig war, hatte ich einen steifen Rücken, und mein Gesicht juckte unter der Maske. Ich streckte eben die Arme über den Kopf, als ich meinte, draußen im Gang eine Bewegung zu hören.

Ich schaute auf die Wanduhr. 18:40.

Ich schaute durch die Tür in beide Richtungen.

Keine Menschenseele.

Zurück zum Tisch.

Saturday-night loser. Gedanken an Ebenezer Scrooge kamen mir in den Sinn.

»Fa la la la.« Mein Trällern hallte freudlos durch den leeren Saal.

Ich sortierte eben Finger, als ich das gedämpfte Klacken von Metall hörte.

Wieder schaute ich in den Gang.

Wieder war er leer.

Ein Drucker, der sich neu kalibrierte? Ein Kühlaggregat, das sich einschaltete?

Der Geist der künftigen Weihnachten, der sich anschlich, um mir in den Hintern zu treten?

Verspannt und gereizt wandte ich mich wieder den Fingern zu. Ich wollte so schnell wie möglich fertig werden. Um nach Hause zu fahren, etwas zu essen und vielleicht ein gutes Buch zu lesen. Alexander McCall Smith. Oder Nora Roberts. Eine Geschichte, die weit entfernt war von diesem Paralleluniversum des Todes.

Dann fiel es mir wieder ein. Ich hatte kein Auto, weil ich mit Ryan gefahren war. Ich würde die Metro nehmen müssen.

Scheiße.

Und draußen hatte es wahrscheinlich eine Million Grad unter Null.

Scheiße. Scheiße.

Während ich weiterarbeitete, wurde meine Stimmung immer schwärzer. Mir fiel ein, dass ich keine frischen Lebensmittel in der Wohnung hatte. Das Abendessen würde eine tiefgefrorene *tourtière* sein.

Und ich würde allein essen. Birdie war in North Carolina. Katy ebenfalls. Da ich eigentlich gar nicht in Montreal sein sollte, hatte Ryan Charlie bei sich zu Hause.

Wo war Ryan? Wahrscheinlich beim Essen und Trinken mit Freunden? Oder vielleicht gemütlich vor dem Kamin mit seiner Ex.

Aber Ryan hatte geschworen, dass er und Lutetia wieder Geschichte waren. Wirklich?

Egal. Dieser Zug war abgefahren.

Wirklich?

Meine Augen brannten, und mein Rücken war total verkrampft. Ich musste mich zur Konzentration zwingen.

Ohne dass ich es wollte, ging mir ein Liedtext durch den Kopf.

I'll have a blue christmas without you ... Ja, ohne dich wird Weinachten ziemlich einsam sein.

Mein Blick schweifte durch den Saal. Nirgendwo ein Strumpf oder ein fröhlicher Weihnachtsmann.

Zehn Tage vor Weihnachten war ich allein in der Leichenhalle.

Zu Hause würde ich ebenfalls allein sein.

Was soll's. Ich schwor mir, morgen früh Ryan anzurufen und ihn um den Vogel zu bitten. Ein Papagei war besser als gar keine Gesellschaft. Vielleicht konnten wir beide ja miteinander Weihnachtslieder singen.

»Four calling birds, three French hens …«, sang ich. Ja, die gefiederten Freunde.

Vergiss Lametta und Stechpalmenzweige. Was sagte Dickens? Weihnachten muss man im Herzen feiern. Gut. Ich würde den Rat des alten Charlie befolgen.

O Mann.

Charlie. Charlie.

Bis zu diesem Augenblick war mir die Namensgleichheit noch gar nicht aufgefallen.

Charlie, mein Papagei. Charlie, meine alte Highschool-Liebe, jetzt Anwalt im Büro des Mecklenburg County Public Defenders in Charlotte.

Charlie und ich hatten kaum angefangen, uns wieder zu sehen, als ich, wie immer Ende November, für einige Wochen nach Montreal musste. Und um ehrlich zu sein, unser erstes Rendezvous war nicht gerade gut verlaufen.

Und das ist noch gelinde gesagt. Ich hatte die Zügel schleifen lassen, mich mit Merlot abgefüllt und den Kerl eine ganze Woche lang nicht einmal angerufen.

Ich stellte mir Charlie Hunt vor, Basketballspieler, groß, zimtfarbene Haut, Augen grün wie Stechapfelblätter.

Diese Vorstellung verbesserte meine Stimmung nicht gerade.

Warum stand ich noch in diesem Keller und sortierte Knochen? Was konnte ich heute Abend noch erreichen? Eine eindeutige Identifikation war nicht möglich. Hubert hatte es nicht für nötig befunden, Christelle Villejoins antemortale Unterlagen mitzuliefern.

»Das Würstchen hängt wahrscheinlich in einer Bar rum und

schlürft Eierflip. Steht unter dem Mistelzweig und wartet auf einen Kuss.«

Jetzt hatte mich das Selbstmitleid fest im Griff.

»Zwei Turteltäubchen …«

Seufzend nahm ich einen Fingerknochen zur Hand.

Beide Gelenke waren dicht und glänzend, die Ränder schartig von Knochenüberwucherungen. Arthritis. Es hatte sicher sehr wehgetan, diesen Finger zu bewegen.

Mir kam das Bild wieder in den Sinn, das ich schon im Wald gehabt hatte. Eine alte Frau, die barfuß und in Unterwäsche zitternd vor einer Grube steht.

Das Bild verwandelte sich. Ich sah das Gesicht meiner Großmutter an dem Tag, als sie in der South-Park Mall die Orientierung verlor. Die Panik in ihren Augen. Die Erleichterung, als sie mich sah.

Das schlechte Gewissen jagte das Selbstmitleid zum Teufel.

»So this is Christmas …« Ich sang Lennon. *»… and what have you done?«*

Ich brachte das Glied in Position.

Ich griff eben nach einem anderen, als mein Handy die Stille zerriss. Ich erschrak, und der Knochen flog mir aus der Hand.

Mein Blick schnellte zur Uhr. Zehn nach acht.

Ich schaute auf die Anruferkennung. Ryan.

Ich zog einen Handschuh aus, nahm das Gerät und schaltete ein.

»Brennan.«

»Wo bist du?«

»Wo bist du?«

»Ich habe in deiner Wohnung angerufen.« Klang Ryan verärgert?

»Da bin ich nicht.«

Ein kurzes Schweigen folgte. Ich lauschte, konnte aber keine Hintergrundgeräusche hören.

»Bist du noch hier?«, fragte Ryan.

»Um das zu beantworten, müsste ich wissen, wo du im Augenblick bist.« Ich hob den Knochen auf und legte ihn wieder auf den Tisch.

»Du bist in der Leichenhalle, oder?«

»Nein, um genau zu sein. Ich bin in einem Autopsiesaal.«

Mein Verstand sagte mir, dass Ryan nicht schuld war an meiner Unzufriedenheit. Aber da er in der Leitung war, musste er als Sündenbock herhalten.

»Es ist Samstagabend«, sagte Ryan.

»Nur noch elf Tage, ihr Geschenke-Shopper.«

Ryan ignorierte meinen Sarkasmus. »Du bist seit drei hier.«

»Und?«

»Arbeitest du an der Oka-Identifikation?«

»Nein, ich stricke einen Pullover für das alte Mädchen.«

»Du kannst eine olympische Nervensäge sein, Brennan.«

»Übung macht den Meister.«

Pause.

»Was ist so dringend, dass es nicht einen Tag warten kann?«

»Sobald ich das Skelettinventar abgeschlossen habe, kann ich ein biologisches Profil erstellen und die Verletzungen untersuchen. Und dann kann ich in wärmere Gefilde verduften.«

»Hast du schon was gegessen?«

Ryans Frage steigerte meine bereits beträchtliche Verärgerung nur noch.

»Hast du?«

»Ja«, log ich.

»Soll ich dich nach Hause fahren?«

Gewollt hätte ich es schon.

»Nein, danke.«

»Es schneit.«

»Das freut den verdammten Erdenkreis.«

»Wie kann ich dich dazu bewegen, mit mir zu fahren?«

»Mit Chloroform.«

»Der war gut.«

»Danke.«

Erst nach einer längeren Pause meldete Ryan sich wieder.

»Ich bin jetzt der Ermittlungsleiter im Villejoin-Fall, deshalb bin ich die Akte durchgegangen. Ich kann dich auf den neuesten Stand bringen.«

Ich sagte nichts.

»Erschöpfung begünstigt schlampiges Denken«, fügte er hinzu.

Damit hatte Ryan allerdings recht. Und Informationen über die Villejoin-Ermittlungen wollte ich wirklich.

Ich schaute das fast fertige Skelett an. Von den zweihundertundsechs Knochen lagen nur die Fingerglieder noch nicht an der korrekten Stelle.

Der nächste Tag war ein Sonntag. Wenn nicht eine große Katastrophe passierte, würde der Tisch nicht gebraucht werden. Der Saal war ein sicherer Bereich. Ich hatte schon öfters Überreste eine Nacht liegen lassen.

Und ich war müde.

»Treffen wir uns in zehn Minuten in der Lobby«, sagte ich.

Es war eine Entscheidung, die ich noch bedauern sollte.

14

Ryan hatte sich durchgesetzt, weil ich zu erschöpft war, um zu streiten. Und zu hungrig. Diese Erkenntnis kam mir, als ich den Pulli anzog, den ich im Labor immer in Reserve habe.

Auf die Frage, worauf ich Lust habe, antwortete ich mit dem ersten Lebensmittel, das mir in den Sinn kam. Fisch.

Ryan schlug Molivos vor. Ich war einverstanden. Von dort war es nur ein kurzer Fußmarsch bis zu meiner Wohnung.

Fünfzehn Minuten, nachdem ich aufgelegt hatte, schlitterten

wir auf der Avenue de Lorimier auf den Ville-Marie-Tunnel zu. Die Wischer huschten wie Metronome über die Windschutzscheibe. Kein Blizzard, aber ziemlich heftiges Schneetreiben.

Während Ryan sich auf das Fahren konzentrierte, kontrollierte ich auf meinem BlackBerry meine E-Mails.

Amazon wollte mir Bücher verkaufen. Abe's of Maine wollte Haushaltsgeräte verkaufen. Boston Proper wollte mir Klamotten verkaufen. Löschen. Löschen. Löschen.

The Humane Society wollte, dass ich mehr Geld spende. Na gut. Speichern.

Ein Kollege wollte, dass ich auf einer Konferenz in der Türkei spreche. Speichern, um mit einer höflichen Absage zu antworten.

Katy berichtete, dass Pete und Summer für eine Woche auf die Turks und Caicos geflogen waren. Sie fragte, wann ich nach Charlotte zurückkommen werde. Ich antwortete, dass ich auf jeden Fall rechtzeitig für unsere Reise nach Belize am einundzwanzigsten dort sein würde.

Außerdem hatte ich zwei Angebote für Produkte erhalten, die garantiert meine Genitalien erfreuen würden, und drei Vorschläge, mittels afrikanischer Banken Millionen zu verdienen.

Als ich das Gerät wieder ins Futteral steckte, fuhr Ryan eben aus dem Tunnel auf die Atwater. An der Rue Sainte-Catherine bog er rechts ab und dann nach links auf die Guy. Wenige Fußgänger eilten mit hochgezogenen Schultern und gesenkten Köpfen an den Häuserfronten vorbei. Bürgersteige, Fenstersimse und Stufen waren bereits verschneit, Autodächer trugen flauschige, weiße Kappen.

Ryan parkte an einer Stelle, wo es nur zwischen April bis August an jedem zweiten Mittwoch zwischen zwei Uhr vierzehn und vier Uhr siebenundzwanzig nachts erlaubt war. Für Feuerwehrleute und Freimaurer. Oder so etwas in der Richtung.

Voilà, le parking in Montreal.

Ryan und ich überquerten die Guy und eilten dann den Hügel hinunter. Im Restaurant führte uns ein Mann mit pockennarbigem Gesicht und einem schielenden Auge zu einem Tisch für zwei.

»Zwei Tage, zwei Tavernen«, sagte Ryan grinsend. »Sehe ich da ein Muster?«

Es stimmte. Die gleiche Holzeinrichtung. Die gleichen Fischernetze. Die gleichen Wandgemälde mit Abbildungen von Gottheiten in Togen. Nur waren die Tischdecken hier blauweiß kariert.

»Hier gibt's Fisch«, sagte ich, »In Chicago gab's Lamm.«

»Ich hatte die Meeresfrüchteplatte.«

»Du hast eben nicht gerade einen guten Geschmack bewiesen.«

»Wir sollten nach Griechenland gehen.«

»Ja-ja.«

»Mykonos hat einige erstklassige Nudistenstrände.« Ein übertriebenes Zwinkern.

»Träum weiter, Ryan.«

»O ja.«

Schielauge brachte uns die Speisekarten und fragte, was wir zu trinken wollten. Ryan bestellte Moosehead. Ich Perrier mit Limette. Als die Getränke kamen, bestellte ich Wolfsbarsch. Ryan entschied sich für Red Snapper.

»Erzähl mir von der Villejoin-Ermittlung«, sagte ich, weil ich die gefährlichen Gewässer persönlicher Themen umschiffen wollte. Wie gemeinsamer Nacktheit.

Aus Ryans Lächeln wurde ein Stirnrunzeln. Er trank einen Schluck Bier und stellte seinen Krug ab.

»Anne-Isabelle war sechsundachtzig. Christelle war dreiundachtzig. Beide waren alte Jungfern.«

»Ledig«, korrigierte ich.

»Genau, sie haben bei ihren Eltern in Pointe-Calumet gelebt. Serge Villejoin ist neunundsechzig gestorben, Corine siebenundsechzig. Danach haben die Schwestern das Grundstück geerbt.«

Ich konnte mir nicht vorstellen, wie man ein ganzes Leben in nur einem Haus verbrachte. Fand ich eine solche Stabilität deprimierend oder tröstend? Ich war zu erschöpft, um es mir zu überlegen.

»Beide arbeiteten als Schwesternhelferinnen. Anne-Isabelle ging dreiundneunzig in Rente, Christelle sechsundneunzig. Danach waren die Damen fast immer zu Hause, werkelten im Garten, kümmerten sich um die Katzen, häkelten Schnickschnack für Kirchenbasare.«

»Was für eine Kirche?«

»Sainte-Marie-du-Lac in Pointe-Calumet.«

Unser Fisch kam. Wir träufelten Zitronensaft darüber, nahmen uns Bohnen und Beilagen und fingen schweigend an zu essen. Nach einer Weile sprach Ryan weiter.

»Am vierten Mai zweitausendacht fand wieder so ein Basar statt. Es war ein Samstag. Normalerweise wären die Schwestern die zwei Blocks bis zur Kirche zu Fuß gegangen, aber da sie einen ganzen Karton voller Spenden hatten, bot ein Nachbar an, sie hinzufahren.« Ryan griff nach hinten, zog ein Notizbuch aus seiner Jackentasche und schlug den Namen nach. »Yves Renaud. Siebenundvierzig. Pfleger im Jewish General.«

Ich wartete, bis Ryan ein paar Gabeln Fisch gegessen hatte.

»Laut Renauds Aussage war er gegen Mittag am Haus der Villejoins. Er fand es merkwürdig, dass zwei Katzen im Garten herumstreunten, da die Tiere sich sonst eigentlich nur im Haus aufhielten. Er rief, erhielt keine Antwort, klopfte, spähte durch ein Fenster, dasselbe Ergebnis. Schließlich probierte er die Vordertür und fand sie unverschlossen.«

»Waren die Frauen sicherheitsbewusst?«

»Das wusste Renaud nicht.«

»Hatten sie eine Alarmanlage?«

»Nein. Renaud betrat die Diele, rief noch einmal, hörte nichts. Er wollte eben wieder gehen, als eine weitere Katze mit Blut auf der Schnauze in die Diele kam. Er wurde argwöhnisch und schaute sich um. Das Opfer lag mit zerschmettertem Gesicht auf dem Küchenboden.«

Ich bemerkte die kleine Veränderung. Anne-Isabelle hieß jetzt das Opfer. Es war ein Mittel der Distanzierung, wie Polizisten es häufig benutzten. Keine Namen. Ich merkte, dass dieser Fall Ryan sehr verstörte.

»Hast du die Fotos gesehen?«, fragte ich sanft.

Ryan nickte und schüttelte dann den Kopf, als könnte er dadurch die grässlichen Bilder darin vertreiben.

»Die Küche sah aus wie direkt aus einem Horrorfilm.«

»Wurde eine Waffe sichergestellt?«

Ryan schnaubte angewidert. »Der Schweinehund hat sie mit ihrem eigenen Stock erschlagen.«

»Der Täter brachte also nichts mit. Das könnte auf fehlenden Vorsatz hindeuten.«

»Aber auch auf sehr heftige Wut, die durch irgendetwas ausgelöst wurde. Jeder Knochen im Gesicht der Frau war gebrochen. Ebenso der Unterkiefer, das rechte Schlüsselbein, die meisten Rippen, die Unterarmknochen in beiden Armen. Das war ein Blutbad, kein normaler Mord.«

Wir verstummten und dachten beide über dieselbe Frage nach. Was für ein Monster konnte eine über achtzigjährige Frau so zurichten?

»Ich nehme an, Renaud wurde überprüft?«

»LaManche machte die Obduktion. Ausgehend vom Mageninhalt und dem Grad der Verwesung legte er den Todeszeitpunkt auf vierundzwanzig bis dreißig Stunden vor Auffindung fest. Renaud arbeitete an diesem Freitag von sieben bis vier. Mitarbeiter und Patienten bestätigten seine Anwesenheit im Jewish.«

Ryan konzentrierte sich wieder auf den Snapper. Durch ein Fenster hinter ihm sah ich Schneeflocken im Lichtkegel einer Straßenlaterne an der Guy wirbeln.

Als Ryans Fisch nur noch aus Gräten bestand, legte er das Besteck weg und lehnte sich zurück. »Die jüngere Schwester war einfach verschwunden.«

»Sie ist nicht einfach nur verschwunden. Es wurde ihr etwas angetan. Ich kann mich noch gut an die Suche erinnern. Die Publicity war gigantisch.«

»Und nutzlos. Keiner in der Nachbarschaft hatte etwas gehört oder gesehen. Haus-zu-Haus-Befragungen erbrachten rein gar nichts. Telefonüberprüfungen ebenso. Die Opfer besaßen keine Kreditkarten und auch keinen Computer, diese Ermittlungswege gab es also nicht. Ein Nachbar meinte sich zu erinnern, dass Christelle einmal von entfernten Cousins oben in Beauce erzählt hatte. Diese Leute wurden aber nie gefunden. Nachbarschaftskinder schaufelten Schnee, mähten den Rasen und so weiter. Die einzigen bekannten Bezugspersonen der Frauen waren entweder Leute aus der Nachbarschaft oder Mitglieder der Kirchengemeinde. Jeder Einzelne davon hatte ein wasserdichtes Alibi.«

»Gab es da nicht irgendwas mit einer Bankkarte?«

»Das war die einzige Spur. Am fünften Mai wurde gegen achtzehn Uhr dreißig Geld von Christelles Sparkonto bei der Bank of Montreal abgehoben.«

»Wo?«

Ryan schaute in sein Notizbuch. »Ein Bankautomat in der Ontario East vier-zwei-fünf-null.«

»Das ist weit im Osten, in der Nähe des Olympiastadions.« Meilen von Pointe-Calumet entfernt. »Hatten die Schwestern ein Auto?«

»Nein.«

»Wurde die Transaktion auf Video festgehalten?«

»Nein. Die Kamera war an diesem Abend für drei Stunden außer Betrieb.«

Ich überlegte einen Augenblick. »Wenn LaManche recht hat mit dem postmortalen Intervall, dann war Anne-Isabelle um sechs Uhr abends bereits tot.«

»Ja.« Verkniffen. »Nur wegen eines technischen Defekts haben wir kein Täterfoto.«

»Hatte Anne-Isabelle ein Konto?«

»Beide Schwestern benutzten dasselbe.«

Ryan trank sein Bier aus. Kurz strich er mit dem Daumen über die beschlagene Wand seines Krugs. Als unsere Blicke sich trafen, war seiner hart vor Entschlossenheit.

»Ich werde dieses Arschloch kriegen.«

Ryan hatte ein wenig Schaum auf der Oberlippe. Ich musste mich zusammennehmen, um ihn nicht wegzuwischen.

»Ich weiß, dass du das wirst«, sagte ich.

Um acht Uhr abends bedeckten siebenundsechzig Zentimeter Schnee den Boden. Sechsundzwanzig Zoll. Das war nach jedem Maßstab eine Menge Schnee.

Montreal ist ein Meister in der Bewältigung von Unwettern, aber dieses Mal ging die Stadt in die Knie. Zwischen Jubelarien über gebrochene Rekorde meldeten die Nachrichtensprecher, dass nur eine Handvoll Busse und Metro-Züge fuhren. Gottesdienste wurden abgesagt, Geschäfte, die normalerweise sonntags geöffnet hatten, blieben geschlossen.

Später stellte sich heraus, dass ein Großteil der Bevölkerung aufstand, zum Fenster hinausschaute und wieder ins Bett krabbelte. Gott oder der Chef würden das schon verstehen.

Ich war nicht ganz so selbstgefällig. Ich wollte ins Labor, um meine Untersuchung der Oka-Knochen abzuschließen.

Nach einem Frühstück aus Kaffee, Grape-Nuts und Joghurt zog ich Stiefel, meinen Kanuk-Anorak, Schal und Handschuhe an und ging hinaus, weil ich hoffte, es bis zur U-Bahn, die nur zwei Blocks entfernt war, zu schaffen.

In meine Straße hatte sich kein Schneepflug vorgewagt. Kein Frühaufsteher hatte die Bürgersteige freigeschaufelt. Warum sich auch die Mühe machen? Der Schnee lag noch immer hüfthoch und fiel weiter, doch die Flocken waren jetzt winzig, eisige Kugeln, die mir ins Gesicht stachen.

Auf der Sainte-Catherine sahen die Fahrzeuge am Straßenrand aus wie klumpige, weiße Hecken. Keine Busse. Keine Autos. Keine Tauben. Keine Menschen. Nichts rührte sich. Das Viertel war so verlassen wie der Times Square in *Vanilla Sky*.

Keuchend und in meinem Parka schwitzend kam ich an der Metro-Station an. An der schmutzigen Scheibe des Fahrkartenschalters klebte ein handgeschriebener Zettel.

Coupure de courant non programmé. Problème électrique. Unvorhergesehener Ausfall. Elektrisches Problem. Unter den Text hatte der Autor ein Smiley mit nach unten gezogenen Mundwinkeln gemalt.

»Absolut fantastisch.« Ich redete schon wieder mit mir selber.

Fünf Minuten später war ich wieder vor meinem Haus. Als ich in den Gang einbog, der zu meiner Wohnung führte, sah ich einen Ziploc-Beutel, der hinter meinem Türknauf klemmte.

Ich zog einen Handschuh aus, nahm den Beutel und schaute mir den Inhalt an. Fünf kleine Klumpen, trocken, bröckelig und schwarz-braun.

Ich zog den Verschluss auf und schnupperte.

Exkremente.

»Arschloch.« Das Wort hallte den leeren Gang entlang.

Mein Nachbar Sparky hatte so etwas schon öfters abgezogen. Einmal war es besudeltes Tierstreu, einmal ein toter Spatz.

Jetzt brauchte ich eindeutig ein Ventil für meine Wut.

Nachdem ich die Kotbrocken in der Toilette hinuntergespült hatte, rief ich meine Schwester Harry in Houston an.

Ich erzählte ihr von Sparkys letztem Streich.

Sie wiederholte mein Schimpfwort und schmückte es noch ein bisschen aus.

Ich erzählte ihr von dem Schnee.

»Hat Old Blue Eye denn nicht einen Jeep?«

»Ich komme nicht bei jedem Problem zu Ryan gekrochen.«

»Jeeps fahren im Schnee.«

»Schneemobile auch, aber deshalb rufe ich nicht die Schneemobil-Patrouille an.«

»Gibt's die wirklich?«

»Keine Ahnung. Was treibst du?«

»Unkraut jäten. Hier ist es so heiß, dass die Bäume die Hunde bestechen. Musste ganz früh anfangen.«

Jetzt fühlte ich mich noch schlechter. Ich sagte nichts.

»Was gibt's sonst noch Neues?«, fragte Harry.

Ich erzählte ihr von Chicago, Cukura Kundze und Ryans plötzlichem Auftauchen in Vecamammas Haus. Dann berichtete ich ihr von dem mysteriösen Anruf bei dem verstorbenen Edward Allen Jurmain.

»Was für ein Scheißkerl macht denn so was?«

»Das werde ich herausfinden. Es muss jemand aus meiner näheren Umgebung sein.«

»Ist das der Grund, warum du so scharf drauf bist, an einem Sonntag zu arbeiten?«

Ohne Namen zu nennen, erzählte ich ihr von den Villejoin-Schwestern. Sie unterbrach mich nicht. Meine Schwester kann sehr impulsiv sein, was manchmal ziemlich nervt, aber sie ist eine hervorragende Zuhörerin.

Als ich fertig war, zögerte Harry einen Augenblick mit der Antwort.

»Gran war einundachtzig, als sie starb.«

»Ja.«

»Arbeitest du mit Ryan an diesem Fall?«

»Ja.«

»Wenn ihr den Mistkerl habt, tust du mir einen Gefallen?«

Ich wartete.

»Röste ihm die Eier.«

Das konnte und wollte ich ihr nicht abschlagen.

15

Am Montag wachte ich vom Lärm der Schneepflüge auf, die Übernachtparkern eine dreifache Warnung zuriefen.

Tröt! Tröt! Tröt!

Déplacez votre voiture! Bewegen Sie Ihr Auto! Bewegen Sie Ihren Arsch!

Obwohl die Medien meldeten, dass die meisten Hauptstraßen geräumt waren, sah ich durch ein Seitenfenster, dass mein Block noch immer aussah wie eine Postkarte aus Finnland. Ich wusste, dass sich in den Nebenstraßen und Gassen überall in der Stadt dieselben Szenen abspielten. Schaufeln wurden geschwungen, und diejenigen, die vergessen hatten, ihre Autos umzuparken, konnten das erst tun, nachdem sie sie von den weißen Massen befreit hatten. In den Notaufnahmen der Krankenhäuser herrschte Hochbetrieb.

Da ich wusste, dass der Verkehr brutal sein und Parken bedeuten würde, rückwärts in hüfthohe Schneewände hineinzustoßen, entschied ich mich für die Öffentlichen. Heute machte sich mein Nanook-Rucksack bezahlt. Ich stand Schulter an Achselhöhle mit Pendlern, die nach Schweiß und feuchter Wolle rochen.

Am Édifice Wilfrid-Derome versteckten kleine, weiße Berge die Zäune, die die Parkplätze umgaben. Autos verstopften jeden Quadratmillimeter geräumten Asphalts. Diejenigen, die andere blockierten, hatten Hinweiszettel unter ihren Scheibenwischern. Höflichkeit? Oder Ausreden, um früher gehen zu können?

Oben im LSJML ging alles seinen gewohnten Gang. Außer in der rechtsmedizinischen Abteilung. Dort ging nichts mehr seinen gewohnten Gang, seit LaManche an einem strahlenden Freitag im September seine Bombe hatte platzen lassen.

Verstopfte Koronargefäße. Im Oktober dann die Bypass-Operation. Krankgeschrieben bis zum neuen Jahr.

Neben mir und LaManche waren an diesem Tag drei andere Pathologen anwesend gewesen. Michael Morin. Natalie Ayers. Emily Santangelo. Und Marc Bergeron ebenfalls, der konsultierende Odontologe unseres Instituts. Wir hatten alle nur sprachlos dagesessen.

Sicherlich, vor ein paar Jahren hatte unser Chef schon einmal eine knifflige Situation durchlitten. Aber er hatte sich sehr schnell wieder erholt. Und kam wieder jeden Morgen als Erster und machte am Abend das Licht aus. Ein Dreifach-Bypass war etwas für zerbrechliche, alte Männer. LaManche war erst achtundfünfzig.

Ich kann mich noch gut an LaManches leidenden Hundeblick erinnern. Und wie ich meine Augen niederschlug. Und zum Fenster hinausschaute. Das kann doch nicht wahr sein, dachte ich. Der Tag ist zu wunderschön. Irrational, aber genau das dachte ich.

In der folgenden Woche schnitt LaManche das Thema eines zeitweiligen Ersatzes an. Die Entscheidung fiel schnell und einmütig. Unsere Abteilung war ein quasi kongeniales Team. Es würde kein Ersatzmann von außen kommen. Bis der Chef zurückkam, würden die Pathologen sich in Übereinstimmung die Fälle gegenseitig zuweisen und Verwaltungsentscheidungen treffen. Die zusätzliche Arbeit würde man sich gleichberechtigt teilen.

Und so funktionierte es nach drei Monaten immer noch.

In gewisser Weise.

Nachdem ich meine beträchtliche Außenbekleidung abgelegt hatte, zog ich einen Labormantel über und ging zum Personalraum. Am Ausgang unseres Flügels, wo der Gang eine Kurve macht, kam ich an einer verschlossenen Tür vorbei. Die Jalousien erlaubten einen schnellen Blick auf einen leeren Tisch.

Neben dem dunklen Büro verkündete eine abwischbare Anschlagtafel die Aufenthaltsorte des Personals. *Congé de maladie* stand in dem Kästchen neben LaManches Namen. Fehlen wegen Krankheit.

Ein Bleigewicht legte sich auf meine Brust.

Die Operation ist gut verlaufen. Er kommt wieder ganz in Ordnung.

Dennoch ließen mich das stille Büro und die Magic-Marker-Notiz erschaudern.

LaManche war immer für mich da gewesen, eine Stimme der Weisheit und der Vernunft. Des Mitleids und der richtigen Perspektive, die er sich in Jahrzehnten der Arbeit mit den Toten und den trauernden Hinterbliebenen erworben hatte. Diese Stimme schwieg jetzt wegen ein paar verstopfter Gefäße.

LaManche ist nicht alt. Aufgewühlt zog ich meine Karte über den Scanner, verfehlte ihn, zog sie noch einmal darüber. Die Glasflügel gingen zischend auf. *Es ist nicht fair.*

Das Leben ist nicht fair. Der Standardspruch meiner Oma kam mir wieder in den Sinn.

Vergiss das launische Schicksal. Ich konnte mir das LSJML ohne LaManche nicht vorstellen. Wollte es auch nicht.

Obwohl der Personalraum verlassen war, sagten mir Pfützen auf dem Boden, dass andere bereits hier gewesen waren. Ich warf ein paar Münzen in eine Spendenbüchse und goss mir Kaffee ein, der so durchscheinend war wie Rauchquarz.

Zurück im gerichtsmedizinischen Flügel eilte ich zum anderen Ende des Korridors. Meine Uhr zeigte zehn nach neun. Die Morgenbesprechungen starteten üblicherweise um neun.

Das Besprechungszimmer unserer Abteilung ist genau so, wie man es sich in einem Regierungsgebäude vorstellen würde. Algengrüne Wände. Grauer Fliesenboden. Jalousien an den Fenstern. Sideboard mit Telefon darauf. Tisch und Stühle aus Geschützlegierung. An einem Ende hängt eine Tafel plus Projektionsleinwand, am anderen Ende öffnet sich eine Tür zu einem Audio-Video-Schrank.

Zwei Pathologen saßen mit dem Rücken zu den Fenstern. Sonnenlicht wärmte Ayers' kastanienbraune Haare und spiegelte sich auf Morins sommersprossiger Platte. Eine dritte Person saß am anderen Ende. Santangelos hängende Schultern deuteten auf Müdigkeit hin.

Den alten Hasen gegenüber saß Marie-Andréa Briel, die Neue im Team. Briel war im vergangenen Herbst zu uns gekommen, in einer Zeit, als ich in Charlotte war. Die Politik unseres Instituts besagte, dass neue Pathologen in ihrem ersten Jahr keine Mordfälle bearbeiten, deshalb hatte ich mit Briel noch nicht wirklich zusammengearbeitet. Obwohl ich sie auf den Gängen gesehen hatte und wir uns bei Personalbesprechungen über den Tisch hinweg zugenickt hatten, pflegten wir so gut wie keinen persönlichen Kontakt. Aus erster Hand wusste ich so gut wie nichts über sie. Und was ich aufgeschnappt hatte, war nicht eben berauschend.

Eines späten Nachmittags hatte ein erschöpfter LaManche mir anvertraut, dass ein Angebot ausgesprochen und akzeptiert worden war. Seiner Meinung nach war die Bewerberin nicht gerade die Crème de la Crème. Aber der alte Jean Pelletier war damals schon über ein Jahr nicht mehr da, und die anderen hatten die Arbeit von fünf erledigt.

Obwohl unser Chef damals noch nicht darüber sprechen wollte, wusste er vermutlich bereits, dass er sich in nicht allzu ferner Zukunft unters Messer würde legen müssen. Ein neuer Pathologe musste eingestellt werden.

Warum eine so ausgedehnte Suche? Die Bezahlung ist niedrig, und das LSJML verlangt fließendes Französisch. Sie ahnen es. Die Crème war nicht besonders groß.

Ayers und Morin lächelten, als ich eintrat. Santangelo winkte knapp.

»Bonjour, Tempe.« Morins Französisch war das der Inseln. *»Comment ça va?«*

»Ça va bien.« Es geht mir gut.

»Unser Wetter hier in Montreal war wohl zu verlockend, was?« Ayers wusste, was ich von Schnee hielt.

»Kein Kommentar.« Ich setzte mich.

Briel schaute kurz in meine Richtung.

Ich nickte. Lächelte.

Briel schaute auf ihren Notizblock hinunter, und vertikale Linien furchten die Lücke, wo dichte, dunkle Brauen über ihrer Nase aufeinander zuwuchsen.

Ich schaute Ayers an. Sie zuckte die Achseln. Wer weiß?

Ich versuchte es noch einmal mit meiner neuesten Kollegin. »Ich hoffe, Sie fühlen sich hier inzwischen wohl.«

Briels Gesicht kam wieder hoch, doch die Furchen blieben, wo sie waren. *»Oui.«*

»Sie lassen sich nicht von diesen alten Ziegen auf den Nerven herumtrampeln.«

Ayers blökte leise.

»Ich kann mit Schwierigkeiten umgehen.«

Marie-Andréa Briel war nicht gerade mit Schönheit gesegnet. Sie war vielleicht zweiunddreißig, hatte einen ziemlich mächtigen Unterbau, krause, schwarze Haare und eine Haut von der Farbe fluoridierter Zähne. Diese Haut glühte nun auf.

»Ich will damit nicht andeuten, dass irgendjemand schwierig ist. Das habe ich nicht gemeint. Ich bin hier sehr glücklich. Und dankbar für die Chance, etwas zu lernen.«

Briels Französisch war zwar grammatikalisch makellos, aber

auf merkwürdige Weise ohne jeden Akzent oder Modulation. Die Sprache war auf jeden Fall nicht Québécois oder europäisch. Ich nahm mir vor, sie einmal zu fragen, wo sie herkomme.

Morin streckte die Hand aus und tätschelte Briels Hand. »Sie machen das sehr gut hier.«

Die Furchen entspannten sich ein wenig. Um ein Mikron.

»Die alte Dame aus Oka ist unten?«, fragte Morin mich.

»Ja. Ich habe mit der Untersuchung am Samstag angefangen und hoffe, sie heute abzuschließen.«

»Und dann weg von hier für ein Weihnachten in Dixie?« Ayers.

»Das habe ich vor.«

»Den Jagdhunden Elfenhüte aufsetzen?« Ayers neckte mich gern wegen meiner südlichen Wurzeln.

»Ja. Und dann versammeln sich die Cousins in meinem Trailer und trinken Schwarzgebrannten und essen Schweineschwarten.«

»Bon.« Morin verteilte fotokopierte Listen mit den Fällen dieses Tages. »Dann wollen wir mal keine Zeit verlieren.«

Ich überflog das Blatt. Acht Autopsien. Ein typischer Montag. Verdammt viel los.

Morin sprach kurz über jeden Fall.

Ein Schneemobil war in der Nähe von Sainte-Agathe gegen einen Baum gekracht. Ein zweites Schneemobil hatte sich in das erste geschoben. Zwei Tote. Man vermutete starke Alkoholisierung.

Ein argentinischer Seemann war in einer selbst gebastelten Sauna im Schwulenviertel gestorben. Der vermutliche Gastgeber lag in kritischem Zustand im General. Alkohol- und Drogenmissbrauch wurden vermutet.

In Baie-Comeau hatte man zwei Männer und eine Frau tot in ihren Betten gefunden. Kohlenmonoxidvergiftung wurde vermutet.

Vor einem Gemischtwarenladen in Longueuil war ein Mann erschossen worden.

Eine Frau war in ihrem Haus in Lac-Beauport erstochen worden. Ihr entfremdeter Ehemann war in Haft.

Nur die Identität des Schussopfers von Longueuil war unbekannt. Die Fingerabdrücke liefen durch den Computer, und bekannten Bandenmitgliedern wurde ein Foto gezeigt.

Nichts für die Anthropologin. O Mann. Ich hatte tatsächlich Zeit, die alte Dame zu bearbeiten.

Obwohl Briel sich anbot, wies Morin das Messeropfer sich selber zu. *Mo* kam in die Spalte neben dem Fall.

Santangelo bekam die Schneemobilfahrer. *Sa*.

Ayers meldete sich für den Seemann und das Schussopfer. Wieder bot Briel sich an, wurde aber abgelehnt. Die Schießerei war eindeutig ein Mord. Der geschmorte Seemann war Ausländer. Das bedeutete potentielle diplomatische Verwicklungen. *Ay*.

Briels Stirnrunzeln vertiefte sich wieder, als Morin *Br* neben die Baie-Comeau-Opfer schrieb und ihr dann einen Ziploc-Beutel mit verschreibungspflichtigen Medikamenten zuwarf.

»Christelle Villejoins antemortale Unterlagen«, sagte er und gab mir einen Umschlag, dessen Größe nicht gerade ermutigend aussah.

»Keine Röntgenaufnahmen?«

Morin schüttelte den Kopf.

»Zahnstatus?«

»Offensichtlich waren *les sœurs Villejoin* keine großen Freunde der medizinischen Berufe. Alles in der Akte sieht ziemlich alt aus.«

Klasse.

Morin wandte sich nun Budgetaspekten zu. Das Ministerium hatte zusätzliche Kürzungen verlangt. Nichts Neues. Unsere Mittelausstattung wurde jedes Jahr spartanischer. Der Witz ging um, dass man demnächst Autopsien nach Pfund abrechnen würde.

Wir schoben eben unsere Stühle zurück, als Briel das Wort ergriff.

»Ich habe eine Studentin angestellt.«

Wir hielten alle inne.

»Eine Studentin?« Morin hob fragend eine Augenbraue.

»Ich fange eben mit einem neuen Projekt an und brauche eine Forschungsassistentin.«

»Ein Projekt?« Die Braue wanderte noch höher.

»Montreal ist die letzte Stadt in den USA und Kanada mit einer Bevölkerung von über einer Million, die ihr Wasser nicht fluoridiert. Einige Gemeinden auf der Westinsel tun es bereits. Pointe-Claire, Dorval, Beaconsfield, Baie-d'Urfé, Kirkland und Teile von Dollard-des-Ormeaux und Sainte-Anne-Bellevue.«

Ayers stöhnte leise. Das war ein altes Thema.

Briel ignorierte sie.

»Obwohl die Regierung von Quebec den Plan billigt und sogar angeboten hatte, die Fluoridierung in Montreal zu subventionieren, weigert sich die Stadt. Ich habe Statistiken gelesen, die angeben, dass Kinder in Montreal, verglichen mit Kindern aus Gegenden von Quebec, in denen das Wasser fluoridiert wird, siebzehn Prozent mehr Karieslöcher haben. Die Zweiteilung der Insel Montreal stellt ein natürliches Labor da. Meine Assistentin und ich werden die Kariesraten bei nicht fluoridierten Stadtkindern mit denen ihrer fluoridierten, vorstädtischen Pendants vergleichen.«

»Alle Kosten müssen –«

»Ich habe eine Förderung.«

»Was ist mit Ihrer alten Studentin passiert?«

»Ich musste sie gehen lassen.«

»Wer ist diese neue Studentin?«, fragte Santangelo.

»Solange Duclos. Sie ist Biologiestudentin im vierten Jahr an der Université de Montréal. Ab nächsten Dienstag wird sie jeweils sechs Stunden pro Woche kommen.«

»Hätte dies nicht diskutiert werden sollen, bevor Sie eine Verpflichtung eingehen?« Santangelos Stimme hatte eine gewisse Schärfe. »Es gibt da Datenschutz- und Sicherheitsaspekte.«

Briels Wangen röteten sich wieder, was mich an Chris Corcoran erinnerte. Und das erinnerte mich an Edward Allen Jurmain und seinen hinterhältigen Informanten. Ich würde in der Richtung anfangen zu graben, sobald ich mit der Oka-Frau fertig war.

»– PR für das Institut. Ich habe vor, meine Ergebnisse der American Academy of Forensic Sciences vorzulegen. Und sie im *Journal of Forensic Sciences* und im *Journal of the Canadian Dental Association* zu veröffentlichen.«

Ayers wollte etwas sagen. Morin schnitt ihr das Wort ab.

»Sie sind hier neu. Es gibt noch viel zu lernen.«

Briel straffte die Schultern. »Ich habe eine Assistenzzeit in anatomischer und klinischer Pathologie absolviert. Und mehrere Fortbildungen im Anschluss an die Promotion. Ich bin nicht ohne Erfahrung.«

»Unser Autopsiezeitplan ist sehr anspruchsvoll«, sagte Ayers. »Schauen Sie sich nur heute an. Sie haben zwei Fälle.«

»Ich habe nichts dagegen, Überstunden zu machen. Oder an den Wochenenden zu arbeiten. Ich werde das Projekt in meiner freien Zeit bearbeiten.«

Ayers schüttelte den Kopf. Santangelo schrieb sich etwas auf ihre Fallliste.

»Der Zugang muss allein auf unsere Abteilung beschränkt bleiben«, sagte Morin. »Und wie es schon bei Ihrer vorherigen Studentin der Fall war, darf Ms. Duclos weder die Leichenhalle noch andere zugangsbeschränkte Bereiche des Gebäudes betreten. Und sie muss sich, aus Sicherheitsgründen, einer kompletten Hintergrundüberprüfung unterziehen.«

»Diese Überprüfung ist bereits abgeschlossen.«

»Schicken Sie Ms. Duclos in mein Büro, wenn sie am nächsten Dienstag anfängt.« Morin schaute sich in der Runde um. »Sonst noch etwas?«

Nichts.

»Dann machen wir uns an die Arbeit.«

Unten waren die Knochen noch genauso, wie ich sie hinterlassen hatte.

Die Uhr zeigte zehn nach zehn. Normalerweise hätte ich mit einem kompletten Skelettinventar angefangen. Da Hubert bald anrufen würde, beschloss ich, das korrekte Verfahren etwas zu verändern und sofort zur Identifikation zu springen. Der Abschluss der Knochenzählung konnte warten.

Um eine Beeinflussung durch ein vorgefasstes Urteil zu verhindern, führe ich meine Untersuchungen durch, ohne mir vorher die vorhandenen Unterlagen anzuschauen. Ich betrachte die Arbeit im Dunkeln als eine Art Doppelblind-Kontrolle.

Ich legte also die antemortalen Unterlagen beiseite und fing an, ein biologisches Profil zu erstellen.

Bis zum Mittag hatte ich festgestellt, dass das Skelett tatsächlich das einer weißen Frau von über fünfundsechzig Jahren war. Obwohl ich verbreitete Osteoarthritis, fortgeschrittene Knochenhautentzündung und ausgedehnten Zahnverlust entdeckt hatte, hatte ich nichts so Unverwechselbares gefunden, dass es eine eindeutige Identifikation ermöglicht hätte.

Ich holte eben Villejoins medizinische Unterlagen aus dem Umschlag, als ich hörte, wie die Tür des Vorraums aufging. Sekunden später tauchte Briel auf.

Obwohl das Stirnrunzeln noch vorhanden war, machte sie eine Lippenbewegung, die ich als Lächeln zu interpretieren beschloss.

»Machen Sie Pause?«, fragte ich.

»Knochen interessieren mich. Darf ich Ihnen bei der Arbeit zusehen?«

Ich reagierte darauf mit meiner eigenen Nichtantwort.

»Ich muss mich entschuldigen, dass ich so wenig von Ihnen weiß. Ich bin ja so viel weg. Sie kommen zu uns von wo?«

Sie missverstand meine Frage. »Mein Vater war Diplomat. Wir sind sehr viel umgezogen.«

Okay. Das erklärte den fehlenden Akzent.

»Wo waren Sie vor Montreal zu Hause?«

»Montpellier in Frankreich.«

»Oh, ein Klimaschock.« Ich lachte.

Sie nicht. »Mein Ehemann ist von hier.«

»Trotzdem. Im Winter.« Ich tat so, als würde ich zwei Gegenstände in meinen Händen gegeneinander abwiegen. »Südfrankreich? Quebec? Das ist aber eine alles überragende Treue.«

Das ewige Stirnrunzeln veränderte sich nicht.

»Was macht Ihr Ehemann?«

»Er ist Geschäftsmann.«

Das Gespräch mit ihr war wie Zähneziehen. Jetzt wusste ich wieder, warum ich es in der Vergangenheit schon einmal aufgegeben hatte. Trotzdem bemühte ich mich weiter.

»Sie wohnen in der Stadt?«

»Wir haben eine Eigentumswohnung an der Fullum.«

»Günstig. Sie können zu Fuß hierhergehen.«

»Ja. Darf ich Ihnen zuschauen?«

Bei der Arbeit gibt es Dinge, die ich so wenig mag wie Blasenkatarrh. Polizisten, die mich drängen wollen. Staatsanwälte, die mich in eine bestimmte Richtung schieben wollen. Jeder, der versucht, mir über die Schulter zu schauen.

Ich fing an, ihr die Bitte abzuschlagen. Wie ich es schon bei der Letzten getan hatte.

»Es tut mir leid, aber wie ich bereits erklärt habe, kann ich nicht –«

»Es ist meine Mittagspause. Meine Freizeit.«

»Ich muss mich wirklich ranhalten, um diese Sache hier fertig zu kriegen.« Ich lächelte bescheiden. »Außerdem ist das meiste, was ich tue, einfach nur langweilig.«

»Ich sehe das nicht so.«

Ich überlegte mir eben eine entschlossenere Ablehnung, als die Tür noch einmal aufging. Mein zweiter Besucher war Ryan. Seine Miene sagte mir, dass irgendetwas ganz und gar nicht stimmte.

»Was ist los?«, fragte ich.

Ryan deutete mit dem Kinn auf die Überreste. »Ist das Villejoin?«

»Ich bin noch nicht fertig.«

Ryan nickte Briel zu und sagte dann zu mir: »Die Lage könnte schlimmer sein, als wir dachten.«

16

Ryan strich sich mit den Fingern durch die Haare. Berührte seinen Mund. Trommelte auf seinen Gürtel.

»Kann sein, dass wir einen Serienmörder haben.«

Neben mir wurde Briel sehr still.

»In Montreal?«

»Nein, in Disneyland.«

»Ha – ich lach mich tot – ha.«

»Ich habe heute Morgen deinen Kumpel Claudel getroffen.«

Sergeant-détective Luc Claudel. Ein Stadtpolizist. Claudel und ich waren Kumpel, wie Hunde und Katzen es waren.

»Er bearbeitet eine VP.«

Ryan meinte eine vermisste Person.

»Vor zehn Tagen besuchte ein Hausbesitzer namens Mathieu Baudry eine seiner Mieterinnen, Marilyn Keiser, eine zweiundsiebzigjährige Witwe, die allein lebte. Baudry war sauer wegen unbezahlter Miete.«

»Wo ist die Wohnung?«

»Édouard-Montpetit. Die Wohnung sah verlassen aus. Ungeöffnete Post. Vertrocknete Pflanzen. Verdorbenes Essen im Kühlschrank. Das Übliche. Baudry fragte im Haus herum. Keiner der Nachbarn hatte Keiser seit Monaten gesehen oder gesprochen. Einer meinte, es könne sein, dass sie den Winter über in den Süden gegangen sei.«

»War das ihre Gewohnheit?«

»Nein. Keiser war keine für die wärmeren Gefilde. Sie fuhr Auto, machte gelegentlich kurze Ausflüge. Quebec City. Ottawa. Charlevoix. Das war's so ziemlich.«

»Ihr Auto ist auch verschwunden?«

Ryan nickte.

»Familie?«

»Zwei Kinder, beide verheiratet, beide leben in Alberta. Der einzige Verwandte hier in der Gegend ist ein Stiefsohn namens Myron Pinsker. Baudry rief Pinsker wiederholt an. Nach einer Woche ohne Kontakt und ohne Rückruf gab er es auf und wählte 911.

Claudel bekam den Fall, recherchierte ein bisschen und fand heraus, dass Marilyn Keiser seit Oktober Arzttermine, Buchclubtreffen, ein Gespräch mit ihrem Rabbi und noch unzählige andere Termine hatte verstreichen lassen. Keine Entschuldigungen, keine Erklärungen.«

»Und das passt nicht zu ihrem Charakter?«

»Absolut nicht. Der Stiefsohn ist ein vierundvierzigjähriger Rasenpfleger in einem Golfclub auf West Island. Ich glaube, in Beaconsfield. Er sagte Claudel, es sei ihm gar nicht bewusst gewesen, dass Keiser verschwunden sei.«

»Vielleicht standen sie sich nicht sehr nahe.«

»Vielleicht nicht. Aber jemand löste Keisers letzte drei Pensionsschecks ein.«

»Scheiße.«

»Claudel erfuhr das erst gestern am späten Nachmittag. Heute Morgen verhaftete er Pinsker.«

»Détective Claudel glaubt, dass Madame Keiser tot ist?«

Ryan und ich schauten Briel überrascht an. Sie war so still gewesen, dass wir sie beide vergessen hatten.

»Sieht nicht gut aus.«

»Er verdächtigt den Stiefsohn?«

»Pinsker sollte besser eine gute Erklärung für diese Schecks haben.«

Ryan wandte sich wieder an mich.

»Vier alte Damen in zwei Jahren.«

Drei ja. Aber vier? Anscheinend schaute ich verwirrt drein.

»Keiser. Anne-Isabelle Villejoin. Die da.« Ryan deutete auf die Knochen hinter mir. »Jurmain.«

»Rose Jurmain konnte man kaum als alt bezeichnen«, sagte ich.

»Aber sie sah alt aus. Kannst du dich noch an Janice Spitz' Fotos erinnern, diejenigen, die kurz von Jurmains Tod aufgenommen wurden?«

Ich nickte verstehend. Vielleicht waren es die Medikamente. Oder der Alkohol. Rose hatte Jahrzehnte älter ausgesehen als ihre neunundfünfzig Jahre.

Wieder deutete Ryan auf den Tisch. »Keisers Verschwinden lässt diese Identifikation hier in einem ganz neuen Licht erscheinen.«

Ich dachte an Huberts rhetorische Frage an der Grabstelle. Wie viele Omas verschwinden schon hier in der Gegend?

Zu viele, dachte ich.

»Binnen einer Stunde weiß ich, ob es Christelle Villejoin ist«, sagte ich.

»Muss los. Claudel verhört jetzt Pinsker.«

Und damit war Ryan verschwunden.

Ein gieriger Verwandter. Oder ein anonymer Raffzahn, der es auf die Schwachen abgesehen hatte.

Ich spürte den gewohnten Aufruhr der Gefühle. Wut. Empörung. Kummer.

Ich brauchte eine Pause.

Ich entschuldigte mich bei Briel, zog meine Handschuhe aus und fuhr nach oben.

Eine halbe Stunde später war ich wieder im Keller. Als ich den kleinen Korridor entlangging, bemerkte ich Briel durch das kleine Fenster in der Tür zum großen Autopsiesaal. Sie redete mit Joe Bonnet, während sie das Gehirn von einem der Baie-Comeau-Opfer aus dem Schädel holte.

Ich blieb kurz stehen und fragte mich, wie die beiden Neuen miteinander auskamen. Joe war reizbar und schnell beleidigt. Briel war so freundlich wie eine Statue im Park.

Briel sagte etwas. Joe hörte zu, seine Haarstacheln glänzten im Neonlicht.

Briel berührte Joes Hand. Er lächelte. Lachte sogar.

Ich ging weiter zu *salle 4*.

Ich nahm den Umschlag, den Morin mir vom Bureau du coroner mitgebracht hatte, und breitete den Inhalt auf dem Schreibtisch im Vorraum aus.

Mein Pessimismus war berechtigt gewesen. Es gab nur wenig auszubreiten.

Die Einträge reichten nur zurück bis 1987. Da war keine böse Absicht dahinter. In medizinischen Praxen herrscht oft Raumnot, und Unterlagen werden vernichtet, sobald es rechtlich zulässig ist.

In den letzten beiden Jahrzehnten war Christelle Villejoin zu einem Allgemeinarzt namens Sylvain Rayner gegangen. Selten.

1989 hatte man bei ihr eine Gürtelrose festgestellt. 1994 war es eine leichte Bronchitis.

Die jüngsten Einträge stammten aus dem Jahr 1997.

Am 24. April hatte Christelle über Verstopfung geklagt. Rayner verschrieb ihr ein Abführmittel. Am 26. April war das Problem dann Durchfall.

Gut gemacht, Doc.

Christelle hatte keine Vorgeschichte einer knochenverändernden Krankheit. Man hatte ihr keine Stents, Schrauben, Stifte oder künstlichen Gelenke eingepflanzt. Sie hatte sich nie etwas gebrochen. Sie hatte sich keiner irgendwie gearteten Operation unterziehen müssen.

Keine Röntgenaufnahmen.

Kein Zahnstatus.

Christelles Krankenblatt war für mich völlig nutzlos.

Aber die Telefonnummer von Rayners Praxis war angegeben.

Als ich anrief, sagte mir eine Automatenstimme, ich solle mich dünne machen. Meine Wortwahl.

Aus einem Gefühl heraus fuhr ich wieder in den zwölften Stock und versuchte es auf meinem Laptop mit Google.

Sylvain Alexandre Rayner hatte 1952 an der McGill in Medizin promoviert und seine Praxis 1998 aufgegeben. Noch ein wenig mehr Suchen, und ich hatte eine Privatnummer und eine Wegbeschreibung zu Rayners Wohnhaus in Côte Saint-Luc.

Was für ein Segen ist doch das Internet.

Mein Anruf blieb unbeantwortet. Ich hinterließ eine Nachricht und fuhr wieder nach unten.

Ich hatte kaum *salle 4* wieder betreten, als das Telefon im Vorraum klingelte.

»Dr. Temperance Brennan, *s'il vous plâit*«, sagte eine Männerstimme.

»Darf ich fragen, wer Sie sind?«

»Sylvain Rayner.«

»Der Sylvain Rayner, der Christelle Villejoin behandelte?« Ich redete laut und langsam, eine wohlmeinende Reaktion, die auf einer häufigen und oft falschen Annahme basiert. Rayner ist alt, deshalb hört er schlecht und ist vielleicht auch schon ein bisschen begriffsstutzig.

»*Oui.*«

»*Dr.* Sylvain Rayner?« Ich wiederholte den Namen noch ein bisschen lauter und betonte den Titel.

»Ich kann Sie sehr gut verstehen, Miss.« Der Mann hatte ins Englische gewechselt. »Ja. Hier ist Sylvain Rayner. Ich erwidere Ihren Anruf.«

Offensichtlich hatte der gute Doktor ausgezeichnete Ohren. Oder ein gutes Hörgerät. Er hatte sogar meinen anglofonen Akzent mitbekommen.

»Bitte entschuldigen Sie, Sir. An diesem Apparat schwankt hin und wieder die Lautstärke«, log ich.

»Wie kann ich Ihnen helfen?«

»Wie ich bereits in meiner Nachricht gesagt habe, mein Name ist Temperance Brennan. Ich bin die forensische Anthropologin des Coroners in Montreal. Ich habe einige Fragen bezüglich einer früheren Patientin.«

Ich erwartete eine Abfuhr aufgrund ärztlicher Schweigepflicht. Doch ich bekam etwas ganz anderes.

»Sie haben Christelle Villejoin gefunden«, sagte Rayner.

»Vielleicht.« Vorsichtig. »Es wurden Überreste in die Leichenhalle geliefert. Ich konnte feststellen, dass die Knochen die einer älteren, weißen Dame sind, aber ich habe nichts gefunden, was eine eindeutige Identifikation ermöglicht hätte. Die medizinischen Unterlagen, die ich habe, sind ziemlich dürftig.«

»Das überrascht mich nicht. Die Villejoin-Schwestern waren mit erstaunlichen Genen gesegnet. Ich sah sie beide von Mitte der Siebziger bis zu meinem Ruhestand achtundneunzig. Sie waren so gut wie nie krank. Na ja, hin und wieder mal Bauchweh. Eine Erkältung. Vielleicht ein Hautausschlag. Anne-Isabelle und Christelle könnten gut die gesündesten Patienten gewesen sein, die ich in meinen sechsundvierzig Jahren Praxis je behandelt habe. Haben nie geraucht, nie getrunken. Keine Zaubertränke oder Lifestyle-Geheimnisse. Einfach nur eine verdammt gute DNS.«

»Der Coroner konnte mir keine zahnärztlichen Unterlagen liefern.«

»In der Hinsicht hatte die Mädchen nicht so viel Glück. Bürsteten wie der Teufel, verbrauchten Kilometer Zahnseide, aber ihre Zähne verloren sie trotzdem. Egal, wie sehr ich mit ihnen schimpfte. Beide hassten Zahnärzte. Ich glaube, das hatten sie von ihrer Mama.«

»Verstehe.« Entmutigt ließ ich mich in meinen Stuhl zurücksinken.

»Tatsache ist, sie misstrauten der Medizin im Allgemeinen. Soweit ich weiß, gingen sie nach meinem Ruhestand zu gar keinen Ärzten mehr. Ich gab ihre Unterlagen an den jungen Kerl weiter, der meine Praxis übernahm, aber er erzählte mir einmal, er hätte sie nie gesehen. Schon komisch, da sie doch beide ihr ganzes Leben im Krankenhaus gearbeitet hatten.«

Wirklich, dachte ich. Vielleicht hatten sie einfach zu viel gesehen.

»Ich kann mich noch gut an den Überfall erinnern«, sagte Rayner. »Arme Anne-Isabelle. Ich nehme an, dieselbe wahnsinnige Bestie brachte an diesem Tag auch Christelle um?«

»Tut mir leid. Über laufende Ermittlungen darf ich nicht sprechen.«

Rayner ließ sich nicht täuschen.

»Schon eine brutale Welt, in der wir leben.«

Dem konnte ich nicht widersprechen.

»Dr. Rayner, fällt Ihnen irgendwas ein, das mir vielleicht helfen könnte, eindeutig festzustellen, ob dieses Skelett Christelle gehört? Vielleicht etwas, das Ihnen aufgefallen ist, als Sie sie untersuchten? Etwas, das sie Ihnen gesagt hatte? Etwas, das Sie in älteren Unterlagen gesehen haben, die nicht mehr existieren?«

Weiter unten im Gang hörte ich eine Tür aufgehen, ins Schloss fallen. Die Pause dauerte so lange, dass ich schon dachte, die Verbindung sei unterbrochen.

»Sir?«

»Na ja, da war tatsächlich etwas.«

Ich setzte mich wieder auf und sagte: »Erzählen Sie.«

»Christelle hatte eine Flexionskontraktur im proximalen Interphalangealgelenk ihres rechten kleinen Fingers. Als ich sie danach fragte, sagte sie, ihr kleiner Finger sei schon seit der Geburt so krumm.«

»Was ist mit den anderen Gelenken in diesem Finger?« Ich griff zu Stift und Papier.

»Alle in Ordnung. Anfangs. Sooft ich Christelle sah, untersuchte ich ihre Hand. Im Lauf der Jahre entwickelte sich eine Kompensationsdeformierung im metakarpo-phalangealen und im distalen interphalangealen Gelenk.«

»Kamptodaktylie?«, vermutete ich.

»Ich glaube schon.«

»Angeboren?«

»Ja.«

»Beidseitig oder nur rechts?«

»Nur die eine Hand war betroffen.«

»Haben Sie Röntgenaufnahmen gemacht?«

»Ich hatte es wiederholt angeboten. Christelle weigerte sich jedes Mal. Sie meinte, sie hätte ja nie Schmerzen damit. Der Finger verursachte nie Beschwerden, und es gab ja auch nie eine Behandlung dagegen, als nahm ich es gar nicht ins Krankenblatt auf. Schien mir nicht so wichtig zu sein.«

Plötzlich musste ich unbedingt und schnellstmöglich zu den Knochen zurück.

»Vielen herzlichen Dank, Doktor. Sie haben mir sehr geholfen.«

»Rufen Sie an, wenn Sie noch was brauchen.«

Auch wenn ein betroffener Finger schmerzhaft verkrümmt aussieht, ist die Kamptodaktylie, also die meist angeborene Beugekontraktur einzelner Fingergelenke im fünften und manchmal auch im vierten Finger, normalerweise ohne jegliche Symptome. Und wie Christelle verzichten viele mit diesem Zustand auf ärztliche Hilfe.

Wenig relevant aus der antemortalen Perspektive.

Aber zwei Dinge waren für mich sehr relevant.

Kamptodaktylie tritt bei weniger als zwei Prozent der Bevölkerung auf.

Kamptodaktylie hinterlässt Spuren an den Gelenken.

Nachdem ich aufgelegt hatte, fuhr ich nach oben, holte mir ein Diet Coke und tanzte dann fast in *salle 4* zurück.

Ich schnappte mir den Beutel mit den Fingergliedern und fing an zu sortieren.

Reihe: Proximal. Mittel. Distal.

Finger: Daumen. Zwei. Drei. Vier. Fünf.

Seite: Links. Rechts.

Fertig.

Ich starrte ungläubig.

17

Unmöglich.

Joe und ich hatten doch alle sechsundfünfzig Knochen geborgen.

Ich kontrollierte jeden Zentimeter des Autopsietisches. Suchte das gesamte Skelett ab. Die Rollbahre. Den Leichensack. Den Boden. Die Arbeitsfläche. Das Waschbecken. Die Plastikplane, mit der ich die Überreste abgedeckt hatte.

Ich hatte kein Fingerendglied des rechten dritten Fingers und keins der drei Glieder des rechten fünften Fingers.

Ich kontrollierte alles noch einmal.

Nichts.

Fingerglieder sind klein und gehen bei Leichen, die im Freien deponiert wurden, oft verloren. Waren die fehlenden Knochen von Nagern davongeschleppt worden? Waldratten sind dafür bekannt, dass sie Leichenteile in ihren Nestern sammeln. Waren sie von sickerndem Grundwasser fortgespült worden?

Oder hatte ich einen Fehler gemacht?

Das Skelett war im Lauf der Zeit so dunkel geworden wie das es umgebende Erdreich. Hatte ich die Fingerglieder in der Grube einfach übersehen? Oder im Sieb? Ich hatte bewusst fünfzehn Zentimeter tiefer gegraben, als das Skelett gelegen hatte. Hatten wachsende Wurzeln oder Insekten die Winzlinge noch tiefer getragen?

Oder steckte eine böse Absicht dahinter? War Christelles kleiner Finger abgetrennt worden, bevor sie in die Erde gelegt wurde? Falls ja, was war dann mit der Spitze ihres Mittelfingers passiert?

Und, wichtiger noch, warum? Deutete das Entfernen des kleinen Fingers auf einen Mörder hin, der sein Opfer kannte, ein Killer, der vor allem die forensische Bedeutung eines verkrümmten Fingers kannte?

O Gott, das konnte doch alles nicht wahr sein. Die Kamptodaktylie war alles, was ich hatte. Hubert würde bald anrufen.

Falsch.

Ich hörte Schritte und drehte mich um.

Huberts Bauch schwabbelte durch die Tür. Der Rest des Coroners kam dicht dahinter.

»Dr. Brennan.« Ein Grinsen von Ohr zu Ohr. »Was haben Sie für mich?«

»Genau genommen bin ich noch nicht ganz fertig.«

Hubert schob die Handmanschette zurück und schaute auf seine Uhr.

»Ich habe keine Röntgenaufnahmen, keinen Zahnstatus oder irgendeine adäquate medizinische Vorgeschichte. Und mit der anderen alten Dame, die jetzt ebenfalls verschwunden ist –«

Hubert runzelte die Stirn. »Was für eine andere alte Dame?«

Ich fasste Ryans Bericht über Marilyn Keiser kurz zusammen.

»Eh, misère.«

»Aber es kann sein, dass ich was gefunden habe.«

Hubert seufzte durch die Nase. Es pfiff. »Bis wann?«

»Bald.«

»Ich bin in meinem Büro.«

Als Hubert gegangen war, suchte ich den Autopsiesaal noch einmal ab. Die Fingerglieder waren definitiv nicht da.

Ich verschränkte die Arme und stand einen Augenblick lang nur da.

Formblatt für die Skelettinventarisierung?

Ich schaute es mir an.

Vor Ort hatte ich die Sicherstellung von sechsundfünfzig Fingergliedern notiert. Darüber hinaus waren die Informationen nutzlos. Nachdem ich Handwurzel- und Mittelhandknochen, Fußwurzel- und Mittelfußknochen identifiziert hatte, hatte ich die Fingerknochen nur durchgezählt und die Hände und Füße dann in Tüten gesteckt. Hatte ich mich verzählt? Zweige mit mittleren Fingergliedern verwechselt? Kiesel mit Endgliedern?

Joe?

Es war ein Samstag gewesen. Ich hatte alleine gearbeitet. Die Knochen erforderten keine Säuberung, das Risiko einer unbeabsichtigten Veränderung bestand also nicht. Abgesehen von den Überblicksfotos, die den Zustand bei der Ankunft dokumentierten, hatte ich beschlossen, mit dem Fotografieren zu warten, bis das Skelett komplett zusammengesetzt war.

Fundortfotos?

Es war zwar nicht sehr wahrscheinlich, aber es konnte sein, dass der rechte kleine Finger in Großaufnahmen zu sehen war.

Ich stieg die Treppe zum Erdgeschoss hoch, ging in die Eingangshalle und fuhr mit einem allgemein zugänglichen Aufzug in den zweiten Stock. Ein Mann namens Pellerin grüßte mich im Service de l'identité judiciaire.

Ich fragte nach den Tatortfotos der Oka-Bergung. Pellerin bat mich zu warten und verschwand im hinteren Teil der Abteilung. Kurz darauf kam er mit einem dicken, braunen Umschlag zurück. Ich dankte ihm und ging wieder nach unten.

Ich zog ein Spiralalbum aus dem Umschlag und blätterte die Farbabzüge durch.

Die ersten zeigten den üblichen Geländeüberblick, Zugangswege und eine mit gelbem Band abgesperrte Fläche aus verschiedenen Blickwinkeln. Nur das Zelt war atypisch.

Diese Fotos blätterte ich schnell durch. Ich interessierte mich für Knochen.

Es gab mehrere Aufnahmen des Skeletts in der Grube, aufgenommen aus einer Entfernung von knapp zwei Metern. Weil das Opfer seitlich verdreht dalag, war die rechte Hand nur schwer zu erkennen.

Ich versuchte es mit einem Vergrößerungsglas. Das brachte nicht viel.

Ich blätterte weiter in den Abzügen.

Es gab ausgezeichnete Aufnahmen von Schädel, Brustkorb, Becken und allen vier Extremitäten. Im Grab. Neben dem Grab auf einer Plastikplane.

Zweiundsechzig Fotos. Keine einzige Nahaufnahme der Hände oder der Füße.

Enttäuscht richtete ich mich auf.

Hatte ich es versäumt, Schlüsselknochen zu bergen? Bei der Arbeit an einem Fund- oder Tatort bin ich immer sorgfältig bis zur Pingeligkeit. Manche nennen mich analfixiert. Aber die

Möglichkeit eines Übersehens musste ich mir eingestehen. Es war heiß in diesem Zelt gewesen. Beengt. Die Lichtverhältnisse waren schlecht.

Warum dann die komplette Anzahl auf dem Inventarisierungsblatt?

Hatte ich die Fingerglieder hier im Institut verloren? Am Samstag war ich müde gewesen. Voller Selbstmitleid. Die Glieder kleiner Finger sind winzig. Hatte ich sie mit hinuntergespült, als ich mir die Hände wusch? Sie irgendwo an oder in meiner Kleidung mitfortgetragen? Unter einem Absatz oder einem Bahrenrad zerdrückt?

War das wirklich von Bedeutung? Die Knochen waren definitiv nicht da. Die Frage war, was jetzt?

Hubert wäre sauer, wenn ich die Fingerglieder im Grab zurückgelassen hätte. Eine zweite Inspektion des Fundorts würde zusätzliche Kosten und Mühen bedeuten. Das Zelt. Das Heizaggregat. Der Transporter. Das Personal.

Falls ich sie nach der Bergung verloren hatte, dann vergiss sauer. Hubert wäre fuchsteufelswild.

Die Kamptodaktylie unter den Tisch fallen lassen? Schließlich war der krumme Finger nur eine entfernte Möglichkeit für eine Identifikation gewesen. Der Befund war in Villejoins Krankenakte nicht vermerkt. Sollte ich Hubert einfach sagen, dass meine Spur im Sand verlaufen war? Das stimmte ja. In gewisser Weise.

Ein Billion Zellen in meinem Hirn wedelten mit roten Karten.

Foulspiel.

Berufsethos.

Scheiße.

Obwohl ich wusste, dass es vergebens war, nahm ich den Autopsiesaal auseinander, wühlte in Schubläden, leerte Schränke aus, fuhr mit den Fingern über Sockelleisten und unter den Arbeitsflächenkanten entlang. Da ich nur Dreck fand, den ich gar nicht erst beschreiben will, ließ ich es sein und ging jeden Zentimeter des Korridors ab, die Augen immer auf den Fliesen.

Keine Fingerglieder.

Hubert würde wollen, dass ich die Verletzungsanalyse durchführte, bevor ich ihm berichtete.

Spielverzögerung.

Scheiße.

Mit langsamen Bewegungen deckte ich die Knochen zu. Zog die Handschuhe aus. Wusch mir die Hände, säuberte sorgfältig die Fingernägel. Kämmte die Haare. Kämmte sie noch einmal und fasste sie zu einem Pferdeschwanz zusammen.

Da ich nun nichts mehr hatte, mit dem ich Zeit schinden konnte, fuhr ich mit dem Aufzug in den zehnten Stock.

Der Chief Coroner saß, jetzt ohne Sakko, an seinem Schreibtisch. Sein Hemd war von einem kaffeefleckigen Rosa, das sich heftig mit seiner roten und grünen Krawatte biss. Weihnachtsbäume mit kleinen Fähnchen, die *Joyeux Noël!* kreischten.

Ich klopfte an den Türrahmen.

Hubert hob den Kopf. Eine Kaskade von Kinnen trennte sich voneinander.

»Ah, ausgezeichnet.«

Er winkte mich mit fleischiger Hand in sein Büro.

Rückblende. Perry Schechter. Ich prägte mir ein, Hubert nach Rose Jurmain zu fragen. Zwei Fliegen mit einer Klappe und so weiter.

»Bonnes nouvelles?«, fragte Hubert.

»Um ehrlich zu sein, die Neuigkeiten sind nicht so gut.«

Hubert ließ sich in seinen Sessel sinken, sodass das rosa Polyester sich bis zum Zerreißen spannte. Jetzt deutete die Hand auf einen Stuhl.

Ich setzte mich.

Bürstete Staub vom Knie meiner Laborhose.

Atmete tief ein.

»Kennen Sie die Krankheit Kamptodaktylie?«, fragte ich zur Einleitung.

»Nein.« Coroner in Quebec sind entweder Ärzte oder Anwälte. Hubert war Letzteres.

Ich beschrieb den Zustand und fasste dann mein Telefonat mit Sylvain Rayner kurz zusammen.

»Klingt vielversprechend.«

»Bis auf eins.«

Hubert wartete.

»Ich habe die Glieder des rechten kleinen Fingers nicht.«

»Warum nicht?«

»Entweder wurden sie nicht geborgen, oder sie wurden verlegt.«

»Ich verstehe nicht.«

Ich erläuterte die Zählung, die ich vor Ort vorgenommen hatte. Und meine ergebnislose Suche unten im Keller.

»Und nur diese fehlen?«

»Und das Endglied des rechten dritten Fingers.«

»Ein Fehler bei Bergung, Dokumentation oder Bearbeitung. Ein Fehler, der eine Identifikation kompromittieren könnte. Und Sie wissen nicht, welcher Fehler es ist.«

»Ja.« Ich spürte, wie mir die Röte ins Gesicht stieg.

»Das ist sehr enttäuschend.«

Ich sagte nichts.

»Es geht um einen Mord.«

»Ja.«

»Wenn die Frau unten Christelle Villejoin ist, wird der Fall großes öffentliches Interesse erregen. Wenn eine zweite Frau verschwunden ist, diese Marilyn Keiser, dann wird dieses Interesse in die Startosphäre rasen.«

Da ich das Gefühl hatte, dass eine Richtigstellung nicht gut ankommen würde, hielt ich lieber den Mund.

»Vielleicht waren diese Phantomfingerglieder ja nie vorhanden. Vielleicht hat der Mörder ihr den Finger abgehackt.«

»Warum würde ich dann eine komplette Anzahl von sechsundfünfzig notieren?«

»Nachlässigkeit?«

»Ich werde den fünften rechten Mittelhandknochen auf Schnittspuren untersuchen.« Ich glaubte nicht, dass ich welche finden würde. Die wären mir schon beim Sortieren aufgefallen.

Englischsprecher fluchen, indem sie sich auf Körperfunktionen oder -teile beziehen. Ich muss wohl nicht genauer darauf eingehen. Frankofone Kanadier beziehen sich eher auf liturgische Gegenstände. *Estie:* Hostie. *Câlice:* Kelch. *Tabernac* und *tabernouche:* Tabernakel.

»Estie.« Huber blies Luft durch spitze Lippen. »Was ist mit Verletzungen?«

»Daran arbeite ich noch.«

Einen Augenblick lang herrschte Schweigen.

»Genau genommen könnten es vier sein«, sagte ich.

»Vier was?« Hubert schaute mich an, als hätte ich Klebstoff geschnüffelt.

»Ältere Frauen, die in der Gegend um Montreal ermordet wurden. Falls Marilyn Keiser ermordet wurde. Und das wissen wir natürlich nicht –«

»Wer ist die vierte?«

»Rose Jurmain.«

»Wer?«

»Im letzten März wurde in der Nähe von Sainte-Marguerite ein weibliches Skelett gefunden. Es zeigte sich, dass es einer Frau gehörte, die seit zweieinhalb Jahren vermisst wurde.«

Hubert schoss nach vorne. Speckrollen, groß genug, um Eichhörnchen darin zu verstecken, schwabbelten über seinen Oberkörper.

»Natürlich.« Er stach mit dem Finger in die Luft. »Jurmain

war eine wohlhabende Amerikanerin. Ihr Vater hatte Verbindungen. Wie konnte ich das vergessen? Sie haben doch mit Ryan erst vor Kurzem die Knochen nach Chicago transportiert. Aber diese Frau war nicht so alt.«

»Neunundfünfzig.« Ich erklärte Roses vorzeitig gealtertes Aussehen.

»Tabernac.«

Huberts Gesicht hatte jetzt die Farbe seines Hemds. Ich beschloss, mein Problem mit Edward Allen im Augenblick lieber nicht ins Gespräch zu bringen.

»Ich könnte dem Skelett, das jetzt unten liegt, Knochenproben entnehmen. Und eine DNS-Analyse anstellen lassen.« Noch bevor ich es ganz ausgesprochen hatte, wusste ich, dass das dumm war.

»Christelle Villejoin hatte nur eine Verwandte, die inzwischen tote Schwester. Sie sagen mir, dass sie nie eine Operation hatte, also werden wir kaum das Glück haben, in einem Krankenhaus aufbewahrte Gallensteine oder Gewebeproben zu finden. Es ist jetzt zweieinhalb Jahre her. Das Haus wurde mit Sicherheit inzwischen geputzt und ausgeräumt; Zahnbürsten, Papiertaschentücher oder Kaugummis dürften wir nicht mehr finden. Womit sollten wir diese DNS dann vergleichen?«

»Ich dachte, es existiert noch Familie in Beauce. Wurde schon versucht, diese Verwandten aufzuspüren?«

Hubert machte sich nicht die Mühe zu antworten. Dann fiel es mir wieder ein. Ryan hatte gesagt, das sei bereits geschehen. Aber auch gründlich? Ich nahm mir vor, ihn zu bitten, noch einmal zu recherchieren.

»Marilyn Keiser hatte irgendwo im Westen Nachkommen«, sagte ich. »So könnten wir zumindest eindeutig feststellen, dass das Skelett nicht das Ihre ist.«

»Und wenn es das nicht ist, sitzen wir immer noch in der Tinte.«

»Wir könnten Anne-Isabelle exhumieren.«

»Verbrannt.« Hubert packte eine ganze Enzyklopädie der Verachtung in dieses kleine Wort.

»Ich fahre sehr gerne noch einmal nach Oka hinaus.«

Jetzt wedelte die Hand in meine Richtung.

Das kleine Büro füllte sich mit angespanntem Schweigen.

Was sollte es? Ich stand ja bereits auf Huberts Abschussliste.

»Das ist jetzt vielleicht nicht der richtige Zeitpunkt dafür, aber ich würde gern über ein Problem sprechen, das im Zusammenhang mit dem Jurmain-Fall entstanden ist.«

Huberts Starren war mehr als eisig und auf die Tür gerichtet. Ich ignorierte den Blick und fing an, mein Dilemma in Bezug auf Edward Allens Informanten zu erläutern.

Genau in diesem Augenblick klingelte das Telefon.

Hubert meldete sich, hörte zu, und der finstere Blick wich nie aus seinem Gesicht. Dann legte er die Hand auf das Mundstück und sagte zu mir:

»Ich will Ihren Verletzungsbericht so schnell wie möglich.«

Ein nicht sehr subtiler Rauswurf.

18

Den Rest dieses Tages widmete ich der Oka-Frau.

Vier Stunden mit ihren Knochen enthüllten keine weiteren Schändungen. Keine Stichwunden. Keine Schusslöcher. Keine irgendwie gearteten Verletzungen unterhalb des Schädels.

Der Schädelbruch war allerdings ein Hammer.

Als ich um fünf aus dem Keller kam, war es schon seit einer Stunde dunkel. Auf meinem Schreibtisch lag kein neues Formular für ein *demande d'expertise en anthropologie*. Es gab keine dringenden Telefonnachrichten von Polizisten oder Staatsanwälten. Keine Neuigkeiten von Ryan.

Nachdem ich Parka, Schal, Stiefel und Handschuhe angezogen hatte, ging ich nach draußen.

Der Schnee, der sich auf Bordsteinen und Bürgersteigen türmte, war inzwischen schwarz. Unterwegs zur Metro sah ich verärgerte Fahrer, die sich beim Freischaufeln ihrer Autos Brüche hoben. Auspuffschwaden glühten rötlich im Licht der Bremslichter sich stauender Fahrzeuge. Während unter meinen Stiefeln Salz knirschte, gratulierte ich mir zu meiner Entscheidung für die öffentlichen Verkehrsmittel.

Ohne Birdie oder Charlie wirkte meine Wohnung dunkel und leer. Um nicht ganz einsam zu sein, legte ich eine CD von Dorothée Berryman ein. Im Duett mit Dorothy, die Melodien von Mercer, Vaughan und Fitzgerald coverte, zauberte ich mir ein Gericht aus Linguine, Pinienkernen, Tomaten und Feta. Es war gar nicht mal so übel.

Nach dem Abendessen ging ich online.

Nur wenige Dinge haben mein Leben in den letzten Jahren mehr verbessert als die Wiedereinführung des unglaublich berühmten, direkten Nonstop-Service der US Airways zwischen La Belle Ville und der Queen City.

Tschüss, Anschlussflug in Philadelphia. Hallo, Gepäck in Charlotte.

Binnen weniger Minuten hatte ich einen Platz in der Morgenmaschine am Donnerstag gebucht. Als ich den Laptop zuklappte, hatte ich ein Grinsen mit der Spannweite einer 747 auf dem Gesicht.

»Nach Hause, nach Hause, nach Hause.«

Dorothée nahm mir mein Solo nicht übel.

Am Dienstag war ich um sieben wach und um acht im Institut.

Die Autopsien dieses Morgens umfassten einen Arbeiter, der in einer Kleinbrauerei erdrückt worden war, und eine Buchhalterin, die mittels Timer und Drähten an den Handgelenken elektrischen Selbstmord begangen hatte. Gewissenhaft, wie sie selbst im Tod noch war, hatte sie sich einen Zettel an ihren Pullover geheftet, der vor möglichen Gefahren warnte.

Bis zehn hatte ich die Schädelverletzungen der Oka-Frau gezeichnet und fotografiert und meinen Bericht geschrieben. Dann fotokopierte ich die Skizze und druckte Oben-, Seiten- und Innenansichten des Schädels aus.

Nach einer Tasse sehr schlechten Kaffees ging ich nach unten ins Bureau du coroner.

Hubert saß in seinem Büro. An diesem Tag war das Hemd lavendelfarben, die Krawatte noch immer rot und grün. Zuckerstangen und Stechpalmenzweige waren allerdings an die Stelle von Bäumchen und Fähnchen getreten.

»Sie wurde einmal von hinten geschlagen und einmal, als sie schon am Boden lag.«

Hubert legte seinen Stift weg.

Ich ging um den Schreibtisch herum und legte Fotoausdrucke und Skizzen auf seine Schreibunterlage. Auf allen hatte ich die Brüche alphabetisch beschriftet.

Mit einem Finger fuhr ich einen gezackten Riss nach, der von rechts nach links über die Rückseite des Oka-Schädels lief.

»Der Buchstabe *A* bezeichnet einen ausstrahlenden Bruch, der von einem Schlag auf das rechte hintere Scheitelbein verursacht wurde.«

Ich deutete auf eine Eindellung neben der Pfeilnaht oben auf dem Schädelgewölbe. Von ihrem Zentrum breiteten sich strahlenförmig Risse aus.

»Der Buchstabe *B* bezeichnet einen Trümmerbruch.«

»Verursacht durch einen Schlag auf das Schädeldach.«

»Ja.«

Ein fleischiger Finger senkte sich auf eine Eindellung parallel zu einer Seite des Trümmerbruchs. *»Bonjour.«*

»Dazu komme ich gleich. Die Buchstaben *C* bezeichnen ausstrahlende und konzentrische Brüche, die alle in Verbindung mit B stehen. Bitte beachten Sie, dass jede *C*-Linie an *A* endet.«

Hubert machte ein Geräusch in seiner Kehle.

»Hat sich ein Riss erst einmal gebildet, pflanzt er sich fort, bis seine Energie verbraucht ist. Mit anderen Worten, wenn er auf eine Öffnung trifft, ist es vorbei. Das heißt, Bruch *A* ging Bruch *B* und seinen Nachfolgern, den *Cs* voraus.«

Hubert verstand sofort. »Das Schädeldach wurde also erst nach dem Schläfenbein getroffen.«

»Genau. Der erste Schlag war vielleicht schon tödlich, aber der Mörder wollte kein Risiko eingehen. Nachdem sie gestürzt war, schlug er noch einmal auf sie ein, um ganz sicherzugehen, dass sie nicht mehr aufstand.«

»Womit?«

Ich deutete auf den Rand der Depressionsfraktur, die Hubert aufgefallen war.

»Die Form der Eindellung deutet auf ein zylindrisches Objekt hin, das sich zu einer flachen Oberfläche mit einem erhöhten Wulst in der Mitte verbreitert.«

Hubert betrachtete das Bild. Das Telefon klingelte. Er ignorierte es.

Schließlich: *»Une pelle?«* Eine Schaufel?

»Das ist auch meine Vermutung.«

Nun nahm ich mir die Innenansicht vor und deutete auf dunkle Verfärbungen neben beiden Bruchstellen.

»Blutungen.« Angespannt. »Ihr Herz schlug noch.«

Ich nickte zustimmend.

Hubert hob nicht den Blick, um mir in die Augen zu sehen.

»Eine hilflose Frau wurde gezwungen, nackt und barfuß durch den Wald zu gehen. Und zuzusehen, wie ihr Grab ausgehoben wird. Dann wird sie mit einer Schaufel erschlagen.«

»Ja«, sagte ich.

»Câlice.«

Trotz Huberts Pessimismus kehrte ich ins Labor zurück, entnahm einem Oberschenkelknochen der Oka-Frau eine Knochenprobe und lieferte sie in der DNS-Abteilung ab. Da dieser Fall also nun in der Schwebe war, hatte ich die Zeit, mich auf das Aufspüren von Jurmains Informanten zu konzentrieren.

Da ich gegenwärtig nicht gerade Spitzenreiter in Huberts Hitparade war, beschloss ich, mit der Fallakte anzufangen. Vielleicht fand ich irgendwo in den Details der Ermittlung einen Hinweis auf die Identität meines Beschuldigers.

Dossiers werden fünf Jahre lang im LSJML aufbewahrt und dann für die permanente Archivierung auf einen Berggipfel in Mogadischu geschickt. Zum Glück war Rose erst vor drei Jahren verschwunden.

Nachdem ich meinen Bericht im Sekretariat abgegeben hatte, ging ich diesen Seitenkorridor weiter bis zur Bibliothek. Felicité Hernandez, eine kräftige Frau mit einem Hang zu Zigeunermode und Haaren wie Cher nach ihrer Bleichaktion, begrüßte mich. Wir tauschten Höflichkeiten aus, die von viel Klimpern begleitet wurden. Felicité mag ihre Accessoires groß und baumelnd.

Ich bat um die Hauptakte für LSJML-44893 und setzte mich. Fünf Minuten vergingen. Zehn. Felicité ist zwar freundlich und gründlich, aber nicht sehr schnell.

Schließlich lag ein Aktendeckel aus Wellpappe auf der Empfangstheke. Ich sagte *merci* und schleppte das Ding in mein Büro.

In den nächsten beiden Stunden kehrte ich zurück nach Sainte-Marguerite, zur L'Auberge des Neiges und zu dem mit gelbem Band abgesperrten Erdhügel zwischen den Kiefern. Ich ging die Befunde der Pathologie, Toxikologie, Odontologie und der Faserexperten noch einmal durch. Die Polizeiberichte. Die Zeugenaussagen. Die von Familienangehörigen gelieferten Informationen.

Ich notierte mir Namen. Und fragte mich bei jedem: Gab es Hinweise, dass diese Person nicht zufrieden war mit meiner Arbeit? Oder sich persönlich beleidigt fühlte?

Als ich die Akte zuklappte, war ich so frustriert wie am Anfang. Keine Antwort in Sicht. Und in meinem Kopf keine Theorie, was das Motiv anging.

Den Chef anrufen?

Auf keinen Fall. Ich wollte LaManches Rekonvaleszenz nicht stören, indem ich ihn in die Welt des Todes zurückholte.

Ich sprach mit Ayers, dann mit Morin, dann mit Santangelo.

Jeder lachte und meinte, der Vorwurf eines Fehlverhaltens meinerseits sei völlig absurd. Vergiss es, rieten sie mir. Die Akte Jurmain ist geschlossen. Der alte Herr ist tot.

Stimmt.

Trotzdem.

Ich kannte mich. Erst wenn ich die Identität meines Beschuldigers kannte, würde die Sache aufhören, an mir zu nagen. Davor würde ich nicht zur Ruhe kommen. Würde nie fähig sein, diese Tür ganz zu schließen. Und hätte auch nie die Sicherheit, dass so etwas nicht noch einmal passierte.

Ohne auf Einzelheiten einzugehen, brachte ich im Service de l'identité judiciaire ein paar Fragen in Umlauf. In der Leichenhalle. In der Verwaltung. Niemand hatte irgendetwas von Beschwerden über mich gehört. Niemand fühlte sich auf den Schlips getreten. Kein Ego war angeknackst. Keiner hatte was zu meckern.

Fix und fertig und ohne die geringste Ahnung ging ich nach Hause.

Am nächsten Morgen flog ich nach Charlotte.

Am 26. Dezember, als Katy und ich eben vor Ambergis Caye tauchten, schickte Ryan mir eine Textnachricht auf mein BlackBerry.

Durchbruch bei Keiser. Ruf an.

Als Katy an diesem Abend duschte, ging ich hinaus auf die Terrasse und telefonierte. Ryan berichtete mir das Folgende:

Am Heiligen Abend fand ein Obdachloser in einem Müllcontainer hinter einer Pharmaprix-Drogerie am Boulevard Saint-Laurent eine Handtasche. Der Inhalt bestand aus einem Kamm, einem Taschentuch und einer Nagelfeile mit dem Logo eines Hotels in Hollywood, Florida.

Da die Handtasche in Montreal gefunden wurde, ging der Anruf an die SPVM. Claudel, der Ermittlungsleiter im Keiser-Fall, hörte davon, und weil er auf eine Verbindung mit seiner Ermittlung hoffte, machte er sich sofort an die Arbeit. Und hatte Erfolg.

Um neun Uhr am Weihnachtsmorgen identifizierte Myron Pinsker die Handtasche als die seiner Stiefmutter Marilyn Keiser. Pinsker behauptete, Keiser die Feile geschenkt zu haben, die er zusammen mit Shampoos und Lotionen während eines Urlaubs im Hotel Ocean Sunset in Florida im vergangenen Sommer eingesteckt hatte.

»Claudel sagt, dass Pinsker, nachdem er die Handtasche identifiziert hatte, blass geworden sei und zu zittern angefangen habe, als hätte er Delirium tremens. Claudel holte ihm ein Glas Wasser, drückte ihm als Vorsichtsmaßnahme den Kopf zwischen die Knie. Als er dann das Beweisstück wieder eintütet, kippt Pinsker um, das Glas zerbricht, und überall ist Blut.«

»Ich nehme an, Claudel ist dann auch sofort abgetaucht.«

»Wie ich sehe, haben die Sonne und die Wärme deinen Blick auf die Menschheit etwas gemildert.«

»Also komm, Ryan. Du weißt doch, dass Claudel ausflippt, sobald er Blut sieht.«

»Ich muss zugeben, Charbonneaus Bericht war ziemlich erheiternd.«

Michel Charbonneau ist seit vielen Jahren Claudels Partner.

»Stell's dir so vor: Claudel gibt sich alle Mühe, sein Frühstück bei sich zu behalten, und versucht, einen Sanitäter anzurufen, aber seine Finger zittern nur über die Tasten. Pinsker liegt auf dem Boden mit einer Scherbe im Arsch. Oder sonst wo. Claudel schreit nach Verstärkung. Pinsker kommt wieder zu sich, sieht die Handtasche und dreht wieder durch, wippt mit dem Oberkörper und heult wie ein Dingo.«

»Echter Schmerz?«

»Genau das habe ich Claudel auch gefragt.«

»Und was sagt er?«

»Sehe ich aus wie ein verdammter Seelenklempner?«

Ich überlegte einen Augenblick.

»Wie oft wird dieser Müllcontainer geleert?«

»Zweimal die Woche. Aber der Henkel der Handtasche hing an irgendeinem Innenteil fest. Man kann nicht sagen, wie lang sie da drin war.«

»Der Obdachlose?«

»Harmlos. Hoffte, sein Fund würde ihm einen Sechserpack einbringen.«

»Latente Fingerabdrücke?«

»Negativ. Die Tasche besteht aus Stoff.«

»Dann ist dieser große Durchbruch also ein Rohrkrepierer.«

»Bis jetzt.«

»Und die Pensionsschecks?«

»Wurden alle bei derselben Stelle eingelöst. Kein Mensch erinnert sich, wer sie brachte. Die Unterschrift sieht absolut nicht aus wie Keisers. Der Name ist unleserlich.«

»Der Einlösende hatte sich doch sicher ausweisen müssen.«

»Hätte er, ja.«

»Was sagt Pinsker?«

»Leugnet, irgendwas davon zu wissen.«

Draußen in der Bucht leuchteten Segel orangerot im letzten Licht des Abends.

»Was ist mit meinen Oka-Proben?«, fragte ich.

»Stehen sich in der DNS-Schlange immer noch die Beine in den Bauch.«

»Hast du gefragt, wie lang es dauern wird?«

»Sie melden sich bei mir. Wenn sie mit lachen fertig sind.«

»Hast du oben in Beauce irgendwelche Verwandten ausfindig gemacht?«

»Arbeite noch daran.«

Nichts wirklich Neues über Keiser und rein gar nichts über Oka. Warum dann die Textnachricht?

»Wann kommst du wieder in den Norden?« Ryans Stimme klang leiser, irgendwie sanfter.

»Normalerweise erhalte ich um den zweiten Januar herum einen Anruf.«

Mit meiner freien Hand drehte ich an einer Bougainvillea-Ranke.

»Kannst du dich noch an das Jahr erinnern, als wir den Weihnachtsmann fanden?«

Ryan meinte damit einen bärtigen Mann, der nur in roter Unterwäsche in seinen eigenen Kamin gefallen war. Drei Jahre später wurde seine Leiche gefunden, am 26. Dezember, starr wie Granit.

»Ja«, sagte ich. »Das waren noch Zeiten.«

»Charlie vermisst dich.«

»Gib ihm von mir einen Schmatz auf den Schnabel.«

»Er übt gerade Weihnachtslieder. Jingle Bells mag er besonders.«

Obwohl ich lachte, machte sich eine kalte Schwere in meiner Brust breit.

»Bitte kauf ihm ein Geschenk von mir.«

»Hab schon eine Strickjacke mit deinem Namen auf dem Kärtchen besorgt.«

Eine leichte Brise fuhr mir in die Haare.

»Fröhliche Weihnachten, Brennan.«

»Fröhliche Weihnachten, Ryan.«

19

Am 28. Dezember kehrten Katy und ich mit bronzenem Teint und prächtig aussehend nach Charlotte zurück. Das redeten wir uns zumindest ein. Mit Sonnenbrand und ein paar Pfund mehr war näher an der Wahrheit.

Am 29. rief mich meine Tochter wegen eines verspäteten Familienweihnachten an. Wir trafen uns in Petes Haus. Meinem alten Haus. Inzwischen fällt es mir leichter. Früher war es eine Quälerei.

Pete spielte den Küchenchef. Hochrippenbraten für uns. Lendensteak für Boyd, einem gütigen Weihnachtsmann von einem Hund. Vor allem mit Unmengen von Fleisch im Bauch.

Pete schenkte Katy ein Rennrad, dem Hund einen Lederknochen und mir ein goldenes Armband von David Yurman.

Ich war sprachlos, sagte, das sei zu viel. Pete winkte nur ab.

Es gab mir zu denken. War das Geschenk der Grund für die überraschende, aber wunderbare Abwesenheit der liebenswürdigen und äußerst großbusigen jungen Summer?

Wie auch immer. Ich behielt den Schmuck.

Silvester verbrachte ich mit Charlie Hunt. Abendessen im Palm, mit Knallern, Hütchen und Tanzen. Nach Mitternacht schüttelten wir uns die Hand und gingen unserer Wege.

Na ja, nicht gerade nur ein Händeschütteln. Aber wir schliefen jeder allein. Zumindest ich schlief allein.

Andrew Ryan: groß, Ire aus Nova Scotia, sandfarbene, langsam grau werdende Haare, Kornblumenaugen.

Charlie Hunt: sehr groß, exotisch *melangé*, schwarze Haare, Jadeaugen.

Was gab's an diesem Bild auszusetzen?

Was es auszusetzen gab, war die vertrackte Vergangenheit. Beziehungsgepäck, groß genug, um einen ganzen Wal-Mart zu verschlucken.

An den Abenden telefonierten Ryan und ich, aber nicht so, wie wir es früher getan hatten. Unsere Gespräche blieben immer außerhalb der Absperrung, in weiser Entfernung zu den gefährlichen Gefilden der Gefühle und der Zukunft.

Wir redeten über LaManche. Der Chef hatte einen Rückschlag erlitten, eine Infektion, die seine Rückkehr in die Arbeit verzögern würde.

Wir diskutierten über die Keiser-, Oka- und Villejoin-Ermittlungen, kauten alles durch, was wir wussten. Es gab allerdings nicht viel zu kauen.

Ryan hatte noch einmal die Leute besucht, die in der Nachbarschaft der Villejoins in Pointe-Calumet wohnten. Claudel hatte dasselbe mit Keisers Wohnblock an der Édouard-Montpetit gemacht. Sie hatten erfahren, welche Nachbarn ordentlich waren, welche tranken, welche in die Kirche gingen und welche kifften.

Claudel hatte Keisers Stiefsohn Myron Pinsker noch einmal verhört und auch noch einmal ihren Sohn und ihre Tochter in Alberta angerufen. Ryan hatte Yves Renaud vernommen, den Pfleger, der Anne-Isabelle Villejoin gefunden hatte.

Alle hatten Alibis. Keiner lieferte neue Fakten.

Ryan hatte auch Florian Grellier noch einmal verhört, den quasselnden Knacki, der sie zu dem Grab in Oka geführt hatte, weil er gehofft hatte, aus ihm noch etwas herauszupressen. Grelliers Geschichte blieb enttäuschend widerspruchsfrei. Er habe seine Informationen von einem namenlosen Kumpel. Darüber hinaus wisse er einen Dreck.

Am 12. Januar brachte *Le Journal de Montréal* einen kurzen Artikel über Keisers Verschwinden und erinnerte die Leser dabei auch an Christelle Villejoin. Eine Flut von Geständnissen und Sichtungen folgte. Die Geschichten reichten von »Ich habe die Frauen wegen ihrer Leber getötet« bis zu »Ich habe sie in Key West mit einem großen, schwarzen Mann gesehen.« Angeblich war der Typ sehr elegant gekleidet.

Eine Hellseherin schwor, Villejoin sei noch immer in Quebec, in einem kleinen, dunklen Raum. Von Keiser wusste sie nichts.

Der Winter ist oben im Norden meine stille Zeit. Wasserwege frieren zu, und Schnee bedeckt das Land. Die Kinder sind in der Schule. Camper und Sportler packen ihre Ausrüstung weg und schnappen sich die Fernbedienung.

Leichen, die auf geheimnisvolle Weise im Freien auftauchen, sind steif wie Wildkadaver in einem Kühlhaus. In diesen Fällen ist der Pathologe gefragt. Auftauen. Y-Schnitt.

Dennoch liefern die windig-kalten Tage dem Anthropologen einiges. Leute sterben und verwesen in ihren Betten. Leute schalten Heizlüfter ein oder machen Feuer, die ihre Häuser niederbrennen. Leute bringen sich in Scheunen, Badewannen und Kellern um.

Vielleicht war Hubert noch immer sauer wegen der fehlenden Fingerglieder. Vielleicht war die Tundra atypisch ruhig. Der frühe Januar verging ohne einen Anruf aus Montreal, in dem man meine Dienste verlangte.

Während ich in Charlotte zwanzig Grad und Sonne genoss, bearbeitete ich drei Fälle für den Medical Examiner des Mecklenburg County, arbeitete an einem Forschungsstipendium, putzte Schränke und vergipste und strich eine gerissene Wand, die ich schon seit Jahren angestarrt hatte.

Zwischen beruflichen und häuslichen Pflichten verbrachte ich Zeit mit meiner Tochter. Katy war nicht zufrieden mit ihrem Job bei den Pflichtverteidigern im Public Defender's Office und überlegte sich deshalb eine Veränderung, vielleicht auch ein weiterführendes Jurastudium. Ich hörte mir ihre Klagen und Überlegungen an, murmelte an den passenden Stellen mein Mitgefühl und sagte meine Meinung, wenn sie gefragt war.

Charlie Hunt sah ich relativ häufig. Wir gingen zum Abendessen, ein paar Mal ins Kino und einmal zu einem Spiel der Bobcats, spielten zwei Mal Tennis. Obwohl der Kessel schon fast am Kochen war, ließ ich den Deckel drauf. Ein bisschen kuscheln, wie wir im Süden sagen, dann nach Hause und ins Bett mit meiner Katze.

Wochen vergingen.

Die Oka-Frau blieb *inconnue*. Unbekannt.

Marilyn Keiser blieb *disparue*. Verschwunden.

Am 25. stutzte ich eben Birdie die Krallen, als mein Handy klingelte.

Emily Santangelo.

Ich legte die Schere weg, schaltete mit einer Hand auf Freisprechen und drückte mir mit der anderen den Kater an die Brust. Birdie, der bereits leicht angesäuert war, fing heftig an zu strampeln.

»Was gibt's?«, fragte ich und drückte den Kater fester.

Birdie miaute ungehalten.

»Ist es gerade ungünstig?«

»Überhaupt nicht.«

Birdie begann, an meinen Fingern zu nagen.

»Hör auf.« Scharf.

»Alles okay?«

»Bestens. Hat der Coroner einen Stinker für mich?«

»Ich rufe nicht wegen eines Falls an.«

Ich war überrascht und überlegte einen Augenblick.

»Sind meine DNS-Ergebnisse da?«

»Nein.«

»Hat man Villejoin-Verwandte in Beauce aufgespürt?«

»Soweit ich weiß nicht.«

Mein Blut wurde zu Eis.

»LaManche?«

»Nein, nein. Dem Chef geht es gut. Na ja, relativ gut. Er spricht auf die Antibiotika an, wird allerdings die nächsten sechs Wochen noch außer Gefecht sein.«

Unbewusst entspannte ich meinen Arm. Birdie strampelte sich frei, sprang auf den Boden und schoss aus dem Zimmer.

»Ohne den alten Knaben ist's einfach nicht mehr so, wie's mal war.« Die Erleichterung ließ mich plappern. »Haben Sie je über ihre Schulter geschaut, und LaManche war einfach *da?* Wie kann sich jemand mit einer solchen Masse so leise bewegen?«

Santangelo ignorierte mein Gefasel.

»Hat Hubert Sie gestern angerufen?«

»Nein.« Ich wischte mir Haare vom T-Shirt. »Warum?«

Ich hörte ein zögerndes Schlucken.

»Emily?«

»Dieser Anruf ist inoffiziell.«

In meinem Kopf bimmelte eine winzige Alarmglocke.

»O-kay.«

»Kommen Sie nach Montreal, Tempe.«

»Sie haben doch gesagt, dass mich im Augenblick keiner braucht.« Ich lachte. »Muss irgendeine glückliche Sternenkonstellation sein. Vielleicht treibt es Jupiter mit Venus, und ganz Quebec übt sich in brüderlicher Liebe. Das dürfte wahrscheinlich die längste Zeit –«

»Fliegen Sie her.«

Noch einmal das Glöckchen.

Ich schalte den Lautsprecher ab und drückte mir das Handy ans Ohr.

»Ist Hubert noch immer sauer wegen der Fingerknochen?«

Ein langes, langes Schweigen rollte von Norden her.

»Sagen Sie's mir«, drängte ich. »Mit Hubert komme ich schon zurecht.«

»Er hat sie.«

»Was?« Die katzenhaarewischende Hand erstarrte auf meiner Brust.

»Er hat die Fingerglieder.«

»Wie?«

»Joe ist noch einmal nach Oka gefahren. Mit Briel.«

»Wie kam's denn dazu?«

»Briel hat es angeboten, um Erfahrungen zu sammeln. Sagte, sie würde am Samstag arbeiten, um verlorene Zeit reinzuholen.« Santangelos Stimme war flach, irgendetwas versteckte sich unter ihren Worten. »Sie meinte, Joe würde schon wissen, was zu tun sei, schließlich sei er ja bei der ersten Bergung mit dabei gewesen. Hubert hat das geschluckt. Einer der beiden hat die Knochen beim Sieben entdeckt.«

»Wann war das?«

»Am Freitag.«

»Wie zum Teufel kommt eine Pathologin dazu, Knochen auszubuddeln?«

»Anscheinend hat sie während eines Aufbaustudiums nach der Promotion in Frankreich einen Kurs in forensischer Anthropologie gemacht.«

Beinahe hätte ich das Handy zerquetscht oder in die Ecke geworfen. Stattdessen nahm ich es in die linke Hand.

»Hat Hubert vor, mir das zu sagen?«

»Er weiß es vielleicht noch gar nicht. Sie sind erst ziemlich spät fertig geworden. Ich hab es nur herausgefunden, weil ich noch in meinem Büro einen Bericht schrieb, als sie ins Institut zurückkamen.«

Ein Nicht-Experte, der in meinem Revier wilderte.

Ich atmete einmal tief ein, um mich zu beruhigen.

Atmete aus.

»Ich bin am Montagmorgen da.«

An diesem Abend sah ich Charlie wieder. Sushi. Sayonara.

Charlie wusste, dass Ryan mich sitzengelassen hatte. Und Pete. Wie schon bei den vorangegangenen Nicht-Rendezvous drängte er mich nicht. Mir gefiel das.

Warum dann die Distanziertheit?

Ich wollte keine Wiederholung der Katastrophe vom letzten Oktober. Oder des peinlichen Rücksitzgefummels in der Highschool.

Aber war das wirklich der Grund? Ich war frei, Charlie ebenfalls. Wir waren keine Kinder mehr, die in Daddys Buick mit ihren Hormonen kämpfen. Ich dachte an die Aussage, die Vecamamma so irritiert hatte. Frauen haben Bedürfnisse.

Haargenau, Cukura Kundze.

Warum dann das puritanische Getue?

War es Ryan?

Wer wusste das schon?

Eins wusste ich allerdings. Wenn ich Ryan auf Armeslänge hielt, dann hielt ich Charlie irgendwo am Rande der Milchstraße.

Montagmorgen. 26. Januar. Zurück in Montreal, und dank Birdie spät dran.

Der kleine Feger, der offensichtlich noch immer sauer war, weil ich ihn am Abend zuvor mit Vomex, Katzenkäfig und Flugzeug traktiert hatte, schoss durch die offene Tür, als ich mich umdrehte, um die Alarmanlage zu stellen. Zehn Minuten musste ich die Eingangshalle durchsuchen und Mobiliar verrücken, bis ich ihn gefunden hatte.

Mein Nachbar Sparky Monteil kam dazu, als ich den Flüchtling eben hinter dem Sofa in der Halle hervorzog. Als er die Katze sah, fing er sofort an, über Dreck und Krankheiten zu schimpfen und dass die Viecher kleinen Kindern die Luft zum Atmen nähmen.

Da ich wusste, dass ich den Anfang der Morgenbesprechung verpassen würde, und mich außerdem über Birdie ärgerte, schaffte ich es nicht, die Situation mit dem angemessenen Feingefühl zu bewältigen. Es wurden einige Nettigkeiten ausgetauscht. Sparky schwor, er werde mich aus dem Haus werfen lassen, und drohte, dass mein Haustier eines Tages einfach verschwinden könnte.

Nur gut, dass Sparky Englisch spricht. Oder auch nicht. In meiner Muttersprache kann ich fluchen wie ein Matrose.

Im Wilfrid-Derome ging ich direkt in mein Büro, um mich einiger wärmender Schichten zu entledigen und mir Stift und Block für die Besprechung zu holen.

Lisa ist eine Autopsietechnikerin mit sonnenblonden Haaren und einer biblischen Oberweite. Wenn Polizisten bei Autopsien anwesend sein müssen, hoffen sie immer, dass Lisa diejenige ist, die ihre Leichen bearbeitet.

Als ich meine Tür aufschloss, sah ich Lisa auf der anderen Seite des Gangs im Histologielabor im Gespräch mit meinem Assistenten Joe. Keiner der beiden lächelte.

Als sie mich durch das Fenster entdeckten, verstummten sie.

Ich winkte.

Joe machte sich wieder daran, Organproben zu registrieren.

Lisa hob halbherzig die Hand.

Sexuelle Spannung?

Was auch immer.

Ich warf meinen Parka auf den Schreibtisch und lief in den Konferenzsaal.

Dieselben grünen Wände. Derselbe Tisch. Dieselbe Liste des Todes, aufgrund von Boshaftigkeit, Melancholie oder Schicksal.

Morin verlas sie.

Ein Dealer, der von zwei Konkurrenten festgehalten und verprügelt wurde, kippte auf den Bürgersteig und stand nicht mehr auf. Wahrscheinlich Mord durch Verdrehungen und Überstreckung des Kopfs.

Ein Mann band ein Seil an einen Baum, setzte sich in seinen Pick-up, legte sich die Schlinge um den Hals und gab Gas. Wahrscheinlich Selbstmord durch Selbstenthauptung.

Ein Meth-Süchtiger schlief nackt auf seinem Balkon und erfror. Wahrscheinlich ein Unfall durch extreme Dummheit.

Während Morin redete, strichelte Briel etwas mit schnellen, kurzen Bewegungen auf ihre Fallliste, und die Furchen auf ihrer Stirn erreichten eine neue persönliche Bestmarke.

Santangelo trank aus einer Flasche Quellwasser und kratzte zwischen den Schlucken mit dem Daumen das Etikett ab.

Ayers saß halb vom Tisch abgewandt, den Blick auf einen Punkt zwischen dem Fenster und der Tafel gerichtet.

Morin übernahm den Mord, Santangelo den Selbstmord. Ayers bekam den Junkie. Briel ging leer aus.

Während Unterlagen verteilt wurden, betrachtete ich meine Kollegen.

Steife Gesichter. Angespannte Stimmen. Kein Blickkontakt.

Zuerst Lisa und Joe. Jetzt das.

Was zum Teufel war da los?

Natürlich, die Feierzeit war vorüber, und Februar und März lagen lang und dunkel vor uns. Aber ich spürte mehr als eine Nachurlaubsdepression.

Angst um LaManche? Budgetkürzungen? Vielleicht.

War ich das Problem? Ich war wütend wegen der zweiten Oka-Bergung. Spürte meine Umgebung vielleicht feindselige Schwingungen?

Morin drehte sich in meine Richtung.

»Ich nehme an, Sie haben gehört, dass in Oka zusätzliche Überreste geborgen wurden?«

Briel hob den Blick.

»Ja.« Eisig.

»Der Coroner will wissen, ob eine Identifikation oder ein Ausschluss jetzt möglich ist.«

»Ich spreche mit ihm.« Kein Wort mehr. Ich hatte beschlossen, mit meiner Beschwerde direkt zu Hubert zu gehen.

Ich konnte nicht anders als mich zu fragen, ob Joe Briel freiwillig begleitet hatte. Er wusste, dass ich wütend sein würde. War dieses neuerliche Graben in Oka seine Art, mich zurechtzuweisen?

Als Morin fragte, ob es sonst noch etwas zu besprechen gebe, räusperte sich Santangelo.

»Ja, da ist tatsächlich noch etwas.«

Wir lehnten uns alle zurück.

»Ich habe eine Stelle im Bureau du coroner angenommen.« Santangelos Blick huschte zwischen Morin, Ayers und mir hin und her und verweilte bei jedem nur wenige Sekunden. »Am ersten Februar fange ich an.«

Wir starrten sie alle nur schockiert an. Santangelo war seit fünfzehn Jahren beim LSJML.

Briel, die rechts von mir saß, hielt nur kurz inne und kritzelte dann weiter.

»Ich weiß, dass das sehr unvermittelt erscheint.« Santangelo schob die Etikettfetzen zu einem Häufchen zusammen. »Aber das ist es nicht. Ich denke schon eine ganze Weile über eine Veränderung nach.«

Santangelo schaute nun mich an. Ich erwiderte den Blick.

Warum hast du nichts gesagt, als du mich in Charlotte angerufen hast? Ist das der Grund, warum du mich gedrängt hast, nach Montreal zurückzukehren? Ich stellte beide Fragen nicht.

Santangelo wandte den Blick ab.

»Wow.« Ayers sank in sich zusammen.

»Ich weiß, dass das Timing beschissen ist. Ihr müsst ja immer noch neue Leute einarbeiten.« Santangelos Tonfall war neutral. Ausweichend? »Ich helfe beim Übergang so gut ich kann.«

Ayers und Morin wechselten einen schnellen Blick. Ich sah darin einen ganzen Monat der Gespräche.

»Sind Sie sicher?« Besorgnis verdunkelte Morins bereits dunkle Augen. Vielleicht auch Überdruss. Santangelos Weggang bedeutete noch einmal einen langen Auswahl- und Einstellungsprozess.

»Ja.« Santangelo schob ein abseits liegendes Fetzchen zu dem Häufchen.

»Wir werden Sie vermissen«, sagte ich.

»Wir werden uns ja trotzdem noch sehen.« Santangelo versuchte, es fröhlich klingen zu lassen, aber es gelang ihr nicht so recht. »Ich bin dann ja nur eine Etage weiter unten.«

Wir verließen den Raum. Keine Witze. Keine Plaudereien.

Kaffee, dann wieder in mein Büro. Nachdem ich meinen Parka auf den Gardarobenständer gehängt hatte, hörte ich meinen Anrufbeantworter ab und erwiderte einige Anrufe.

Beim Auflegen fiel mein Blick auf einen Brief, der aus dem Stapel auf meinem Schreibtisch gerutscht war. Der kleine, weiße Umschlag war an mich im LSJML adressiert, handschriftlich und mit dem Vermerk »persönlich«. Neugierig nahm ich ihn in die Hand und schlitzte ihn auf.

Auf einem einzelnen Blatt Papier stand ebenfalls handschriftlich nur eine einzige Zeile.

Va-t'en chez toi, maudite Américaine!!

Geh nach Hause, verdammte Amerikanerin!!

Unterschrieben hatte der Verfasser nicht. Was für eine Überraschung.

Ich betrachtete den Umschlag. Örtlicher Poststempel. Kein Absender.

»Danke für die Fürsorge, du Hirnamputierter.«

Ich warf den Brief samt Umschlag wieder auf den Stapel und ging über den Gang in mein Labor.

Und blieb wie angewurzelt stehen.

20

Auf jedem meiner vier Arbeitsplätze lagen Knochen. Abblätterungen und Verkrümmungen deuteten auf Jahre des Verfalls hin.

»Was zum –« Gemurmelt.

»Bonjour, Doc.«

Ich drehte mich um.

Joe wusch sich am Waschbecken die Hände. *»Bienvenue.«*

Willkommen zu Hause, du mich auch.

»Was ist das?« Ich deutete mit der Hand auf die beiden zentralen Tische.

»Ossements.« Grinsend.

»Offensichtlich sind das Knochen.« Es kam schärfer heraus als geplant. Oder auch nicht. »Wer hat sie so arrangiert?«

Das Grinsen verschwand. »Dr. Briel.«

»Mit wessen Erlaubnis?«

Joe rührte sich nicht und sagte nichts. Hinter ihm floss Wasser aus dem Hahn und spritzte winzige Tropfen auf die Arbeitsfläche.

Ich ging zum nächstliegenden Knochenarrangement und blätterte durch die Papiere auf einem Klemmbrett.

Mein Fallformular. Meine Liste mit den Maßen. Mein Skelettdiagramm. Eine Anfrage von Hubert für eine osteologische Untersuchung.

Mein Hirn explodierte.

Die Tür flog mir so heftig aus der Hand, dass sie gegen die Arbeitsfläche knallte. Ich rannte am Aufzug vorbei und die Treppe hinunter.

Hubert walzte eben den Korridor hoch, eine Tasse in der einen Hand, die Post in der anderen. Ich stürzte mich auf ihn wie eine Ratte auf ein Schweinekotelett.

»Was zum Teufel ist das?« Ich wedelte mit dem Klemmbrett.

Huberts Blick huschte an mir vorbei, um den Korridor hinter mir zu kontrollieren.

»Kommen Sie in mein Büro.«

Unverblümt.

Luft zischte aus einem Kissen, als Hubert seinen mächtigen Hintern daraufsenkte.

Ich blieb stehen.

»Setzen Sie sich.«

Ich rührte mich nicht.

»Setzen Sie sich, Dr. Brennan.« Nachdrücklicher.

Ich setzte mich und durchbohrte Hubert mit meinem Blick.

Der Chief Coroner blies kurz in seinen Kaffee, schlürfte und stellte die Tasse ab. »Sie sind offensichtlich sehr erregt.«

»Sie haben Briel nach Oka geschickt.« Kurz und direkt, weil ich meiner Zunge nicht so recht traute.

»Geschickt habe ich sie nicht gerade.«

»Sie haben einer Pathologin die Erlaubnis gegeben, eine Exhumierung vorzunehmen.«

»Sie haben ja die Hälfte liegen gelassen.«

»Wohl kaum die Hälfte.«

»Dr. Briel hat sich angeboten.«

»Eine Freifahrt.« Verächtlich. »Aufs Haus.«

»Dr. Briel ist eine sehr talentierte junge Frau.«

»Sie mag sein, was sie will. Aber Anthropologin ist sie keine.«

»Sie hat Ausbildung und Erfahrung.«

Ich schoss auf meinem Stuhl nach vorne. »Amateurstunden!«

Hubert trommelte verärgert auf den Tisch.

»Sie haben es selbst gesagt. Hier geht es um einen Mord. Falls dieser Fall vor Gericht kommt, glauben Sie wirklich, dass Briel als Expertin akzeptiert wird, nur weil sie einen beschissenen Schnellkurs in Anthropologie gemacht hat?«

»Es sind doch nur vier Knochen.«

»Vier wichtige Knochen.«

»Dann hätten Sie sie nicht übersehen dürfen.«

»Ich hätte sie geholt.«

»Sie waren nicht da.«

»Ich habe Ihnen vorgeschlagen, noch einmal nach Oka zu fahren, bevor ich die Stadt verließ. Sie haben mein Angebot abgelehnt.«

Hubert starrte mich an.

Ich starrte zurück.

Sekunden vergingen.

Hubert senkte als erster den Blick.

»Sie werden die Fingerglieder natürlich untersuchen.«

Ich sagte nichts.

»Ist das alles?« Botschaft eindeutig. Thema abgeschlossen.

»Das ist ganz und gar nicht alles.«

Ich riss das Formular mit dem *demande d'expertise* von Briels Klemmbrett und warf es auf den Tisch.

Hubert warf einen kurzen Blick darauf und schaute dann mich an.

»Und?«

»Erklären Sie es mir.«

Tiefes Seufzen. So geduldig.

»Haben Sie den Polizeibericht gelesen? Oder sind Sie hierhergestürmt, ohne die geringste Ahnung von den Fakten zu haben?«

»Ich habe genug gelesen, um zu wissen, dass Sie eine Pathologin gebeten haben, Anthropologie zu machen.«

»Câlice! Nicht Anthropologie. Osteologie. Einfach nur zählen und sortieren. Und noch einmal: Ich habe sie nicht gebeten. Sie hat sich angeboten.«

»Wenn sie angeboten hätte, Ihnen die Eier zu rasieren, hätten Sie das auch angenommen?«

Der Chief Coroner gab sich größte Mühe, verbindlich zu bleiben. Er schaffte es nicht ganz.

»Man muss nicht gleich vulgär werden.«

Stimmt. Aber wenn der Schalter in meinem Hirn gekippt ist, geht die Höflichkeit flöten.

Hubert fuhr sich mit der Hand übers Gesicht. Lehnte sich zurück, und Fleisch quoll über die Armlehnen seines Sessels.

»Vor zwei Wochen erhielt die SQ-Chicoutimi einen Anruf wegen eines Mannes, der mit nacktem Arsch über eine Straße lief. Wie sich zeigte, war es ein Spinner, der am Lac Saint-Jean wohnte. Typ Waldläufer. Einzelgänger. Die Polizei fand ihn schließlich vor seiner Hütte, er saß im Schnee und nagte an einem Hasen. Nachdem sie den Kerl in die Psychiatrie gebracht hatten, durchsuchten sie das Grundstück und fanden in einem alten Spind Knochen.

Der Coroner da oben ist ein Gynäkologe namens Labrousse. Die Knochen sahen alt aus, also dachte Labrousse, sie wären am Seeufer angespült worden, oder es wären Überreste aus einem aufgelassenen Friedhof oder einer indianischen Begräbnisstätte. Vermutete, der fröhliche Eremit hätte sie einfach eingesammelt und in seinen Schrank gesteckt.

Wie auch immer, letztendlich landeten die Überreste bei uns. Da Sie nicht da waren, bot Briel an, sich die Knochen mal anzusehen. Und ich dachte mir, warum nicht?«

»Ich sage Ihnen, warum nicht.« Ich warf das Klemmbrett nicht sehr sanft auf den Schreibtisch. »Briel hat eine ganze CSI-Folge mehr gemacht als –« ich malte mit meinen Fingern Anführungszeichen in die Luft »– sie sich mal anzusehen.«

Als Hubert die Seiten überflog, wuchsen seine Brauen in die Höhe und die Stirn legte sich in Falten.

»Eh, misère.«

»Alter, Geschlecht, Rasse, Größe. Überrascht mich, dass sie nicht gleich auch noch die Sozialversicherungsnummer in den Bericht geschrieben hat.«

»Jetzt verstehe ich, warum Sie sich so aufregen.«

»Sehr verständnisvoll von Ihnen.«

»Sie meint es doch nur gut. Ich werde mit ihr reden.«

»Ich ebenfalls.«

Hubert nahm seinen Stift zur Hand und trommelte damit auf die Schreibunterlage, offensichtlich wollte er, dass ich ging.

Ich beschloss, aufs Ganze zu gehen.

»Wo ich gerade hier bin, ich würde gerne über ein Problem reden, das sich aus dem Jurmain-Fall ergeben hat.«

Hubert warf mir einen desinteressierten Blick zu.

Ich erinnerte ihn an Rose Jurmain, L'Auberge des Neiges und an den Ausflug nach Chicago. Dann erzählte ich ihm von meiner Begegnung mit Perry Schechter und der Geschichte mit Edward Allens Informanten.

»Ich bin mir sicher, dass diese Anschuldigungen von hier kamen, von jemandem, der wusste, dass ich mit dem Fall zu tun hatte. Von jemandem, der entweder zu inkompetent war, um zu begreifen, dass kein Fehler gemacht worden war, oder, schlimmer noch, der mich kompromittieren wollte, obwohl er wusste, dass ich keinen Fehler gemacht hatte.«

»Fragen Sie den alten Mann.«

»Er ist tot.«

Zuerst huschte Überraschung, dann Verärgerung über Huberts Gesicht.

»Beschuldigen Sie jemanden aus meinem Personal?«

»Ich beschuldige niemanden. Noch nicht. Aber ich werde den Mistkerl finden, der diesen Anruf gemacht hat. Ich bin überzeugt, es war jemand, der entweder im LSJML arbeitet oder im Büro des Coroners.«

Hubert überlegte.

»Ich werde ein paar Fragen stellen.« Unaufrichtig.

»Vielen Dank.« Noch unaufrichtiger.

Ich war schon an der Tür, als Hubert noch etwas anfügte.

»Dr. Briel ist jung und ehrgeizig. Ich würde Ihr Verständnis sehr zu schätzen wissen.«

»Habe ich denn eine Wahl?«

Bis zum Mittag wusste ich den Namen der alten Dame aus Oka.

Zuerst rief ich Ryan an. Dann Hubert.

Beide hörten zu, als ich die merkwürdig deformierten Fingerknochen beschrieb. Keiner interessierte sich sonderlich für die Kamptodaktylie. Beide interessierten sich sehr für die Identifikation.

Christelle Villejoin.

Während ich die Fingerglieder untersucht hatte, hatte Joe eine frostige Distanz gewahrt. Das fragile Ego meines Assistenten war offensichtlich angeknackst. So ein Pech. Meins hatte ebenfalls Schaden genommen. Ich wusste, ich hätte eine versöhnliche Geste machen sollen. Stattdessen ignorierte ich sein Schmollen.

Aber bei der Arbeit musste ich mir etwas eingestehen, worauf ich nicht sehr stolz war. Ich war Joe gegenüber so offen gewesen wie ich es Briel gegenüber war. Obwohl wir seit zwei Jahren eng zusammenarbeiteten, wusste ich kaum etwas über ihn.

Schnelle Bestandsaufnahme. Joe war noch keine vierzig. Er wohnte alleine, irgendwo in den Vorstädten, fuhr oft mit dem Rad zur Arbeit. Mochte kein eingelegtes Gemüse. Trank Pepsi. Gelte und bleichte seine Haare. Machte sich Sorgen, dass er zu dünn war.

Von diesen Belanglosigkeiten abgesehen, hatte ich keine Ahnung vom Privatleben meines Assistenten. War er geschieden? Schwul? Veganer? Schütze? Ich schwor mir, ich würde mir mehr Mühe geben.

Nachdem ich Hubert berichtet hatte, wollte ich mich entschuldigen und die Stimmung aufhellen. Die Histologie-, Pathologie- und Anthropologielabore waren leer. Da ich annahm, dass Joe zum Mittagessen gegangen war, tat ich dasselbe.

Mein Assistent war nicht in der Cafeteria.

Aber Ryan war es.

Da ich nicht in Stimmung war für schlagfertiges Geplänkel, senkte ich den Blick und hoffte, Ryan würde mich nicht entdecken. Birdies Trick. Wenn ich dich nicht sehen kann, kannst du mich nicht sehen. Blöd.

»Erwartest du George Clooney?« Ryan stand vor meinem Tisch.

»Tiger Woods.«

»Was ist den los, Zuckerschnäuzchen?« Ryan stellte sein Tablett auf den Tisch und setzte sich. »Lassen die anderen Kinder dich nicht mitspielen?«

Ich stocherte in meinem Salat.

»Na komm. Warum das mürrische Gesicht?«

O Mann. Wo sollte ich da anfangen?

Ich erzählte ihm von Santangelos Kündigung.

»Man kann's einem Mädchen nicht verdenken, wenn es sich verändern will.«

»Nein. Aber ihr Abgang ist …« Was? »… irgendwie symptomatisch.«

»Symptomatisch?« Skeptisch.

»Die Stimmung in der *médico-légale* scheint irgendwie ziemlich im Keller zu sein.«

»Im Keller?«

»Wie jetzt? Rede ich mit einem Papagei?«

»Papagei?«

Ich verdrehte die Augen. Ich konnte nicht anders.

»Erzähl's mir, Gummibärchen.«

»Was sagst du zu einem solchen Vormittag? Ein Arschloch in meinem Wohnhaus will mich rauswerfen lassen, weil ich eine Katze habe. Ich habe einen neuen Brieffreund, der mich für die Brut des Teufels hält. Ich hatte einen grässlichen Streit mit Hubert. Ich habe Joe meinen Schuhabdruck auf einem gewissen Körperteil hinterlassen.«

»Ist dieser Sparky-Boy immer noch so drauf?« Wir hatten schon mehr als einmal über meinen fanatischen Nachbarn gesprochen.

Ich nickte.

»Womit verdient der Kerl eigentlich seinen Lebensunterhalt?« Ryan schob sich ein Stück Lasagne in den Mund.

»Ich glaube, Winston hat gesagt, er arbeitet bei den Stadtwerken.«

»Wer ist der Brieffreund?«

Ich schüttelte den Kopf, was heißen sollte, dass ich dieses Thema nicht vertiefen wollte.

»Meinst du, es könnte derselbe Kerl sein, der Edward Allen Jurmain angerufen hat?«

Daran hatte ich noch gar nicht gedacht.

»Ich bezweifle es«, sagte ich.

Ich hatte schon einige, wenn auch nicht viele, feindselige Briefe erhalten. Normalerweise war diese Post ein harmloses Luftablassen von unzufriedenen Angehörigen oder verärgerten Verurteilten.

Punkt.

Konnte der Brief von Sparky kommen? Ich glaubte es nicht. Anonyme Einschüchterung war eigentlich nicht sein Stil.

Katzenkacke in der Tüte?

Okay. Vielleicht.

»Warum der Zoff mit Speckarsch?« Rayn wandte sich nun meiner dritten Klage zu.

Ich erzählte ihm von meiner Dreipunktlandung in Huberts Büro. Die Neuausgrabung in Oka. Dass er Briel gestattet hatte, die Knochen vom Lac Saint-Jean zu untersuchen. Jurmains namenloser Informant.

Ryan machte ein nachdenkliches Gesicht. Oder vielleicht versuchte er nur, die braune Pampe zu identifizieren, die zwischen den Schichten seiner Pasta herausquoll.

»Lac Saint-Jean. Hm.«

»Hm?«

»Vielleicht nichts. Ich recherchiere mal ein bisschen, rufe dich heute Nachmittag an.«

»Irgendwas Neues über die Villejoins oder Keiser?« Ich wechselte das Thema.

»Nicht wirklich. Claudel hat die Fluglinien, die VIA-Eisenbahn, die örtlichen Bus- und Taxiunternehmen und die Montrealer Reisebüros überprüft. Wenn Keiser die Stadt freiwillig verlassen hat, dann entweder mit ihrem Auto oder durch den Hyperraum.«

»Hat sich per Anhalter von der *Herz aus Gold* mitnehmen lassen.« Ich plapperte ohne nachzudenken.

»Ist mit dem Unendlichen Unwahrscheinlichkeitsantrieb davongedüst«, sagte er.

Ryan und ich waren beide Fans von *Per Anhalter durch die Galaxis.* Als wir noch ein Paar waren, hatten wir oft mit unseren Lieblingszitaten gewetteifert. Damals hatte es Spaß gemacht. Jetzt tat es nur noch weh.

Alte Gewohnheiten legt man nicht so leicht ab.

Ryans Lächeln war jetzt allumfassend, mit Augen und allem. Augen wie die Gewässer der Bahamas. Augen, in denen man sich verlieren konnte. Augen, in denen ich mich verloren *hatte.*

Aber nicht noch einmal.

Ich schaute weg. »Sonst noch was?«

»Claudel hat eine landesweite Fahndung nach Keisers Fahrzeug rausgegeben. Er hat örtliche Krankenhäuser überprüft und ist sämtliche Aufnahmen wegen Amnesie in ganz Kanada durchgegangen. Oder wie die Psychoquassler das heutzutage nennen. Hat nichts erbracht. Jetzt schaut er sich Keisers Nachbarn an, findet heraus, wie lang jeder Einzelne schon in dem Gebäude wohnt, frühere Adressen und solche Sachen.«

»Keiser hatte ein aktives gesellschaftliches Leben.«

Ryan kicherte. »Claudel hat's dir schon gesagt?«

»Was gesagt?«

»Die lustige Witwe betrachtete sich selbst als Kind der Sechziger. Und als Jägerin.«

»Von Männern?«

Ryan nickte.

»Sie hatte Geliebte?«

»Das machte sie die Nachbarn glauben.« Ryans Grinsen konnte nur als spöttisch beschrieben werden.

»Warum ist das lustig? Weil sie nicht mehr die Jüngste war?«

Ryan formte mit den Fingern zwei Vs. Frieden.

»Charbonneau muss einen dieser betagten Verehrer erst noch finden. Er hat sich den Buchclub und das Damenstrickkränzchen vorgenommen. Bis jetzt hat er viel Tee und Kekse und eine interessante Kleinigkeit bekommen. Keiser verbrachte gern Zeit in der Natur.«

»Soll heißen?«

»Manchmal ging sie in den Wald. Um zu malen.«

»Wo?«

»Das hat sie nie gesagt. Außerdem besuchte sie häufig ein Kurhotel namens Eastman Spa in den Eastern Townships.«

Ich brauchte einen Augenblick, bis ich die Bedeutung erkannte.

»Rückzug aufs Land. Klingt wie Rose Jurmain.«

Ryan nickte. »Ich überprüfe Personal und Gäste, alle, die in der Zeit, als Rose Jurmain dort war, mit der L'Auberge des Neiges zu tun hatten, und sehe nach, ob es Überschneidungen mit dem Eastman gibt. Ich suche außerdem nach einer Verbindung zwischen Jurmain, den Villejoins und Keiser. Habe aber bis jetzt noch nichts.«

Eastman Spa war eine ziemliche Luxusherberge, zu teuer für meinen Geldbeutel. »Um sich Eastman leisten zu können, musste Keiser einiges in der Tasche gehabt haben.«

»Das Erbe ist nicht besonders groß, fünfzigtausend vielleicht. Es gibt ein Testament. Pinsker bekommt fünftausend. Der Rest geht an die leiblichen Kinder, Tochter und Sohn. Claudel meint, dass beide aufrichtig schockiert waren.«

»Über die lächerliche Summe oder dass sie als Haupterben eingesetzt wurden?«

»Beides.«

»Keiser und ihre Nachkommen waren entfremdet?«

»Ja. Claudel recherchiert gerade, warum.«

»Profitiert denn irgendjemand vom Tod der Villejoin-Schwestern?«

Ryan schüttelte den Kopf. »Den Schwestern gehörte das Haus samt Inventar. In einem Brief legten sie fest, dass der Ertrag eines Verkaufs an die Humane Society geht.«

Bevor ich wieder nach oben ging, kaufte ich ein riesiges Schokoladenplätzchen.

Joe saß am Mikrotom und schnitt Wachs für Proben-Objektträger. Ich gab ihm mein Bestechungsgeschenk und entschuldigte mich wortreich. Monsieur Miesepeter schien minimal besänftigt.

Ich erkundigte mich nach seinem Urlaub. Er sagte, er sei schön gewesen. Sagte es auf kühle Art. Ich fragte ihn, ob er Pläne für das bevorstehende Wochenende habe. Erkundung, sagte er. Wirklich, sagte ich. Von was denn? Von Sachen, sagte er und wandte sich dann wieder seinem Wachs zu.

Okay, okay.

Mit erleichtertem Gewissen wandte ich mich der Leiche vom Lac Saint-Jean zu.

Zuerst die Dokumentation der Bergung, die zusammen mit den Knochen aus Chicoutimi hierhergeschickt worden war. Sie brachte mich nicht weiter. Das ganze Zeug war in Tüten gesteckt worden ohne Bezugnahme auf den Kontext. Ich nahm an, dass alles wüst durcheinander im Spind des Einsiedlers gelegen hatte.

Labrousse, der Gynäkologe, hatte in einem Punkt recht: Die Überreste waren alt. Ausbleichung, Verkrümmung und Abschilferungen der Rinde deuteten auf eine lange Zeit im Wasser hin.

Die Knochen waren außerdem stark beschädigt. Viele endeten in schartigen Spitzen infolge von Abschleifungen durch jahrelange Wellenbewegungen.

Obwohl viel fehlte, war klar, dass ich vier Individuen vor mir liegen hatte, zwei Erwachsene und zwei Kinder. Das hatte Briel bereits festgestellt. Aber sie hatte Unmengen von Elementen falsch zugeordnet. Die erwachsene Frau hatte mehrere Rippen des erwachsenen Mannes erhalten und eine kindliche Speiche. Er hatte ihr rechtes Schlüsselbein, ihr linkes Wadenbein und das Brustbein. Schädelteile waren wüst über alle vier verteilt.

Die Frau sah weiß aus. Schmale Nase, hoher Nasenrücken.

Anhand der zerbrochenen Fragmente konnte ich feststellen, dass der Mann erstaunlich breite Wangenknochen hatte. Überrascht untersuchte ich die Oberkieferfragmente. Alle Zähne bis auf einen waren postmortal verlorengegangen. Ich betrachtete den einzelnen Schneidezahn mit einer Lupe. Obwohl abgenutzt, zeigte die zungenseitige Oberfläche eine ausgehöhlte Erscheinung.

Interessant. Obwohl sie sie nicht eindeutig bewiesen, deuteten breite Wangenknochen und schaufelförmige Schneidezähne auf eine indianische Abstammung hin.

Ich hatte bei den Kindern zu wenig Material, um eine Rasseneinschätzung treffen zu können.

Briel kam gegen drei vorbei, sie sprühte förmlich vor Enthusiasmus. Was erwartete sie? Lob? Dank? Eine Diskussion unter Kollegen?

Sie bekam heftige Missbilligung.

Joe wusch am Spülbecken Bechergläser aus. Er drehte den Hahn ab. Über Briels Schulter hinweg sah ich, dass sein Körper bewegungslos wurde. Er hörte zu.

Briel sagte wenig während meiner Tirade. Als ich damit fertig war, rannte sie mit zusammengebissenen Zähnen und puterrotem Gesicht davon.

Joe drehte sich um, unsere Blicke trafen sich. Er wandte sich sofort wieder ab. In diesem Augenblick sah ich Tadel. Und noch etwas. Enttäuschung? Verachtung?

Wieder wusste ich, dass jetzt eine Geste von mir nötig war. Wieder ließ ich die Gelegenheit verstreichen.

Ich verabscheue Konfrontationen. Mag keine Veränderungen. Hubert. Joe. Santangelo. Es waren scheußliche acht Stunden gewesen.

Ich erstellte eben ein Profil des zweiten Kindes vom See, als die Labortür aufging.

Ich hob den Kopf. Bis zu diesem Augenblick war der Tag das reinste Liebesfest gewesen.

21

»Keiser hatte ein Schlupfloch.« Typisch Claudel. Er kam ins Labor und sofort zur Sache. Kein *Bonjour.* Kein *Comment ça va.*

Überrascht legte ich den Wirbel weg, den ich eben mit einer Lupe untersuchte.

»Der Hausmeister ist ein Kerl namens Luigi Castiglioni, Lu für seine engen *amici.* Gestern habe ich Lu noch mal befragt, und irgendwas stört mich an dieser Befragung, kommt mir vor, als würde er anders aussehen, als ich ihn in Erinnerung habe. Das und die Tatsache, dass er extrem nervös ist. Als ich ihm dann ein bisschen zusetze, lässt das Arschloch durchblicken, dass er eben von einem sechsmonatigen Urlaub in der alten Heimat zurückgekehrt ist.«

Schnelle Berechnung. Juli bis Januar. Das bedeutete, dass Lu von der Zeit, als Keiser verschwand, bis zu der Zeit, als Claudel seine Ermittlungen aufnahm, in Italien war.

Ich wollte eine Frage stellen. Claudel hob eine manikürte Hand.

»Also frage ich ihn: Wie funktioniert das, dass Sie in Übersee sind und gleichzeitig hier Toiletten reparieren? Lu gibt zu, dass er einen Zwillingsbruder hat. Eddie. Ist das zu glauben? Lu und Eddie. Klingt wie aus einer kitschigen Vaudeville-Revue.«

Ich unterbrach ihn nicht.

»Als gewissenhafter Bürger, der er ist, will Lu nicht gefeuert werden, während er sich eine Auszeit nimmt, also überredet er seinen Bruder dazu, ihn in seiner Abwesenheit zu vertreten. Die Sache funktioniert. Keiner merkt den Tausch. Aber die Sache ist die, Lu arbeitet seit zweiundzwanzig Jahren in dem Haus. Schleimt sich wahrscheinlich ein, um Trinkgeld zu kriegen. Wie auch immer. Er lernt die Mieter kennen, erfährt, was sie so treiben. Bruder Eddie hat davon natürlich keine Ahnung.«

Ich verstand, worauf er hinauswollte. Lu hatte etwas erzählt, das Eddie nicht wusste. Neue Suche. Volltreffer.

»Wo war sie?«

Claudel schüttelte den Kopf, als könne er über die Schrullen seiner Mitmenschen nur staunen.

»Wie sich zeigte, hatte die alte Schachtel ein Versteck in der Nähe des Lac Memphrémagog.«

Die »alte Schachtel« ließ ich ihm durchgehen. »Sie ging dorthin, um zu malen.«

Claudel senkte das Kinn. »Ja. Das Ding fing an als Jagdhütte ihres dritten Ehemanns.«

»Des dritten?«

»Habe die Reihenfolge von den Kindern, Otto und Mona.

Die sind vielleicht ein Gespann, kann ich Ihnen sagen. Werd mir das noch genauer anschauen.«

»Ach so?«

»Nur so ein Bauchgefühl. Das Problem ist, die beiden waren Tausende von Meilen entfernt, als Mama verschwand. Es gibt keinen Hinweis auf fehlendes Geld. Trotzdem untersuche ich ihre Finanzen, suche nach geheimen Konten, verdächtigen Überweisungen oder Abhebungen, beträchtlichen Schulden, großen Anschaffungen. Irgendwas Außergewöhnliches in den letzten drei Monaten. Veränderungen im normalen Lebensablauf, in Konsumverhalten und Einkommen. Ist zwar ziemlich unwahrscheinlich, aber was Wahrscheinlicheres haben wir nicht. Ich erkundige mich auch nach schlechten Angewohnheiten – Drogen, Glücksspiel, das Übliche. Dasselbe mache ich auch beim Stiefsohn, Myron Pinsker.«

»Was ist mit den drei Ehemännern?«

»Uri Keiser war Nummer eins. Sie heirateten achtundfünfzig, ließen sich achtundsiebzig scheiden. Er heiratete neunundsiebzig wieder, zog zweiundachtzig nach Brooklyn. Muss da ziemlichen Krach gegeben haben. Keiser ist seitdem in New York. Pinsker war der nächste. Heiratete sie vierundachtzig, starb sechsundneunzig an einem Aneurysma.«

»Der dürfte dann Myron Pinskers Vater gewesen sein?«

»Ja. Hieß ebenfalls Myron. Warum belastet man Kinder eigentlich mit einem Namen wie Myron? Ist das was Jüdisches?«

»Ich glaube nicht.«

»Gatte Nummer drei war Samuel Adamski. Keiser heiratete ihn achtundneunzig. Interessant dabei ist, der Typ war vierzehn Jahre jünger als seine Braut. Sie war einundsechzig. Er war siebenundvierzig.«

»Lebt Adamski noch?«

»Starb bei einem Bootsunfall zweitausend. Keine Tränen deswegen, zumindest nicht in Ottos und Monas Welt. Keisers

Kinder sagen, der Kerl war ein Parasit und gemein wie eine Schlange.

Als Adamski den Löffel abgab, ließ Keiser Strom und sanitäre Anlagen in der Jagdhütte installieren. Hielt das Ganze aber geheim. Das Anwesen läuft noch immer auf Adamskis Namen, deshalb tauchte es nie auf dem Radar auf.«

»Ihre Kinder wussten nichts davon? Ihr Stiefsohn?«

»Angeblich wusste niemand davon.«

»Bis auf Lu.«

»Kaum zu glauben, was? Wie auch immer, sobald Lu die Hütte aufs Tapet bringt, fahre ich aufs Land. Von außen sieht alles tipptopp aus. Drinnen ist 'ne andere Geschichte.«

Claudel hat die Angewohnheit, auf die Zehen zu wippen, wenn er zur Pointe kommt. Das tat er auch jetzt. Und wippte wieder zurück.

»Drinnen ist nur ein Zimmer mit einer Schlafempore auf der Rückseite. Auf der linken Seite, neben einem Holzofen, sind der Teppich, die eine Wand und ein Sofa zu Kohle verbrannt. Und eine Leiche ebenfalls.«

Ich hatte das schon öfters gesehen. Ein Feuer lodert schnell hoch, hat dann keinen Brennstoff mehr, verlöscht. Ein Raum kann getoastet sein, der andere völlig unbeschädigt.

»Wo war die Leiche?«

»Halb auf dem Sofa, halb auf dem Boden.«

»Sind Sie sicher, dass es Keiser ist?«

»Nee. Ich würde eher auf Hillary Clinton setzen.«

Ich ignorierte den Sarkasmus. »Haben Sie es Keisers Kindern schon mitgeteilt?«

Claudel nickte. »Keiner deutete auch nur an, dass sie sich demnächst Flüge reservieren würden. Pinsker ist schon unterwegs hierher.« Die dünnen Lippen wurden noch dünner. »Wenn wir da nicht einen gigantischen Zufall haben, ist es Keiser.«

Ich dachte an Rose Jurmain. Anne-Isabelle und Christelle Villejoin.

»Irgendeinen Grund, ein Verbrechen zu vermuten?«

»Na ja, wie wär's damit, dass Omas Pensionsschecks eingelöst wurden? Und mit ihrer Handtasche, die eine Million Meilen entfernt gefunden wurde? Gab aber keinen Hinweis auf ein gewaltsames Eindringen. Die Hütte wurde nicht verwüstet. Kein Blut. Das Opfer war völlig bekleidet.«

»Irgendwelche offensichtlichen Verletzungen? Eine Schusswunde? Ein Schlag gegen den Schädel?«

»Ich bin Detective. Kein Pathologe.«

Claudels Arroganz macht mich oft fuchsteufelswild. Nach den Ereignissen dieses Tages musste ich mich schon sehr zusammennehmen. Aber Claudel hatte recht. Meine Frage war blöd.

Und auch das machte mich gereizt.

»Haben Sie irgendwas gefunden, das darauf hindeuten könnte, dass Keiser woanders gestorben ist?«

»Sie lag mit dem Gesicht nach unten. Kontakt mit dem Boden schützte das Fleisch auf Brust und Bauch. Leichenflecke sahen aus, wie sie sollten.«

Claudel bezog sich auf den dritten Teil der Trias des Todes. Rigor mortis: Die Muskel werden steif. Algor mortis: Das Gewebe kühlt ab. Livor mortis: Blut läuft auf der »Unterseite« zu Leichenflecken zusammen.

Hier ein kurzer Abriss über die Leichenflecke. Wenn das Herz aufhört zu schlagen und das Blut durch den Körper zu pumpen, sorgt die Schwerkraft dafür, dass die schweren roten Blutkörperchen durch das leichtere Serum sickern und sich in den nach unten hängenden Teilen des Körpers sammeln. Das Resultat ist eine rötlich-blaue Verfärbung, die man Leichenflecken oder Livor mortis nennt. Das Maximum an Leichenflecken tritt innerhalb von sechs bis zwölf Stunden auf.

Also: Neben der Schätzung des postmortalen Intervalls ermöglichen die Leichenflecke auch die Feststellung, ob die Leiche bewegt wurde.

Zum fraglichen Fall: Hätte Keiser mit dem Kopf nach unten gelegen und gleichzeitig einen verfärbten Hintern gezeigt, hätte das darauf hingewiesen, dass die Leiche nach dem Tod bewegt wurde. Flecke an Brust und Bauch waren dagegen vereinbar mit einer Lage mit dem Kopf nach unten.

»Was ist mit dem Auto?«

»Stand in einer angebauten Hütte.«

Ich versuchte, mir die Szenerie vorzustellen. Wald. Rustikale Hütte mit Anbau.

»Liegt das Grundstück so isoliert?«

»Die nächsten Nachbarn sind eine halbe Meile entfernt. Ebenfalls Hüttenbesitzer, seit September nicht mehr da. Wir suchen nach ihnen.«

»Wer macht die Obduktion?«

»Ayers.« Claudel schob eine sehr teure Manschette zurück, um auf eine sehr teure Uhr zu schauen. »Pinsker sollte inzwischen hier sein. Er wird sich die Kleider anschauen. Oder das, was von ihnen übrig ist.«

Ich stand auf. »Ich komme mit.«

Lächerlich, aber ich konnte nicht anders. Claudels Phobie ist legendär.

Der Mann kann seelenruhig einen Tatort untersuchen. Blutdurchtränkte Laken? Kein Problem. Hirnspritzer an den Wänden? Immer her damit. Kotverschmierte Teppiche? Cool. Für Claudel sind Tatorte in der Zeit erstarrte verräterische Augenblicke. Gewalttätige Augenblicke, ja. Aber weit entfernte. Und nützliche Bausteine. In seinen Augen ist jeder Tatort eine Übung, ein Puzzle, das man zerlegen und wieder zusammensetzen muss. Blut und Eingeweide erzählen vieles, und man muss sehr genau zuhören.

Aber bei einer Leiche auf einem Edelstahltisch bekommt Claudel weiche Knie. Jap. Mit kaltem Fleisch oder Leichenhallen kann der Typ nicht umgehen.

»Pinskers Identifikation der Leiche ist eine Formalität.« Claudel legte den Kopf schief. Die Hakennase warf einen Schatten über eine Wange. »Es ist Keiser. Ich muss zurück auf die Straße.«

Ich sah Claudels makellos gebügelten Hintern durch die Tür verschwinden.

Eine Stunde später tauchte Ryan auf.

»Das Zeug vom Lac Saint-Jean?« Mit Blick auf die vor mir ausgebreiteten Knochen.

Ich nickte.

»Sehen alt aus.«

»Sind sie.«

»Wie alt?«

»Man kann mit Bestimmtheit sagen, dass die Leute dieses Weihnachten keine Strümpfe an den Kamin gehängt haben.«

»Vierzig Jahre?«

Ich schaute ihn nur an.

»Siebenundsechzig verschwand eine Cessna 310 auf dem Flug von Chicoutimi nach Quebec City. Die Familie Gouvrard. Eltern, zwei Kinder. Die letzte Sichtung war in der Nähe des Lac Saint-Jean, man dachte also, dass die Maschine in den See stürzte. Aber das Wrack wurde nie gefunden.«

Ryan gab mir ein Blatt. Ich schaute kurz darauf. Aufgezählt waren Namen und Alter von vier Individuen.

Achille Gouvrard, 48
Vivienne Gouvrard, 42
Serge Gouvrard, 12
Valentin Gouvrard, 8

»Irgendeine Chance, dass es nach so vielen Jahren noch antemortale Unterlagen gibt?«

»Die Akte ist unterwegs.«

»Du bist gut, Detective.«

»Ja, schätze, das bin ich.«

»Bin dir was schuldig.«

»Ich werde es schon einfordern.« Übertriebenes Augenbrauenspiel.

In meinen unteren Bereichen rührte sich etwas. Ich ignorierte es.

»Warum hat es bei dir beim Lac Saint-Jean gleich geklingelt?«

»Gouvrards Schwester war verheiratet mit einem Kollegen, Quentin Jacquème. Jahrelang ließ Jacquème am Jahrestag des Absturzes eine Anfrage herumgehen. Falls sich irgendwas ergab, wollte er darüber Bescheid wissen.«

»Eine solche Hartnäckigkeit muss man bewundern.«

»Hartnäckigkeit. Gutes Wort. Die Anfragen hörten auf, kurz nachdem ich an Bord kam, als Jacquème in Rente ging. Da er zu SQ gehörte, war er leicht zu finden.«

»Daher der schnelle Zugriff auf eine noch immer existierende, vierzig Jahre alte Akte.«

»Genau.«

»Traurig, die Geschichte mit Keiser«, sagte ich.

»Ja«, sagte Ryan. »Aber abzusehen.«

Als Ryan gegangen war, beendete ich meine Untersuchung. Obwohl jedes Skelett fragmentarisch war und die meisten Knochen verwittert und beschädigt waren, gab es genügend Daten, um festzustellen, dass das Familienprofil passte.

Keins zeigte irgendwelche offensichtlichen Gesundheits- oder Zahnprobleme.

Aber was war mit Daddys Wangenknochen und den schaufelförmigen Zähnen? Wahrscheinlich eine normale Variation.

Dennoch wollte ich Ryan Jacquème nach der Abstammung seines Schwagers fragen lassen.

Um zwanzig nach vier rief ich Hubert an, um ihm von Ryans Erkenntnissen zu berichten.

»Neunzehnsiebenundsechzig.« Ich hörte Leder ächzen, als Hubert sich in seinem Sessel bewegte. »Dr. Briels Beteiligung wird also irrelevant. Übrigens, wie hat sie es gemacht?«

»Vier minus.«

Hubert machte eins seiner nicht interpretierbaren Geräusche.

»Mit dem, was ich habe, ist eine Identifikation ausgeschlossen«, sagte ich. »Antemortale Unterlagen sind unterwegs, aber ich bin nicht sehr optimistisch. Ich habe nur sehr wenige Zähne. Vom jüngeren Kind überhaupt keine.«

»DNS?«

»Vielleicht mitochondrische, aber das ist heikel. Die Knochenqualität ist sehr schlecht. Und wie stehen die Chancen, dass man Verwandte mütterlicherseits aufspürt?«

»*Tabernac.* Wie viele Familien können in einem See liegen?«

Ich dachte an Huberts Worte an Christelle Villejoins Grab. Wie viele Omas verschwinden schon hier in der Gegend? Ich sagte nichts.

»Außerdem ist der Absturz eine uralte Geschichte.«

»Uralte Geschichte kann ganz übel auf die Gegenwart durchschlagen. *Falls* es die Familie Gouvrard ist, gibt es vielleicht noch juristische Probleme. Erbe. Versicherung. Haftung.«

»Madame Keiser liegt unten.« Themenwechsel. Huberts gewohntes Vorgehen, wenn er sich unbehaglich fühlte. »Ayers hat sich bereit erklärt, die Autopsie gleich morgen früh zu machen.«

Ich wartete.

»Vielleicht war Keiser desorientiert und hat sich selber angezündet.«

»Es gibt keine Vorgeschichte von Demenz.«

»Shit happens.«

Ich verbrachte noch einmal zwei Stunden mit den Knochen vom Lac Saint-Jean, dokumentierte alle Details, die vielleicht wichtig werden konnten, wenn die antemortalen Unterlagen eintrafen. Ich vermutete, dass Hubert recht hatte. Mom, Dad und zwei Kinder. Wie hoch war die Wahrscheinlichkeit? Trotzdem.

Charakteristika der Becken sagten mir, dass die Erwachsenen im Alter zwischen fünfunddreißig und fünfzig waren.

Bei präpubertären Skeletten ist die Geschlechtsbestimmung eine mehr als knifflige Angelegenheit. Ich hatte nur Fragmente von einem juvenilen Becken, vom anderen gar nichts, in diesem Fall war die Fragestellung also ein Rohrkrepierer.

Beim älteren Kind fehlten der Unterkiefer und ein Großteil des Kopfs, aber die Entwicklung von Arm- und Beinknochen deuteten auf ein Alter zwischen zehn und zwölf Jahren hin.

Das jüngere Kind war nur durch zwei Wirbel, drei partielle Röhrenknochen, ein Fersenbein und eine Handvoll Schädelfragmente vertreten. Die Entwicklung des Gelenks am proximalen Ende eines Oberschenkelknochens deutete auf ein Alter zwischen sechs und acht Jahren hin. Außerdem hatte ich drei isolierte Backenzähne, zwei davon noch Milchzähne, einer ein erwachsener. Abnutzungsspuren deuteten darauf hin, dass alle drei vollständig durchgebrochen waren. Wurzelentwicklung deutete auf ein Alter zwischen sechs und acht Jahren hin.

Warum nur so wenig von den Schädeln der Kinder? Nichts Bösartiges. Die einzelnen Knochen eines jungen Schädels sind entweder noch getrennt oder nur teilweise verschmolzen. Wenn das Bindegewebe nachgibt, trennen sich die Knochen an den Nähten, den Schlängellinien, an denen sie sich die Hände reichen.

Alle vier Individuen hatten Schädel- und Brustkorbbrüche. Die Abschleifungen jeder Bruchkante machten eine Unterscheidung zwischen perimortal und postmortal unmöglich.

La famille Gouvrard?

Ich ging meine Notizen noch einmal durch.

Geschlecht der Erwachsenen: Übereinstimmung.

Alter der Erwachsenen und der Kinder: Übereinstimmung.

Skelettverletzungen: vereinbar mit einem Flugzeugabsturz. Die Verletzungen am unteren Bein des Mannes waren so, wie man es bei einer Person, die am Steuerknüppel saß, erwarten würde.

Also vereinbar.

Das reichte nicht. Ich zerbrach mir noch immer den Kopf über die Wangenknochen und die schaufelförmigen Zähne des Mannes.

Ich schaute mich in dem leeren Labor um. Der stumme Drucker. Das blinkende Nachrichtenlämpchen an Joes Telefon. Der endlos laufende Bildschirmschoner auf seinem Computer.

Normerweise sagt Joe *au revoir,* wenn er Feierabend macht. Heute war er ohne ein Wort gegangen. Offensichtlich musste ich noch mehr Plätzchen springen lassen. Aber warum die Verärgerung? Weil ich Briel heruntergeputzt hatte? Sosehr ich mir auch den Kopf zerbrach, mir fiel nichts Wichtiges ein, womit ich mir diese augenblickliche Eiszeit eingehandelt hätte.

Niedergeschlagen ließ ich den Blick zum Fenster wandern. Zwölf Stockwerke unter mir floss der Verkehr in Strömen aus winzigen roten Punkten. Im Glas spiegelte sich eine schlanke Frau, deren unscharfe Züge nicht zu erkennen waren. Die angespannten Schultern deuteten auf Frustration hin.

Zeit zu gehen.

Nachdem ich meinen Tastzirkel in einer Schublade verstaut und das Labor abgeschlossen hatte, ging ich in mein Büro.

Mit dem neuen Telefonsystem des LSJML gehen Anrufe direkt an die einzelnen Durchwahlanschlüsse. Unbeantwortete werden sofort an die Voice Mail weitergeleitet. Gelegentlich wird ein Anruf in der Zentrale auf Papier vermerkt und weitergeleitet.

Ich zog eben den Reißverschluss meines Parkas zu, als ich inmitten des Verhaus auf meinem Schreibtisch einen altmodischen rosa Notizzettel entdeckte.

Ich nahm ihn zur Hand und überflog die Nachricht.

Ja!

Ich griff sofort zum Hörer.

22

Anrufer hat vertrauliche Informationen.

Hinter Perry Schechters Namen stand eine zehnstellige Ziffernfolge, die mit 312 anfing.

Chicago.

Hatte Jurmains Anwalt die Identität des Mistkerls herausgefunden, der mich denunziert hatte?

Ich wählte.

Nach dem vierten Klingeln meldete sich eine viel zu glatte Stimme und bat mich, meinen Namen, meine Telefonnummer und den Grund meines Anrufs zu hinterlassen.

Ich tat es und knallte dann den Hörer auf die Gabel.

Konnte heute sonst noch was schiefgehen?

Ich kontrollierte das handschriftliche Datum und die Uhrzeit. Schechter hatte heute Morgen um neun Uhr fünfzehn im Institut angerufen.

Jetzt zeigte die Uhr 18:40.

Ich beschloss, zu gehen und es zu Hause noch einmal zu versuchen.

Klar. Das würde funktionieren.

Tat es nicht.

Ich probierte es einmal gleich nach Ankunft, dann noch einmal, nachdem ich mit Birdie ein Thai-Gericht zum Mitnehmen geteilt hatte.

Vecamamma rief an, als ich eben die Essensreste wegräumte. Sie überlegte sich eine Operation gegen ihren grauen Star und wollte meine Meinung hören. Ich riet ihr, es machen zu lassen.

Ich fragte sie nach Cukura Kundze. Vecamamma erzählte, dass Laszlos Überreste vom Coroner freigegeben worden seien und seine Eltern eine Totenmesse und ein Begräbnis organisiert hätten. Sie sei natürlich hingegangen. Sowohl Cukura Kundze als auch Mr. Tot seien zwar traurig, aber auch erleichtert, dass der Junge nun endlich Frieden bei Gott gefunden habe, zumindest in bestattungszeremonieller Hinsicht. Sie beschrieb den Sarg, die Blumen, die Musik, den Leichenschmaus, Cukura Kunzes unangemessen magentafarbenes Kleid und natürlich die Predigt des Priesters.

Da ich die Politik in Bezug auf die Einbehaltung von Proben in ungelösten Mordfällen kannte, fragte ich mich, wie viel von Lassie tatsächlich unter die Erde gekommen war. Ich sagte natürlich nichts.

Ich fragte nach der Ermittlung. Vecamamma wusste nichts.

Nach dem Auflegen dachte ich zum hundertsten Mal daran, was mit Lassie wohl passiert war. Warum war der Junge ermordet worden? Wo? Von wem? Ich hoffte, dieser Fall würde nicht so einer wie Tausende andere, vergessen in einem Karton im Regal eines Polizeiarchivs.

Um elf ging ich ins Bett.

Irgendwann in der Nacht kam der Kater zu mir.

Ich schlief bis morgens um acht. Auf der Fahrt ins Institut hatte ich eine Therapiesitzung mit mir selber. Feindseligkeit ist schlecht. Heitere Gelassenheit ist gut. Genieß den Duft der Rosen. Besser für die Gesundheit und ein langes Leben. Bla. Bla. Bla.

Als Erstes rief ich Schechter an.

Dieselbe Stimme vom Band gab mir dieselben Anweisungen.

Nachdem ich eine zweite Nachricht draufgesprochen hatte, legte ich auf, sanft.

Die Personalbesprechung verlief genauso arktisch wie am Montag. Niemand lächelte. Niemand machte Witze. Keiner wollte hier sein.

Briel war abwesend. Ich erfuhr, dass sie angefangen hatte, an der medizinischen Fakultät in Laval einen Kurs zu unterrichten.

Nach dem Ende der Besprechung nahm ich Ayers beiseite und fragte sie, warum alle so niedergeschlagen wirkten. Nachdem sie etwas über Müdigkeit und zu viel Arbeit gemurmelt hatte, eilte sie davon, um ein Y in Marilyn Keisers Brust zu schneiden.

Wieder in meinem Büro, rief ich das Büro des Coroners an. Eine neue Sekretärin hob ab. Ich brachte mein Anliegen vor. Brach ab. Fragte die Frau nach ihrem Namen. Adele.

Ich nannte meinen. Adele und ich tauschten Höflichkeiten aus. Das neue Ich.

»Ist die Gouvrard-Akte schon da?«

»Un instant, s'il vous plaît.«

Ich hörte ein Klacken. Tastenklappern. Einen Luftzug, als der Hörer wieder ans Ohr gehoben wurde.

»*Oui*. Dr. Briel hat sie.«

»Was?« Scharf.

Schweigen.

Ich atmete tief durch. »Tut mir leid, Adele, aber ich bin verwirrt. Warum wurde die Akte an Dr. Briel weitergeleitet?«

»Nach den Unterlagen bearbeitet sie den Fall.«

»Das ist ein Irrtum.« Sehr höflich. »Bitte ersetzen Sie Dr. Briels Namen durch meinen.«

Adele sagte nichts.

»Wenn Sie Fragen haben, sprechen Sie bitte mit Monsieur Hubert.«

Zwei Anliegen. Zwei Mal »bitte«.

Adele zögerte, dann: »Soll ich die Akte holen und sie Ihnen bringen?«

»Vielen Dank für Ihr Angebot. Aber das ist nicht nötig.«

Als ich auflegte, steckte Joe seinen Kopf in mein Büro.

»Irgendwas für mich?«

Ich öffnete den Mund, um ihn zu bitten, die Überreste der potentiellen Familie Gouvrard zu röntgen. Dann fiel es mir wieder ein. Ich lächelte.

Frauen aus dem Süden sind berühmt dafür, dass sie immer das Richtige zu sagen wissen. Dass sie Worte und Formulierungen hervorzaubern können, die anderen die Befangenheit nehmen. Es ist ein Talent, das ich bewundere, aber nicht besitze. Gelinde gesagt. Wenn es um Small Talk geht, bin ich eine absolute Niete.

»Sagen Sie mal.« So fängt ein Dixie-Mädchen ein Gespräch an. »Sie haben doch gesagt, Sie machen am Wochenende eine Erkundung. Das interessiert mich.« Tat es nicht. In Gedanken war ich bei den Knochen vom Lac Saint-Jean. »Was erkunden Sie?«

Joe wandte sich nicht ab, aber seine Augen suchten auch nicht gerade Blickkontakt.

»Ist nur ein Hobby.«

Das war nicht wirklich eine Antwort.

»Aber es ist doch so kalt. Was erkunden Sie denn?«

Achselzucken. »So Sachen eben.«

Der Tölpel machte es mir nicht gerade einfach.

»Höhlen? Minen? Alternative Dimensionen?«

»Na ja, so im Untergrund. Man nennt es Drainsploring, die Erkundung von Abwasserkanälen und Ähnlichem. Keine große Sache. Wollen Sie eigentlich, dass dieses Mädchen im Lager herumstöbert?«

Der schnelle Wechsel brachte mich aus dem Konzept.

»Was für ein Mädchen?«

»Irgendeine Tussi wühlt in Ihren alten Fällen.«

So viel zu höflicher Beziehungsverbesserung.

»Röntgen Sie die Opfer vom Lac Saint-Jean.«

Ich sprang auf und ging über den Korridor in mein Labor.

Die »Tussi« hatten den Rücken zur Tür, während sie den Inhalt eines Kartons untersuchte. Auf dem Etikett stand LSJML-28723.

»Entschuldigen Sie?«

Als das Mädchen herumwirbelte, schnellten unter einem am Hinterkopf gebundenen Dreieckstuch zwei margarinehelle Zöpfe herum. Obwohl mindestens eins achtzig groß, wog die junge Frau kaum mehr als ein Schulmädchen.

»Sie haben mich erschreckt.« Hand an der Brust.

Ich verschränkte die Arme. Dachte kurz daran, mit der Schuhspitze auf den Boden zu klopfen, tat es aber nicht.

»Und Sie sind?«

»Solange Duclos.«

Der Name sagte mir nichts. Mein Gesicht verriet es offensichtlich.

»Dr. Briels Forschungsassistentin.« Fast geflüstert.

Die Studentin von der Université de Montréal. Ich hatte das völlig vergessen.

»Wer hat Sie hier reingelassen?«

»Dr. Briel hat mir einen Schlüssel gegeben.« Sie hielt ihn in die Höhe.

Ich streckte ihr die hohle Hand entgegen. Duclos legte den Schlüssel hinein.

»Dr. Briel meinte, ich sollte mich mit Zähnen vertraut machen, indem ich alte Fälle durchgehe.« Duclos trug den rötesten Lippenstift, den ich je gesehen hatte. Hieß wahrscheinlich Passionate Poppy oder Chili Pepper Red.

Mit einem Winken bedeutete ich ihr, sie solle das Lager verlassen. Sie schnappte sich ein Spiralnotizbuch und eilte an mir vorbei, das Buch fest an ihre fast nicht vorhandenen Brüste gedrückt. Nachdem ich die Tür verschlossen hatte, ging ich zu ihr.

Lass es nicht an der Kleinen aus.

»Haben Sie sich bei Dr. Morin angemeldet?«

Duclos nickte, den blutroten Mund seitlich verzogen.

»Neben diesem *Vertrautmachen,* hat Dr. Briel Ihnen noch andere Anweisungen gegeben?«

Duclos schüttelte den Kopf.

Klasse. Briel hatte eine Novizin auf unserem Stockwerk, war aber selbst nicht einmal im Gebäude.

Duclos hielt ein zerfleddertes Exemplar der *Human Osteology* von Bass in die Höhe.

»Sie hat mir das da gegeben. Das Kapitel über Zähne ist wirklich gut. Ich kenne natürlich die Zähne, Incisivi, Canini, Prämolares und Molares, aber bei den Details hapert's ein wenig.« Nicht stammelnd, aber fast. »Ich bin mir noch unsicher bei mandibular und maxillar, links und rechts.«

»Setzen Sie sich.« Ich deutete auf die einzige Fläche im Zimmer, die nicht mit Knochen bedeckt war. »Hier.«

Duclos schob einen Stuhl zu der Stelle, die ich ihr gezeigt hatte. Während sie sich setzte, ging ich wieder in den Lagerraum. Mit einem kleinen, runden Schlüssel an meinem persönlichen Bund schloss ich einen Metallschrank auf und holte eine Plastikschale heraus.

Duclos schaute mich mit Frisbee-Augen an.

»Üben Sie mit denen da. Unterscheiden Sie nach Kategorien, dann nach Seiten, dann oben und unten.«

Die Schale knallte auf die Arbeitsfläche.

Nachdem ich mich mit Kaffee versorgt hatte, versuchte ich es noch einmal bei Schechter.

Nichts.

Danach ging ich in Briels Büro. Auf ihrem Schreibtisch lag ein grauer Umschlag mit dem Absender SQ Chicoutimi.

Ich eilte in mein Büro zurück.

Motiviert.

Aber nicht für lange.

Die Gouvrard-Unterlagen ließen die Villejoin-Akten vergleichsweise üppig aussehen. Es gab keine einzige Röntgenaufnahme. Ärztliche und zahnärztliche Daten waren nicht der Rede wert. Die getippten Berichte waren ausgebleicht und verschmiert, wahrscheinlich Kohlepapierdurchschläge. Handschriftliche Notizen waren kaum zu entziffern.

Nach dreieinhalb Stunden Starren und Vergrößern und Übersetzen aus umgangssprachlichem Französisch wusste ich kaum mehr als am Anfang.

Achille, der Vater, hatte an erhöhtem Blutdruck und Ekzemen gelitten und dagegen auch Medikamente erhalten. Er war eins dreiundsiebzig groß gewesen. Nutzlos. Ich hatte keine kompletten Röhrenknochen. Mit siebenunddreißig Jahren hatte er sich bei einem Arbeitsunfall drei Zehen gebrochen. Ich hatte keine Fußknochen.

Das Fehlen von Zahnunterlagen deutete darauf hin, dass Daddy kein Freund regelmäßiger Kontrolluntersuchungen gewesen war.

Vivienne, die Mutter, hatte keine medizinischen Befunde, die ihr Skelett in Mitleidenschaft gezogen hätten. Sie hatte Probleme mit Sodbrennen, Säurerückfluss würde man das heute nennen. Sie litt an Migräne. Drei Jahre vor der Geburt ihres Erstgeborenen erlitt sie im zweiten Schwangerschaftsmonat eine Fehlgeburt. Ihre Größe war nirgendwo notiert.

Mommy hatte sich im ersten und zweiten Backenzahn links unten Wurzelbehandlungen machen lassen. Beide Zähne waren postmortal verlorengegangen.

Serge, der ältere Bruder, hatte sich mit sechs Jahren die rechte

Elle gebrochen. Dieser Knochen war nicht geborgen worden. Mit sechs hatte er Masern gehabt und Windpocken mit neun. An seinem elften Geburtstag hatte er sich bei einem Sturz von einem Baum eine leichte Gehirnerschütterung zugezogen.

Der Junge war beim Zahnarzt gewesen und hatte Füllungen bekommen, doch ich hatte keinen einzigen Zahn von ihm.

Ich schaute auf die Uhr. Zehn nach eins.

Drüben im Labor sortierte und studierte Solange noch immer Zähne. Ihre Neonlippen ließen mich an die Abdrücke denken, die sie auf Glas hinterlassen würden.

Ich probierte es noch einmal bei Schechter, hinterließ eine dritte Nachricht.

Dann ging ich zum Mittagessen.

Natalie Ayers saß in der Cafeteria. Sie deutete auf den leeren Stuhl ihr gegenüber. Ich setzte mich. Da mir die Abfuhr vom Morgen noch gut im Gedächtnis war, mied ich das Thema der Stimmung im Institut.

»Fertig mit Keiser?«

Ayers nickte und grub ihre Zähne in ein Sandwich mit Eiersalat.

»Ich nehme an, es war wirklich Keiser.«

»Ja. Dank Verwesung und Verbrennung waren Gesicht und Zähne Geschichte. Zum Glück trug sie eine Brücke. Die überlebte. Wir hatten die antemortalen Unterlagen. Es gab eine Übereinstimmung.«

»Wer hat sie umgebracht?«

»Wer weiß? Die inneren Organe waren Matsch. Röntgenaufnahmen zeigten keine Brüche, keine Kugel, keine fremden Objekte. Ich habe Proben an die Toxikologie geschickt, aber ich bin da nicht sehr optimistisch.«

»Haben Sie in Luftröhre oder Lunge Rauch gefunden?«

Ayers wackelte mit der Hand. Vielleicht ja, vielleicht nein. Es war deshalb unklar, ob Keiser noch am Leben war, als das Feuer ausbrach.

»War sie Raucherin?«

»Laut Claudel ja.«

Ayers wandte sich dem zweiten Teil ihres Sandwichs zu. Ich aß den Rest meines Salats und wechselte dann das Thema.

»Briels Studentin ist hier, aber Briel ist in Laval und bildet junge Geister aus.«

Ayers schnaubte durch die Nase. »Nein, ist sie nicht. Unser Wunderkind ist unten und bildet sich selbst.«

»Ach so?«

»Sie kam, als ich gerade gehen wollte, und fragte, ob sie sich Keiser mal ansehen könne. Um Erfahrungen zu sammeln.«

»Sie ist schon 'ne Marke.« Ich lachte.

»Ja, ist sie.« Nicht einmal der Anflug eines Kicherns.

Ayers rührte ihren Kaffee um. Klopfte den Löffel auf dem Tassenrand ab. Legte ihn weg. »Tut mir leid wegen vorhin.«

»Kein Problem«, sagte ich.

»Sie haben allerdings recht. Die Atmosphäre in unserer Abteilung ist beschissen.«

»Weil LaManche nicht mehr da ist?«

Ayers überlegte. »Nein. Das ist es nicht.«

»Was dann?«

»Ich will ja nicht tratschen. Aber ich würde sagen, die Spannungen hier sind der Grund dafür, dass Emily gekündigt hat, um für den Coroner zu arbeiten.«

»Was meinen Sie damit?«

Ayers schüttelte den Kopf. »Fragen Sie Emily.«

»Sie hat mich letzte Woche angerufen. Hat mir erzählt, dass Briel und Joe noch einmal nach Oka gefahren sind, und mich gedrängt, schnell wieder hierherzukommen. Dass sie das Institut verlassen will, hat sie mit keinem Wort erwähnt.«

»Reden Sie mit ihr.«

Ich versprach ihr, dass ich das so bald wie möglich tun würde.

Dann überstürzten sich die Ereignisse, und die Welt schien aus ihrer Umlaufbahn zu trudeln.

23

Als ich in mein Labor zurückkehrte, war die junge Solange Duclos nicht mehr da. Entweder hatte Briel sie geholt, oder sie hatte bereits Feierabend gemacht. Mir war es ziemlich egal. Ich hatte Tische voller Knochen und einen Coroner mit einem sehr dünnen Geduldsfaden.

Natürlich wurde es ein Nachmittag der Unterbrechungen.

Ich hatte kaum meine Handtasche verstaut, als Claudel auftauchte. Da ich unbedingt mit der Untersuchung der Opfer vom Lac Saint-Jean weitermachen wollte, stellte ich nur wenige Fragen und ließ ihn reden.

»L'équipe du service d'incendie ist mit Keisers Hütte fertig.«

Claudel meinte die Brandstiftungsjungs, Angehörige der Chemieabteilung, die Ursache und Ausgangspunkt verdächtiger Feuer untersuchten.

»Auf Teppich und Sofa haben sie Spuren eines Brandbeschleunigers gefunden.«

Brandstiftung.

»Was wurde benutzt?«

»Daran arbeiten sie noch.«

»Ayers konnte nicht sagen, ob Keiser noch atmete, als die Hütte in Flammen aufging«, sagte ich.

»Das ist nicht mein erster Mord. Dr. Ayers und ich haben ihre Ergebnisse bereits besprochen.«

Na, schön für dich. Ich sagte es nicht.

Ich wandte mich eben wieder den Knochen zu, als mein Handy summte. Ich schaute auf die Anruferkennung.

Perry Schechter. Manchmal machte sich Penetranz also doch bezahlt.

Leider war die »vertrauliche Information« des Anwalts nicht der Durchbruch, den ich mir erhofft hatte. Bei der Durchsicht von Edward Allens Papieren hatte Schechter eine handschriftliche Notiz mit einer Telefonnummer gefunden, die mit einer 514er Vorwahl begann. Und ein einziges Wort: *Rose.*

Nach dem Auflegen versuchte ich im Internet-Telefonverzeichnis eine Rückwärtssuche, also von der Nummer zum Namen. Die Nummer wurde im Verzeichnis nicht geführt.

Ich rief einen Kontaktmann in der SQ an. Er sagte mir, er werde die Nummer überprüfen und mich zurückrufen.

Zehn Minuten später tat er es. Die Nummer gehörte zu einer Telefonzelle an der Gare Central an der Rue de la Gauchetière Ouest.

Klasse. Der Hauptbahnhof von Montreal.

Aber Schechters Information war nicht völlig nutzlos. Sie sagte mir zwei Dinge.

Erstens: Die Gare Central wurde sowohl von den VIA-Langstreckenzügen benutzt wie von Verbindungszügen zu inner- und vorstädtischen Metro-Linien. Der Anrufer konnte also ein Pendler sein, einer, der von außerhalb kam, oder ein Ortsansässiger, der anonym bleiben wollte. Das war doch schon mal was.

Zweitens: Es gibt immer noch Telefonzellen. Wer hätte das gedacht?

Es war 16 Uhr 30, als ich mich endlich wieder auf die Knochen vom Lac Saint-Jean konzentrieren konnte.

Die Flaute dauerte nicht lange.

Ich öffnete eben die Akte des jüngeren Sohns, Valentin, als männliches Lachen meine Konzentration durchschnitt.

Ryan.

Joe.

Da die Pathologie-, Histologie- und Anthropologielabore

alle miteinander verbunden sind, dachte ich mir, dass Ryan am entfernten Ende hereingekommen war und sich jetzt zu mir durcharbeitete.

In der vergangenen Stunde hatte Rascheln darauf hingedeutet, dass Joe an seinem Schreibtisch, der direkt an Ryans Weg lag, Papierkram erledigte. Ich vermutete, dass die beiden über Vergaser oder Sportergebnisse redeten oder einen dieser Schuljungen-Witze genossen, die immer dieses ausgesprochen nervige konspirative Y-Chromosom-Lachen provozierten.

Das jüngere Kind der Gouvrards, vielleicht Valentin, war vertreten durch zwei Wirbel, drei unvollständige Röhrenknochen, ein Fersenbein, eine Handvoll Schädelfragmente und drei isolierte Zähne. Ohne auf das kumpelhafte Gelächter von nebenan zu achten, arrangierte ich die dürftige Kollektion.

Der Erhaltungszustand war schrecklich. Eine Mischung aus Durchfeuchtung und Wellenbewegung hatte fast alle anatomischen Identifikationsmarker beseitigt, und Bruchschäden machten eine exakte Vermessung unmöglich.

Aber die Zähne gestatteten eine Bestätigung meiner Altersschätzung zwischen sechs und acht Jahren.

Im Gegensatz zu Haien und Alligatoren werden den Menschen nur zwei Sätze von Beißerchen gewährt. Kinder haben zwanzig. Bei Erwachsenen erweitert sich die Sammlung auf zweiunddreißig, indem die vorderen Backenzähne und die Weisheitszähne dazukommen.

Der Austausch findet folgendermaßen statt. Im Alter von etwa sechs Jahren kommen die ersten permanenten Backenzähne zum kindlichen Gebiss hinzu. Im Alter von elf oder zwölf machen die acht Baby-Backenzähne acht Erwachsenen-Backenzähnen Platz. In den Teenagerjahren und den frühen Zwanzigern kommen an den hinteren Enden jedes Bogens zwei zusätzliche erwachsene Backenzähne hinzu. Was mit den Schneide- und Eckzähnen vorne passiert, brauche ich wohl nicht zu beschreiben. Wir alle kennen das Kuddelmuddel, das sich in diesen Jahren dort ereignet.

Der erste permanente und der zweite Baby-Backenzahn des jüngeren Kindes konnten sichergestellt werden, beide aus dem rechten Unterkiefer. Ebenso der zweite Baby-Backenzahn oben rechts. Ich legte die Babyzähne beiseite.

Ich untersuchte eben den Erwachsenen-Backenzahn, als ein Schatten auf meine Hand fiel. Ich schaute hoch.

Ryan wirkte ungewöhnlich formell in einem marineblauen Anzug und einem gebügelten, weißen Hemd. Seine hellgelbe Krawatte hatte fröhliche blaue Punkte.

»Schick«, sagte ich.

»Danke«, sagte er. »Gerichtstag.«

»Deine Zeugenaussage lief gut?«

»Habe sie beeindruckt.«

»Mit deiner Bescheidenheit.« Ich steckte den Zahn in sein Röhrchen zurück. »Schleimst du dich an meinen Assistenten ran?«

»Weiß nicht, ob er so anschleimbar ist.«

»Soll heißen?«

»Als ich sagte, du hättest eine thermale Behinderung, wurde er völlig abwehrend und meinte, ich wäre unhöflich.«

Ich hob die Brauen.

»Sollte doch nur ein Witz sein.«

»Vielleicht gehört Joe zu den Leuten, die glauben, das Unhöflichsein einfach unhöflich ist. Warum übrigens diese Bemerkung über meine klimatischen Fähigkeiten?«

»Mr. Rührmichnichtan schaute sich eben Fotos eines Abwasserkanals oder sonst was an. Ich fragte ihn danach, wollte nur Konversation machen, eigentlich war es mir scheißegal. Er erzählte irgendwas von einem verdrehten Hobby. Ich sagte, da muss er wohl die Kälte lieben. Er sagte, Dr. Brennan habe das auch gesagt. Ich sagte –«

Ich hob die Hand, um seine Tirade abzubrechen.

Ryan verstand. »Machen die Gouvrard-Akten diese Kiste zu?«

Ich schüttelte den Kopf. »Bis jetzt ist die Akte nur von beschränktem Nutzen. Mama hatte Migräne und Sodbrennen. Daddy hatte Ausschlag. Der ältere Junge brach sich einen Arm, aber diesen Knochen habe ich nicht. Daddy hatte einen zerschmetterten Fuß, aber diese Knochen habe ich auch nicht.«

»Irgendwas Ausschließendes gefunden?«

»Nein. Alter und Geschlecht der Erwachsenen passen. Verletzungsmuster ebenfalls. Die Knochenqualität ist beschissen, aber vereinbar mit vierzig Jahren unter Wasser.« Ich machte eine frustrierte Handbewegung. »Es gibt nichts Unverwechselbares, nichts, mit dessen Hilfe ich mit gutem Gewissen eine eindeutige Identifikation konstatieren könnte. Irgendwas Neues zu Villejoin?«

»Grellier hat sich in den letzten paar Tagen durch Verbrecheralben geblättert. Glaubt, er könnte seinen Barkumpel entdeckt haben. Kleiner Ganove namens Red O'Keefe. Alias Bud Keith. Alias Sam Caffrey. Alias Alex Carling. Kreatives Kerlchen. Normalerweise bleiben diese Penner bei denselben Initialen. So können sie wenigstens ihre Geschirrtücher mit Monogramm behalten.«

»Vorgeschichte?«

»Vier Mal Pech gehabt, jedes Mal Kleinigkeiten.«

»O'Keefe ist jetzt im Gefängnis?«

Ryan schüttelte den Kopf. »Ist seit siebenundneunzig wieder auf der Straße. Hat seine volle Strafe abgesessen, also steht er bei niemandem mehr auf der Liste. Sein ehemaliger Bewährungshelfer sagt, seine letzte bekannte Adresse war in Laval. Während wir nach ihm fahnden, gleiche ich seine umfangreiche Alias-Liste mit Namen in den Jurmain- und Villejoin-Akten ab.«

»Einen Versuch ist es wert«, sagte ich.

»Habe ja sonst nichts.«

»Hast du in letzter Zeit mit Claudel gesprochen?«

»Wir verpassen einander dauernd.«

Ich berichtete ihm von dem Brandbeschleuniger in Keisers Hütte. Wahrscheinlich Brandstiftung.

Ryan öffnete den Mund, als wollte er einen Kommentar dazu abgeben. Oder mir einen Gedanken mitteilen. Stattdessen schaute er auf die Uhr.

»Zeit, die Stühle auf die Tische zu stellen und das Licht auszumachen.«

»Soll heißen?«

»Ich bin weg.«

An diesem Abend holte ich mir ein Garnelen-Curry mit Gemüse. Birdie schluckte die Krustentiere, spuckte aber die Erbsen und Karotten auf den Teppich, nachdem er die Soße abgeleckt hatte.

Ich versuchte, einen Roman zu lesen, konnte mich aber nicht konzentrieren. Immer wieder sah ich Rose Jurmain allein im Wald vor mir. Anne-Isabelle Villejoin, die auf ihrem Küchenboden verblutete. Christelle Villejoin, die vor ihrem offenen Grab zitterte. Marilyn Keiser in Flammen auf ihrer Couch.

Ich rief Harry an, aber sie war nicht zu Hause. Katy ebenfalls nicht.

Frustriert und zappelig beschloss ich, eine Tabelle aufzustellen. Vielleicht ergab sich ja ein Muster, wenn ich die Fakten auf Papier zusammengestellt vor mir sah. Oder in Megabyte umgewandelt.

Auf meinem Laptop öffnete ich ein leeres Dokument, richtete drei Spalten ein und notierte in jeder, was ich über die betroffenen Frauen wusste.

Rose Jurmain

Neunundfünfzig, sah aber älter aus

Amerikanerin (Chicago)

Wohlhabende Herkunft, vom Vater enterbt, der Familie entfremdet

Lesbisch, lebte mit Partnerin Janice Spitz zusammen

Religion?

Litt an Depressionen

Medikamenten- und Alkoholmissbrauch

Nachlass geht an?

Reiste nach Quebec, um Bäume zu betrachten, L'Auberge des Neiges

Leiche gefunden auf Waldboden in der Nähe von Sainte-Marguerite dreißig Monate nach Verschwinden, skelettiert, von Bären angefressen

Keine perimortalen skelettalen oder kranialen Traumata

Anne-Isabelle/Christelle Villejoin

Sechsundachtzig, dreiundachtzig

Unverheiratet, lebten zusammen

Anne-Isabelle zu Hause brutal erschlagen. Christelle verschwand am selben Tag

Bankkarte Stunden nach der Tat im Ostteil der Stadt benutzt

Katholisch, aktiv in der Kirche

Kein Alkohol- oder Medikamentenmissbrauch

Kein Auto, keine Reisen

Keine Familie

Katzen

Nachlass geht an Humane Society

Tipp von Florian Grellier nach Verhaftung wegen Geschwindigkeitsübertretung (Info erhalten von unbekanntem Bargast, O'Keefe plus div. Alias?) in Bezug auf Christelle

Christelles Leiche gefunden in flachem Grab bei Oka achtzehn Monate nach Verschwinden, skelettiert
Kranialfrakturen deuten auf Schläge mit einer Schaufel hin
(Anne-Isabelle mit Stock erschlagen)

Marilyn Keiser

Zweiundsiebzig
Witwe, lebte alleine in Wohnung in Montreal, Boulevard Édouard-Montpetit
Drei Mal verheiratet
Sohn und Tochter, Otto und Mona, in Alberta, entfremdet
Stiefsohn Myron Pinsker in Montreal
Hippie. Aktives Sozialleben
Jüdisch
Hütte Nähe Memphrémagog. Existenz nur Hausmeister, Lu Castiglioni, bekannt
Besaß und fuhr ein Auto, Ausflüge in die Umgebung
Fahrzeug bei Hütte gefunden
Feuer. Brandbeschleuniger deutet auf Brandstiftung hin
Gefunden in Hütte drei Monate nach Verschwinden, Leiche verwest und verbrannt
Ayers' Autopsie. Keine offensichtliche Todesursache

Ich starrte die Listen an und hoffte, so würde in meinem Hirn eine Idee anspringen. Wie die Glühbirnen über den Köpfen von Comic-Figuren, wenn ihnen etwas einfällt.

Das passierte nicht. Nur Fragen tauchten auf. Ich fing an, sie zu notieren.

Die Villejoins waren frankofon. Rose Jurmain war Amerikanerin. Sprach Marilyn Keiser Französisch oder Englisch? Oder beides?

Keisers Erbe ging an ihre Kinder. Die Schwestern Villejoin hinterließen alles der Humane Society. Wer profitierte von Rose Jurmains Tod?

Keiser war Jüdin. Die Villejoins waren katholisch. Und Rose Jurmain?

Keiser hatte zwei Kinder. Die Villejoins und Jurmain hatten keine. Hatte Roses Partnerin, Janice Spitz, Nachkommen?

Eine amerikanische Lesbe mit einem Medikamenten- und Alkoholproblem. Zwei alte Jungfern, die sich kaum einmal aus dem Haus wagten. Eine gesellschaftlich aktive Großmutter, die drei Mal verheiratet und ihren Kindern entfremdet war.

Hatten diese Frauen irgendetwas gemeinsam außer ihrem gewaltsamen Tod?

Keiser und Jurmain flohen gern in die Natur. Die Schwestern Villejoin hatten Pointe-Calumet nie verlassen.

Keiser und Jurmain hatten große Familien, die Beziehungen waren jedoch abgebrochen. Die Villejoins hatten nur einander und vielleicht entfernte Verwandte in Beauce.

Die Villejoins wurden erschlagen. Jurmain und Keiser hatten keine Skelettverletzungen erlitten.

Keiser wurde in ihrer Hütte auf dem Land verbrannt. Anne-Isabelle wurde in ihrem Haus liegen gelassen. Christelle wurde in einem flachen Grab verbuddelt. Jurmain wurde auf dem Waldboden liegend gefunden.

Suchten wir nach einer Verbindung, die gar nicht existierte?

Ich fing noch einmal von vorne an und konzentrierte mich auf die Gemeinsamkeiten.

Jedes Opfer war weiblich.

Jedes Opfer war alt oder wirkte alt.

Jedes Opfer starb innerhalb der letzten drei Jahre.

Bis auf Anne-Isabelle wurde jedes Opfer in einer einsamen Waldgegend gefunden.

Zufall? Ich glaubte es nicht.

Ich speicherte eben meine Datei ab, als Fensterglas ins Zimmer barst.

Mit hämmerndem Herzen warf ich mich auf den Boden.

24

Die Arme über dem Kopf, lag ich mit dem Bauch auf dem Boden. An meiner linken Schulter und der Wange spürte ich ein Brennen.

Verkehrsgeräusche wehten von der Straße herein. Ein Mann, der sang. Das Summen eines Transformators neben dem Gebäude hinter mir.

In der Wohnung war alles still.

Kalte Luft füllte sehr schnell das Zimmer.

Ich öffnete die Augen. Die umgekippte Lampe brannte nicht mehr. Licht von meinem Computerbildschirm funkelte in den Glasscherben, die um mich herum verstreut lagen.

Dann hörte ich in der Stille ein leises Knirschen.

Ein Schritt?

Mir stockte der Atem.

Ich drückte mich mit den Handflächen hoch, kauerte mich hin und drehte den Kopf.

Birdie starrte mit gelben, runden Augen und einer erhobenen Vorderpfote das Fenster an.

»Birdie«, zischte ich. »Komm her.«

Die Katze rührte sich nicht.

»Bird.« Ich streckte die Hand aus. Sie zitterte.

Birdie machte einen zögerlichen Schritt auf das Fenster zu. Die Schnauze war erhoben und zuckte, die unvertrauten Gerüche, die von draußen kamen, schärften seine Instinkte.

Tief geduckt watschelte ich durchs Zimmer, hob die Katze auf, drückte sie mir an die Brust und horchte dann auf andere Geräusche. Spürte ich da noch eine andere Präsenz in der Wohnung?

Meine Ohren registrierten nichts außer Birdies Atmen und dem Hämmern meines eigenen Herzens.

Während meine Vitalfunktionen sich normalisierten, schossen mir Fragen durch den Kopf.

Was zum Teufel war da eben passiert? Eine Explosion in dem Restaurant gegenüber? Eine Kollision auf der Straße?

Hatte jemand eine Rakete abgefeuert? Einen Feuerwerkskörper geworfen? Einen Molotow-Cocktail?

Wer?

Jungendliche, betrunken, stoned oder einfach gedankenlos?

Oder hatte eine Kugel mein Fenster getroffen? Wenn ja, war dieser Schuss ziellos abgefeuert worden? Aus einem vorbeifahrenden Auto?

Oder war es ein beabsichtigter Angriff, war der Lauf direkt auf mich gerichtet gewesen?

Wahrscheinlich nicht, oder der Angreifer war ein sehr schlechter Schütze.

Eine Einschüchterung?

Sparky?

Intensivierte mein Nachbar seine Kampagne, mich aus dem Haus zu treiben?

Plötzlich fiel es mir wieder ein. *Geh nach Hause, verdammte Amerikanerin.*

Stammte der Brief von Sparky? Oder von jemandem, der viel gefährlicher war? Hätte ich die Botschaft ernster nehmen sollen? Stellte der Absender eine echte Bedrohung für mich dar?

Warum hatte ich mich geweigert, mit Ryan über das Thema zu sprechen?

Ganz einfach. Ich hatte es schon einmal erlebt. Ich wusste, Ryan würde die Maschinerie anwerfen und mir eine Vierundzwanzig-Stunden-Bewachung an den Hals hängen. Oder ein Überwachungsmikro an meine Nachttischlampe klemmen. Oder mir ein Kästchen an den Knöchel schnallen, das Alarm auslöste, sobald ich die Stimme erhob.

War Ryans von mir abgetane Vermutung korrekt gewesen? War der Briefschreiber auch verantwortlich für den Anruf bei Edward Allen Jurmain?

Sparky?

Jemand mit viel finstereren Absichten?

Professionelle Verleumdung.

Drohbriefe.

Projektile durchs Fenster.

Waren der Anrufer, der Absender und der Fensterbrecher ein und derselbe?

Ich griff zum Telefon und wählte 911.

Binnen Minuten war ein Streifenwagen da. Die Beamten hörten zu, schauten sich pflichtbewusst das Fenster an, machten sich ein paar Notizen. Dann gingen wir alle nach draußen.

Glasscherben lagen auf dem Rasen verstreut, aber eine Patronenhülse oder Hinterlassenschaften einer Feuerwerksrakete waren nirgendwo zu sehen. Wir einigten uns auf einen wahrscheinlichen Abschussort, eine betonierte Fläche hinter einer Pizzeria auf der anderen Seite der Gasse. Jugendliche und Penner hängen dort gerne herum.

Die Polizisten wussten, dass ich die übliche Vorgehensweise kannte, versuchten nicht, mich zum Narren zu halten. Sachbeschädigung, kein Personenschaden. Die Attacke würde genauso viel Aufmerksamkeit bekommen wie ein geklauter Damenslip.

Außer ich tauchte in allernächster Zukunft als Leiche wieder auf. Dann würde der Vorfall von Adam und Eva an untersucht werden.

Nachdem die Polizisten weg waren, ging ich in den Keller, um eine Sperrholzplatte zu holen, die Winston dort in Reserve hält. So was ist mir schon einmal passiert, allerdings nicht ganz so dramatisch.

Ich hatte die Platte kaum in den Fensterrahmen geklemmt, als Ryan anrief. Der Mann hatte ein Netzwerk, das die CIA alt aussehen lässt. Klasse, wenn man Informationen braucht. Ärgerlich, wenn man das Thema des Klatsches ist.

Ich versicherte Ryan, dass es mir gut gehe.

»Glaubst du, es war dieses Arschloch von Nachbar?«

»Ich weiß es nicht.«

»Wen hast du sonst noch sauer gemacht?«

Meine Antwort war Schweigen.

»Bist du noch dran?«

»Ja.«

»Irgendwelche Theorien?«

»Jugendliche mit Feuerwerkskörpern?«

»Irgendwelche anderen Theorien?«

Ich erinnerte ihn an den Brief und gab zu, dass er vielleicht, nur vielleicht, recht haben könnte in Bezug auf Edward Allens Informanten. Eins muss ich ihm lassen, er sagte nicht, ich hab's dir ja gesagt.

»Was hast du jetzt vor?«, fragte er.

»Das Fenster reparieren«, sagte ich.

»Ich könnte in zehn Minuten bei dir sein.«

»Ich bin okay.«

Eine kurze Pause entstand. Dann: »Ich habe was gefunden.«

Ich nahm an, es war nur eine Finte, um einen Fuß in meine Tür zu bekommen.

»Ich habe O'Keefes Namen mit den Villejoin- und Jurmain-Akten abgeglichen. Nichts. Dann habe ich es mit den Decknamen versucht.«

Ryan machte eine dramatische Pause. Ich wartete.

»Die Villejoins bezahlten meistens alles bar und notierten die Ausgaben in einem Kontobuch. Leider ohne Datumsangaben.

Aber kurz vor dem Mord an Anne-Isabelle fällte ein Handwerker im Hinterhof der Schwestern eine Kiefer. Der Eintrag lautet auf einhundertfünfzig Dollar an einen M. Keith.«

»Du glaubst, es ist Bud Keith.« Im Französischen ist *M.* die Abkürzung für *Monsieur.* Monsieur Keith. Alias Red O'Keefe. »Das könnte eine Sensation sein.«

»Könnte es.«

In dieser Nacht wälzte ich mich sehr lange in meinem Bett herum. Es war nicht nur das Fenster. Fragen stürmten von allen Himmelsrichtungen auf mich ein.

Sie kennen das sicher: Wenn man nicht einschlafen kann, spielt man Spiele. Ich stellte mir vier Spalten vor, ähnlich den dreien, die ich für Jurmain, die Villejoins und Keiser eingerichtet hatte. In meiner Vorstellung gab ich ihnen sogar Titel.

Der Groll. Die Gouvrards. Die Grannies. Die Gedrücktheit.

Der Groll: Obwohl Ryans Bemerkung mich geärgert hatte, musste ich doch zugeben, dass seine Reaktion plausibel war. Der Brief. Die Beschuldigung. Vielleicht der Angriff auf mein Fenster. Offensichtlich hatte ich jemanden sauer gemacht.

Wen? Was war der Grund der Verärgerung? Wie konnte ich die Ratte aus ihrem Loch locken?

Die Gouvrards: Die Knochen vom Lac Saint-Jean waren in einem elenden Zustand. Die antemortalen Unterlagen waren nutzlos, da zu wenig aufgezeichnet worden war. Zumindest traf das auf die Erwachsenen und das ältere Kind zu. Es hatte so viele Unterbrechungen gegeben, dass ich die Akte des kleinen Valentin erst noch lesen musste.

Waren die Opfer in meinem Labor tatsächlich die Gouvrards? Würde man aus den zerstörten Knochen noch etwas extrahieren können, das sequenziert werden konnte? Würde man einen passenden Verwandten aufspüren können? Und wie sollte ich das Problem ohne DNS lösen?

Die Grannies: In den vergangenen drei Jahren hatte man vier ältere Frauen in die Leichenhalle gerollt, eine frisch, zwei skelettiert, eine verbrannt und verwest. Die Todesursache bei Rose Jurmain und Marilyn Keiser blieb unklar, doch Christelle und Anne-Isabelle Villejoin waren ohne Zweifel ermordet worden.

Warum solche Grausamkeiten an den Alten und Schwachen? Begangen von wem? Red O'Keefe? Bud Keith? Falls ja, was konnte ich tun, um ihn festzunageln? War O'Keefe/Keith für weitere Morde verantwortlich?

Passte Myron Pinsker in diese Melange? Marilyn Keisers Tochter oder Sohn, Mona oder Otto? Wer hatte Keisers Pensionsschecks eingelöst, wenn nicht ein Familienmitglied?

Wenn diese Todesfälle miteinander zu tun hatten, konnte es noch einmal passieren. Lief da draußen ein Untier frei herum, immer bereit zu töten? Was konnte ich tun, um das zu verhindern, um alte Damen zu beschützen?

Ich dachte über Mord im Allgemeinen nach. Mit jedem Jahr schien die Gewalt an Häufigkeit zu- und an Nachvollziehbarkeit abzunehmen. Leute wurden erschossen, weil sie Kündigungen verschickten oder weil sie zu lange brauchten, um Burger in Tüten zu packen, weil sie zu langsam fuhren oder zu dicht auffuhren.

Meine vier Grannies waren alle ermordet worden, das spürte ich im Bauch. Weswegen? Wofür? Ich wollte, dass das alles einen Sinn ergab, doch das tat es nicht.

Die Gedrücktheit: Normalerweise hätte ich meine Kollegen um Rat gefragt. Aber die Stimmung im Institut war angespannt und abweisend. LaManche war krank. Joe schmollte. Hubert war verärgert. Santangelo war auf dem Absprung, und ich wusste nicht einmal, warum. Ayers verhielt sich kühl und distanziert. Briels unerbittliches Vorpreschen ging mir unglaublich auf die Nerven.

Und so weiter und so fort. Gesichter. Namen. Rose Jurmain.

Anne-Isabelle und Christelle Villejoin. Marilyn Keiser. Myron Pinsker. Florian Grellier. Red O'Keefe/Bud Keith. Sparky Monteil. Achille, Vivienne, Serge und Valentine Gouvrard.

Die leuchtend orangefarbenen Ziffern zeigten 1:15, dann 2:18, 2:43, 3:06.

Dann bimmelte der Wecker.

Benommen drehte ich mich um und schlug mit der Hand auf den Knopf.

Das nächste Geräusch, das ich hörte, war ein klingelndes Telefon.

Groggy streckte ich die Hand aus und zog das Gerät zu mir. Schaltete es ein.

»Mm.«

»Alles okay mit dir?« Ryan.

»Bestens.«

»Wollte mich nur mal erkundigen.«

»Mein Gott, Ryan.« Ich richtete mich auf. »Wie spät ist es?«

»Viertel nach zehn.«

Ich schaute auf die Uhr.

»Scheiße!«

»Kommst du rein? Ich habe noch mehr –«

»Dreißig Minuten.«

Ich raste durchs Zimmer, riss Unterwäsche aus der Kommode, zog dann Jeans und Pullover von gestern an. Im Bad gestattete ich mir dreißig Sekunden Zahnpflege, spritzte mir Wasser ins Gesicht, fasste die Haare zu einem Pferdeschwanz zusammen und stürzte aus dem Haus.

25

Die Personalbesprechung hatte ich um zwei Stunden verpasst. Auf der Anschlagtafel stand neben Morins Namen *témoignage*. Gutachteraussage. Ich fragte mich, ob es derselbe Fall war, zu dem Ryan vorgeladen worden war.

Als ich den Gang entlangspurtete, fiel mein Blick nach rechts. Natatlie Ayers' Tür stand einen Spalt offen. Sie saß an ihrem Schreibtisch.

Meine erste Reaktion war Überraschung. Normalerweise waren die Pathologen um diese Zeit unten.

Es dauerte einen Augenblick, bis mir die Details bewusst wurden.

Ayers saß da, die Ellbogen auf dem Tisch, die Schultern vorgeschoben, den Kopf zwischen den Händen. Benutzte Tempos bedeckten die Schreibunterlage.

Ich machte kehrt und schob behutsam die Tür auf.

»Natalie?«

Ayers riss den Kopf hoch.

Ich schaute in Augen, die rot und geschwollen waren.

»Ist was passiert?«

Ayers schüttelte den Kopf, versuchte ein Lächeln. Nur ein schwacher Versuch.

»Was ist los?«, fragte ich.

Die verweinten Augen wanderten über meine Schultern in Richtung Gang.

Ohne auf eine Antwort zu warten, schloss ich die Tür, nahm mir einen Stuhl, setzte mich und schaute sie an. Botschaft: Ich bleibe hier, bis du anfängst zu reden.

Ayers atmete bebend ein. Zog ein sauberes Taschentuch aus dem Spender. Lehnte sich zurück.

»Ich habe bei Keiser Mist gebaut.«

Ich wedelte mit den Fingern. Erzähl.

»Die arme Frau wurde erschossen.« Ayers' Lidschatten war überall, ihr Gesicht sah aus wie eine feucht gewordene Tuschezeichnung.

»Erzählen Sie.«

»Ich habe mir die Röntgenaufnahmen angesehen, nach Eintritts- und Austrittswunden und Metallfragmenten gesucht. Sie wissen ja, wie das läuft. Es gab keinen einzigen Hinweis auf eine Schusswunde. *Nada.*«

Ich nickte.

»Anscheinend ist sie gerade aufgestanden, oder sie hat sich vorgebeugt, um sich zu schützen. Die Kugel war ein kleines Kaliber, drang an der Schulter ein, bewegte sich parallel zum Aufrichtmuskel und trat wieder aus, ohne einen Knochen oder ein Organ zu beschädigen. Ich habe so etwas noch nie gesehen.«

»Sie haben den Schusskanal gefunden, indem Sie Querschnitte gemacht haben?«

»Ich habe gar nichts gefunden.« Ayers schluckte. »Unser Wondergirl ist darauf gestoßen.«

»Briel?«

Ayers nickte, und Tränen lösten sich von ihren unteren Lidern. Sie betupfte sich mit dem zusammengeknüllten Taschentuch die Wangen.

»Wann?«

»Bei ihrer Pyjamaparty-Autopsiesitzung gestern Abend.«

»Sie haben ihr erlaubt, Keiser zu untersuchen?«

Ayers nickte. »Ich dachte mir, warum nicht? Sie ist ehrgeizig, will lernen.«

»Hat Briel Ihnen ihre Entdeckung gemeldet?«

»Würde das ihre kostbare Karriere voranbringen?«

»Sie ging direkt zu Hubert?«

»Was denken Sie denn?«

Ich dachte, dass sie es wahrscheinlich getan hatte.

»Und jetzt hören Sie sich das an. Hubert hat ihr die Erlaubnis gegeben, mit der Presse zu sprechen.«

»Wann?«

»Heute Abend.« Sie nannte mir den Titel der Sendung. Ich hatte schon davon gehört, sie aber noch nie gesehen. »Dürfte ein ziemlicher Reißer werden. Wahrscheinlich verkaufen sie gleich die Filmrechte.«

»Wie erfuhren die Medien überhaupt, dass Keiser gefunden wurde?«

Ayers zuckte die Achseln und schnäuzte sich heftig.

»Warum gestattet Hubert Briel, vor die Mikros zu treten?«

Ayers wedelte mit der freien Hand. »Sie waren nicht da. Sie verstehen das nicht. Die Keiser- und Villejoin-Ermittlungen kommen nicht voran. Die Polizei und der Coroner müssen Prügel einstecken. Dass Keiser gefunden wurde, lässt alle so aussehen, als hätten sie schwer gearbeitet.«

»Verdammter Mist«, sagte ich.

»Verdammte Miss Messer-in-den-Rücken.«

Kurz darauf in meinem Büro saß ich bewegungslos da, und winzige Flügel flatterten durch meinen Schädel. Ein Bauchgefühl rang um meine Aufmerksamkeit. Warum? Was für ein Wort oder was für ein Name hatte dieses Gefühl ausgelöst?

Briel? Keiser? Hubert? Medien? Schusswunde?

So sehr ich mich auch bemühte, der Mottenschwarm einer Ahnung weigerte sich, zu einem bewussten Gedanken zu werden.

Ich schwang noch immer mentale Netze, als das Telefon schrillte.

Ryan kam sofort zur Sache.

»Willst du O'Keefe kennenlernen?«

Ich war völlig baff.

»Erde an Brennan. Red O'Keefe. Florian Grelliers Barkumpel?«

»Ihr habt ihn?«

»Der Herr erwartet unsere Aufwartung.«

Red O'Keefe. Alias Bud Keith. M. Keith?

»Gibt er zu, dass er für die Villejoin-Schwestern gearbeitet hat?«

»Komisch. Ich habe vor, ihn genau das zu fragen.«

»Wie habt ihr ihn gefunden?«

»O'Keefes früherer Bewährungshelfer ist verdammt gut vernetzt.«

»Geschichte?«

»Arbeitet als Tankwart in einer Petro-Canada-Station am Boulevard Décarie, wohnt in einer Absteige ums Eck. O'Keefe und ich werden gleich eine gepflegte Unterhaltung miteinander führen. Willst du zusehen?«

»Wann?«

»Jetzt.«

Ich schaute über den Korridor. Durch das Fenster sah ich, dass die Knochen vom Lac Saint-Jean noch genau so lagen, wie ich sie hinterlassen hatte.

»Bin gleich unten.«

Das Verhörzimmer der SQ sah aus, wie Verhörzimmer auf der ganzen Welt aussehen. Kahle Wände. Abgenutztes Mobiliar. Heute roch der kleine Raum schwach nach Benzin, ein Geruch, der, wie ich vermutete, von dem ölfleckigen Parka des Mannes kam, der allein am Tisch saß.

Gelegentlich ist meine Anwesenheit beim Verhör von Verdächtigen erwünscht. Heute war es wieder einmal so. Ich nahm an, Ryans Motiv war das Übliche. Danach würde er meine Einschätzung des Kerls hören wollen.

O'Keefe hob den Kopf, als Ryan und ich eintraten. Die leicht zusammengekniffenen Augen waren kalt und analytisch, als würden sie die Welt und jeden darin sezieren. Seine Haare waren steingrau und gestylt von jemandem, der sich wahrscheinlich »Creative Director« nannte und eine Stange Geld dafür verlangte. Der Schnitt stand in einem merkwürdigen Kontrast zu seinen Arbeiterklamotten.

Ryan stellte sich vor und streckte die Hand aus. O'Keefes Finger blieben fest verschränkt auf Wollmütze und -handschuhen liegen.

Ryan fragte, ob O'Keefe Französisch oder Englisch vorziehe.

Der kalte Blick blieb, wie er war.

Wir setzten uns. Ryan legte eine Akte auf den Tisch. O'Keefe ignorierte ihn. Uns.

Vielleicht wegen des Nachnamens, vielleicht auch mir zuliebe, fuhr Ryan auf Englisch fort. »Vielen Dank, dass Sie heute zu uns gekommen sind, Mister O'Keefe. Ich werde versuchen, so wenig von Ihrer Zeit in Anspruch zu nehmen wie möglich.«

O'Keefes Blick wanderte zu mir, dann wieder zu Ryan.

»Dr. Brennan und ich arbeiten zusammen.«

Vage. Lass ihn im Unklaren.

»Sie sind gegenwärtig als Tankwart angestellt?«

O'Keefe blieb teilnahmslos.

»Ich weiß, das ist langweilig, aber ich muss die Fakten für meinen Bericht überprüfen.«

Ich hatte Ryan schon Dutzende von Verhören durchführen sehen und wusste, was er tat. Entspannt und höflich anfangen, das Vertrauen des Verdächtigen gewinnen und ihn so dazu bringen, dass er Sachen sagt, die er sonst verschwiegen hätte, dass er sich widerspricht. Und ihm dann den Todesstoß versetzen.

Als ich mir diesen Verdächtigen anschaute, fragte ich mich, wie erfolgreich diese Taktik sein würde. Ich wusste von Ryan, dass O'Keefe schon staatliche Einrichtungen in einer Reihe von Provinzen mit seiner Anwesenheit beehrt hatte.

»Es heißt doch O'Keefe, oder?« Ryan klappte die Akte auf,

schaute aber nicht hinein. »Es scheint da eine gewisse Verwirrung in Bezug auf den Namen zu geben.«

»Reden wir nicht lange um den scheiß Brei rum. Wir wissen beide, dass ich eine Akte habe.« O'Keefe war eindeutig Englischsprecher, mit einem Akzent, der eher nach Ostküste als nach Montreal klang.

»Dann also nicht.« Ryans höflicher Ton bekam nun eine gewisse Schärfe. »Reden wir über Florian Grellier.«

»Wer zum Teufel ist Florian Grellier?«

»Versuchen wir den mal. Bud Keith.«

O'Keefe hob die Schultern. »Ich habe einen Künstlernamen. Na und? Hatte Judy Garland auch.«

»Haben Sie schon mal Gartenarbeit gemacht? Baumbeseitigung und solche Sachen?« Noch einer von Ryans Tricks. Themenwechsel. Umschalten auf einen möglicherweise heiklen Aspekt. Den Verhörten aus dem Konzept bringen.

Bei O'Keefe funktionierte das nicht.

»Glauben Sie, sie hat diesen Stern in Hollywood als Frances Gumm bekommen? Warten Sie. Ich hab einen guten Titel für den Film.« Er beschrieb mit der Hand einen Bogen in der Luft, als würde er eine Kinotafel sehen. *»Kein neuer Stern am Himmel.«*

Keiner lachte.

»Baumbeseitigung?«

»Ich hab schon viele Sachen gemacht.«

»Erzählen Sie mir von Pointe-Calumet.«

»Soll schön sein im Sommer. Richtig grün.«

»Haben Sie Florian Grellier erzählt, Sie wüssten, wo eine Leiche begraben liegt?«

»Was soll die Scheiße?«

Ryan wartete. Das Schweigen funktionierte.

»Das hat Ihnen dieses Arschloch Grellier erzählt?«

»Beantworten Sie die Frage.«

»Wie soll ich das tun, wenn ich keine Ahnung hab, wer dieser Spinner ist?«

»Ich male Ihnen ein Bild. Sie sind in einer Bar. Grellier gibt einen aus. Sie sind scharf drauf, dass der Schnapsfluss nicht abreißt.«

»Kein Schnaps. Trinke nur Bier.«

»Kommen Sie, Red. Wie war's? Sie waren besoffen und haben angefangen zu plaudern, um Ihren neuen Kumpel zu beeindrucken? Oder wollten Sie ein bisschen was für Ihren Ruf auf der Straße tun? Der Kerl zahlt, und Sie erzählen ihm Geschichten?«

»Dieser Grellier. Hat der mich deswegen hingehängt?«

»Hat Ihr lächelndes Gesicht aus vielen anderen herausgepickt.«

»Lassen Sie mich raten. Der muss in den Knast.«

Ryan bestätigte nicht und leugnete nicht.

O'Keefe überlegte einen Augenblick. Dann: »Wenn ich ein Bulle wäre, würde ich mich fragen, warum ein Kerl mit so was daherkommt? Was will er damit erreichen? Ich würde mir denken, der Scheißer will uns über'n Tisch ziehen.«

Ryan widersprach O'Keefes Logik nicht.

»Versuchen wir es mit einem anderen Namen. Christelle Villejoin.«

»Ist das 'ne Tussi, die sagt, ich schulde ihr Geld? Schlechte Nachrichten, ich hab keins.«

»Christelle Villejoin war dreiundachtzig. Jemand hat ihr den Schädel eingeschlagen und sie im Wald verbuddelt.«

Ich suchte bei O'Keefe nach Zeichen der Erregung. Das Gesicht des Kerls blieb eine steinerne Maske.

»Christelles Schwester war sechsundachtzig. Sie wurde mit einem Stock zu Tode geprügelt.«

»Haben Sie irgendwelche Gehörprobleme? Wie bereits gesagt. Ich kenne Ihr Plappermaul nicht. Und ich weiß überhaupt nichts von irgendeiner Leiche im Wald.«

»Wie wär's, wenn wir die Arroganz ein bisschen zurückdrehen, Red? Oder soll ich Bud sagen?«

»Hören Sie, ich bin nicht mehr der, der ich mal war. Ich hab jetzt eine feste Anstellung.«

»Ersparen Sie mir Ihre Bekehrungsgeschichte.«

O'Keefe deutete mit dem Daumen auf die Akte. »Sie haben meine Akte. Ich hab ein paar Sachen abgezogen. Diebstahl und Hehlerei. Kreditkarten. Ich bin nicht Ihr Mann.«

»Wo waren Sie am vierten Mai zweitausendacht?«

»Woher zum Geier soll ich das wissen? Wo waren Sie?«

Wieder setzte Ryan auf Schweigen.

O'Keefe drehte seine Mütze um, dann noch einmal. Strich sie mit einer Hand glatt. »Dieser Grellier hat 'nen Sprung in der Schüssel. Sie haben überhaupt nichts. Leck mich.«

»Leck mich?« Sehr ruhig.

O'Keefe schnellte nach vorne, an seinen Schläfen pulsierten winzige Adern. »Haben Sie mich verstanden? Ich kenne niemanden mit dem Namen Grellier. Ich hab nichts mit toten alten Damen zu tun. Ich habe keine verdammte Ahnung, wovon Sie eigentlich reden.«

»Ich rede von Mord, du kleiner Scheißer.«

»Ihre Fragen können Sie sich den Arsch schieben.«

Die beiden Männer starrten einander an, ihre Nasen nur Zentimeter voneinander entfernt. Angespannte Stille ließ den kleinen Raum noch kleiner wirken. Diesmal durchbrach Ryan sie.

»Ein Beamter wird Ihnen Stift und Papier bringen. Sie können doch schreiben, nicht, Red? Zerbrechen Sie sich über Rechtschreibung und Kommasetzung nicht den Kopf.«

O'Keefe lehnte sich zurück und streckte die Füße aus. Wieder krochen die leicht zugekniffenen Augen zu mir.

»Ihre kleine Freundin hier sagt nicht viel, ist aber ziemlich heiß.«

Ryan schrieb etwas auf seinen Spiralblock, riss das Blatt ab und klatschte es auf den Tisch.

»Ich brauche Beweise für Ihre Aufenthaltsorte an diesen Tagen.« Reines Eis. »Lassen Sie sich Zeit. Ihre zahlreichen Verabredungen warten sicher gerne eine Weile auf Sie.«

Ryan stand auf. Ich ebenfalls.

»Und machen Sie keine Reisepläne.«

Ein reptilisches Grinsen kräuselte O'Keefes Lippen. »Das war gut.« Er deutete auf Ryan. »Gefällt mir, diese Horatio-Caine-Masche. Besorgen Sie sich 'ne Fliegerbrille, und Sie sind es.«

Ryan und ich gingen zur Tür.

»He, Hot Doc, kommen Sie doch mal zur Tankstelle, kriegen 'ne Wachsbehandlung umsonst.«

26

»Eindruck?«, fragte Ryan.

»Ich brauche eine Dusche.«

»Er meinte, du bist heiß.«

»Der Kerl hat eine gute Frisur.«

»Ja. Ist mir auch schon aufgefallen. Klamotten aus dem Wal-Mart. Frisur wie von der Wall Street.«

Es war nach zwei, und die Cafeteria war völlig verlassen. Ryan und ich hatten uns Sandwichs aus dem Automaten gezogen. Mein Schinkensalat sah aus, als wäre er während der Tet-Offensive gemacht worden.

»Sprunghafte Persönlichkeit.«

»Stimmt. Der Kerl ist die Coolness selbst, und plötzlich explodiert er.«

»Glaubst du, er hat Dreck am Stecken?«

Ryan legte seine Tasche auf einen Tisch neben dem Automaten, zog eine Akte heraus und schlug sie auf.

»In einem Punkt hatte O'Keefe recht. Er ist nie wegen Gewalttätigkeit aufgefallen. Hier sind ein paar Jugendsünden vermerkt, die aber unter Verschluss sind. Ich kann mir die Akten beschaffen, wenn ich sie brauche. Seine erste Verhaftung war achtundsechzig. Taschendiebstahl. Bekam Bewährung.« Er blätterte um. »Dann zweiundsiebzig wegen Scheckbetrug, noch mal Bewährung. Zum ersten Mal im Knast war er in Bordeaux von fünfundsiebzig bis achtundsiebzig. Kreditkartenbetrug.« Er blätterte weiter. »Verknackt Ende der Achtziger in Halifax, dann noch mal Anfang der Neunziger in Edmonton. Beide Male wegen Kreditkarten. Das letzte Mal saß er hier in Quebec ein, von sechsundneunzig bis siebenundneunzig.«

»Woher stammt O'Keefe eigentlich?«

»Moncton. Sein richtiger Name ist Samuel Caffrey.«

»Was macht er, wenn er nicht gerade einsitzt?«

»Mal dies, mal das. Beschafft sich tageweise Jobs bei Vermittlungsagenturen. Macht Schichtarbeit in Fabriken, arbeitet für Umzugsfirmen. Hin und wieder nimmt er Teilzeitstellen an, als Tankwart zum Beispiel.«

»Er ist nicht mehr der, der er mal war.« Ich ahmte O'Keefe nach.

»Wer's glaubt.« Wir hatten gleichzeitig denselben Gedanken.

»Ich werde mal nachprüfen, ob in der Nachbarschaft der Villejoins zur Zeit des Überfalls jemand ein- oder ausgezogen ist«, sagte Ryan.

»Oder sich das Haus streichen ließ.«

»Oder das Dach reparieren.«

»M. Keith.« Während wir zu den Aufzügen gingen. »Der Name ist nicht gerade häufig in Quebec.«

»Nein, ist er nicht. Ich habe vor, O'Keefes Foto in Pointe-Calumet herumzuzeigen, mal sehen, ob sich irgendein Nachbar der Villejoins an ihn erinnert.«

Ich erzählte Ryan von meinem Gespräch mit Ayers.

»Ist Briel wirklich so gut?« Zuerst die Fingerglieder, jetzt der Schusskanal. Ryan sagte es nicht.

»Beim Sortieren der Knochen vom Lac Saint-Jean hat sie Mist gebaut.«

»Wie läuft die Sache übrigens?«

»Ich habe vor, das jüngere Kind *tout de suite* abzuschließen.«

Ich drückte bereits auf den Aufzugsknopf, als mir noch eine Frage einfiel.

»Du hast doch gesagt, die Villejoins hätten ein Sparkonto gehabt, nicht?«

Ryan nickte.

»Wie bezahlten sie die Rechnungen, die sie in ihr Kontobuch schrieben?«

»Kann ich rausfinden. Warum?«

»Wir wissen, dass sie keine Kreditkarten und kein Scheckkonto hatten. Das Internet benutzten sie auch nicht. Vielleicht hatten sie Bargeld im Haus.«

»Red weiter.«

»Sie engagieren also einen Handwerker, bezahlen ihn. Er sieht die Kohle in der Plätzchendose, beschließt, noch einmal zurückzukommen und sich zu bedienen. Vielleicht überrascht ihn eine der Schwestern, die Sache läuft aus dem Ruder –«

Ich ließ den Gedanken unvollendet.

Ein feines Lächeln huschte über Ryans Lippen.

»Nicht schlecht, Brennan.«

Es war, als hätten sich die Götter gegen mich verschworen. Oder als wäre zumindest einer sauer auf mich.

Als ich oben ankam, fand ich Duclos in meinem Büro, sie blätterte gelangweilt in ihrem Osteologie-Handbuch. Heute hatte sie ihre gelben Haare zu zwei Pferdeschwänzen zusammengefasst, die ihr seitlich vom Kopf abstanden. Der Lippenstift war malvenfarben.

Ich legte mein halb gegessenes Sandwich auf den Tisch.

»Wo ist Dr. Briel?«

»Bereitet sich auf ihr Interview vor.« Vielleicht aus Rücksichtnahme auf den bevorstehenden Auftritt ihrer Chefin bei CTV sprach Duclos Englisch. »Das ist doch cool, oder?«

»Nur ein Wort, Miss Duclos. Eigenregie.«

Duclos machte ein völlig verständnisloses Gesicht.

»Haben Sie eigentlich gar nichts zu tun?«

»Oh.« Ein nervöses Kichern. »Die Zähne sind im Schrank. Bin nicht an sie rangekommen.«

Das stimmte allerdings. Obwohl kein Mensch auch nur das geringste Interesse an Bergerons Zahnsammlung zeigte, bestand er darauf, sie unter Verschluss zu halten. Nur Joe und ich waren privilegiert. Falls einer von seinen Studenten in seiner Abwesenheit diese Sammlung benötigte, hatte er uns beiden Zugang zu diesem Schatz gewährt. Wow!

Ich wühlte in meiner Handtasche und ging dann zu dem Schrank, um die Schale zu holen.

Anweisungen erwartend, schaute Duclos zu mir hoch.

»Vergleichen Sie Milchzähne mit Permanenten.« Knapp. Duclos lag nicht in meiner Verantwortung. Dass ich jetzt ihre Mentorin spielen musste, machte mich gereizt.

»Baby-Backenzähne haben wulstige Kronen und schlanke, divergierende Wurzeln.« Sie leierte es herunter, als würde sie es ablesen.

»Ja.« Ich holte ein Beispiel aus der Schale und gab es ihr.

Sie hielt den Zahn zwischen spitzen Fingern so, dass die Krone nach Norden und die Wurzeln nach Süden zeigten, und wackelte damit hin und her. »Die klitzekleine Spinne krabbelt in die Regenrinne.« In ihrem stark akzentuierten Englisch klang der Kinderreim merkwürdig.

Ich aß den Rest meines Sandwiches und knüllte die Plastikfolie zusammen.

»Die vorderen Zähne haben wellenförmige Bisskanten, richtig?«

Ich schüttelte den Kopf und fragte mich, welche Gewürze man für den Schinkensalat verwendet hatte.

»Nicht immer.« Ich klopfte mit dem Finger auf das Buch von Bass.

»Kein Problem. Ich schlage es nach.«

Ich wandte mich dem jüngsten Kind vom Lac Saint-Jean zu.

Noch mehr Frustration. Joe hatte zwar die Knochen geröntgt, aber die Zähne vergessen. Nach zwanzigminütiger Suche fand ich ihn im Pausenraum im Keller, außerhalb der Leichenhalle.

Wahrscheinlich war ich ein bisschen zu barsch. Na und? Es war spät, und bis jetzt hatte ich noch kaum etwas geschafft.

Joe versprach, die Zahnaufnahmen gleich zu machen. Kühl.

Wieder hoch in den zwölften Stock.

Duclos und ich arbeiteten schweigend nebeneinander. Hin und wieder grummelte mein Magen. Einmal bot sie mir Kaugummi an. Ich lehnte ab.

Einige Leute leiden an Kopfschmerzen, andere an Allergien und wieder andere an gastritischen Problemen. Hin und wieder habe ich mit den ersten beiden Beschwerden zu kämpfen. Aber nie mit der dritten. Wenn ich deshalb Verdauungssymptome zeige, bringt mich das völlig aus der Fassung.

Am späteren Nachmittag brauchte ich etwas.

Nachdem ich es bei Ayers, den Sekretärinnen und der Empfangsdame versucht hatte, konnte ich schließlich von Morin einen Magensäurehemmer schnorren. Er bestand darauf, mir von der Autopsie zu berichten, die er eben abgeschlossen hatte. Es war zehn nach drei, als ich schließlich wieder zu den Opfern vom Lac Saint-Jean zurückkehrte.

Joe hatte die Zähne für die Aufnahmen noch immer nicht abgeholt.

Da ich ein schlechtes Gewissen hatte wegen meiner Barschheit, arrangierte ich die Zähne, nach Personen getrennt, auf Schalen. Zwölf für die erwachsene Frau, alle im Unterkiefer. Einundzwanzig für den erwachsenen Mann, einige in Oberkiefer-, andere in Unterkieferfragmenten. Kein Zahn für das ältere Kind. Drei für das jüngere, alle isoliert.

Na also. Ich hatte mich bemüht. Joe zehn Minuten gespart.

Ich holte eben die Röntgenaufnahmen des Skeletts aus dem Umschlag, als mein Handy klingelte. Vorwahl von Chicago.

»Tempe, hier ist Chris Corcoran.«

»Hey.« Inzwischen zeigte das Sandwich heftigste Wirkung. Ich versuchte, ein Rülpsen zu unterdrücken. Es kam heraus wie das Grunzen eines Meerschweinchens.

»Alle okay mit dir?«

»Hm.«

»Du klingst komisch.«

»Mir geht's gut.« Ich spürte ein Zwicken und drückte die Hand auf den Bauch.

»Gute Nachrichten. Die Polizei glaubt, sie hat im Tot-Fall einen Durchbruch geschafft.«

»Ach so?« Ich bekam ein schlechtes Gewissen, weil ich mich nicht erkundigt hatte. Ich hatte es schon eine ganze Woche lang vor.

»Ein Insasse von Stateville will reden, damit er nach Pontiac verlegt wird.« Corcoran meinte die beiden Hochsicherheitsgefängnisse von Illinois.

»Was ist so toll an Pontiac?« Gereizt.

»Autsch. Bist du sicher, dass es dir gut geht?«

»Tut mir leid, bin nur ein bisschen müde.« Ich schluckte. »Erzähl weiter.«

»Der Kerl sagt, sein Zellengenosse würde sich damit brüsten, dass er zusammen mit einem Kumpel einen Jungen umgebracht und in einen Steinbruch geworfen hat.«

»Wann?«

Durchs Fenster sah ich Briel mit hastigen Schritten den Gang entlang und in ihr Büro laufen.

»Der Kerl will seinen Kumpel nicht argwöhnisch machen, indem er nachfragt. Bis jetzt hört er nur zu. Aber er war einverstanden, sich verdrahten zu lassen.«

»Weswegen sitzt der Zellengenosse ein?«

»Bewaffneter Raub.«

Mein Festnetzanschluss klingelte.

»Ich muss Schluss machen, Chris. Aber halte mich auf dem Laufenden.«

Ich schaltete das Handy ab und griff zum Festnetzhörer.

»Brennan.«

»Du hast den Nagel auf den Kopf getroffen. Der Junge, der für die Villejoin-Schwestern den Rasen mähte und Schnee schnippte, sagt, sie hätten immer bar bezahlt. Sagt, sie hätten das Geld in der Speisekammer aufbewahrt.«

»Viel?« Da mir plötzlich die Hitze ins Gesicht stieg, drückte ich eine Hand an die Wange.

»Das wusste er nicht.«

»Wie alt ist dieser Junge?« Ich hob die Hand zur Stirn und spürte kalten Schweiß.

»Fünfzehn.«

»Dann war er, was, zwölf, als die Villejoins ermordet wurden. Wahrscheinlich zu jung.«

»Und der Junge hat ungefähr die Größe einer Meerkatze. Ein Hänfling. Der hätte nicht die Kraft gehabt.«

»Oder das Fahrzeug, um ihn zu einem Bankautomaten im Osten von Montreal oder nach Oka zu bringen«, pflichtete ich Ryan bei. »Irgendwelche Maler- oder Umzugstrupps in dieser Woche in der Nachbarschaft?«

»Bis jetzt eine Sackgasse, aber ich überprüfe noch die Tagelöhner-Vermittlungszentren. Der Vater des Jungen sagt, hin und wieder kommen dort Leute, die von Tür zu Tür gehen und nach Arbeit fragen. Ich fahre jetzt mit O'Keefes Foto nach Pointe-Calumet. Willst du mitkommen?«

Mein Magen machte ein Geräusch, das man nicht beschreiben kann.

»Bei dir alles okay?«, fragte ich Ryan.

»Bestens.«

»Was für ein Sandwich hast du dir aus dem Automaten genommen?«

»Käse.«

»Ich verzichte. Sag mir Bescheid, wenn du Glück hattest mit dem Foto.«

Ich schob mir einen zweiten Säurehemmer in den Mund und klemmte die ersten Röntgenbilder auf den Lichtkasten, obwohl ich gar nicht so recht wusste, was ich mir erhoffte. Die antemortalen Unterlagen der Gouvrards deuteten auf keine Krankheit oder Verletzung hin, die Knochen in Mitleidenschaft ziehen würden. Zumindest nicht die Knochen, die ich hatte.

Ich hatte etwa die Hälfte der Bilder geschafft, als mein Bauch sich wieder meldete. Kein Zwicken diesmal. Das war ein ausgewachsener Krampf.

Mein Blick wanderte zu den Schalen, die ich für Joe hergerichtet hatte.

Ich schaute auf die Uhr. Dreiviertel fünf. War er wirklich gegangen, ohne die Aufnahmen gemacht zu haben?

»Joe?«, rief ich um die Ecke herum.

Wo war der Kerl nur?

»Joe!«, bellte ich.

Mein Schädel explodierte, und die Eingeweide machten einen Satz.

Ich schaute die Zähne an. Die Knochen. Die nutzlosen Röntgenbilder.

Diese Leute waren seit Jahrzehnten tot. Sie konnten noch einen Tag warten.

Ich schaltete den Lichtkasten aus, schloss ab und ging nach draußen.

Als ich schließlich zu Hause ankam, marschierte der böse Schinkensalat polternd durch meine Eingeweide und bellte Drohungen eines bevorstehenden Angriffskrieges.

In die Küche ging ich nur, um Birdies Schale aufzufüllen, dann zog ich mich aus, streifte ein Nachthemd über und fiel ins Bett. Minuten später sprang ich wieder auf und rannte aufs Klo.

Die Brechanfälle dauerten an, obwohl ich schon längst nichts mehr im Magen hatte. Als es dann schließlich vorbei war, schmeckte mein Mund nach Galle, und meine Bauchmuskeln schmerzten vor Anstrengung.

Aber ich fühlte mich besser.

Allerdings nicht lange.

Die Mikroben jagten mich in Zwanzig-Minuten-Abständen. Aufs Klo stürzen, erholen. Wiederaufsteigende Übelkeit. Aufs Klo stürzen.

Um zehn zitterte ich und war völlig entleert. Im Wortsinn. Meine Thermalregulatoren hatten schon längst das Handtuch geworfen und überließen dem Körper die Entscheidung, ob er zittern oder schwitzen sollte. Manchmal machte er beides.

Nach einem weiteren Rendezvous mit dem Porzellan-Prinzen kroch ich wieder unter die Decke, als mein Blick auf die Uhr auf dem Nachtkästchen fiel. 23 Uhr 45. Mein pochendes Hirn schaffte eine kohärente Erinnerung.

Briel.

Ich schnappte mir die Fernbedienung, schaltete den Fernseher ein und fand den richtigen Sender.

Das Interview war aufgebaut wie ein Feature, einer dieser längeren Berichte, in denen ungewöhnliche Tätigkeiten oder Berufe vorgestellt werden. Der Interviewer war ein Mann im

Tweedsakko, der aussah, als hätte er eben die Highschool abgeschlossen. Vielleicht.

Tweedsakko stellte Briel vor, als wäre sie die Sonnenkönigin der Forensik. Vielleicht hatte er das sogar gesagt. Mir ging es so schlecht, dass ich mir im Rückblick nicht mehr sicher bin.

Briel trug eine weiße Baumwollbluse und eine schwarze Hose, die zu viel Knöchel zeigte. Ihre Haare waren zurückgekämmt und hinten mit einer Schleife zusammengefasst. Das ewige Stirnrunzeln war fest verankert.

Wenn das Sandwich mir nicht bereits die Füße weggezogen hätte, dann hätte es die großspurige Selbstsicherheit meiner Kollegin mit Sicherheit getan. Da Tweedsakko ihr butterweiche Fragen stellte, konnte Briel von ihrer kurzen, aber glänzenden Karriere berichten.

Eine Exhumierung in Frankreich. Ein Fall, bei dem es um ein mysteriöses Gift ging. Die so schwer fassbare Todesursache bei Marilyn Keiser. Obwohl Briels Gesicht neutral blieb, klang ihr Tonfall nach blasierter Selbstzufriedenheit.

Zu meinem Entsetzen wandte sich die Diskussion gegen Ende des Interviews Villejoins fehlenden Fingergliedern zu.

»Kennen Sie Dr. Temperance Brennan?«, fragte der Interviewer.

»Sie ist meine Kollegin.«

»Von der Ausbildung her ist sie Anthropologin, ist das richtig?«

»Ja. So wie ich.«

Ich schoss im Bett in die Höhe.

»Ein Schnellkurs. Du hast einen gottverdammten Schnellkurs gemacht!«

»Ist denn nicht Dr. Brennan normalerweise verantwortlich für vom Coroner angeordnete Exhumierungen?«

»Ja.« Dann kam ein minimales Zögern. Ein leichtes Zusammenkneifen der Augenbrauen. Um der stärkeren Wirkung willen? »Dr. Brennan hat die ursprüngliche Bergung in Oka geleitet. Die Fingerglieder wurden übersehen.«

Obwohl ich fröstelte und zitterte, brannte mein Gesicht.

Hatte ich das wirklich? Hatte ich sie übersehen? Offensichtlich. Aber wie?

Mein schwummriges Hirn kratzte ein Bild des Zelts zusammen. Der Grube. Der erdfleckigen Knochen.

»– Spezialausbildung in forensischer Archäologie. Was in solchen Situationen nötig ist, ist Teamfähigkeit, die Hinzuziehung von Experten für Ausgrabungsmethodik, Taphonomie und Verwesung, für Anatomie und Pathologie des menschlichen Bindegewebes und Skeletts.«

»Gibt es solche Teams in Quebec?«

»Eins. Eine private Firma mit dem Namen Body Find. *Corps découvert*. Wie der Name schon sagt, beschäftigt sie sich mit der Auffindung von Leichen. Ich bin –«

Mein vergifteter Bauch bäumte sich auf.

Auf wackeligen Beinen stolperte ich ins Bad.

Als das Würgen aufgehört hatte, taumelte ich ins Bett zurück.

Unkontrolliert zitternd, schaltete ich Fernseher und Licht aus und zog mir die Decke bis zum Kinn.

27

Obwohl meine Hände kalt und taub und so gut wie nutzlos waren, tastete ich mit ihnen den Schädel ab. Aus alter Gewohnheit katalogisierte mein Hirn Details.

Große Warzenfortsätze und Brauenwülste. Männlich. Zahnlos.

»Das ist mir doch scheißegal!«, schrie ich frustriert.

Mein Schrei klang flach, gedämpft von Backstein und gefangener Stille.

Ich schaute auf meine Armbanduhr. Die leuchtenden Zeiger bildeten einen nach rechts zeigenden spitzen Winkel. Zwei Uhr zwanzig? Vier Uhr zehn? Nachmittags? Nachts?

Ich dachte an meine Tochter. Fragte mich, was Katy gerade tat. Harry. Ryan. Versuchte mir vorzustellen, was im Institut passierte.

Mit Sicherheit würde man mich inzwischen vermissen. Mit Sicherheit war bereits ein Team unterwegs. Schön. Aber wohin?

»Hilfe! Bitte!«

Meine Kehle fühlte sich wund an. Ich hustete.

»Hallo! Ist da jemand?«

Ein Zittern durchfuhr mich. Ich schlang die Arme um den Körper, spürte, wie meine Armknochen an die Rippen stießen. Meine Haut fühlte sich kalt und feucht an.

Wie ein Leiche in der Leichenhalle.

Wieder loderte Panik auf.

Ich werde sterben. Allein in einem dunklen Grab. Kein Mensch wird wissen, wo ich bin. Wo mir das Fleisch von den Knochen fault.

Ich dachte an den Junkie, der auf seiner Veranda erfroren war. Wie lange konnte ich überleben, bis die Unterkühlung mich umbrachte?

Ich hasste den, der mich hier eingesperrt hatte. Hasste ihn wegen mir. Wegen Katy. Wegen Harry. Hasste ihn mit einer Wut, die aus der jahrelangen Beschäftigung mit geschändeten Toten geboren war. Hasste ihn wegen der Ehefrauen, denen man die Kehle aufgeschlitzt hatte. Wegen der mit Zigaretten misshandelten Babys. Wegen der wund gelegenen alten Frauen.

»Wer bist du?«, kreischte ich.

Vergiss ihn. Aktivität bringt Wärme. Wärme bringt Leben. Gebrauche deine Wut. Beweg dich. Schau zu, dass du hier rauskommst.

Ich atmete einmal tief durch.

Nahm noch einen Atemzug, diesmal durch die Nase.

Der moderige Geruch war hier stärker. Schimmel. Mehltau. Längst tote Kreaturen.

Ich stellte den Schädel auf den Boden, drehte mich auf den Bauch und schob mich, den Geruch zur Orientierung nutzend, vorwärts.

Meine wundgescheuerten Ellbogen kreischten. Mein verletztes Bein verkrampfte sich.

Ignoriere den Schmerz.

Arm nach vorne. Ziehen.

Arm nach vorne. Ziehen.

Leise Echos deuteten auf eine Barriere hin. Eine Wand direkt vor mir?

Nach sechs Armzügen landete meine Brust auf einer Erhöhung. Ich stützte mich auf den rechten Ellbogen und ertastete den Gegenstand mit der linken Hand. Behutsam, um ihn nicht zu bewegen.

Ein dickliches L, schuppig vor Schimmel. An der Unterseite flach mit einem absatzförmigen Vorsprung am hinteren Ende.

Ein Stiefel.

Ich tastete nach links.

Ein zweiter Stiefel lag neben dem ersten.

Mit pochendem Herzen ließ ich die Finger über vermodertes Gewebe, das unter meiner Berührung zerbröselte, nach oben wandern. Unter dem Gewebe verliefen lange, röhrenförmige Objekte. Ich erkannte die Form. Ihre Bedeutung.

Beinknochen.

O Gott, ich tastete eine Leiche ab.

Ich stellte mir ihre Lage vor.

Ich schwang die Beine nach rechts und tastete mich, blindlings in der Dunkelheit die Umrisse erkundend, seitlich am Torso hoch. Meine Finger spürten schwere, runde Knöpfe.

Ich zählte. Stellte sie mir vor. Eine Jacke?

Ich übte mit der flachen Hand etwas mehr Druck aus.

Die Jacke bedeckte eine Reihe starrer Bögen. Höcker und Buckel. Ein kollabierter Brustkorb. Wirbel.

Ich versuchte, die Unterkante der Jacke anzuheben. Die Bewegung wirbelte einen Tsunami an Gestank auf, schal und erdig und nach Tod riechend.

Ab jetzt atmete ich wieder durch den Mund.

Auf Ellbogen und Knien rückwärts kriechend, wich ich dem Stiefel aus und wandte mich nach links.

Neben den ersten beiden Stiefeln ertasteten meine zitternden Finger ein zweites Paar. Eine Hose. Eine Jacke. Einen fleischlosen Schädel, mit Haaren, die wie Spinnengewebe am Knochen klebten.

Wieder kroch ich rückwärts und wandte mich nach links.

Eine dritte Leiche lag Kopf an Fuß zu den anderen. Oder hatte gelegen, bis der Schädel sich gelöst und ein anderes Fleckchen gesucht hatte.

Meine Hände zuckten entsetzt zurück.

Heilige Mutter Gottes. Mein Gefängnis war eine Krypta, noch kälter und schwärzer, als ich es mir je hätte vorstellen können. Angefüllt mit völliger, äußerster Stille.

Und verwesenden Leichen.

Fragen taumelten mir durchs Hirn. Hysterisch. Sinnlos.

Wie lange? Wie viele? Wer?

Mit den noch gefesselten Beinen stemmte ich mich über die dritte Leiche und zog mich, mit den Händen durch die Dunkelheit tastend, weiter nach links.

Es war zwar irrational, aber ich musste es wissen.

Neben den ersten drei Toten fand ich noch vier weitere.

Die vorgefundenen Gegenstände wie Blindenschrift als Hinweise benutzend, stellte ich fest, dass alle mit Stiefeln, Hosen mit Gürteln und Jacken mit schweren, runden Knöpfen, wahrscheinlich aus Metall, begraben worden waren. Vier Jacken waren mit Orden und Rangabzeichen geschmückt.

Tote Soldaten?

Das war nicht wichtig. Wichtig war nur das Risiko, dass ich mich bald bei ihnen einreihen könnte.

Mein Atem stockte, meine Brust bebte.

Dann meldete sich die Vernunft wieder.

Keine Tränen. Denk nach.

In meinem Hirn explodierte ein einzelnes Wort.

Kanten.

Wie ein verzweifelter Ghul plünderte ich die Toten und häufte meine Beute zu einem Stapel. Orden. Gürtelschnallen. Abzeichen. Drei Unterkiefer mit vollständigen Zahnreihen.

Ich setzte mich gebückt hin, spreizte die Knie, beugte mich vor und fing an, an meinem Fußfesseln zu sägen. Ich musste nur eine einzige Seilschlaufe durchtrennen.

Eine.

Eine.

Wie lange bearbeitete ich dieses Seil? Lange.

Doch wie bei meinen Handgelenken passierte es schließlich. Ein leichtes Nachlassen des Drucks. Ein Reißen. Meine Beine schnellten auseinander.

Elektrizität zuckte von Neuron zu Neuron.

Ich hätte am liebsten geschrien.

Vor Freude geschrien.

Und ich wollte den Mistkerl umbringen, der mir das angetan hatte.

Ich wollte entkommen.

Ich krümmte den Rücken und massierte und bewegte beide Fußgelenke.

Als das Blut wieder zirkulierte, richtete ich mich auf alle viere auf.

Nicht schlecht.

Ich beugte ein Knie, testete das verletzte Bein.

Empfindlich. Aber erträglich.

Bei meiner Leichenerkundung hatte ich festgestellt, dass alle Leichen mit Kopf oder Füßen zu einer Wand lagen. Offensichtlich befand ich mich an einem Ende des Grabs.

War am anderen vielleicht eine Tür?

Obwohl Arme und Beine wie Gummi waren, kroch ich auf die Stelle zu, wo ich anfangs zu mir gekommen war, und tastete dabei mit der linken Hand in regelmäßigen Abständen die Wand ab. Ein Schritt. Fünf. Zwölf.

Zwölf Schritte. Meine ausgestreckte Hand traf auf Ziegel. Eine andere Wand stieß in einem Winkel von neunzig Grad an die lange Wand. Ich hatte das andere Ende des Grabs erreicht.

Nach einer Tür tastend, bewegte ich mich nach rechts.

Ein plötzlicher, grauenerregender Gedanke. Wenn man die Leichen einfach eingemauert hatte, war eine Tür nicht nötig. Kein Mensch würde hier je wieder hereinkommen. Oder hinausgehen.

Mein gemartertes Hirn ritt auf einer weiteren, unlogischen Welle. Poe. »Das Fass Amontillado«.

Aber Montrésor wurde gefasst.

Nein. Fortunato starb. Allein. Unter der Erde.

Meine Bewegungen wurden hektisch. Ich kauerte mich auf die Hacken und ließ die Hände in weiten, ruckartigen Bögen über die Wand gleiten.

Irgendjemand hat dich hier reingebracht. Also muss es einen Zugang geben.

Also muss es einen Weg hinaus geben.

Ich stöhnte fast auf, als meine Finger etwas ertasteten, das ins Mauerwerk eingelassen war. Flach. Glatt.

Holz!

Ich tastete nach einer Klinke.

Nichts.

Einem Riegel.

Auch nichts.

Meine froststarren Fingerspitzen schickten nur wenige Informationen in mein Hirn. Ich rieb schnell die Hände aneinander. Ein gewisses Gefühl kehrte zurück.

Ich fing noch einmal von vorne an. Langsamer. Sorgfältiger.

Schließlich erspürten meine Finger eine Unregelmäßigkeit. Fuhren sie nach.

Mein Hirn berechnete den Tastbefund, erstellte ein Bild. Ein Spalt, der um eine quadratische Tür von etwa sechzig Zentimeter Kantenlänge verlief.

Hektisch fing ich an, meine Fingernägel in die Lücke zu krallen.

Der schmale Zwischenraum war mit einer harten, bröckeligen Substanz angefüllt.

Denk nach, Brennan.

Ich tastete mich durch die Dunkelheit zurück und holte meine makabre Utensiliensammlung. Dann kroch ich wieder zur Tür und kratzte und hackte.

Zwischendurch drehte ich mich immer wieder auf den Rücken und trat mit den Füßen gegen das Holz. Oder warf auf allen vieren mein Gewicht dagegen, rammte die Tür mit einer Schulter oder einer Hüfte.

Geräusche erfüllten die Stille. Das Klirren meiner erbeuteten Werkzeuge. Das Rieseln von Mörtel, der auf Ziegel fiel. Das Keuchen meines Atems.

Ich war schweißgebadet und atmete schwer, als die Tür sich schließlich löste und mit einem Krachen aus der Mauer fiel.

Ich kroch vorsichtig zu der Öffnung und spähte hinaus.

28

Klirr.

Ich öffnete die Lider.

Die Jalousie war ein gedämpft graues Rechteck, eingerahmt von Streifen trüben Tageslichts. Wieder einmal. *Der Krieg des giftigen Schinkensalats: dritter Tag.*

Birdie saß oben auf der Kommode am anderen Ende des Zimmers. Unter ihm lag, schief an der Sockelleiste lehnend, ein gerahmtes Foto von Katy.

Es ging mir zwar schon besser als am Tag zuvor, aber mein Körper fühlte sich noch immer an wie durch ein Mahlwerk gezogen.

Ich setzte mich auf. Stöhnte.

Birdie schaute vorwurfsvoll in meine Richtung.

Können Katzen das?

Der Donnerstag lag hinter einem Nebelschleier. Ich konnte mich erinnern, dass ich versucht hatte, die Bettwäsche zu wechseln. Die Katze zu füttern. Cracker zu essen. Meine Eingeweide wollten mit Verdauung nichts zu tun haben. Nach jedem dieser Versuche fiel ich wieder ins Bett.

In meinem unruhigen Schlaf hatte ich die Bettdecke auf den Boden gestrampelt. Als ich sie nun wieder aufhob, versuchte ich eine Selbstdiagnose. Fieber und Übelkeit waren zwar verschwunden, aber meine Rippen und die Bauchmuskeln schmerzten, und hinter meinen Lidern lauerte ein leichtes Pochen. Mein Nachthemd war schweißnass.

Ich schaute auf die Uhr. Zehn Uhr zwanzig.

Birdie hatte nicht ganz unrecht.

»Hunger, Kumpel?«

Eine gezierte Nichtantwort.

Ich zog das feuchte Nachthemd aus, schlüpfte in einen Jogginganzug und schleppte mich in die Küche, um den Kater zu füttern.

Zurück ins Bad. Mein Energiepegel stieg bereits ein wenig.

Während ich mir die Zähne putzte, betrachtete ich mich im Spiegel. Die Augen hasenrosa. Das Gesicht wie Hafergrütze. Die Haare in wirren, nassen Strähnen an Schädel und Stirn geklebt.

Wie würde Harry mein Aussehen beschreiben? Heftig geritten und nass in den Stall gestellt.

»Passt.« Meine Stimme klang heiser.

Heute ins Institut?

Vielleicht.

Duschen?

Noch nicht.

Haare?

Später.

Ein System sprang wieder an. Ich war plötzlich am Verhungern. Zehn Stunden Brechorgie bewirken das, vermute ich mal.

Der Kühlschrank bot Würzmittel und Diet Coke an, verschimmelten Salat und drei Plastikbehälter, dessen Inhalt man nur mit einer Gasspektrografie identifizieren konnte.

Ich überlegte eben, zum Einkaufen zu gehen, als ich es an der Vordertür klopfen hörte.

Zum Betreten meines Gebäudes braucht man einen Schlüssel. Andere müssen klingeln. Nur der Hausmeister und die Bewohner sollten bereits im Haus sein.

Sparky?

Gütiger Gott. Nicht heute.

Ich schlich auf Zehenspitzen den Gang entlang und spähte durch das Guckloch.

Ein unmöglich blaues Auge starrte zurück.

»Ich weiß, dass du da drin bist.« Gedämpft durch die Tür.

»Geh weg.«

»Ich habe Neuigkeiten. Mach auf.«

Ich tat es widerwillig.

Ryan war eingepackt in einen Parka mit Kapuze, einen dicken Schal und eine Mütze, die er sich bis zu den Brauen gezogen hatte. Seine Nasenflügel waren weiß, die Wangen gerötet. In behandschuhten Händen hatte er eine rechteckige, weiße Schachtel.

»Edmund Hillary und Norgay haben angerufen«, sagte ich. »Sie wollen ihre Sachen zurück.«

»Draußen hat's dreißig Grad minus.« Er nahm das Gebäck in die linke Hand und schob sich mit der rechten die Kapuze zurück.

»Du hast doch gar nicht wissen können, dass ich hier bin«, sagte ich.

»Schatten im Guckloch. Die Katze bewegt sich dicht am Boden. Ich bin Detective. Ich kann Hinweise lesen.«

Ryans Blick wanderte über meinen Körper. Meine Haare. Ein Grinsen umspielte seine Lippen.

»Sag nichts«, sagte ich.

»Was sagen?« Das Unschuldslamm.

»Hatte 'ne ziemlich stürmische Zeit.«

»Zweitägiger Blizzard?«

»Du bist ein Witzbold, Ryan. Du solltest auf Tour gehen. Wie wär's mit sofort?«

Ryan hielt mir den Karton hin. »Ich habe Frühstück mitgebracht.«

Ich roch Blätterteig. Butterige Eier. Salzigen Speck.

»Machst du Kaffee?« Ryan hatte seine Fehler, aber er kochte exzellenten Kaffee.

»Bien sûr. Ich bin der Macher von Kaffee und der Richter von Glas.«

»Mein Held.« Ich trat einen Schritt zurück. »Winston hat die Scheibe gestern schon ersetzt.«

Ryan verschwand in die Küche. Ich ging ins Bad und versuchte, ein paar vernünftige Worte mit meinen Haaren zu reden. Es war sinnlos. Schließlich fasste ich sie zu einem Knoten oben auf dem Kopf zusammen.

Lippenstift und Rouge?

Vergiss es. Ich wäre fast an Lebensmittelvergiftung gestorben.

Ryan hatte am Tisch im Esszimmer zwei Plätze gedeckt. Er saß an einem und trank Kaffee aus meinem RCMP-Becher. Im Karton fehlte bereits ein Croissant.

»Grippe?«, fragte er, als ich wieder auftauchte.

»Tödlicher Schinkensalat.«

»Aber du bist der Sieger.«

»Bin ich.« Ich klappte ein Croissant auf, überlegte kurz und zog dann den Speck heraus. Einem weiteren Schlagabtausch mit der Gattung Schwein fühlte ich mich noch nicht gewachsen. »Lass mich raten. Irgendjemand in Pointe-Calumet hat Red O'Keefe auf dem Foto erkannt.«

»Nein.«

»Okay. Was hast du dann für Neuigkeiten?«

»Ein Bud Keith stand auf der Lohnliste der L'Auberge des Neiges zu der Zeit, als Rose Jurmain verschwand.«

»O Mann.« Mit einem Mund voller Ei und Blätterteig.

»O Supermann.«

»Was hat er dort gemacht?«

»In der Küche gearbeitet.«

»Bud Keith alias Red O'Keefe?«

»Genau der unsere.«

»Wurde Keith verhört?«

»Ja. Die Polizei überprüfte ihn, sah, dass er eine Akte hatte und eine ganze Reihe von Decknamen. Aber Keith kooperierte, und, wichtiger noch, lieferte ihnen ein wasserdichtes Alibi für die fragliche Zeitspanne. Er war mit Freunden auf Bärenjagd in der Nähe von La Tuque. Sechs Typen bestätigten seine Anwesenheit dort zu der Zeit, als Jurmain verschwand. Die Polizei sah keinen Grund, weiter gegen ihn zu ermitteln.«

»Wie lange arbeitete Keith in dem Gasthaus?«

»Machte sich nach zwei Monaten aus dem Staub. Kündigte nicht offiziell und hinterließ auch keine Nachsendeadresse. Der Geschäftsführer sagt, er war ein guter Arbeiter, aber launisch.«

»Was soll das heißen?«

»Er mochte den Kerl nicht.«

»Was denkt Claudel?«

»Er denkt, man sollte die Spur weiterverfolgen.«

»Kommt er mit Keiser voran?«

»Er lässt den Sohn des Opfers, Otto, von Alberta einfliegen. Mona ist offenbar geschieden, hat drei kleine Kinder und niemanden, bei dem sie sie lassen kann. Claudel will mit Sohnemann durch die Wohnung und die Hütte in Memphrémagog gehen, mal sehen, ob ihm irgendwas auffällt. Ich werde wahrscheinlich mitgehen.«

»Man kann ja nie wissen«, sagte ich.

»Man kann nie wissen.«

Ein Detail nagte an mir, seit ich von Keisers Besuchen im Eastman Spa gehört hatte.

»Mir geht schon die ganze Zeit was im Kopf herum.«

»Du weißt, ich bin der Deine, wenn du mich willst.«

»Ich leg schon mal 'ne Flasche Schampus auf Eis.«

»Ich steh auf Schnaps.«

»Marilyn Keiser hat das Eastman regelmäßig besucht. Das heißt dicke Kohle. Aber sie hatte nur bescheidene Mittel. Wie bezahlte sie für diese kostspielige Angewohnheit?«

Ryan verstand es sofort.

»Du denkst an Homebanking. Dass sie Geld zu Hause aufbewahrte, so wie die Villejoins.«

»Könnte das die Verbindung sein?«

»Ich gebe die Idee mal an Claudel weiter. Vielleicht muss er tiefer in Keisers Finanzen einsteigen. Und auch im Eastman nachfragen, herausfinden, wie sie bezahlt hat.«

»Wie bist du drauf gekommen, dass ich zu Hause bin?« Ich griff nach meinem zweiten Croissant.

»Du warst gestern und heute nicht im Institut. Wo solltest du sonst sein?«

»Ich habe auch ein Privatleben.«

»Natürlich hast du das.«

Um das Thema zu wechseln, beschrieb ich Briels Fernsehdebüt.

»Was weißt du über diese Klitsche, dieses Body Find?«, fragte Ryan, als ich fertig war.

»Nichts«, sagte ich. »Noch nicht.«

»Soll ich mich ein bisschen umhören?«

»Ich schaff das schon.«

»Da bin ich mir sicher.«

Ich erzählte Ryan von Chris Corcorans Anruf. Und dem Insassen in Stateville.

»Die Jungs in Chicago denken, an der Geschichte des Kerls ist was dran?«

»Offensichtlich.«

»Ich hoffe, das bringt was. Cukura Kundze zuliebe.«

»Und Lassie zuliebe.«

Ryan drehte das Handgelenk, um auf die Uhr zu schauen.

»Gehst du heute Nachmittag rein?«

»Wahrscheinlich nicht.« Ich überraschte mich selber. Bis zu diesem Augenblick war ich davon ausgegangen, dass ich ins Institut gehen würde.

Ryan kam zu mir, kauerte sich hin und legte seine Hand auf meine. Sein Gesicht war so dicht an meinem, dass ich seinen Atem spüren, sein vertrautes Garnier-Shampoo riechen konnte. Er drückte sanft meine Hand. »Ich werd dir ein Feuer aufschichten. Du kannst es anzünden, wenn du willst.«

»Danke.« Kaum hörbar.

Nachdem Ryan gegangen war, räumte ich den Tisch ab und rief im Institut an, um zu sagen, dass ich erst am Montag wiederkommen würde. Dann genehmigte ich mir ein langes Schaumbad. Als ich im Wasser lag, das so heiß war, dass ich es gerade noch ertragen konnte, dachte ich über meine Entscheidung, zu Hause zu bleiben, nach. Ich nehme mir nie eine ungeplante Auszeit. Untätigkeit macht mich gereizt.

Erschöpfung nach überstandener Vergiftung? Draußen minus dreißig Grad? Zuversicht, dass die Opfer vom Lac Saint-Jean bald identifiziert sein würden? Ein Gefühl der Demütigung, weil Briel mein Versagen im Villejoin-Fall öffentlich gemacht hatte?

Was auch immer.

Das heiße Wasser und der volle Bauch wirkten wie ein Opiat, sie versetzten mich in einen Zustand totaler Lethargie.

Da ich nicht wieder in mein verschwitztes Bett wollte, holte ich mir eine Steppdecke, zündete Ryans Feuer an und legte mich auf die Couch. Birdie kam zu mir.

Ich strich ihm übers Fell. Er schnurrte auf meiner Brust.

Ich schloss die Augen, hatte keine Kraft mehr, mich zu bewegen. Oder zu lesen. Oder fernzusehen. Oder zu denken.

Das Klingeln eines Telefons weckte mich. Bird war verschwunden. Die Fenster waren dunkel, und das Feuer war nur noch ein glimmender Rest.

Ich holte mir den Handapparat und schaltete ein.

»Ich habe Sie gestern und heute nicht gesehen.« Emily Santangelo.

»Lebensmittelvergiftung. Die Details erspare ich Ihnen.«

»Geht's jetzt wieder besser?«

»Ich werd's überleben.« Mein Blick wanderte zu der Uhr auf dem Kaminsims. Dreiviertel fünf. »Hüten Sie sich vor Sandwiches aus dem Automaten.«

»Sie haben wirklich eins gegessen?«

»Bis auf die Rinde.«

Pause.

»Haben Sie gestern Abend Briels Interview gesehen?«

»Ein Genuss.«

Längere Pause.

»Wir müssen reden.«

Meine Instinkte waren plötzlich hellwach. Emily Santangelo war eine reservierte, fast ausweichende Frau, die nichts übrig hatte für Büroklatsch oder Mädchengeplapper.

»Klar«, sagte ich.

»Haben Sie Lust auf Abendessen, vielleicht heute noch? Hühnersuppe. Ich könnte damit auch zu Ihnen kommen.«

»Ich muss die Wohnung erst desinfizieren, bevor ich jemanden hereinlasse.« Ich dachte an einen Flammenwerfer. »Wie wär's, wenn wir uns im Pho Nguyen an der Saint-Mathieu treffen?«

»Vietnamesisch?«

»Die machen tolle Suppen.«

»Das geht. Ich kann um halb sieben dort sein.«

»Ich sehe aber nicht gut aus.«

»Ich werde kaum die Presse rufen.«

Die Hintergrundgeräusche wirkten plötzlich gedämpft, als hätte Santangelo die Hand über den Hörer gelegt.

»Irgendwas läuft hier völlig falsch.« Fast ein Flüstern.

»Falsch?«, fragte ich.

»Bis später.«

Die Verbindung wurde unterbrochen.

29

Die Innenausstattung ist nicht die große Stärke des Pho Nguyen. Vom Bürgersteig aus geht man zwei Stufen nach unten und betritt einen Raum mit einem weißen Fliesenboden, weißen Wänden und vielleicht einem Dutzend Tischen mit Resopalplatten. Ebenfalls weiß.

Aber die Tonkinoise-Suppe ist eine Sensation.

Santangelo war schon da, als ich ankam, sie saß in einer hinteren Ecke und las die Speisekarte. Sie lächelte, als sie mich sah. Winkte.

»Die Kälte heilt mich entweder, oder sie bringt mich um.« Ich zog Schal und Handschuhe aus und zog den Reißverschluss meines Parkas auf. »Bin froh, dass Sie angerufen haben. Ich brauchte ein bisschen frische Luft.«

»Sie sind zu Fuß gegangen.«

»Ist nicht sehr weit.« Der zweite Vorzug des Pho Nguyen ist, dass es nur wenige Blocks von meiner Wohnung entfernt liegt.

Ich stopfte meine Accessoires in einen Ärmel und hängte den Parka über die Stuhllehne. Ein asiatischer Junge kam zu mir, kaum dass ich mich gesetzt hatte. Seine Wangenknochen waren hoch, die Haare dicht und schwarz, mit einer Platin-Strähne vorne. Durch die rechte Braue war ein goldener Ring gezogen.

»Ich nehme Nummer die sechs.«

»Was ist das?«, fragte Santangelo.

»Pho bo. Rindersuppe mit Nudeln.«

»Für mich dasselbe.« Santangelo steckte die Speisekarte wieder in den Halter.

Der Junge ging zur Theke und schrie seine Bestellung in die Küche.

»Ich bin nicht gerade das, was man eine abenteuerlustige Esserin nennen würde«, sagte Santangelo.

»Die Suppe wird Ihnen schmecken.«

Der Junge kehrte mit kleinen Tellern mit Basilikum, Limonenscheiben und Sojasprossen zurück.

Santangelo schaute mich fragend an.

»Ich zeige Ihnen, wie das geht«, sagte ich.

Ich erzählte Santangelo von der Entwicklung der Keiser- und Villejoin-Ermittlungen. Von Ayers Kummer wegen des übersehenen Schusskanals. Da sie voll mit ihrem Wechsel ins Büro des Coroners beschäftigt war, hatte man sie nicht auf dem Laufenden gehalten. Als die Suppe kam, konzentrierten wir uns darauf, sie mit scharfer Sauce und Sojasauce und den frischen Ingredienzien zu verfeinern.

Wir schlürften und rührten schon eine Weile, als Santangelo endlich zu dem kam, was ihr auf dem Herzen lag.

»Kennen Sie eigentlich den wirklichen Grund, warum ich das Institut verlasse?«

»Nein.«

»Die Atmosphäre ist unerträglich geworden. Wegen Briel.« Santangelo spuckte den Namen fast. »Sie ist das reinste Gift.«

Wie Ryan benutzte ich Schweigen, um sie zum Weiterreden zu bringen. Sie tat es. Und zwar ausführlich.

»Diese Frau ist ehrgeizig bis zur Skrupellosigkeit. Sie ist

überall, schneidet sich ein Stück aus jedem Kuchen. Nächtelang steht sie im Autopsiesaal. Sie unterrichtet an der Uni. Hat ein Forschungsstipendium. Plant, bei einer Million Konferenzen Aufsätze zu präsentieren. Sie ist eine gefühllose, mitleidlose, kaltherzige Aufsteigerin.«

»Nur nicht hinterm Berg halten.«

»Das ist nicht lustig, Tempe. Briel ist entschlossen, ein Superstar zu werden, und es ist ihr egal, wen sie auf ihrem Weg zum Ruhm vernichtet. Haben Sie gewusst, dass sie heute ihre Doktorandin gefeuert hat? Brachte das Mädchen zum Weinen.«

»Duclos?«

Santangelo nickte.

»Warum?«

»Wahrscheinlich, weil die Kleine warmes Blut in ihren Adern hat.«

»Warum pfeift nicht irgendjemand Briel zurück?«

»Sie hat die anderen Pathologen alle eingeschüchtert, und der Chief Coroner frisst ihr aus der Hand.«

Santangelo rührte mit dem kleinen Porzellanlöffel in ihrer Suppe. Legte ihn weg. Nahm die Stäbchen zur Hand. Schob ihre Schüssel in die Tischmitte.

»Sie haben gesagt, Sie haben Briels Interview gestern Abend gesehen?«

»Ja.«

»Haben Sie gehört, wie sie diesen Laden Body Find gepusht hat? *Corps découvert?* Die Firma gehört ihrem Mann.«

»Das ist doch wohl ein Witz.« Meine Stimme verriet, wie geschockt ich war.

»Ich habe gehört, wie sie mit Joe Bonnet darüber gesprochen hat. Sie und ihr Mann werden die nächsten Mulder und Scully sein.« Santangelos Stimme troff vor Verachtung.

»Mit wem ist sie verheiratet?«

»Sebastien Raines. Ein Archäologe.«

Das überraschte mich. Ich dachte, ich würde alle Archäologen in Montreal kennen, zumindest dem Namen nach.

»Ist Raines Fakultätsmitglied an einer der Universitäten?«

Santangelo schüttelte den Kopf. »Er macht Kulturressourcen-Management.«

Normalerweise arbeiten KRM-Archäologen für Behörden und Firmen, die nach dem Gesetz archäologische Stätten, die von Baumaßnahmen bedroht sind, bewahren müssen. Einige kümmern sich um die archäologischen Anteile der Studien zum Umwelteinfluss. Andere leiten Rettungsgrabungen.

Obwohl viele Archäologen des privatwirtschaftlichen Sektors gute Erkunder und Ausgräber sind, betrachtet die akademische Gemeinde sie insgesamt als zweitklassig. Sie arbeiten auf der Basis kurzfristiger Verträge und publizieren kaum. Die meisten werden engagiert von Firmen, denen es lieber ist, wenn nichts gefunden wird, was ihre Projekte verzögern könnte. Ob nun berechtigt oder unberechtigt, in den Universitäten sieht man KRM-Arbeit als Gelegenheit zur Korruption.

»Wo hat Raines seine Ausbildung erhalten?«

»Keine Ahnung.«

»Wie passt er in Briels Mulder-und-Scully-Szenario?«

»Briel und Raines gründen diese Firma, Body Find. *Corps découvert*. Wenn alles rund läuft, wollen sie den Ermittlungsbehörden quasi einen forensischen Supermarkt anbieten, der alle Aspekte abdeckt. Archäologie. Anthropologie, Pathologie. Psychologie, Entomologie, Botanik. Geophysik, Leichenhunde, Remote Sensing. Sie finden die Leiche, identifizieren sie, bestimmen die Leichenliegezeit und die Todesursache. Spezielle Institute braucht man dann nur noch für so komplexe Untersuchungen wie Massenspektrometrie oder DNS-Sequenzierung. Sie wollen sogar Experten für Minensicherheit im Bergbau, Kartografie und Ingress/Egress-Methoden anbieten. Was Sie auch brauchen, Body Find ist für Sie da. Besser, schneller, billiger.«

»Solche Firmen gibt es bereits«, sagte ich. »NecroSearch International zum Beispiel. Die leisten fantastische Arbeit. Obwohl NecroSearch vorwiegend auf die Auffindung von Opfern spezialisiert ist.«

»Es gibt noch einen großen Unterschied. NecroSearch ist eine Non-Profit-Organisation. Jedes Teammitglied ist ein Freiwilliger. Das Ziel von Body Find ist es, Kohle zu verdienen.«

»Privatisierte Forensik?«

Santangelo nickte. »Und Briel tut im Augenblick alles, was in ihrer Macht steht, um ihren Bekanntheitsgrad zu erhöhen. Wenn sie soweit sind, dass sie wirklich ins Geschäft einsteigen können, will sie *Kanada sucht den Superstar der Verbrechensaufklärung* gewinnen.«

»Anthropologie eingeschlossen.«

»Ja. Das muss man sich mal vorstellen.«

Ich starrte Santangelo an. Sie starrte zurück. Um uns herum das Klappern von Porzellan und das Plätschern von Gesprächen.

Der Kellner kam zu uns. Als er die Spannung spürte, legte er nur die Rechnung auf den Tisch und ging sofort wieder.

»Geben Sie's ihr, Tempe.« Santangelo sagte es leise, aber sehr emotionsgeladen.

»Warum ich?«

»Warum nicht? Sie hatten doch noch nie Angst, einem Scharlatan in den Hintern zu treten.«

Als ich wieder zu Hause war, drohte die Mattigkeit mich noch einmal flachzulegen. Dennoch startete ich eine Google-Suche über Sebastien Raines. Nichts zu wollen.

Als Nächstes rief ich Jean Tye an, einen Kollegen an der Universtité de Montréal. Tye wusste wenig außer der Tatsache, dass Briels Mann sich 2007 um eine Stelle an der U de M beworben hatte. Da Raines keinerlei Forschung betrieben, nichts veröffentlicht hatte und nur einen Master-Abschluss vorweisen konnte, wurde er gar nicht als ernsthafter Kandidat betrachtet. Er hatte gehört, dass Raines sich auch bei der Université du Québec à Montreal beworben hatte. Doch auch die UQAM hatte ihn abgelehnt.

Tye wusste, dass Raines mit Auftragsarchäologie zu tun hatte. Er erinnerte sich, dass Raines in Frankreich Ausgrabungen gemacht und dass er seinen MA von einer Institution erhalten hatte, die Tye überhaupt nicht kannte. Seine Spezialität war urbane Archäologie, also Grabungen in Müllhalden, aufgelassenen Friedhöfen und Gebäuderuinen.

Und noch etwas. Sebastien Raines war aktiv in einer Reihe von Separatistengruppen am radikalen Rand. Laut Tye war Raines' Streben nach einer unabhängigen, Französisch sprechenden nordamerikanischen Nation so radikal, dass der Kerl sogar die meisten Mitglieder des Bloc Québecois vor den Kopf gestoßen hatte.

Ryan rief kurz nach acht an. Er hatte vor, Claudel und Otto um zehn am nächsten Vormittag vor der Wohnung an der Édouard-Montpetit zu treffen.

Samstag. Na und? Ich sagte, ich würde mitkommen.

Um neun war ich wieder im Bett. Frische Laken. Frisches Nachthemd. Dieselbe alte Katze.

Minuten später war ich schon ohne Bewusstsein.

Im Schlaf sondierte ich. Organisierte. Spielte mit Mustern.

Ich sah Rose Jurmains Skelett, angenagt und in einem Kiefernwäldchen verstreut. Vor meinen Augen erhob es sich, die Knochen leuchteten gespenstisch im Mondlicht. Tentakeln wuchsen um das Skelett herum, bewegten sich wie Algen unter Wasser. Auf jedem Tentakel standen ein Name und ein Identifikationsmerkmal.

Edward Allen, der Vater. Perry Schechter, der Anwalt. Janice Spitz, die Geliebte. André und Bertrand Dubreuil, die Entdecker. Red O'Keefe/Bud Keith, der Küchenarbeiter in dem

Gasthof. Chris Corcoran, der Pathologe in Chicago. ML, der Anthropologe in Chicago.

Nein. Das stimmte nicht. ML untersuchte Laszlo Tots Knochen.

Der ML-Tentakel wurde dunkel und sank zu Boden.

Die Szene wechselte nun zu Christelle Villejoin, die in BH und Slip in einem flachen Grab lag. Langsam setzte die alte Frau sich auf. Die Unterwäsche wirkte auf ihren erdfleckigen Knochen zombieweiß.

Christelle umrankten weniger Tentakeln als Rose.

Anne-Isabelle, die Schwester, Yves Renaud, der Finder von Anne-Isabelle. Sylain Rayner, der pensionierte Arzt. Florian Grellier, der Informant. Bud Keith, Grelliers Barkumpel. M. Keith, der Handwerker.

Bud Keith. Ein Rose-Tentakel verschmolz langsam mit einem Christelle-Tentakel.

Eine Gestalt tauchte auf, das Gesicht verhüllt, die Hand ausgestreckt. Auf der Handfläche vier Fingerglieder. Eine Ecke des Schleiers hob sich, enthüllte ein Gesicht. Marie-Andréa Briel.

Briels Gesicht verdunkelte sich, verwandelte sich in das von Marilyn Keiser. Keisers Körper war schwarz und lila gesprenkelt. Ihre Tentakeln leuchteten zwar weniger, waren aber die zahlreichsten von allen.

Uri Keiser, Myron Pinsker sr., Sam Adamski, die Ehemänner. Otto und Mona, Sohn und Tochter. Myron Pinsker jr., der Stiefsohn. Lu und Eddie Castiglioni, die Hausmeister. Natalie Ayers, die Pathologin.

Der Traum verwandelte sich, eine neue Szene entstand.

Ryan stand an einem Rednerpult, ein Projektor schoss einen Strahl weißen Lichts in die Dunkelheit hinter ihm. Vor ihm saßen drei Studenten. Ryan stellte in schneller Folge eine Frage nach der anderen. Die Studenten beantworteten sie.

Falls Keith schuldig war, warum hat er es getan?

Geld?

Die Villejoins hatten nur wenig. Jurmain hatte nur ein paar Dollar in ihrem Zimmer in der L'Auberge.

Keith war ein Kleingangster. Vielleicht reichte ihm dieses wenige schon.

Wie kreuzten sich Keiths und Marilyn Keisers Wege?

Könnte Myron Pinsker der Mörder sein?

Wut? Eifersucht? Angst, sein Erbe zu verlieren?

Gibt es Vermögenswerte, die wir nicht kennen?

Gab es Schnittpunkte zwischen Pinsker und den anderen Opfern?

Waren Jurmain und die Villejoins beliebige Opfer, die wegen ihres Alters und ihres Geschlechts ausgesucht wurden?

Was war mit dem Nachbarn der Villejoins, Yves Renaud?

Mit den Hausmeister-Zwillingen Lu und Eddie Castiglioni?

Fragen und Antworten, die wie Pistolenkugeln hin und her flogen.

Ich strampelte unter der Decke.

Jetzt stand Hubert am Rednerpult.

Die Todesursache bei Jurmain war unbekannt. Die Villejoins wurden erschlagen. Keiser wurde verbrannt.

Das stimmte nicht.

Keiser wurde erschossen. Der dritte Student war jetzt Chris Corcoran.

Ayers machte die Autopsie, übersah aber den Schusskanal. Der zweite Student war jetzt Marie-Andréa Briel.

Briel habe den Schusskanal gefunden, sagte Hubert. Briel habe die Fingerglieder gefunden. Glückwunsch, Briel.

Eine Motte flatterte in den Projektorstrahl, die Flügel schlugen hektisch in dem grellen Licht.

Ich sah ihre samtigen Fühler. Die Schichten seidiger Haare, die ihren Bauch bedeckten.

Die Motte flog direkt auf mich zu.

Ihr Rachen öffnete sich.

30

Ryan war pünktlich. Wie immer.

Um zehn vor zehn parkten wir am Bordstein vor einem u-förmigen Backsteinbau in direkter Nachbarschaft des Campus der U de M. Während wir durch den Vorgarten gingen, prägte ich mir Details ein.

Der Boden abfallfrei. Die Gehwege mit kantiger Präzision geräumt. Sträucher mit Rupfen umwickelt und verknotet.

Lu Castiglioni stand an der Tür und sah aus, als wäre er lieber woanders. Ich nahm an, dass Claudel ihn eben in die Mangel genommen hatte.

Während wir Castiglioni nach drinnen folgten, schaute ich mich weiter um.

Zwölf Briefkästen, jeder mit einem Klingelknopf und einem Sprechgitter, damit Besucher sich identifizieren konnten. Keine Kamera. Das Überwachungssystem vertraute allein auf Sprache und Stimme.

Claudel hatte in der Lobby eine Armani-Pose eingenommen. Lederhandschuhe. Hellbrauner Kaschmirmantel. Ungeduldiges Stirnrunzeln. Neben ihm stand ein Elch von einem Mann, der eingepackt war wie ein Jäger direkt vom Yukon.

Claudel stellte seinen Begleiter als Otto Keiser vor. Ryan und ich sprachen Otto unser Beileid zum Verlust seiner Mutter aus.

Otto schüttelte uns die Hand, musterte unsere Gesichter.

Castiglioni führte uns zu einem Aufzug und drückte auf einen beleuchteten Messingknopf. Schweigend fuhren wir in den dritten Stock.

Keisers Wohnung befand sich am Ende eines neu mit Teppichboden ausgelegten Ganges, der nach frischer Farbe roch. Wir kamen an nur einer anderen Tür vorbei.

Castiglioni benutzte einen Generalschlüssel.

Verlassene Wohnungen entwickeln einen gewissen Geruch. Alte Lebensmittel. Schmutzige Wäsche. Verwelkte Pflanzen. Schale Luft. Die Jalousien waren geschlossen, und die Heizung war heruntergedreht, aber Keisers Wohnung hatte genau dieses Aroma.

Durch die Wohnungstür traten wir direkt ins Wohnzimmer. Am Ende eines nach rechts abgehenden Korridors befanden sich zwei Schlafzimmer und ein Bad, deren Türen alle nach links abgingen. Den Abschluss des Korridors bildete das Esszimmer. Dahinter lag die Küche. Durch das hintere Fenster sah ich eine Holztreppe, die zu einer Veranda führte.

Ryan und ich gingen nach links, Claudel und Otto nach rechts. Castiglioni blieb im Korridor.

Das Wohnzimmer hatte an einem Eck umlaufende Fenster. Perlenschnüre hingen vor den Fenstern und machten so zunichte, was der Architekt anscheinend beabsichtigt hatte.

Das Zimmer war geschmückt mit Stuckleisten an der Decke, Schutzleisten in Stuhllehnenhöhe und Sockelleisten in einem Limonengrün, das nicht einmal in der Lackdose gut ausgesehen haben konnte. Der Holzboden war bedeckt mit Teppichen, die aussahen wie aus einem LSD-Trip entkommen. Amateurlandschaften und -stillleben teilten sich die Wände mit Opernplakaten und Drucken minderer Qualität. Ich erkannte Picasso, Modigliani, Chagall, Pollock.

Porzellanfiguren, Vasen, Fotos, Schneekugeln, Spieldosen und geschnitzte Akte drängten sich auf dem Sims und auf Regalen zu beiden Seiten eines offenen Kamins, dessen Ziegeleinfassung dasselbe unvorteilhafte Grün zeigte wie die Schutz- und Zierleisten. Alle Bilder und der ganze Krimskrams waren in identischem Abstand und perfekten geraden Linien angeordnet.

Ich schaute mir die gerahmten Fotos an. Auf einigen älteren war Otto zu erkennen, zuerst als Kleinkind, dann in Abfolgen, die eine typische Kindheit dokumentierten. Auf vielen stand er neben einem Mädchen, das ein paar Jahre jünger war als er, und immer legte er ihm beschützend den Arm um die Schulter. Ich nahm an, dass es seine Schwester Mona war.

Die beiden tauchten auch wiederholt als Teenager auf. Porträts aus Schuljahrbüchern. Schnappschüsse von Schulbällen. Otto auf der Motorhaube eines Chevrolets. Abschlussfotos von Mona, sowohl von der Highschool wie vom College.

Offensichtlich hatte Keiser ihre Kinder geliebt. Ich fragte mich, wurde sie auch von ihnen geliebt? Von irgendjemandem? Der Gedanke machte mich traurig, während ich mich weiter umschaute.

Zu der Sammlung gehörte auch ein formelles Hochzeitsfoto, das Keiser mit einem sehr dünnen Mann zeigte. Kleidung und Frisuren deuteten auf die Fünfziger hin. War der Bräutigam Uri?

Ein Schnappschuss zeigte eine ältere Keiser in einem rustikalen Kleid mit einem kleinen Blumenstrauß in der Hand. Neben ihr stand ein kurzer, dunkler Mann in einem zugeknöpften braunen Anzug. Die beiden standen vor dem Hôtel de ville, dem alten Rathaus von Montreal.

Ryan stellte sich neben mich.

»Glaubst du, dass das Pinsker ist?«, fragte ich.

»Passen würde es. Die Koteletten und die Revers des Kerls schreien frühe Achtziger. Keiser und Pinsker sind den Bund vierundachtzig eingegangen. Irgendwelche Fotos von der Adamski-Vermählung?«

Ich schüttelte den Kopf. »Wie alt würdest du Otto schätzen?«

»Mitte bis Ende dreißig.« Ryan rechnete im Kopf nach. »Uri und Marilyn waren ziemlich lange verheiratet, bevor sie Kinder hatten. Interessant.«

Ich deutete in weitem Bogen auf die Fotosammlung. »Noch eine interessante Beobachtung. Jede Menge Fotos aus Kindheit, Jugend und früher Erwachsenenzeit. Nirgendwo sehen Otto oder seine Schwester älter als fünfundzwanzig aus.«

»Du vermutest ein Zerwürfnis, das zehn Jahre zurückreicht?«, fragte Ryan.

»Entweder das, oder die Fotos aus dem letzten Jahrzehnt gingen verloren oder wurden vernichtet.«

»Eher unwahrscheinlich. Keiser war eine Hamsterin.«

»Eine sehr ordentliche Hamsterin. Schau dir die Regale an. Die Sachen sind mit der Präzision eines presbyterianischen Chors arrangiert.«

»Zehn Jahre.« Ryan dachte laut.

»Ungefähr die Zeit, als Keiser Adamski heiratete.« Ich stellte das Offensichtliche fest.

Zwei killerblaue Augen drehten sich in meine Richtung. »Dr. Brennan. Sie sollten sich bei uns als Detective bewerben.«

»Vielleicht sollte ich das wirklich.«

»Ich würde mich nicht bedroht fühlen.«

»Claudel vielleicht schon. Sollen wir zu ihm gehen?«

Im Gang fiel mir die Gegensprechanlage auf, ein schlichtes Sprechgitter mit einem Druckknopf, um den Türöffner zu betätigen. Kaum der letzte Schrei der Sicherheitstechnik.

Außerdem fiel mir ein Wandschrank mit einem winzigen goldenen Schlüssel auf. Ich schaute hinein. Bücher.

Claudel und Otto waren in der Küche. Während Ryan mit ihnen sprach, ging ich ins Schlafzimmer.

Auch hier eine Überdosis Farbe. Noch mehr Bilder, Krimskrams und Fotos. Ich schaute sie mir an, entdeckte aber niemanden, der Adamski sein konnte.

Mitten auf der Kommode stand ein chinesisches Lackkästchen. Ich öffnete den Deckel. Einzeln in Plastiktüten verpackter Schmuck.

Ich öffnete den Wandschrank. Kleider, Röcke, Hosen in Farben, die mir das Wasser in die Augen trieben, alle in einem Abstand von präzise fünf Zentimetern auf der Querstange hängend.

Keisers Aufbewahrungsphilosophie war das exakte Gegenteil der meinen. Schachteln waren nach Größe aufeinandergestapelt. Kleidungsstücke waren nach Art und dann nach Farbe geordnet. Schuhe standen auf Gestellen, wiederum sortiert nach Farbe und Stil.

Marilyn Keiser war eine sehr ordentliche Dame.

Das Bad und das Gästezimmer zeigten eine ähnliche Hingabe zu Ordnung und Arrangement.

Obsessiv-kompulsive Störung? Ich prägte mir ein, das in Erfahrung zu bringen, und kehrte in die Küche zurück.

Ryan befragte eben Otto über den dritten Ehemann seiner Mutter. Otto schaute dabei seine Schuhe an.

»Was machte Adamski eigentlich?«

»Keine Ahnung.«

»Sie haben nie danach gefragt?«

»Doch, gefragt hab ich schon. Aber man wurde einfach nicht schlau aus dem Kerl.«

»Hatte er sein eigenes Einkommen?«

»Wer weiß?«

Ich schaute mich um. Die Küche war in Türkis und Orange gehalten und ebenfalls vollgestellt mit Kram. Körbe, Keramiktöpfe, Porzellanteller, Plätzchenformen, Glasbehälter, Seidenblumen, gerahmte Kreuzstich-Meisterwerke. Was man sich an Kitsch auch vorstellen konnte, bei Keiser stand oder lag es irgendwo herum.

»Sie mochten ihn nicht, oder?« Ryan.

Als Otto den Kopf hob, war sein Gesicht voller Abscheu. »Er war siebenundvierzig. Meine Mutter war einundsechzig. Wie würden Sie reagieren?«

»Ging's darum? Der Altersunterschied?«

»Der Kerl war aalglatt, hatte auf alles eine Antwort parat, Sie wissen schon. Aber darunter, da war dieses ...« Otto spreizte die Finger, als würde er nach einer Beschreibung tasten. Die Handflächen waren hart und schwielig »... diese Härte. Ich kann's nicht beschreiben. Ich bin Mechaniker, ich kann mit Maschinen umgehen, nicht mit Worten.«

»Hat Adamski Ihre Mutter finanziell ausgenutzt?«

»Wer weiß?«

»Hat sie sich mal beklagt?«

»Nein.«

»Waren die beiden glücklich?«

»Mona und ich leben drüben im Westen.« Ein Achselzucken. »Man geht dorthin, wo die Arbeit ist, wissen Sie? Nachdem Mom Adamski geheiratet hatte, hat sie so ziemlich aufgehört mit schreiben und anrufen.« Otto seufzte schwer. »Wissen Sie, meine Mutter war ein bisschen ausgeflippt. Hat sich als Bohemien betrachtet. Wissen Sie, welche Namen sie uns eigentlich gegeben hat?«

Ryan und ich warteten.

»Othello und Desdemona. Können Sie sich vorstellen, wie es ist, mit solchen Namen aufzuwachsen? Und mit einer Mutter, die Leggins und Zöpfe trägt und Ihren Freunden Opern vorsingt? Als ich einmal einen Kumpel mit nach Hause gebracht hab, hat Mom gerade nackt für irgendeinen Möchtegernkünstler posiert.« Otto schnaubte sarkastisch. »Sobald ich im Westen war, hab ich meinen Namen geändert. Hab ein ›t‹ eingebaut und die ›Helligkeit‹ raus.« Otto malte Anführungszeichen in die Luft. »Verstehen Sie? Othello?« Wieder diese Fingerhäkchen – »›Helligkeit‹?«

Ich konnte nur vermuten, wie oft er diesen Witz schon gerissen hatte.

»Mona hat dasselbe gemacht.«

»Haben Sie und Ihre Schwester versucht, mit Ihrer Mutter in Kontakt zu treten?«

»Wenn wir angerufen haben, war sie immer beschäftigt. Ich hab angenommen, sie brauchte uns einfach nicht mehr. Sie war glücklich und hatte ein neues Leben.«

Claudel räusperte sich.

Ryan machte einfach weiter. »Was ist mit Pinsker? Mochten Sie ihn?«

»Er war ein bisschen vertrottelt, aber ganz okay.«

Ich schaute in einen Schrank. Die Teller standen in ordentlichen Stapeln mit präzise gleichem Abstand. Die Tassen hingen in identischen Winkeln an Haken in identischer Entfernung voneinander.

»Sie kennen seinen Sohn?«

»Nicht wirklich.«

Ich schloss diesen Schrank, öffnete einen anderen. Alles picobello.

»Ihre Mutter hat ihn in ihr Testament aufgenommen.«

»Das ist okay. Mom war zwölf Jahre mit Pinsker verheiratet. Außerdem« – Otto schnaubte noch einmal – »hat sie ja nicht viel hinterlassen.«

»Kam Ihnen das merkwürdig vor?«

Ich sah ein leichtes Zucken an Ottos Kinn. Nur kurz, dann war es wieder verschwunden. »Wie meinen Sie das?«, fragte er.

»Sind Sie überrascht, dass Ihre Mutter so wenig Vermögen hatte?«

Otto zuckte die Schultern. Er tat es ziemlich oft. »Sieht aus, als wäre sie ganz gut zurechtgekommen.«

Claudel wechselte ungeduldig von einem Fuß auf den anderen.

»Wie konnte Ihre Mutter eigentlich mit so wenig Geld so gut leben, wie sie es tat? Diese Wohnung? Ihre Aufenthalte in Kurhotels?«

Otto schaute Ryan an, als wäre er eben aus dem hinteren Ende eines Schweins herausgeplumpst.

»Woher zum Teufel soll ich denn das wissen? Ich hab sie zweitausend zum letzten Mal gesehen.«

»Als Adamski starb. Waren Sie traurig über seinen Tod?«

»Was ist denn das für eine Frage?«

Ryan wartete.

Noch ein Achselzucken. Otto war ein wirklich charismatischer Zeitgenosse. »Ehrlich? Ich hab damals gehofft, der Kerl würde in der Hölle verrotten.«

»Ihre Mutter erhielt eine monatliche Pensionszahlung.« Ryan probierte es mit einem abrupten Themenwechsel.

»Das nehme ich an.«

»Myron junior half ihr ein wenig. Machte Besorgungen und dergleichen.«

»Und?« Defensiv. Ein schlechtes Gewissen?

»Jemand löste nach ihrem Tod noch ihre Pensionsschecks ein.«

»Sie verdächtigen Myron?«

»Tun Sie es?«

»Nein, ich …« Otto spreizte die Füße. »Sie wollen mich durcheinanderbringen.«

»Adamski ist ertrunken, nicht?« Noch ein schneller Wechsel.

»Ja.« Vorsichtig.

»Wo?«

»Irgendwo in La Mauricie. In der Nähe von Trois Rivières, glaube ich. Oder Chambord.«

Claudel hatte jetzt genug.

»Das hatten wir bereits, Detective.«

»Wiederholungen schaden nie.« Ryan nahm den Blick nicht von Ottos Gesicht.

»Mister Keiser, ist Ihnen aufgefallen, ob in der Wohnung Ihrer Mutter irgendwas nicht stimmt?«, fragte Claudel.

»Wann hört ihr Leute mir endlich mal zu? Ich habe seit Jahren keinen Fuß mehr in diese Wohnung gesetzt.«

»Sie kamen zu Adamskis Beerdigung nach Montreal?« Ryan ignorierte Claudels Unterbrechung.

»Es gab keine Beerdigung.«

»Warum nicht?«

»Woher soll ich das wissen? Vielleicht war der Kerl ja Atheist.«

»Warum kamen Sie dann hierher?«

»Um meine Mutter zu überreden, nach Alberta umzuziehen. Ich habe ihr sogar angeboten, ihren ganzen Kram zusammenzupacken.«

»Kein Glück?«

Otto breitete die Arme aus. »Sieht es hier aus, als wäre sie umgezogen?«

»Okay.« Ryan nickte. »Fahren wir nach Memphrémagog.«

Die Hütte war in etwa so, wie ich sie mir vorgestellt hatte, nur dass sie aus massiven Balken bestand und nicht aus Brettern. Das Dach war mit Schindeln gedeckt. Vorne hatte die Hütte eine grob gezimmerte Veranda, an der Rückwand stieg als Rauchabzug ein Metallrohr in die Höhe, das vermutete ich zumindest, als ich den Holzofen sah.

Das Wort »abgelegen« ist keine adäquate Beschreibung für den Standort dieser Hütte. Der Feldweg, der von der Teerstraße abging, schien ungefähr neunzig Meilen lang zu sein.

Ryan und ich waren einer Meinung: Keisers Versteck war kein Ort, den man zufällig fand. Entweder hatte man sie als Opfer ausgesucht und verfolgt, oder der Mörder wusste von der Existenz dieser Hütte.

Die Fenster waren intakt. Das Türschloss ebenfalls. Drinnen waren nirgendwo Spuren eines Kampfes zu sehen. Kein umgekippter Stuhl, keine auf den Boden gefallene Lampe. Keine zerbrochene Vase. Kein schiefes Foto oder Gemälde.

Hatte Keiser ihren Mörder eingelassen? Hatte sie ihn gekannt? Oder hatte er sie so schnell überwältigt, dass sie keine Chance gehabt hatte zu reagieren?

Die Luft war eiskalt und roch nach Asche und Kerosin. Abgesehen von den räumlich begrenzten Feuerschäden und dem Fingerabdruckpulver der Spurensicherung sah das Innere der Hütte erschütternd normal aus.

Wie schon die Wohnung war auch die Hütte angefüllt mit Gemälden und Kunsthandwerksobjekten und Sammlerstücken örtlicher Farmer. Alte Milch- und Limoflaschen. Kuhglocken. Käsetröge. Alte Werkzeuge.

Während Otto und Claudel herumgingen, schaute ich mir die Kunstwerke genauer an. Keisers Initialen zierten jede Arbeit.

In einer vom Feuer verschonten Ecke im hinteren Teil des Hauptraums fand ich ihre Staffelei und die Malutensilien. Die Techniker waren bei ihrer Durchsuchung sehr respektvoll vorgegangen. Und weitsichtig. Die aufrecht stehenden Pinsel bildeten in ihren Halterungen noch immer perfekte Kreise. Die Farbtuben lagen noch immer präzise parallel zueinander. Die unbenutzten Leinwände lehnten der Größe nach abgestuft an einer Wand.

Hinter der Staffelei stand ein kleines hölzernes Sideboard, das mit einem handgewebten Afghanen bedeckt war. Ich hob eine Ecke an.

Das Sideboard hatte eine breite Schublade oben und zwei Türen darunter. Die Messingbeschläge waren angelaufen und verbeult. Das Holz war zu stark lackiert, verschrammt und gesplittert, als wäre das Stück einmal gewaltsam geöffnet worden. Das Möbel sah alt aus.

Okay, ich gebe es zu. Ab und zu bleibe ich im Fernsehen bei einer Ausgabe der *Antiques Roadshow* hängen.

Nur mäßig neugierig, benutzte ich einen Kugelschreiber, um einen Türflügel zu öffnen. Das Fach dahinter war leer.

Ich ging ins Bad.

Und erstarrte.

Aufgeputscht eilte ich in die Schlafempore hoch und zog einen Vorhang beiseite, der einen behelfsmäßigen Schrank bildete. Ein Dutzend Kleidungstücke hingen an einer Stange, die mit verdrehten Drahtkleiderbügeln an der Decke befestigt war.

»Ich habe hier was«, rief ich nach unten.

Sechs Füße polterten die Treppe hoch.

31

»Hier war noch jemand.«

Sechs verwirrte Augen starrten mir ins Gesicht.

Ich wandte mich direkt an Otto.

»Ihre Mutter hatte alle ihre Habseligkeiten präzise geordnet und sortiert. Im Wandschrank ihrer Wohnung hängen alle Kleidungsstücke exakt in einem Abstand von fünf Zentimetern nebeneinander, sodass die ganze Länge der Stange ausgenutzt wird. Auf ihrer Kommode, auf dem Kaminsims, auf den Bücherregalen sind alle Objekte im gleichen Abstand zum jeweiligen Nachbarn positioniert, und jeder Quadratzentimeter der Oberfläche wird genutzt.«

Otto nickte langsam, ein Stirnrunzeln zog seine Brauen zusammen. »Stimmt wohl. Sie hat sich immer aufgeregt, wenn wir Sachen verrutscht haben.«

»Die Bilder Ihrer Mutter sind Studien in Symmetrie. Alles ist harmonisch, im Gleichgewicht.«

»Worauf wollen Sie hinaus?« Auch Claudel runzelte die Stirn.

Ich deutete auf den behelfsmäßigen Kleiderschrank.

Die Männer schauten die auf einer Seite zusammengeschobenen Kleidungsstücke an.

Claudel wollte etwas sagen. Ich schnitt ihm das Wort ab.

»Kommen Sie mit.«

Im Bad waren Keisers Toilettenartikel ebenfalls auf einer Hälfte der Ablage neben dem Waschbecken zusammengeschoben. Die andere Hälfte war leer.

Claudel blies die Luft durch spitze Lippen aus, wie er es so gerne tat.

»Ich vermute, Mrs. Keiser litt an einer obsessiv-kompulsiven Störung. Zu ihren Zwangsvorstellungen gehörte, dass Gegenstände räumlich geordnet sein müssen. Wenn das tatsächlich so war, dann wäre es ihr unmöglich gewesen, dieses Muster zu durchbrechen.«

»Sie wollen damit sagen, dass jemand Moms Sachen beiseitegeschoben hat, um Platz für seine eigenen zu schaffen?«

»Ja.«

»Die Spurensicherung und das Brandstiftungsteam haben die Hütte auseinandergenommen.« Claudel. »Wahrscheinlich haben sie die Sachen verrutscht.«

»Das glaube ich nicht.« Ich erwähnte die Malutensilien. »Aber das kann man sehr leicht anhand der Tatortfotos nachprüfen.«

Claudel kniff die Lippen zusammen.

»Angeblich wusste nur eine Person von dieser Hütte«, sagte Ryan.

»Lu Castiglioni«, sagte ich.

»Wer?«, fragte Otto.

»Der Hausmeister im Wohnblock Ihrer Mutter.«

»Was ist mit Myron Pinsker?«

Gute Frage, Otto.

Mein Blick wanderte zur Staffelei. Den Farben. Dem Sideboard.

Ein plötzlicher Einfall.

»Otto, als Sie noch klein waren, wo bewahrte Ihre Mutter zu Hause ihr Geld auf?«

»Ein paar Dollar in ihrer Brieftasche. Vielleicht eine kleine Haushaltskasse. Aber das war nie viel.«

»Hat sie je darüber gesprochen, ihr Geld von der Bank zu holen? Oder sich Sorgen gemacht um die Sicherheit ihrer Konten?«

»Mom ist in den Dreißigern geboren, sie hatte diese Depressionsmentalität. Sie hatte eine Heidenangst vor Banken.«

»Hat sie je etwas unternommen aufgrund dieser Ängste?«

»Ja, das hat sie tatsächlich. Als der Markt siebenundachtzig so richtig durchgesackt ist, hat sie alle ihre Aktien verkauft und das Geld auf ein Sparbuch gelegt. Nach dem elften September drohte sie, jeden Penny abzuheben. Das war eins der wenigen Male, dass wir in den letzten Jahren miteinander gesprochen hatten. Ich hab sie nicht ernst genommen. Damals war alles ein Chaos. Jeder ist durchgedreht. Und, wie gesagt, Mom war ziemlich ausgeflippt.«

»Aber hat sie es tatsächlich getan?«

Otto zuckte die Achseln. Wer weiß?

»Ihre Mutter hatte es nicht sehr mit Schlössern, oder?«

Otto schaute mich verwirrt an.

»In der Wohnung hatte sie eine Kommode und ein Schmuckkästchen, beide mit Schlüsseln. Keins von beiden war abgeschlossen.« Ich wandte mich an Ryan. »Hast du eine Taschenlampe?«

Ryan zog eine schmale, kurze Lampe aus der Tasche. Ich ging zum Sideboard und kauerte mich hin, um die Türen genauer zu untersuchen. Aus der Nähe und erhellt von dem kleinen Strahl, wirkten die Kerben und Absplitterungen frisch.

»Die Beschädigungen hier sind neu.« Ich schaute hoch. »Ich glaube, Mrs. Keiser hatte in diesem Fach etwas weggeschlossen.«

»Die Türen wurden aufgestemmt.« Ryan beendete meinen Gedanken.

»Von diesem mysteriösen Hausgast.« Claudels Zynismus ging mir langsam auf die Nerven.

Ich stand auf. »Der sie vielleicht als Gefangene gehalten hat, bis er bekam, was er wollte.«

Otto machte ein Gesicht, als hätte man ihn geschlagen.

»Tut mir leid.« Das tat es mir wirklich. »Das hätte ich nicht sagen sollen.«

»Wie weit zurück sind Sie bei Keisers Finanzen gegangen?«, fragte Ryan Claudel.

Claudel starrte das leere Sideboard-Fach an. Bei Ryans Frage drehte er sich uns zu. Einen Augenblick lang sah er aus, als hätte sie ihn überrumpelt. Dann nickte er und riss sich sein Handy vom Gürtel.

»Tabernouche. Ich kriege auf diesem Scheißding kein Netz. Charbonneau bearbeitet diese Sache. Sobald ich wieder auf der Straße und in Reichweite bin, rufe ich an und frage ihn, was er ausgegraben hat. Sobald ich es weiß, wissen Sie es.«

Ryans Handy klingelte, als wir zum Mittagessen Hurley's Irish Pub betraten. Er hob es sich ans Ohr.

»Ryan.«

Als wir uns einen Platz im Hauptraum suchten, in Mitzi's Booth, fiel mir auf, dass ein kleines Manko behoben worden war. Das Namensschild, das diese Ecke Bill Hurleys Mutter widmete, war eines turbulenten Abends gestohlen worden. Jetzt war die kleine Plakette wieder da, wo sie hingehörte.

Also wirklich. Wie tief kann man sinken.

Während Ryan zuhörte, formte ich mit Lippen den Namen Claudel. Ryan nickte.

Die Kellnerin brachte die Speisekarten. Ich bestellte Lammeintopf. Ryan bedeutete ihr, dass er dasselbe wollte. Die Kellnerin sammelte die Speisekarten wieder ein und ging.

Ryan trug viele *»ouis«* und *»tabernacs«* zum Telefonat bei. Fragte nach einem Ort. Einem Datum. Einem Betrag. Er grinste, als er abschaltete.

»Und schon haben wir ein Motiv.«

»Tatsächlich?«

»Zwischen Herbst zwoeins und Frühling zwodrei hob Marilyn Keiser ungefähr zweihunderttausend Dollar von ihrem Sparbuch bei der Scotiabank ab. Es gibt keine Hinweise auf ein Konto irgendwo anders.«

»Ich wusste es. Sie hat es in Schuhkartons in ihrer Hütte aufbewahrt.«

»Bei den Schuhkartons bin ich mir nicht so sicher, aber ja, deine Hütten-Theorie klingt einleuchtend. Und übrigens, Claudel ist beeindruckt.«

»Ach so?«

Ryan suchte nach der Kellnerin, die verschwunden war.

»Was hat er gesagt?«

»Ich bin beeindruckt.«

»Ernsthaft.«

»Ich muss aufs Klo.« Ryan rutschte aus der Sitznische. »Bestell mir ein Bier.«

»Was für eins?«

»Wie üblich.« Und damit war er verschwunden.

Auf der gegenüberliegenden Seite der Bar befand sich die Theke mit einer langen Reihe von Zapfhähnen. Mit ebenso vielen Markenschildern. Runde, ovale, hölzerne, grüne. Ich las die Namen.

Zuerst die obsessiv-kompulsive Störung. Dann das Sideboard.

War es die erzwungene Reinigung von Mittwoch und Donnerstag? Hatte dieses Durchspülen meines Systems die Denkfähigkeit erhöht? Ein geschärftes Bewusstsein als Folge meines Kriegs mit den Mikroben? Ein dritter Schalter rastete mit einem fast hörbaren Klicken ein.

O Mann, ich war vielleicht drauf.

Ich klopfte den Gedanken ein zweites Mal ab, als Ryan zurückkehrte.

»Das ist verrückt, Ryan. Völlig durchgeknallt.«

»Wo ist mein Bier?«

»Hör zu.« Ich streckte Ryan beide Handflächen entgegen. »Hör mir nur zu, bevor du anfängst zu schimpfen.«

»Ich schimpfe dich doch nie, Butterblümchen.«

»Dieser Blümchenname ist bereits eine Beschimpfung.«

Ryan machte eine »Raus-damit«-Bewegung mit der Hand.

Die Kellnerin kam mit unserem Essen. Ryan bestellte ein Sam Adams.

»Das ist es!« Ich knallte die offene Hand auf den Tisch.

Die Kellnerin erschrak.

»Wie heißen doch gleich die anderen Alias-Namen von Bud Keith?«

»Alle?«

Ich nickte.

Ryan zog sein Notizbuch aus der Jackentasche und blätterte darin. »Red O'Keefe. Bud Keith. Sam Caffrey. Alex Carling.«

»Er benutzt Biermarken.«

Zwei Jugendliche am Nachbartisch schauten verstohlen in unsere Richtung.

Ich senkte die Stimme.

»Er mischt sie und setzt sie neu zusammen. Red – Red Stripe. Bud – Budweiser. O'Keefe – O'Keefes. Keith und Alex – Alexander Keith's. Carling – Carling's Black Label.«

»O Mann.«

»Aber hör zu.« Wieder das Stoppzeichen mit den Händen. »Hör zu.«

»Ich höre zu.«

»Sam Adams.«

Ryan hob seinen Krug.

»Sam Adamski.«

»Keisers dritter Ehemann?«

Ich nickte.

»Er ist tot.«

»Was, wenn er es nicht ist?«

Der Krug hielt auf halbem Weg zu Ryans Mund.

»Wie Otto sagte, wurde Adamskis Leiche nie gefunden. Was, wenn er noch am Leben ist?«

»Was, wenn er es ist?«

»Keiser und Adamski heirateten achtundneunzig. Was, wenn sie ihm erzählt hat, dass sie ihr Geld in die Schlafzimmervorhänge einnähen will? Was, wenn er sie diesen Herbst besucht hat, um mal nachzusehen?«

»Der Tod durch Ertrinken war nur inszeniert?«

»Oder der Unfall war echt, aber er überlebte. Vielleicht sah er seinen Tod als Gelegenheit, die man beim Schopf packen sollte.«

»Wo war er dann seit zweitausend?«

»Vielleicht wechselte er seine Identität und versteckte sich, verließ das Land, wurde unter einem anderen Namen verhaftet und wanderte in den Knast. Wer weiß? Adamski taucht wieder auf, braucht Kohle und beschließt, seiner früheren Frau einen Besuch abzustatten.«

»Warum gerade jetzt?«

Ich ignorierte Ryans Frage. Die Ideen sprudelten mir aus dem Mund, wie sie mir in den Sinn kamen.

»Oder vielleicht standen die beiden die ganze Zeit in Kontakt. Vielleicht trafen sie sich in der Hütte. Adamski kannte sie. Schließlich hat er sie ja gebaut.«

»Warum geheim halten, dass er am Leben ist?«

»Die Kinder hassten ihn.«

»Sie hassten ihn schon während der Ehe.«

»Okay. Vielleicht standen sie nicht in Kontakt. Vielleicht taucht er einfach auf, nimmt sie gefangen und prügelt sie, bis sie ihm sagt, wo das Geld ist. Dann bringt er sie um.«

»Mach mal Pause.«

Das tat ich auch.

»Otto hat heute Vormittag etwas gesagt, das mir zu denken gab.«

»Was?«, fragte ich.

»Er erinnerte sich, dass Adamski irgendwo in LaMaurice ertrank.«

»Ein Bootsunfall. Meinst du, dass Adamski im Fluss Saint-Maurice untergegangen ist?«

»Ich weiß es nicht. Ich kann es herausfinden. Aber das ist nicht wichtig. Weißt du, was sonst noch dort ist, nicht weit von Trois Rivières entfernt?«

Ich schüttelte den Kopf.

»Ein kleines Kaff namens La Tuque.«

Ich brauchte eine Nanosekunde, um den Zusammenhang zu kapieren.

»Bud Keiths Alibi. Er war nicht in der L'Auberge des Neiges, als Rose Jurmain ums Leben kam. Er war auf Bärenjagd bei La Tuque.«

Nun fügte sich einiges zusammen.

M. Keith, der Baumfäller der Villejoins.

Bud Keith/Red O'Keefe, Grelliers Barkumpel, der über Christelles verstecktes Grab Bescheid wusste.

Bud Keith, der Küchenarbeiter in Rose Jurmains Gasthof.

Sam Adamski, Marilyn Keisers dritter Ehemann.

Sehr lange starrten Ryan und ich uns nur an.

Konnte Caffrey/Keith/O'Keefe/Carling alle vier Frauen umgebracht haben?

Warum?

Mittel und Motiv waren im Augenblick nicht wichtig. Wir hatten das Verbindungsglied. Den Punkt, an dem die Lebenswege der Opfer sich berührten.

Ryan griff nach seinem Handy.

32

Als Ryan mich vor meiner Wohnung absetzte, wussten wir, dass Keith weder zu Hause noch in der Arbeit war.

Ryan gab eine Fahndung raus. Ich war kaum aus dem Jeep gestiegen, als er schon, die Hände fest am Lenkrad, davonbrauste.

Gegen acht an diesem Abend rief er wieder an.

»Er ist uns durch die Lappen gegangen.«

»Du kriegst ihn schon.«

»Ich *hatte* ihn.« Ryans Stimme klang angespannt vor Frustration. »Ich hatte diesen Mistkerl schon.«

»Was haben die Nachbarn gesagt?«

»Nicht die Art von Leuten, denen was auffällt. Oder die es den Bullen erzählen.«

»Was ist mit der Tankstelle?«

»Die haben den Kerl seit Mittwoch nicht mehr gesehen.«

Seit dem Tag, als Ryan ihn verhört hatte. Ich sagte es nicht.

»Ich habe das Foto von Keith nach Trois Rivières gefaxt. Die Kollegen sind damit zu dem Camp gefahren, in dem Adamski übernachtete, als er zweitausend diesen tödlichen Bootsunfall hatte. Es ist der derselbe Kerl. Und dasselbe Lager.«

»Im Ernst?«

»Das sind die Leute, die Bud Keiths Bärenjagd während seiner Auszeit in der Küche der l'Auberge organisiert haben.«

»Gute Arbeit, Detective.«

Ryan schnaubte verächtlich. »Außer, dass ich den Kerl habe davonkommen lassen, ohne dass er sich auch nur einmal umschauen musste.«

»Er kommt nicht weit.«

»Er ist zweitausend verschwunden und erst zwei Jahre später wieder aufgetaucht. Wir hatten nicht die geringste Ahnung, wo der Arsch die ganze Zeit war.«

Das stimmte. Aber ich sagte auch das nicht.

»Du hast die Bestätigung, dass Adamskis Leiche nie gefunden wurde?«

»Ja.« Ryan klang erschöpft. »Anscheinend fuhr er eines frühen Morgens allein auf den See hinaus. Das Boot wurde mit dem Rumpf nach oben treibend gefunden, Adamski war nicht drin. Eine ganze Woche lang wurde der See abgesucht, man fand seine Brieftasche und seine Angelausrüstung. Aber keine Leiche.«

»Die Jungs vor Ort fanden das nicht komisch?«

»Ist offensichtlich schon öfters passiert. Der See ist an einigen Stellen dreißig Meter tief.«

Plötzlich musste ich an die Opfer vom Lac Saint-Jean denken, die vernachlässigt in meinem Labor lagen. Jetzt bekam ich auch ein schlechtes Gewissen. Quentin Jacquème wartete seit vierzig Jahren auf eine Antwort in Bezug auf seinen Schwager Achille und den Rest der Familie Gouvrard.

Montag. Als Allererstes. Keine Ablenkungen.

»– kann ich dir sagen. Ich bin fertig.«

Ich stellte mir vor, wie Ryan sich mit der Hand durch die Haare fuhr. Und wie die Strähnen in alle Richtungen abstanden.

Ich öffnete die Lippen.

Zögerte.

Warum nicht?

»Willst du vorbeikommen?«

»Danke, Tempe. Wirklich. Aber ich habe Lily versprochen, sie morgen früh anzuholen. Ich darf das nicht vermasseln. Ich fahre jetzt lieber nach Hause.«

»Verstehe.« Ich tat es nicht.

»Du weißt, wo ich jetzt am liebsten wäre. Es ist nur … Bitte. Fragst du mich noch einmal?«

»Klar.« Meine Brust brannte. Ich musste auflegen.

Birdie und ich schauten uns *Pretty Woman* auf dem Oldie-Kanal an und gingen dann ins Bett.

Sonntag war ein Tag, der Alexander Graham Bell stolz gemacht hätte. Oder reich.

Harry rief als Erstes an, als ich gerade die *Gazette* las. Die ersten zwanzig Minuten erzählte sie mir von ihrem neuesten romantischen Abenteuer, dann fragte sie, wie es mir gehe.

Ich berichtete ihr von meiner Schlacht mit dem Schinkensalat.

Harry fragte, ob ich den Mistkerl schon identifiziert hätte, der mich bei Edward Allen Jurmain angeschwärzt hatte. Ich sagte Nein. Sie schlug mir gewisse Modifikationen der Genitalien dieses Kerls vor und fragte dann, wie es mit Ryan laufe. Um dieses Thema zu umgehen, redete ich über die vergiftete Atmosphäre im Institut, erzählte ihr von Briels Fernsehauftritt und von dem Gespräch mit Santangelo.

Harry befahl mir, den Tag freizunehmen, und zitierte irgendeine verquaste Theorie über Keime und Stress und Karma und Langlebigkeit. Ich stimmte ihr zu. Unverbindlich.

Harry bedrängte mich, verlangte ein Versprechen. Was ich ihr letztendlich auch gab. Ich kannte meine Schwester. Il Duce würde immer wieder anrufen, nur um sich zu versichern, dass ich wirklich zu Hause war.

Katy rief kurz nach Harry an. Sie hatte einen neuen Freund, einen Musiker namens Smooth. Smooth, zweiunddreißig, war aus Pittsburgh und spielte in einer Band mit dem Namen Polar Hard-on. Ob man in der Arktis wirklich einen Steifen kriegt? Ich brauche wohl nicht zu erwähnen, dass die Neuigkeiten meiner Tochter den karmischen Entspannungsanordnungen meiner Schwester eher zuwider liefen.

Aber ich ließ den Tag locker angehen. Schrieb Berichte. Arbeitete mich durch meine E-Mails. Las. Spielte mit der Katze.

Nahm Harrys Anrufe entgegen, versicherte ihr, dass ich den Hausarrest nicht durchbrochen hatte.

Und unterdessen wartete ich auf die Nachricht von Adamskis Verhaftung.

Chris Corcoran rief gegen vier an.

Den Stateville-Insassen zu verdrahten, hatte sich ausgezahlt. Der Zellengenosse, ein gewisser Antoine »Pooter« Brown, hatte genug Details geliefert, um sich selber für den Mord an Laszlo Tot die Schlinge um den Hals zu legen. Als Gegenleistung für ein maßvolles Urteil hatte Pooter zugegeben, bei dem Mord an Lassie anwesend gewesen zu sein, und sich bereit erklärt, seinen Partner zu verpfeifen.

Er und ein Genie namens Slappy hatten Laszlo in einem Videoladen entdeckt. Sie folgten ihm und versuchten, sein Auto zu klauen. Laszlo wehrte sich.

Slappy erstach Lassie. Pooter hatte zugesehen, aber nichts dagegen tun können. Aha.

Nach dem Mord hatten sie Laszlos Taschen geleert und ihn in den Kofferraum seines Autos gesteckt. Dann waren sie ziellos durch die Gegend gefahren, um sich zu überlegen, was sie tun sollten. Da Pooter aus Thornton stammte, fiel ihm der Steinbruch ein.

Nachdem sie Laszlo in die Grube geworfen hatten, stellten sie sein Auto auf dem Parkplatz eines vorstädtischen Einkaufszentrums ab und fuhren mit einem Pendlerzug in die Stadt zurück. Mit Laszlos Geld.

Bei seiner Verhaftung hängte Slappy Pooter die Messerstecherei an. Sehr originell.

Ryan rief um sechs an. Noch war er nicht in Jubellaune, aber doch deutlich besser drauf als am Abend zuvor.

»Hol die Partyhütchen raus.«

»Ihr habt ihn?«

»Kann sein, dass wir seine Spur aufgenommen haben.«

»Supi!«

»Das aus deinem Mund?«

»Wo war er?«

»Am Donnerstag gegen sechzehn Uhr mietete ein Mann, auf den Adamskis Beschreibung passte, in einer Budget-Filiale am Boulevard Décarie einen Hyundai Accent. Auf den Namen dieses Herren kommst du nie.«

»Miller Moosehead.«

»Gut geraten. Und eine Alliteration. Aber nein. Lucky Labatt.«

»Lucky?«

»Lucky Lager.«

»Noch nie gehört.«

»Jack Nicholson hat es in *Ein Mann sucht sich selbst* getrunken.«

»Um ein Auto zu mieten, braucht man einen Führerschein und einen Versicherungsnachweis. Wie konnte Adamski so schnell mit einer neuen Identität daherkommen?«

»Papiere fälschen ist eine seiner Spezialitäten. Er hat sicher nicht lang dafür gebraucht. Scheiße, wahrscheinlich hatte er neue Dokumente in seiner Unterwäscheschublade. Ich habe eine lokale und eine landesweite Fahndung über CPIC ausgegeben. Außerdem habe ich den Jungs an der Grenze Bescheid gesagt. Wir werden ihn schnappen. Gehst du morgen ins Institut?«

»O ja. Hubert wird an mir kleben wie das Grün an Kermit.«

»Zuerst supi, und jetzt eine Frosch-Metapher. Scheinst wieder ganz die Alte zu sein.«

»Vergleich.«

»Was?«

»Ein Vergleich benutzt das Wörtchen ›wie‹, um zwei Dinge zu vergleichen. Eine Metapher vergleicht zwei scheinbar nicht zusammengehörende Dinge direkt.«

»Ja. Sie ist echt wieder da.«

»Die Knochen vom Lac Saint-Jean warten seit Mittwoch, als ich krank wurde.«

»Sind das nicht die Gouvrards?«

»Wahrscheinlich.«

»Hast du noch andere Möglichkeiten?«

»Nein.«

Im Hintergrund hörte ich eine weibliche Stimme. Dann war ein gedämpftes Geräusch zu hören, als hätte er die Sprechmuschel mit der Hand abgedeckt oder an die Brust gedrückt. Sekunden später war Ryan wieder da.

»Ich muss jetzt Lily nach Hause fahren.«

»Hattet ihr beide einen schönen Tag?«

»So schön, wie's eben geht.«

»Ist sie noch sauer?«

»Wie eine Wespe in einer Flasche. Vergleich.«

»Hältst du mich auf dem Laufenden, was Adamski angeht?«

»Roger. Lady auf dem Laufenden.«

Am Montagmorgen sprang ich aus dem Bett und fühlte mich, als könnte ich den Amazonas alleine wiederaufforsten. Laszlos Mörder saßen in Chicago hinter Gittern. Adamski würde schon bald verhaftet sein. Ich war wieder gesund. Das Leben war schön.

Das Wetter ebenfalls. Der Himmel war blau, die Sonne blendend hell. Die Temperatur sollte bis auf milde zwei Grad Celsius steigen.

Da die Straßen frei waren, beschloss ich, mit dem Auto zu fahren. Das ging gut, meine Ankunft allerdings nicht. Wegen der Schneemassen, die sich noch immer an den Bordsteinen türmten, waren die Parkplätze um das Wilfrid-Derome Mangelware.

Nach zwanzig Minuten kreisen biss ich in den sauren Apfel, zahlte die Gebühr und fuhr auf den Parkplatz. Was soll's. Ist ja nur Geld.

Ich fuhr in den zwölften Stock zusammen mit Polizisten und LSJML-Angestellten, die Tratsch und Neuigkeiten vom Wochenende austauschten. Briel war in ihrem Büro. Morin und Ayers waren noch nicht da. Joe ebenfalls nicht.

In meinem Labor lagen die Opfer vom Lac Saint-Jean auf Arbeitsflächen und Stahltischen. In meinem Büro blinkte das Lämpchen am Telefon heftig.

Ich legte mir einen Plan zurecht. Zuerst die telefonischen Nachrichten. Dann die antemortalen Unterlagen des kleinen Valentin. Dann seine Knochen.

Kein Anrufer hatte eine Bitte oder eine Anfrage hinterlassen, die meine sofortige Aufmerksamkeit erforderte. Ich legte meine handgeschriebene Liste beiseite, ging ins Labor und schlug die Gouvrard-Akte auf.

Es dauerte nur wenige Minuten, bis ich einen Eintrag fand, der meine Hoffnung in die Höhe schießen ließ.

Tetracyclin ist ein starkes Antibiotikum, das ein breites Spektrum von Bakterien abtötet. Leider verkalkt das Medikament, wenn es während der Zahnbildung eingenommen wird, im Zahnschmelz. Das Resultat ist eine dauerhafte graue oder braune Verfärbung der Kronen oder eine horizontale Streifenbildung unterschiedlicher Intensität.

In den 1950ern wurde Tetracyclin so oft verschrieben, dass diese Verfärbung weit verbreitet war. Noch bis 1980 wurde dieses Medikament Kindern und Schwangeren verabreicht.

Schlechte Nachrichten fürs Lächeln. Gute Nachrichten für eine forensische Identifikation.

Nach seinen Unterlagen hatte Valentin Gouvrard sich im Alter von sieben Monaten eine Streptokokkeninfektion zugezogen. Das Baby bekam drei Wochen lang Tetracyclin.

Ich rannte zu meinem Bücherregal, zog ein Handbuch heraus und schlug eine Tabelle auf.

Bei kindlichen zweiten Backenzähnen beginnt die Verkalkung zwischen der sechzehnten und vierundzwanzigsten Woche im Mutterleib im Oberkiefer und zwischen der siebzehnten und zwanzigsten Woche im Unterkiefer. Die Kronenbildung ist nach etwa elf Monaten im Oberkiefer und etwa zehn Monaten im Unterkiefer abgeschlossen.

Eine schnelle deduktive Argumentation.

Beobachtung: Valentin Gouvrard nahm Tetracyclin, als sich seine kindlichen zweiten Backenzähne ausbildeten.

Beobachtung: Die Erwachsenen-Backenzähne ersetzen die Milchzähne im Alter von elf oder zwölf Jahren. Das Kind auf meinem Tisch starb im Alter von sechs bis acht und hatte deshalb noch seine Milchbackenzähne.

Schlussfolgerung: Wenn das Kind auf meinem Tisch Valentin war, dann mussten diese Backenzähne verfärbt sein.

Ich schaute in meine Aufzeichnungen. Ein erwachsener erster und zwei kindliche zweite Backenzähne waren sichergestellt worden. Obwohl ich mir die Babyzähne nur flüchtig angeschaut hatte, einmal, als ich das Inventar erstellte, und ein zweites Mal, als ich sie für die Röntgenaufnahmen zurechtlegte, war mir nichts aufgefallen außer einer möglichen verfärbten Stelle im Schmelz des kindlichen zweiten Backenzahns aus dem Oberkiefer.

Ich wollte mir eben die Überreste ansehen, als das Telefon klingelte.

»Dr. Brennan.«

»Monsieur Hubert.«

»Ich habe gehört, es ging Ihnen nicht gut.«

»Jetzt geht es mir wieder bestens.«

»Gut. Kommen Sie bitte in mein Büro.«

»Ich habe eben etwas gefunden, das für die Aufklärung des Lac-Saint-Jean-Falls sehr wichtig sein kann. Vielleicht –«

»Bitte kommen Sie runter.« Scharf. »Sofort.«

»Stimmt etwas nicht?«

»Ja.« Die Stimme des Coroners hätte Papier schneiden können. »Mein ganzes verdammtes Personal ist unfähig.«

33

Hubert saß in seinem Sessel und sah aus wie Jahrzehnte des Backwarenmissbrauchs.

»Setzen Sie sich, Dr. Brennan.«

Ich setzte mich und erwartete einen Tadel, hatte aber keine Ahnung, weswegen.

»Darf ich Sie etwas fragen?« Aus der Miene des Coroners sprach verwunderte Enttäuschung. »Arbeiten Sie gern hier?«

»Was?«

»Eine einfach Frage.«

»Natürlich tue ich das.«

»Haben Sie gerade irgendeine persönliche Krise zu bewältigen?«

»Nein.« Was sollte denn das?

»Fühlen Sie sich ausgebrannt?« Also wirklich, was sollte denn das?

»Diese Fehde, in die Sie verwickelt sind. Könnte es –«

»Ich bin in keine Fehde verwickelt.« Abwehrend.

»Diese Situation in Chicago –« Hubert drehte eine Hand. Sie war so fett, dass sie an den Knöcheln keine Falten zeigte.

»Ich kann ja kaum eine *Fehde* mit einem namenlosen Verleumder haben.«

»Irgendetwas behindert Ihre Arbeit.«

»Blödsinn.« Nicht sehr schlau, aber es sprang mir einfach von den Lippen.

»Muss ich es Ihnen darlegen?«

»Wenn Sie so freundlich wären.« Die fröhliche Vitalität beim Aufstehen war verschwunden, Verärgerung war an ihre Stelle getreten. »Quentin Jacquème hat seit der Entdeckung der Skelette am Lac Saint-Jean wiederholt in meinem Büro angerufen. Jacquème ist ein pensionierter SQ-Beamter. Seine verstorbene Frau war Achille Gouvrards Schwester. Drei Wochen lang Anrufe, Dr. Brennan. Und nichts, was ich dem Mann sagen kann.«

Ich konzentrierte mich aufs Atmen, versuchte, ruhig zu bleiben.

»Am Freitag hat Dr. Briel um die Erlaubnis gebeten, die Überreste untersuchen zu dürfen. Da Sie abwesend waren, habe ich es ihr gestattet.«

»Gut gemacht.« Ich hielt den Blick starr auf Hubert gerichtet. »Jetzt haben Sie Neuigkeiten für Jacquème. Eine Nichtexpertin wurde hinzugezogen.«

»Au contraire. Ich werde ihm sagen, dass ich bereit bin, den Fall abzuschließen.«

Mit einem Wurstfinger schob Hubert ein Blatt Papier in meine Richtung.

Der Bericht war kurz – Alter, Geschlecht. Zur Beschreibung des jüngeren Kindes gehörte auch eine Diskussion der Tetracyclin-Verfärbung der Milchbackenzähne.

Als ich den letzten Absatz las, übersetzte ich ihn im Kopf ins Englische. Nur um ganz sicher zu sein.

> Die Tetracyclin-Verfärbung der kindlichen zweiten rechten Oberkiefer- und Unterkiefer-Backenzähne ist hinreichend eindeutig, vor allem in Kombination mit der Skelett- und Zahnentwicklung, um eine positive Identifikation des jüngeren Individuums als Valentin Gouvrard, Alter acht Jahre, zu gestatten.
>
> Bei gegebener Konsistenz im demografischen Profil, darunter das Geschlecht und das jeweilige Alter der Erwachsenen zum Todeszeitpunkt, des Knochenzustands und der

perimortalen Traumata, ist es meine Ansicht, dass die am 12. Januar dieses Jahres in der Gegend des Lac Saint-Jean gefundenen Knochen die der Familie Gouvrard sind, die am 14. August 1967 verschwand und seitdem für tot gehalten wurde.

Marie-Andréa Briel

Stumm vor Verblüffung schaute ich auf.

»Wie konnte Ihnen etwas so Wichtiges entgehen, Dr. Brennan?«

Ich traute mir selber nicht und sagte lieber nichts.

»Die Verfärbung ist offensichtlich. Briel hat sie gesehen. Als sie sie mir zeigte, sah ich sie ebenfalls. Tetracyclin wird in den Krankenunterlagen des Kindes erwähnt.«

Ich sagte noch immer nichts.

»Zuerst die Oka-Fingerglieder. Jetzt das.« Hubert strich sich mit der Hand über die Wange. *»Eh, misère.* Ich glaube, Sie brauchen eine Pause.«

»Suspendieren Sie mich?«

»Ich verwarne Sie.« Der Leviathansbauch hob und senkte sich, als der Coroner schwer seufzte. »Keine solchen Fehler mehr.«

»Sind wir fertig?«

Hubert sah aus, als wollte er noch etwas anderes sagen. Er tat es nicht.

Ich stand auf und ging zur Tür. Wut strahlte von mir ab wie Hitze von einem Teekessel.

Unten ging ich direkt zu dem jüngeren Kind. Ich schraubte den Deckel von dem Plastikröhrchen und ließ die drei kleinen Zähne auf die Tischplatte kullern.

Und starrte sie erstaunt an.

Beide Baby-Backenzähne hatten dunkelbraune Ränder um ihre Kronen.

Hubert hatte recht. Der Defekt sprang einem förmlich ins Auge, auch bei einem flüchtigen Blick.

Der obere zweite Backenzahn hatte außerdem einen stecknadelgroßen stumpfen Punkt am inneren Höcker. Eine Füllung? Hatte ich die bemerkt?

Ich schaute in meine Unterlagen.

Eine Füllung hatte ich nirgends erwähnt. Ich notierte mir, die Zahn-Röntgenaufnahmen zu kontrollieren.

Jetzt stieg die Hitze in meine Brust.

Wie hatte ich die Verfärbung übersehen können? Eine potentielle Füllung?

Hatte der Coroner recht? War ich abgelenkt? Wurde ich nachlässig?

Abgelenkt wovon? Ryan? Von meiner Ungeduld, mit Katy in den Urlaub zu flüchten? Von meiner Besessenheit bei der Suche nach Edward Allens Informanten? Von meinem Bemühen, die Geschichte mit Rose Jurmain in meinem Kopf zu einem Abschluss zu bringen?

Meine Wangen brannten wieder, doch jetzt vor Scham.

Ich starrte noch immer die Zähne an, als mein Handy klingelte. Ich ignorierte es kurz, doch dann ging ich dran.

»Tanzet, Leute. Singet.« Ryan. »Juhuu. Wir haben unseren Mann.«

»Adamski.«

»Nein. Harry Houdini.«

»Das ist großartig, Ryan.« Tonlos.

»Auch beim Jubeln ist Maßhalten angesagt.«

»Ich bin begeistert.«

»Ist dir schon wieder schlecht?«

»Ich hatte nur mal wieder Streit mit Hubert.« Ich ließ einen Backenzahn über meine Handfläche kullern. »Wo habt ihr Adamski geschnappt? Oder Lucky Labatt oder Keith oder wie der Drecksack sich gerade nennt.«

»Das Genie schaute sich gerade Wiederholungen von *Rockford* in der Wohnung eines Cousins in Moncton an. Der Kerl heißt Denton Caffrey. Adamskis Heimatstadt, Adamskis echter Familienname. Mann, wer hätte dran gedacht, Caffreys Wohnung zu kontrollieren? Der König der Biere ist dümmer als eine Schüssel Nudeln.«

»Wo ist er jetzt?«

»Claudel ist heute Morgen nach Moncton geflogen. Wir knöpfen uns Adamski vor, sobald er in Montreal ist.«

»Glaubst du, du kannst ihn knacken?«

»Ich muss.« Ryans Vehemenz war sogar durchs Telefon spürbar. »Adamski hat Dreck am Stecken, das sagt mir mein Bauch. Aber alles, was wir im Augenblick haben, sind reine Indizien. Seine Ehe mit Marilyn Keiser. Sein bekannter Alias-Name Keith im Kontobuch der Villejoins. Dass Florian Grellier ihn als den Typen identifizierte, der über Christelles Leiche plapperte. Dass er in der L'Auberge des Neiges arbeitete, als Jurmain verschwand.«

»Auch aus Indizien lässt sich ein Fall machen.«

»Eindrücke. Die Aussage eines verurteilten Verbrechers. Adamskis Vorstrafenregister.« Ryan schnaubte. »Die Geschworenen wollen materielle Beweise. Bis jetzt haben wir gar nichts.«

»Du findest schon noch was.«

»Wir suchen Keisers Hütte noch einmal nach versteckten Fingerabdrücken ab, befragen Nachbarn und Ladenbesitzer in der Umgebung, um herauszufinden, ob sich irgendjemand dran erinnern kann, dass er Adamski Kerosin kaufen gesehen hat. Wir gehen in Pointe-Calumet von Tür zu Tür, zeigen sein Foto noch einmal rum. Die Villejoins sind eineinhalb Jahre kalt, Jurmain über drei. Es ist schwierig.«

»Dann kriegst du eben ein Geständnis.«

»Genau das haben wir vor, Ma'am. Claudel wird Adamski im Flugzeug Honig ums Maul schmieren. Wenn wir ihn bearbeiten, wird er den guten Bullen spielen. Und ich dresche dann mit dem Kantholz auf ihn ein.«

»Schlechte Rollenbesetzung.«

»Hey, der Emmy gehört schon so gut wie mir.«

Nach dem Abschalten saß ich da und starrte den Babyzahn an.

Wie hatte ich die Verfärbung übersehen können?

Ich schob alle drei Zähne in das Röhrchen zurück, ging zum Fenster und schaute hinaus.

Ich hatte sie tatsächlich nicht gesehen.

Blöd. Blöd. Blöd.

Ich sah einen Kahn still den Fluss hochgleiten, doch mein Hirn verarbeitete nicht so recht, was ich sah.

Briel hatte sie gefunden.

Moleküle einer Idee verschmolzen miteinander. Lösten sich wieder auf. Lac Saint-Jean. Rivière Saint-Laurent.

Der Fluss zwölf Stockwerke unter mir sah grau und abschreckend aus. Tief. Unnachgiebig.

Die Idee nahm Gestalt an.

Adamskis Leiche wurde nie gefunden.

Die Gouvrards wurden nie gefunden.

Lagen noch andere in vergessenen, nassen Gräbern?

Ich ging zum Computer und rief Wikipedia auf.

Ich erfuhr, dass der Lac Saint-Jean ein durch einen Kometeneinschlag entstandener Kratersee in den Laurentian Highlands ist, etwa zweihundert Kilometer vom Saint Lawrence River entfernt, in den er über den Saguenay River abfließt. Der Lac Saint-Jean bedeckt etwa tausend Quadratkilometer und ist an seiner tiefsten Stelle dreiundsechzig Meter tief.

Eine schnelle Umrechnung. Ungefähr vierhundert Quadratmeilen mal zweihundert Fuß Tiefe. Das ist eine ganze Menge Wasser.

Ich recherchierte eine Nummer.

Wählte.

Arbeitete mich durch eine erstaunliche Menge an Alternativen, die von einer Automatenstimme angeboten wurden.

Als sich schließlich eine nette Dame meldete, stellte ich meine Frage. Sie bat mich, einen Augenblick zu warten.

Ich wartete.

Nach einer Weile meldete sich die nette Dame wieder.

Sie hatten eine Quelle, die mir vielleicht weiterhelfen konnte.

Alles andere als optimistisch, machte ich mich auf den Weg.

Montreal hat viele Bibliotheken, sowohl englische wie französische. Die Bibliothèque et Archives nationales du Québec, oder Grande Bibliothèque, ist die neueste, die im April 2005 eröffnet wurde. Gelegen am Boulevard de Maisonneuve, in der Nähe des Campus der Université du Québec à Montréal beherbergt der riesige Glas- und Stahlbau Quebecs größte Sammlung von neuen, seltenen und alten Ausgaben, Multimedia-Dokumente, Nachschlagewerke, Karten und Drucke. Auditorium. Ausstellungssaal. Café. *Bien sûr.* Alles da für Sie in der BAnQ.

Gemäß der Beschreibung der netten Dame stieg ich in den ersten Stock, ging in den Nordflügel und durch eine Tür mit der Aufschrift *Collection nationale.* Ich stellte mich an eine Empfangstheke und bat um Hilfe.

Die Hände in die knochigen Hüften gestemmt, hörte sich eine nicht so nette Dame meine Bitte an, und ihr Stirnrunzeln wurde mit jedem meiner Worte tiefer. Als ich fertig war, sagte sie, ich müsse mir eine Bibliotheksmitgliedschaft besorgen. Als ich mit der Karte in der Hand zurückkehrte, deutete sie zu einer Reihe von Mikrofilm-Lesegeräten und befahl mir zu warten.

Zehn Minuten später kam sie mit einem Plastikkorb voller kleiner grauer und gelber Kästchen zurück. Mit einer Miene gotischer Düsternis fragte sie mich, ob ich wisse, wie man den Film ins Gerät einfädelt.

Ich versicherte ihr, dass ich praktisch ein Diplom in Einfädeln hatte.

Mit der Bemerkung, dass es noch zusätzliche Mikrofilme gebe, die bis 1897 zurückreichten, ließ sie mich allein.

Ich las die Etiketten. Die Filme reichten von 1948 bis 1964, dem Jahr, als der *Progrès de Saguenay* eingestellt wurde.

Ich beschloss, mit den jüngsten Ausgaben der Zeitung anzufangen, und fädelte die erste Spule ein. Der Film kratzte leise, als ich mich rückwärts durch die Zeit kurbelte: 1964, 1963, 1962.

Die Schwarzweißfotos wurden kurz scharf und verschwammen wieder. Zuerst ging ich es langsam an. Je geschickter ich wurde, umso schneller überblätterte ich das Irrelevante und konzentrierte mich nur noch auf Nachrichten und Todesanzeigen.

Nach einer Stunde spürte ich ein Zucken in einem Auge. Nach zwei Stunden hämmerte in meinem Kopf eine Kesselpauke.

Ich schaute mir das Körbchen an. Noch eine Million kleiner Kästchen.

War meine Idee verrückt?

Vielleicht. Aber ich musste nachsehen. Musste mir selber versichern, dass ich wirklich alles getan hatte.

Ich fädelte einen neuen Film ein und kurbelte mich durch das erste Halbjahr 1958.

Nach gut der Hälfte fand ich, was ich suchte.

34

Recherche pour les Victimes Noyées Suspendue – Suche nach Ertrinkensopfern ausgesetzt.

Wie schon bei Briels Bericht übersetzte ich, während ich las.

21. Juli 1958. Nach einer Woche intensiver Bemühungen endete nun die Suche nach vier vermissten und vermut-

lich toten Opfern einer Bootskatastrophe auf dem Lac Saint-Jean. Zu Ehren von drei der Toten, Louise-Rosette, Melanie und Claire Clemenceau, wird am Donnerstag um dreizehn Uhr auf dem Friedhof von Sainte-Marie im Rahmen einer kurzen Zeremonie ein Gedenkstein errichtet. Die Öffentlichkeit ist eingeladen.

Ein Bootsunfall. Fehlende Leichen. Lac Saint-Jean.

Mein Körper kribbelte vor Erregung.

Da sich in meinem Stirnlappen inzwischen eine ganze Marschkapelle eingenistet hatte, hatte ich mir angewöhnt, schnell vorwärts zu spulen und nur stichprobenweise zu lesen. Offensichtlich war diese Herangehensweise untauglich. Ich hatte den ursprünglichen Unfallbericht übersehen.

Wie die Fingerglieder. Und die Tetracyclin-Verfärbung.

Ich rieb mir die Augen. Bewegte die Schultern.

Ertrinken. Das würde Frühling oder Sommer bedeuten.

Ich spulte zurück bis April und fing neu an.

14. Juli. Der Unfall wurde mit allen herzzerreißenden Details beschrieben.

Tragedie de Pique-nique – Picknick-Tragödie.

Das war die Überschrift eines Artikels, der fast die ganze untere Hälfte der vierten Seite einnahm.

Am 13. Juli 1958 hatte eine Kirchengemeinde aus der Kleinstadt Sainte-Monique im Parc de la Pointe-Taillon ihr alljährliches Picknick abgehalten. Wie üblich hatte zu den Aktivitäten auch eine Kahnfahrt auf dem Lac Saint-Jean gehört.

Am Nachmittag war ein Sturm mit solchem Tempo und solcher Gewalt hereingebrochen, dass die Bootsfahrer keine Chance zu reagieren hatten. Der Kahn war weit vom Ufer entfernt gekentert. Zwei Männer hatten überlebt. Vier Erwachsene und fünf Kinder nicht. Ein Mann, eine Frau und zwei kleine Mädchen blieben vermisst.

Mit pochendem Herzen sah ich mir die Namen und die Altersangaben an.

Richard Blackwater, 37
Louise-Rosette Clemenceau, 45
Melanie Clemenceau, 13
Claire Clemenceau, 7

Ich notierte mir Namen und Alter der Vermissten und das Datum und den Ort des Unfalls. Dann arbeitete ich mich, ohne auf meinen pochenden Schädel zu achten, durch den Rest des Jahres 1958 und las jedes Wort, egal, wie klein es gedruckt war.

Am Dienstag nach dem Unfall waren die ersten drei Opfer begraben worden, ebenfalls auf dem Friedhof von Sainte-Monique.

Ein weiterer Artikel erschien am 16. Juli. Er war kurz und meldete nur, dass die letzten zwei Ertrunkenen ebenfalls ihre letzte Ruhe gefunden hatten.

Ich machte weiter.

Nachdem die Suche am 21. Juli eingestellt worden war, gab es keine Erwähnung der Tragödie mehr. Oder der vermissten Opfer.

Ich lehnte mich zurück und starrte meine Notizen an.

Es passte alles. Das postmortale Intervall. Die Wangenknochen und die Schneidezähne des männlichen Erwachsenen. Ich hätte meinen Kopf darauf verwettet, dass Blackwater ein Indianischer Name war.

Plötzlich plärrte *»Sugar, Sugar«* aus meiner Handtasche. Nach einer Ewigkeit des Wühlens fand ich mein Handy und schaltete es ab.

Als ich den Kopf hob, stürmte die nicht so nette Dame mit

mordlustiger Miene auf mich zu. »Entschuldigung« murmelnd packte ich meine Sachen zusammen. Den Drachen beeindruckte das nicht, die Frau wartete und begleitete mich dann bis zur Tür.

Draußen senkte sich die Dunkelheit über die Stadt. Autofenster waren beschlagen, sodass von Fahrern und Beifahrern nur verschwommene Schatten zu sehen waren. Ein feuchter Wind schlich sich die Maisonneuve entlang, wirbelte Abfall hoch und brachte vom Fluss her den Geruch von Öl und Salz mit.

Bevor ich die Handschuhe anzog, schaute ich auf meine Liste verpasster Anrufe.

Die Nummer war Ryans.

Er meldete sich sofort. Adamski war im Wilfrid-Derome. Er und Claudel würden ihn sich in Kürze vornehmen.

Warum im SQ-Revier? Obwohl Marilyn Keiser in Montreal vermisst gemeldet war und ihr Fall der städtischen Polizei zufiel, bedeutete die mögliche Verbindung zu den Villejoin-Schwestern und vielleicht auch zu Rose Jurmain, dass auch die Sûreté du Québec ihren Teil vom Kuchen abbekam. Auf Ryans Vorschlag hin war Claudel bereit gewesen, das Verhör in der Zentrale der SQ und nicht der SPVM durchzuführen. Reine Höflichkeit. Unabhängige Einheiten. Keiner der beiden Detectives hatte einen höheren Rang. Außerdem dachte Adamski, man interessiere sich nur wegen Florian Grelliers Hinweis auf Christelle Villejoin für ihn.

Ich überlegte mir, ob Adamski nachgefragt hatte, warum er von einem städtischen Polizisten nach Montreal geschafft wurde. Falls ja, dann hatten sich Ryan und Claudel sicher eine plausible Erklärung für dieses Detail zurechtgelegt.

Ich beschleunigte meine Schritte.

Als ich im vierten Stock des Wilfrid-Derome eintraf, beobachteten Ryan und Claudel Adamski auf einem Bildschirm in einem Überwachungszimmer. Beide zeigten angewiderte Mienen.

Claudel wirbelte herum, als ich eintrat, und schaute Ryan fragend an.

»Dr. Brennan hat angeboten, uns ihre Eindrücke mitzuteilen«, sagte Ryan. Wir alle wussten, dass ich keinen offiziellen Grund hatte, hier zu sein. Claudel hob eine Schulter.

»Wie wollt ihr vorgehen?«, fragte ich, als ich mehrere Akten in Ryans Hand sah.

»Zuerst konzentrieren wir uns auf die Villejoin-Morde. Während des Flugs hat Detective Claudel möglicherweise durchblicken lassen, dass wir an Adamski nur interessiert seien, um Florian Grellier zu durchleuchten.«

»Der Kerl, der ausgesagt hat, dass Adamski ihm den Fundort von Christelles Villejoins Leiche verraten habe?«

»Ja, Ma'am.«

»Sie haben Adamski gesagt, sie ermitteln gegen Florian Grellier?« Das überraschte mich.

»Hey. Es ist nicht Detective Claudels Schuld, wenn der Zeuge ihn missverstanden hat. Wie auch immer, wir fangen mit Grellier und Villejoin an. Dann werden Jurmain und Keiser über ihn kommen wie zwei Tonnen hochreifer Dung.«

Der gute Bulle und der böse Bulle gingen. Ich setzte mich vor den Monitor.

Adamski hob die stahlharten Augen, als die Detectives das Verhörzimmer betraten. Wie schon beim ersten Mal blieben seine Hände verschränkt auf dem Tisch liegen.

Als Ryan das Audiosystem einschaltete, kam das blecherne Geräusch schabender Stühle aus einem Lautsprecher.

Diesmal ließ Ryan die Nettigkeiten aus. »Diese Befragung wird aufgenommen. Zu Ihrem Schutz und zu unserem.«

Adamskis Gesicht blieb neutral. Obwohl er sich sehr bemühte, hart zu wirken, machte er einen nervösen Eindruck.

»Was ist Ihnen lieber, sollen wir diese Befragung auf Französisch oder auf Englisch durchführen?«

Ryan wartete volle fünf Sekunden.

»Da keine Vorliebe angegeben wurde, wird die Befragung auf Englisch fortgeführt. Ryan Andrew, Lieutenant-detective, Sûreté du Québec, und Claudel Luc, Sergeant-detective, Service de police de la Ville Montréal, bei der Befragung von Red O'Keefe, alias Bud Keith, Alex Carling, Samuel Caffrey. Sollen wir auch Lucky Labatt hinzufügen? Oder sollen wir dieses unbezahlbare Schmuckstück unter den Tisch fallen lassen?«

»Hören Sie, ich habe es Ihnen doch schon beim letzten Mal gesagt. Ich weiß nichts über eine alte Dame, die im Wald verbuddelt wurde.«

Ryan beackerte mit Adamski denselben Boden wie beim letzten Mal, mit Fragen, die bei denen man den Eindruck bekommen konnte, dass die Polizei nichts Neues wisse.

Die schauspielerischen Leistungen von allen drei Beteiligten waren oscarreif. Adamski mauerte. Ryan täuschte wachsende Frustration vor und wurde dabei immer aggressiver. Claudel ging mit der Stimme der Vernunft dazwischen.

Nach vierzig Minuten schien bei Ryan der Geduldsfaden zu reißen. Er schlug eine Akte auf und warf einen Schnappschuss auf den Tisch. Obwohl er auf dem Bildschirm ein bisschen verschwommen war, konnte ich doch erkennen, dass die Dargestellten Christelle und Anne-Isabelle Villejoin waren, die, beide eine Katze in den Armen, vor einem Christbaum lächelten.

Adamski warf nur einen kurzen Blick auf das Foto, und seine überhebliche Miene änderte sich nicht.

Ryan klatschte ein zweites Foto auf den Tisch. Christelles Skelett in ihrem Grab.

»O Mann.« Adamski wandte hastig den Blick ab.

Ryan sprang auf, ging um den Tisch herum und drehte Adamskis Kopf mit beiden Händen nach vorne.

»Schauen Sie sie an. Schauen Sie sie an, Sie Mistkerl.«

»Hey, hey, Lieutenant.« Claudel legte Ryan besänftigend eine Hand auf die Schulter.

Ryan ließ Adamski los, drehte die Akte zu sich und warf ein drittes Foto auf den Tisch. Rose Jurmain, die viel älter aussah als ihre neunundfünfzig Jahre.

»Was ist mit der da?« Adamskis unteres Lid zuckte, als er das Bild anschaute.

»Oder waren Sie Bud Keith, als Sie sie umgebracht haben?«

»Was soll der Scheiß?«

»Großer Karrieresprung? Eine alte Frau verfolgen, sie umbringen, ein paar Dollar einstecken? Besser als Kreditkartenbetrug. Ist doch Kinderkram. Aber eins verstehe ich nicht.« Ryan schob sein Gesicht dicht vor Adamskis, sodass der gezwungen war, nach hinten über die Stuhllehne zurückzuweichen. »Was für ein schwanzloses Stück Scheiße vergreift sich an alten Frauen? Sagen Sie mir eins: Können Sie nachts schlafen mit dem Bewusstsein, dass Sie irgendjemands Oma zu Tode geprügelt haben?«

»Ich hab nichts zu tun mit –«

»Ich krieg dich schon noch, du kranker Hurensohn.« Ryans Stimme hatte die Bedrohlichkeit einer scharfen Klinge.

Wieder mischte Claudel sich dazwischen. »Vielleicht könnten wir alle eine Pause gebrauchen.«

Ohne ein weiteres Wort richtete Ryan sich auf, schlug auf den Audioschalter und marschierte aus dem Zimmer.

Sekunden später kam er zu mir. Ich lächelte. Er ebenfalls.

»Und jetzt?«

»Jetzt erwähnt Claudel Adamskis Zeit als Bud Keith in der L'Auberge des Neiges. Lässt vielleicht den Namen eines Jagdcamps in La Tuque fallen, sodass Adamski sich den Kopf zerbricht, ob wir vielleicht das Sam-Adamski-Alias kennen und so auch seine Verbindung zu Marilyn Keiser.«

»Meisterhaft.«

»Ach, und Claudel könnte nebenbei auch erwähnen, dass

Rose Jurmain Amerikanerin war, und ein paar Begriffe wie *Auslieferung* und *Todesstrafe* verwenden. Andeuten, dass es für ihn vielleicht besser wäre, hier vor Gericht zu stehen.«

»Jurmain starb in Quebec«, sagte ich. »Ihre Leiche wurde hier gefunden. Die Vereinigten Staaten könnten nie eine Auslieferung ihres Mörders erwirken.«

»Wir wissen das, aber dieser Trottel vielleicht nicht.«

Auf dem Bildschirm sahen wir, wie Claudel etwas zu Adamski sagte, ihm auf den Arm klopfte und das Zimmer verließ. Minuten später kehrte er mit einer Pepsi zurück.

Ryan wartete noch eine halbe Stunde und ging dann mit zwei Kartons in den Händen wieder in das Verhörzimmer. Beide hatten Beweismitteletiketten, eins von der SQ, eins vom FBI. Beide waren leer.

Nachdem er die Requisiten in Adamskis Blickfeld auf den Boden gestellt hatte, schaltete er das Audiosystem wieder ein und setzte sich.

»Lieutenant-detective Ryan nimmt wieder an der Befragung teil.« Ryan wandte sich an Claudel. »Haben Sie den Verdächtigen über seine Rechte belehrt?«

»Was soll das?« Adamski drehte den Kopf zu Claudel.

»Das ist nur eine Formalität.« Claudel, der untypisch freundlich klang.

Ich betrachtete Adamski, als Claudel ihm seine Rechte und Pflichten vorlas. An seiner rechten Schläfe pochte eine Ader.

»Haben Sie Ihre Rechte verstanden, Mister O'Keefe?«, fragte Ryan, als Claudel ausgesprochen hatte. »Oder sollten wir mit Adamski weitermachen? Schätze, der Name hat es noch nicht auf die Liste geschafft.«

Adamski zuckte bei dem Namen sichtlich zusammen.

»Haben Sie verstanden, was Detective Claudel Ihnen vorgelesen hat?«

Adamski starrte nur finster ins Leere. Hatte ihn die Erwähnung des belastenden Namens überrumpelt? Legte er sich bereits irgendwelche Erklärungen zurecht?

»Ich habe die ganze Nacht Zeit, Adamski. Aber wenn jemand meine Zeit vergeudet, werde ich echt sauer.«

»Wer soll dieser Adamski sein? Warum nennen Sie mich so?«

»Ihre Rechte?«

»Bin doch kein Idiot.« Mit Gift in der Stimme.

»Mr. Adamski hat zu verstehen gegeben, dass er seine Rechte und Pflichten verstanden hat.«

Ryan brachte nun seine Schweigetaktik ins Spiel.

Adamski war zwar erregt, fiel aber nicht darauf herein.

»Wir kommen zum nächsten Punkt«, sagte Ryan. »Die Befragung betrifft nun den Mord an einer gewissen Marilyn Keiser und alle dazu gehörigen Ereignisse und/oder Verbrechen.«

Ryan bat Claudel, für die Unterlagen die Nummer des SPVM-Falls zu nennen. Er tat es.

Ryan schlug eine seiner Akten auf. »Sie waren von achtundneunzig bis zweitausend mit einer Frau namens Marilyn Keiser verheiratet. Ist das korrekt?«

Adamski zögerte, offensichtlich überlegte er, welche Möglichkeiten ihm blieben. »Hat nicht funktioniert. Na und?«

»Marilyn Keiser wurde vor drei Monaten ermordet.«

»Das hat nichts mit mir zu tun.«

»Ihre Leiche wurde vor drei Tagen gefunden, in einer Hütte bei Memphrémagog. Sie wurde mit Kerosin überschüttet und angezündet.«

»Vielleicht hatte sie ja Memphrie geärgert«, schnaubte Adamski nervös. »Sie wissen schon. Das Monster aus dem See.«

»Halten Sie das für lustig?«

»Ich halte das für einen Haufen Blödsinn.«

»Sie haben diese Hütte gebaut. Bis auf Sie und das Opfer wusste kein Mensch, dass sie existierte.« Lu, den Hausmeister, erwähnte Ryan nicht.

»Was für ein Zufall.«

»Mrs. Keiser bewahrte Geld in der Hütte auf. Da Sie mit ihr verheiratet waren, wussten Sie von dieser Angewohnheit.«

»Marilyn war eine Spinnerin. Das wusste jeder.«

»Ihre Fingerabdrücke waren überall in der Hütte.« Ryan legte eine Hand auf einen der leeren Kartons.

Adamskis Blick huschte kurz zu dem Karton, dann wieder weg. »Na und? Das Ding war mal –«

»Sie haben das Kerosin gekauft. Wir werden den Angestellten noch finden, der es Ihnen verkauft hat.«

»Sie sind verrückt.« Jetzt klang die Überheblichkeit erzwungen.

»Sie haben Ihre Frau ermordet, sie mit Kerosin überschüttet und angesteckt und sind einfach davongegangen.« Ryans Worte klangen wie Hammerschläge.

»Nein –«

»Sie haben Marilyn Keiser ermordet. Sie haben Rose Jurmain getötet. Sie haben Christelle und Anne-Isabelle Villejoin getötet.«

»Nein.« Adamski presste die Finger fest zusammen, damit sie nicht zitterten. Doch es funktionierte nicht.

Ryan warf ein Autopsiefoto von Keiser auf den Tisch. Und dann noch einen Schnappschuss von Anne-Isabelle auf dem Küchenboden.

Wieder wandte Adamski den Blick ab.

»Schauen Sie hin. Anne-Isabelle war sechsundachtzig. Christelle war dreiundachtzig. Ihre Exfrau war zweiundsiebzig.«

Wie zuvor ging Ryan um den Tisch herum und riss Adamski an den Haaren, sodass der gezwungen war, auf die Fotos zu schauen.

»Sagen Sie mir eins, Sie feiger Sack Scheiße. Hat es Ihnen den Magen umgedreht, als Sie diese hilflosen, alten Frauen umbrachten? Haben Sie sie von hinten erschlagen, damit Sie das Entsetzen in ihren Augen nicht sehen mussten? Haben die Frauen gezittert? Haben Sie es getan? So wie jetzt?«

Ryan drückte Adamskis Gesicht nach unten, bis seine Nase nur noch Zentimeter von der Tischplatte entfernt war.

»Wir haben Sie in Jurmains Gasthof. Wir haben Sie in Keisers Hütte. Wir haben Sie im Haus der Villejoins. Wir haben Sie als Großmaul bei Florian Grellier.«

Adamski strampelte mit den Beinen und drehte sich von einer Seite auf die andere. Ryan ignorierte sein Winden.

»Wir haben die Überwachungsfotos des Bankautomaten beantragt, an dem Sie die Bankkarte der Villejoins benutzt haben. Wir reden mit jedem, der je in Pointe-Calumet war. Wir reden mit jedem, der auch nur an Jurmains Gasthof vorbeigelaufen ist.

Wissen Sie, was im Augenblick in Moncton passiert? Cousin Denton hat eine nette Plauderei mit der Polizei. Was glauben Sie, verpfeift er Sie wegen der großen Nummer, mit der Sie geprahlt haben? Oder rückt er vielleicht das Geld raus, das Sie bei ihm versteckt haben?«

»O Gott, schaffen Sie ihn mir vom Hals«, krächzte Adamski.

»Um Himmels willen, Ryan.« Claudel war aufgesprungen. »Lassen Sie dem Mann doch Luft zum Atmen.«

Ryan ließ Adamski los und trat wütend einen Schritt zurück.

Adamski hob den Kopf und rieb sich mit zitternder Hand den Schädel.

Ryan nickte Claudel fast unmerklich zu.

Claudel setzte sich wieder und sprach mit beruhigender Stimme.

»Ich will Ihnen nichts vormachen, Sam. Es sieht nicht gut aus. Diese Damen waren alt. Geschworene mögen das nicht. Auch sie haben Mamas, Omas, Tanten. Die materiellen Beweise werden immer mehr. Weitere Zeugen werden sich melden. Jurmain war Amerikanerin.« Wahr, aber irrelevant. »Wenn

Sie reinen Tisch machen, können Sie sich vielleicht selber helfen. Vielleicht können wir Ihnen dann helfen.«

»Von Rose Jurmain habe ich noch nie gehört.« Adamskis Blick war jetzt auf die Tischplatte fixiert.

»Darüber können wir reden.«

Schweigen summte aus dem Lautsprecher. Eine Minute. Zwei.

Über Adamskis Kopf wechselten die Detectives erwartungsvolle Blicke.

Ich hielt den Atem an. Wie Claudel und Ryan wusste ich, dass Adamskis nächste Äußerung zeigen würde, ob das Rollenspiel zwischen guter Bulle und böser Bulle erfolgreich gewesen war. Ich will einen Anwalt? Ich wollte das doch nicht tun?

Langsam hob Adamski den Kopf. Als er den Mund aufmachte, wandte er sich direkt an Claudel.

»Ich sage keinen Ton, solange mir dieser Wahnsinnige im Nacken sitzt.«

35

Es wurde eine Nacht schlechten Kaffees, getrunken auf Folterinstrumenten von Stühlen. Ryan und ich beobachteten Adamski/Keith/O'Keefe auf dem Bildschirm, und zwei Türen weiter griff Claudel tief in seine Trickkiste.

Die Geschichte kam nur langsam heraus, während Claudel den Mitfühlenden spielte und Adamski hin und her sprang zwischen Prahlen und Jammern.

Um zwei hatte er Marilyn Keiser zugegeben. Um vier waren es dann die Villejoins.

Die Geschichte des Mistkerls ging so:

Adamskis Bootsunfall war tatsächlich passiert. Nach dem Kentern schaffte er es, sich ans Ufer zu retten. Während er triefnass und erschöpft dalag, hatte er eine Erleuchtung. Sein gegenwärtiges Leben widerte ihn an. Da er Anwälte und Papierkram verabscheute, beschloss er, sein Missgeschick in einen Vorteil zu verwandeln.

Nachdem er seine Habseligkeiten im See verstreut hatte, fuhr Adamski per Anhalter nach Nova Scotia. In Halifax suchte er sich einen Geschäftskollegen, investierte in eine neue Identität und suchte sich saftigere Weiden südlich der Grenze.

Das Leben in Amerika war nicht der Traum, den Adamski sich vorgestellt hatte, und so kehrte er 2006 nach Quebec zurück. Unter einem alten Alias-Namen, Bud Keith, bekam er den Küchenjob in der L'Auberge in der Nähe von Sainte-Marguerite. Während seiner Zeit dort wanderte eine alkoholisierte alte Dame davon und verschwand.

Da es ihm nach einer Weile zu langweilig wurde, Essensreste von Tellern zu kratzen und Töpfe zu schrubben, machte Adamski sich auf zu den hellen Lichtern Montreals. Noch immer unter dem Namen Bud Keith lernte er eine Kellnerin namens Poppy aus Saint-Eustache kennen. Bald wohnten die beiden zusammen.

Zuerst lief alles bestens. Doch schon bald begann Poppy, an Adamski herumzunörgeln, er solle doch auch zum Lebensunterhalt beitragen. Sie bot ihm die Benutzung ihres Hondas an und schlug vor, er solle von Tür zu Tür gehen und Handwerkertätigkeiten anbieten.

Adamski verbrachte den ersten Teil des 4. Mai in einer Bar, trank Bier und diskutierte die Vorzüge persönlicher Freiheit im Gegensatz zu einem freien Dach über dem Kopf und immer verfügbarer Muschi. Dann fuhr er, vollgepumpt mit Moosehead und Selbstmitleid auf der Route 344 nach Pointe-Calumet und suchte sich dort ein Haus mit einer abgestorbenen Kiefer im Garten aus. Anne-Isabelle, sein erstes Opfer, war mit seinem Baumfällvorschlag einverstanden und bezahlte ihn dann bar aus einer Haferflocken-Blechdose, die sie in ihrer Vorratskammer hatte.

Da es ihn ärgerte, dass die Arbeit länger als erwartet gedauert hatte, verlangte er mehr als die ursprünglich vereinbarte Summe. Anne-Isabelle weigerte sich. Ein Streit entstand, der damit endete, dass Adamski den Stock der alten Frau packte und sie erschlug.

Christelle, die das Durcheinander gehört hatte, kam dazu, um nachzusehen. Außer Kontrolle vor Wut verlangte Adamski mehr Geld. Als Christelle eine Bankkarte hervorzog, schob Adamski sie in Poppys Honda, fuhr in die Stadt und zwang sie, eine Abhebung zu machen.

Aber die Zeit hinter dem Steuer hatte ernüchternde Wirkung auf ihn. Nun hatte er Angst, zu anderen Geldautomaten zu fahren, wie er es ursprünglich vorgehabt hatte, und auch Angst, nach Pointe-Calumet zurückzukehren, und so hielt er zwischendurch an und kaufte sich einen Spaten. Dann fuhr er nach Oka und tötete und vergrub Christelle dort.

Anschließend warf Adamski die Bankkarte weg, schrubbte den Honda sauber und fuhr schnurstracks zu Poppys Wohnung in Saint-Eustache zurück. Einige Monate lang machte er Handlangerarbeiten, verfolgte die Berichterstattung über die Villejoin-Ermittlungen und hielt sich bedeckt.

Je mehr Zeit verging, ohne dass das Gesetz bei ihm an die Tür klopfte, umso zuversichtlicher wurde er, dass er mit den Morden davonkommen würde. Und wie es seinem Lebensmuster entsprach, wurde er auch immer unzufriedener mit seinen augenblicklichen Lebensverhältnissen.

In dieser Zeit verbrachte Adamski viel Zeit auf der Couch vor Poppys Fernseher. Zum Glück hatte sie Kabelanschluss. Neben Eishockey und Wiederholungen von *Rockford* und *Miami Vice* verfolgte er auch die Berichterstattung über eine Serie von Hauseinbrüchen auf der anderen Seite der Grenze im Norden des New York State. Er erfuhr, dass im Verlauf von zwei Jahren drei ältere Mitbürger ausgeraubt und erschlagen worden waren.

Adamski fing nun an, über die alte Dame nachzudenken, die aus der L'Auberge des Neiges verschwunden war. Über die Villejoins. Obwohl er seine frühere Frau seit Jahren nicht gesehen hatte, dachte er auch an sie. Er erinnerte sich an Keisers Drohungen, ihr Geld von der Bank abzuheben, und fragte sich, ob sie es wirklich getan hatte.

Er hatte Keiser nur aus finanziellem Interesse geheiratet. Aber die alte Dame war verrückt, wollte noch immer Sex. Das Leben mit ihr war unerträglich. Und wie alles in seinem Leben, hatte auch dieser Plan nicht funktioniert. Wie es nun auch mit Poppy nicht funktionierte.

Adamski rechnete nach. Marilyn Keiser wäre jetzt zweiundsiebzig. Er hatte die Villejoins getötet und war davongekommen. Diese Frauen waren schwach, stellten keine große Herausforderung dar.

Adamski fand heraus, dass Keiser noch immer im selben Gebäude wohnte. Wochenlang saß er in Poppys Honda an der Édouard-Montpetit und beobachtete das Kommen und Gehen seiner früheren Frau. Er folgte ihr zu einer Synagoge, einem Markt, einem Gemeindezentrum, einem Yogastudio.

Eines Freitags kam Keiser mit einer Reisetasche aus dem Haus und fuhr nach Memphrémagog. Adamski folgte ihr. Zu seiner Überraschung fuhr sie zu seiner alten Jagdhütte.

Drei Mal beobachtete er diese Wochenendroutine. Wenn Keiser nicht da war, baldowerte er potentielle Risiken aus. Sichtbarkeit. Die Nähe von Nachbarn.

Langsam nahm ein Plan Gestalt an. Er würde in die Hütte einbrechen, Poppys Auto im Schuppen verstecken und warten. Wenn Keiser kam, würde er ihr Geld verlangen. Falls es in der Hütte versteckt war, perfekt. Falls es in der Wohnung war, würde er sie in die Stadt zurückfahren und dort umbringen. So oder so, er würde es aussehen lassen wie einen Einbruch durch einen Fremden.

Nur dass Keiser nicht so leicht aufgab, wie er erwartet hatte. Als er endlich mit ihr fertig war, war er so wütend, dass er sie mit Kerosin übergoss und anzündete.

Laut Adamski waren die Frauen vorwiegend selber Schuld an ihrem Tod. Er argumentierte so: Er habe Probleme mit seiner Wut. Sie hätten ihn nicht sauer machen dürfen. Makellose Argumentation.

Nach beinahe zehn Stunden, die ich mir diesen fiesen Mistkerl anschauen musste, wäre ich am liebsten aus der Haut gefahren. Oder hätte sie vor Ekel abgestreift. Zum Teil der Kaffee? Vielleicht.

Mir brummte noch immer der Schädel vom Starren auf den Mikrofilm und dann auf das grobkörnige Bild der internen Videoanlage. Erschöpfung hatte meine Gefühle durcheinandergebracht, aber ich hatte keine Lust, meine Psyche zu sortieren. Natürlich empfand ich Traurigkeit. Abscheu. Wut. Ja, eine ganze Bootsladung voller Wut.

Wie auch immer, um vier reichte es mir endgültig.

Nachdem Ryan versprochen hatte, mich auf dem Laufenden zu halten, fuhr ich nach Hause.

In dieser Nacht träumte ich wieder von Motten und Skeletten und verbrannten Leichen. Ryan war dabei, Ayers, Chris Corcoran. Andere waren zu undeutlich, um sie beim Namen nennen zu können.

Als ich um acht aufwachte, spürte ich wieder dieses Schulterklopfen von meinem Unterbewusstsein.

Was? Die Fälle Jurmain, Villejoin und Keiser waren abgeschlossen. Die Knochen vom Lac Saint-Jean würden bald identifiziert sein. Offen war nur noch die Frage nach Edward Allens anonymem Informanten. War das Grund für das *Psst!* von meinem Es?

Während ich die Katze fütterte, bemerkte ich, dass ich vergessen hatte, Ryan von meiner Entdeckung des Bootsunfalls bei Sainte-Monique zu erzählen. Keine große Sache. Er würde in Kürze mit Neuigkeiten über Adamski anrufen.

»Großer Tag heute, Bird.«

Birdie biss weiter auf seinen kleinen, braunen Ringen herum.

»Zuerst werde ich den Lac-Saint-Jean-Fall lösen. Dann werde ich diese verdammte Ratte hetzen, die meinen Namen besudelt hat.«

Birdie warf mir das Katzenäquivalent eines vorwurfsvollen Blicks zu. Wegen meiner Verwendung eines Jagdausdrucks? Oder der Nagetiermetapher?

Ich ließ ihn alleine frühstücken.

Im Wilfrid-Derome wartete auf dem Schreibtisch in meinem Labor ein kleiner, brauner Umschlag. Joe hatte endlich die postmortalen Röntgenaufnahmen aller geborgenen Zähne der Opfer vom Lac Saint-Jean gemacht.

Ich klemmte die kleinen, schwarzen Filme auf einen Lichtkasten und untersuchte jeden Zahn.

Der stumpfe Fleck auf dem zweiten oberen Babybackenzahn glänzte weiß und strahlenundurchlässig. Eine Füllung. Interessant, aber ohne antemortalen Zahnbefund von geringem Wert.

Als Nächstes untersuchte ich jedes der Skelette vom Lac Saint-Jean noch einmal. Dann rief ich Labrousse an, den Gynäkologen und Coroner in Chicoutimi.

Nachdem ich ihm von meinem Fund auf Mikrofilm in der Bibliothek berichtet hatte, bat ich Labrousse, nachzusehen, was er vor Ort über die Ertrinkensopfer herausfinden konnte. Er versprach, nach überlebenden Familienangehörigen und ärztlichen und zahnärztlichen Unterlagen zu suchen. Außerdem bot er an, das Coroner-Archiv zu durchforsten, bezweifelte aber, dass von 1958 noch irgendetwas da war.

Da ich ihm zustimmen musste, dass eine Aufbewahrung von fünfzig Jahre alten Akten unwahrscheinlich war, bat ich Labrousse, spezifisch drei Fragen nachzugehen. War Richard Blackwater indianischer Abstammung? Hatte Claire Clemenceau als Kind Antibiotika erhalten? Hatte sie irgendwelche Füllungen?

Labrousse sagte, er werde sich bei mir melden.

Als Nächstes rief ich den Chief Coroner an.

Huberts Reaktion skeptisch zu nennen, wäre so, als würde man die Landung der Alliierten in der Normandie ein kleines Scharmützel nennen. Vielleicht wollte er aber einfach nicht zugeben, dass *meine* Skepsis gerechtfertigt war. Wie auch immer.

Seine Schlussbemerkung: Valentin Gouvrard erhielt im Alter von sieben Monaten Tetracyclin. Das Kind aus dem See hatte verfärbte Baby-Backenzähne. *Quelle coincidence!* Was für ein Zufall.

Zufall ist richtig, dachte ich und ließ die Hand auf dem aufgelegten Hörer liegen. Ein Zufall von der Größe des Yankee-Stadions.

Manchmal weiß man es einfach. Nennen Sie es Intuition. Nennen Sie es deduktive Argumentation, ausgehend von Erfahrung und unterbewusster Mustererkennung.

Meinem Bauchgefühl folgend, war ich mir sicher, dass die Leute vom Lac Saint-Jean die Picknicker von Sainte-Monique waren. Ich musste es nur noch beweisen.

Ich durchforstete mein Hirn. Gab es *irgendeinen* Hinweis auf das Geschlecht der kindlichen Skelette? Bei gegebenem Zustand des Knochenmaterials war eine Vermessung unmöglich.

Mir fiel einfach nichts ein.

Ich brütete noch immer über dem Problem, als Ryan anrief. Er klang so müde, wie ich mich fühlte. Das überraschte mich nicht. Was er mir berichtete, allerdings schon.

»Adamski gibt die Morde an Keiser und den Villejoins zu und liefert uns Details, als würde er einen Roman schreiben.

Aber er beharrt stur darauf, dass er mit Jurmain nichts zu tun hat.«

»Glaubst du ihm?«

»Warum drei Morde gestehen und beim vierten lügen?«

»Ihr habt natürlich den kleinen amerikanischen Brauch namens Todesstrafe zur Sprache gebracht.«

»Adamski hat sich einen Anwalt besorgt. Inzwischen weiß er, dass eine Auslieferung ausgeschlossen ist.«

»Wird dieser kleine Trick auf euch zurückfallen?«

»Kein Mensch hat Adamski gesagt, dass er in die Staaten muss. Wir können doch nichts dafür, wenn der Trottel eine Erwähnung von Jurmains Staatsangehörigkeit missversteht. Wir haben ihren Tod nur mit den anderen in Zusammenhang gebracht.«

Ich überlegte einen Augenblick. Rose Jurmains Knochen zeigten keine Spuren von Gewalt.

»Vielleicht war die Tatsache, dass Adamski in dem Gasthof war, einfach nur Pech für ihn«, sagte ich.

»Was bedeuten würde, dass der ursprüngliche Befund korrekt ist. Jurmain ist in den Wald gestolpert und erfroren.«

»Ihr Skelett zeigte keine Verletzungen.«

»Bis auf die Bärenspuren.«

»Bis auf die. Und ihre Leiche war nicht begraben oder sonst irgendwie versteckt.«

»Weil wir gerade von Verletzungen sprechen, hier ist noch ein Knaller. Adamski schwört, er habe Keiser zu Tode geprügelt und getreten.«

»Warum sollte er leugnen, dass er sie erschossen hat?«

»Keine Ahnung. Aber die Geschichte passt zu seiner sonstigen Vorgehensweise.«

»Aber ich habe den Schusskanal gesehen. Ayers hat mir die Fotos gezeigt.«

»Vielleicht hat Adamski da ein Imageproblem. Du weißt schon, Waffen sind für Weicheier und solche Sachen. Oder vielleicht gehört die Waffe jemandem, den er decken will. Wir bearbeiten ihn weiter. Ist nur jetzt schwerer, weil er sich ein Sprachrohr engagiert hat.«

Ich erzählte Ryan von dem Bootsunfall achtundfünfzig auf dem Lac Saint-Jean.

»Hast du Jacquème nach der Abstammung seines Schwagers gefragt?«

»Ja, Ma'am. Achille Gouvrard war *pur laine.« Pur laine.* Reine Wolle. Heißt: ein alteingesessener, weißer Québecois.

»Und Jacquème erinnerte sich noch an was anderes. Gouverard kämpfte vierundvierzig in der Schlacht von Scheldt. Kam mit einem Schrapnell im rechten Oberschenkel nach Hause. Klagte immer über Knochenschmerzen, wenn die Temperatur sank.«

Nach dem Auflegen stand ich auf und klemmte eine Röntgenaufnahme an den Lichtkasten. Im rechten Oberschenkelknochen des Mannes war nicht die geringste Spur von Metall zu erkennen.

Ich studierte die breiten Wangenknochen und die schaufelförmigen Schneidezähne.

Mehr denn je war ich überzeugt, dass der Mann nicht Achille Gouvrard war.

Mein Blick wanderte zu den verfärbten Backenzähnen des jüngeren Kindes.

Wieder brannte die Scham in meiner Brust.

Briel hatte die Tetracyclin-Flecke entdeckt. Ich nicht.

Ich wandte den Blick ab, schaute zum Fenster hinaus. Hinunter zu der Szene, die ich so viele Jahre lang als so beruhigend empfunden hatte. Der Fluss. Die Brücke. Die Autofahrer und Fußgänger in ihrem Alltagsleben.

Eine Motte lag auf dem Fensterbrett, die Beine eingekrümmt, die Flügel mumientrocken. Tot seit diesem Sommer?

Der kleine Kadaver ließ mich an meine nächtlichen Heimsuchungen denken. Die Motten. Die Skelette. Die verbrannten Leichen.

Tief in meiner Hirnschale richtete sich etwas auf.

Ich schaute wieder zu den Knochen.

Briel hatte die Verfärbung gefunden.

Das Etwas kräuselte die Oberfläche meines Unterbewusstseins.

Briel hatte den Schusskanal gefunden.

Den Schusskanal.

Das Etwas brach in mein Bewusstsein durch.

36

Ich griff zum Hörer, wählte die Nummer des Cook County Medical Examiner und fragte nach Chris Corcoran.

Chris' Apparat klingelte drei Mal, dann schaltete sich der Anrufbeantworter ein.

Ich hinterließ eine Nachricht. Ruf zurück, sobald du kannst. Es ist wichtig.

Ich schaute auf die Wanduhr. Halb zehn. Wahrscheinlich schnitt er gerade irgendjemandem die Leber heraus.

Der Schusskanal. Natalie Ayers, eine sehr erfahrene Pathologin, hatte ihn übersehen. Marie-Andréa Briel, ein Anfängerin, hatte ihn gefunden. Das war die Fahne, die mein Unterbewusstsein schwenkte.

Der Fall war für Chris Corcoran eine Sensation gewesen. Er hatte ihn mir detailliert beschrieben, als ich in Chicago war. Die Frau, die tot auf ihrem Wohnzimmerboden lag. Die Autopsie ergab keine Hinweise auf Verletzungen. Der Enkel gesteht, dass er seine Oma erschossen hat. Die erneute Autopsie. Chris fand die Verletzung so einzigartig, dass er einen Artikel darüber veröffentlichte.

Okay.

Ich lief in die Bibliothek.

Wo sollte ich anfangen? Chris bearbeitete den Fall, als Laszlo Tots Leiche im Steinbruch auftauchte. Das war im Juli 2005.

Es dauert, bis man einen wissenschaftlichen Artikel geschrieben und die Redaktion zurückerhalten hat und bis man dann in der Schlange der Publikationswilligen dran ist. Ich zog das *Journal of Forensic Sciences* vom November 2007 heraus und überflog das Autorenverzeichnis.

Nichts. Ich kontrollierte 2006, 2005, 2008. Nichts.

Soviel dazu.

Zurück ins Labor.

Während ich auf Nachricht von Chris in Bezug auf seinen Schusskanal-Fall und von Labrousse in Bezug auf die Ertrinkensopfer aus Sainte-Monique wartete, beschloss ich, ein wenig Internet-Recherche zu betreiben.

Ich gab den Namen *Marie-Andréa Briel* in Google ein und erhielt eine erstaunliche Anzahl von Links. Zusätzlich zu zahlreichen Online-Artikeln und Blogs hatte Briel als Mitautorin von Artikeln im *Journal of Forensic Sciences,* im *American Journal of Forensic Medicine and Pathology* und in einer Anzahl von kanadischen und britischen Zeitschriften fungiert. Alle zusammen mit der ersten gefeuerten studentischen Assistentin. Alle im letzten Jahr.

Briel hatte Dutzende von Interviews sowohl auf Französisch wie auf Englisch gegeben. Sie hatte in Foren mitgearbeitet, die studentische Karrierenetzwerke betreuten. Sie gehörte zum Lehrkörper der Pathologischen Fakultät der Laval University und sie war aufgeführt auf einem Dutzend Sites, die biomedizinische Experten anpriesen. Sie war jeder forensischen Gesellschaft in der freien Welt beigetreten.

Während ich mich von einer Verbindung zur anderen hangelte, wurde mir bewusst, dass Joe sich im Labor bewegte, Gewebeproben protokollierte, Fotos machte, Daten ins System eingab. Und dass Jean Leloup, Isabelle Boulay, Daniel Bèlanger und natürlich Céline aus dem Radio krähten.

Doch in all der Datenmenge im Cyberspace fand ich nichts über Briels Zeit vor ihrer Ankunft in Montreal. Keine Biografie. Keinen beruflichen Lebenslauf. Keine Angaben über frühere Tätigkeiten oder ihren akademischen Werdegang.

Als ich schließlich die Augen vom Bildschirm löste, spürte ich, dass jemand hinter mir stand. Ich drehte mich um.

Joe stand mit verschränkten Armen da.

»Tut mir leid. Haben Sie was gesagt?« Ich war überrascht, ihn hier zu sehen.

»Die Zahnaufnahmen. Lac Saint-Jean. Waren die okay?«

»Ja.« Hatte ich ihm noch nicht gedankt? »Danke. Die waren gut.«

Ich zögerte, weil ich nicht so recht wusste, ob ich ihm meine revidierte Einschätzung der Opfer mitteilen sollte. Warum eigentlich nicht? Vielleicht besänftigte ihn das und vermittelte ihm das Gefühl, Teil des Durchbruchs zu sein.

Mit völlig ausdruckslosem Gesicht hörte Joe meiner Schilderung zu.

»Was ist mit der Verfärbung?«, fragte er dann.

»Eine ausgezeichnete Frage«, sagte ich. »Auf die *ich* eine Antwort finden werde.«

»Wollen Sie –«

Das Telefon klingelte.

Ich drehte mich zum Hörer und hoffte, dass es Chris Corcoran war. Er war es.

»Gibt's was Neues? Du klangst ziemlich aufgedreht.«

»Danke, dass du so schnell zurückgerufen hast. Als ich im Dezember in Chicago war, hast du mir von einem Mord erzählt, bei dem eine einzelne Kugel genau senkrecht durch den Rücken des Opfers ging. Weißt du noch?«

»Das war vielleicht ’ne Sache. Die Bahn folgte präzise der Anordnung der Muskelfasern, wodurch der Schusskanal komplett überdeckt wurde. Ich habe eine inoffizielle Umfrage gemacht. Kein Mensch hatte je etwas Ähnliches gesehen. Der Fall war so verrückt, dass ich fürs *JFS* einen Artikel darüber schrieb. Die Redaktion habe ich mit der Bitte um Neuvorlage bereits erhalten, bin aber zu den Kürzungen noch nicht gekommen, die die Redakteure vorgeschlagen haben. Willst du eine Kopie?«

»Kannst du sie mir sofort schicken?«

»Klar.«

Ich gab Chris die Nummer und eilte zur Rezeption. Wenige Minuten später kam sein Artikel durch.

Ein ungewöhnlicher Erschießungstod unter Beteiligung eines längs verlaufenden Schusskanals durch einen einzelnen Aufrichtmuskel.

Vierundzwanzig Seiten. Ich war einer Meinung mit den Redakteuren. Zu lang.

Auf dem Rückweg in mein Labor überflog ich den Artikel.

Eine sechsundachtzigjährige Frau wurde bei einem Picknick zum Vierten Juli zuletzt lebend gesehen … Tochter fand die Verstorbene im Zustand fortgeschrittener Verwesung … Fehlen von Organperforationen … Fehlen von skelettalen Traumata … Fehlen von metallischen Spuren … Todesursache unklar … Enkel des Opfers gestand Erschießung …

Mein Blick blieb an einem Satz in dem Abschnitt mit dem Titel *Befunde der zweiten Autopsie* hängen:

Die Querschnittsektion demonstrierte einen einzelnen Schusskanal, der in Längsrichtung durch den rechten Aufrichtmuskel verlief.

Obwohl mir Wut die Kehle zuschnürte, überflog ich den Rest.

… Orientierung der Wunde deutete darauf hin, dass das Opfer sich zur Zeit des Projektilaufpralls bewegte … Todesursache neu bewertet als Mord … Sehr selten … Durchsicht der Literatur erbrachte keine dokumentierten Fälle …

Ich warf das Fax auf meinen Schreibtisch, und in meinem Kopf explodierte ein Feuerwerk der Gedanken.

Der Schusskanal war außergewöhnlich selten und sehr schwer zu entdecken. Ayers hatte ihn bei Keiser übersehen. Chris hatte ihn bei seinem Chicagoer Fall übersehen. Beide sind erfahrene Pathologen.

Briel hatte ihn entdeckt.

Glück? Talent? Zufall?

Keine Chance.

Briel konnte von Chris' Fall nichts gelesen haben. Der Artikel war noch nicht gedruckt.

Meine Internetsuche hatte in Bezug auf Briels Vergangenheit nichts erbracht. Sie behauptete, sie hätte nach der Promotion eine Reihe von Assistenzen absolviert. Vielleicht eine beim CCME?

Mein Unterbewusstsein ließ noch ein Lämpchen aufblitzen. Der Traum von Freitagnacht. Die Tentakeln, die Rose Jurmains Skelett umwaberten, eine beschriftet mit den Initialen ML.

Aber das stimmte nicht. ML hatte Lassies Knochen untersucht. Nicht Roses.

Plötzlich fühlte die Haut auf meinem Gesicht sich sehr straff an.

Briel war scharf auf Anthropologie. Sie hatte einen Schnellkurs gemacht. Hatte sich für die Neuausgrabung in Oka angeboten. Hatte sich in meiner Abwesenheit über die Opfer vom Lac Saint-Jean hergemacht.

War Briel vielleicht ML?

Mein Hirn hatte für meinen Bauch nur Hohn übrig. Viel zu weit hergeholt.

Und doch.

Ich rief noch einmal Chris an. Diesmal antwortete er.

»Ich habe den Artikel gelesen. Gute Arbeit.«

»Findest du ihn zu lang?«

»Ein kleines bisschen. Kannst du dich noch erinnern, ob du am CCME je eine Pathologin namens Marie-Andréa Briel hattest?«

»Nein. Die kommen und gehen.«

»Du hast diese Schusskanalautospie ungefähr zu der Zeit gemacht, als Laszlo Tot aus dem Thornton Quarry gezogen wurde, nicht?«

»Ja.«

»Du hast gesagt, Walczak benutzt für Skelettfälle oft Leute, die es umsonst machen, Pathologen, festangestellte Assistenten, graduierte Anthropologie-Studenten, nicht?«

»Das ist nicht meine Entscheidung.«

»Du hast gesagt, dass jemand mit dem Kürzel ML die Anthropologie bei Laszlos Überresten machte, nicht?«

»Sorry. Ich kann mich nicht erinnern. Ich müsste da noch einmal in die Akte schauen.«

»Kannst du das für mich tun? Und falls ML Lassies Knochen untersucht hatte, kannst du rausfinden, wer diese Person war?«

»Hat das alles mit dem Wichser zu tun, der Edward Allen Jurmain anrief?«

O Gott.

Plötzlich fügte sich alles zu einem entsetzlichen Bild zusammen.

Briel fand den Schusskanal.

Briel fand die Fingerknochen.

Briel fand die Verfärbungen.

Es lag nicht an meiner mangelnden Kompetenz. Ich wurde sabotiert.

War Briel diejenige, die Jurmain angerufen hatte? Sie war damals hier. Sie hätte gewusst, dass ich mit dem Fall zu tun hatte.

Aber warum?

»Erde an Tempe.«

»Sorry. Ich weiß es nicht so recht, Chris. Vielleicht. Aber eins weiß ich sicher: In Kürze ist hier die *merde* am Dampfen.«

In der Leitung hörte ich das Anklopfsignal.

»Muss Schluss machen. Lass mich wissen, was du herausgefunden hast. Und danke.«

Ich schaltete um.

Labrousse. Jetzt ging's aber wirklich Schlag auf Schlag.

»Nur gut, dass es hier in der Gegend so viel Inzucht gibt.« Labrousse meinte den Begriff keineswegs metaphorisch. Als isolierte Population, die sich trotz des genetischen Flaschenhalses heftig reproduziert hatte, waren die Anwohner des Lac Saint-Jean im Lauf der Jahre immer wieder Gegenstand ausgedehnter medizinischer Forschung gewesen. »Die Familien hier in der Gegend bleiben, wo sie sind. Und ihr Gedächtnis ist länger als die Absätze einer Nutte. Bei Blackwater sind sich alle einig. Er war zur Hälfte Montagnais-Indianer.«

Ja!

»Und Claire Clemenceau?«, fragte ich. »Irgendeine Vorgeschichte von Tetracyclin?«

»An so was kann sich keiner erinnern. Der Bruder sagt, Claire war ein gesundes Baby. Der Allgemeinarzt des Ortes ist tot, aber er hatte einen jungen Kompagnon, der in den Fünfzigern bei ihm einstieg. Er ist inzwischen in Rente, erinnert sich aber an Claire. Meinte, er hätte sie als kleines Kind vorwiegend für Routineuntersuchungen gesehen. Der Kerl ist neunzig, scheint aber noch ziemlich klar zu sein.«

»Aber es gibt nichts Schriftliches, das seine Angaben stützt?«

»Nein.«

»Was ist mit Zahnbehandlungen?«

»Der Bruder sagt, dass keins der Kinder je beim Zahnarzt war.«

Das passte. Ausgehend von den Zähnen der erwachsenen Frau schien Zahnhygiene keine große Priorität gehabt zu haben.

Aber das jüngere Kind hatte eine Füllung. Das passte nicht.

»Kann sich der Bruder an Flecke auf Claires Zähnen erinnern?«

»Sagt, sie hätte perfekte Zähne gehabt.«

Kurz summte Schweigen aus dem Norden, dann:

»Die Familienversion könnte natürlich auch revisionistisches Denken sein.«

»Das heißt?«, fragte ich.

»Tragischer Unfall, Jahre vergehen, und aus dem toten Kind wird das perfekte kleine Mädchen.«

»Der Doc könnte aber auch recht haben. Claire könnte wirklich gesund gewesen sein.«

»Könnte sein«, sagte Labrousse. »Lassen Sie mich wissen, zu welcher Entscheidung Sie gekommen sind.«

Nach dem Auflegen ging ich zum Arbeitstisch und nahm die beiden Milchzähne des jüngeren Kindes zur Hand.

Ich schloss Augen und Finger und flehte die winzigen Backenzähne an, mit mir zu sprechen. Claire Clemenceau, bei einem Bootsunfall ertrunken? Valentin Gouvrard, bei einem Flugzeugabsturz getötet?

Ich spürte nur eine leicht stachelige Härte.

Ein Flüstern im Hirn. Ein Begriff.

Carabellis Höcker.

Keine Überraschung, dass ich den nicht bemerkt hatte. Der winzige Höcker war kaum sichtbar, eine winzige Erhebung auf der zungenseitigen Oberfläche des mesiolingualen Höckers auf dem oberen zweiten Backenzahn.

Ich nahm den permanenten Backenzahn zur Hand. Kein Carabelli.

Merkwürdig, aber keine große Sache. Die Variation kommt

am häufigsten bei permanenten, oberen, ersten Backenzähnen vor, kann aber auch bei zweiten Baby-Backenzähnen vorhanden sein.

Carabellis Höcker tritt bei verschiedenen Populationen in unterschiedlicher Häufigkeit auf, den höchsten Prozentsatz findet man bei Europäern. Sein Vorhandensein deutete darauf hin, dass das Kind vom Lac Saint-Jean wahrscheinlich weiß war. Das hatte ich bereits vermutet. Die Variante war kaum mehr als ein Kuriosum.

Frustriert steckte ich die Zähne in ihr Röhrchen zurück.

Dann ging ich auf und ab, und die Gedanken schwirrten mir wie Wespen durchs Hirn.

Briel hatte Anthropologie gemacht, obwohl sie eine Ausbildung als Pathologin hatte. Bei Überresten bestand jetzt die Gefahr einer falschen Identifikation. Briels Motive waren unwichtig. Ich musste Hubert ihre Untauglichkeit beweisen. Verhindern, dass sie weiter ihre professionelle Kompetenz überschritt.

An einem Daumennagel kauend, ging ich noch einmal alle Fakten durch.

Achille Gouvrard war weiß. Das männliche Skelett hatte Merkmale, die auf eine indianische Abstammung hindeuteten.

Richard Blackwater war zur Hälfte Montagnais.

Achille Gouvrard hatte Schrapnellsplitter im rechten Oberschenkelknochen gehabt. Der Mann auf meinem Tisch nicht.

Claire Clemenceau war ein gesundes Kind gewesen.

Die Milchzähne des jüngeren Kindes zeigten Tetracyclin-Verfärbung. Das war offensichtlich. Und doch hatte ich es bei meiner ersten Untersuchung übersehen.

Claire Clemenceau war wahrscheinlich nie bei einem Zahnarzt gewesen.

Das Kind auf meinem Tisch hatte eine Füllung.

Einen Carabelli-Höcker auf einem Milchzahn.

Das brachte nichts.

Aber ich hatte auch das übersehen.

Oder hatte ich das wirklich?

Briel fand den Schusskanal.

Briel fand die Fingerglieder.

Briel fand die Verfärbung.

Die Wahrheit brach sich Bahn.

Ich wusste, was passiert war.

Und was ich tun musste, um es zu beweisen.

37

Ich verließ mein Labor und schaute auf die Anschlagtafel am Ende des Korridors. Neben Briels Name stand die Abkürzung AM. *Absence motivée.*

Briel hatte um einen Tag Urlaub gebeten.

Ausgezeichnet.

Ich ging weiter in die Verwaltung. Mit der Behauptung, ich brauche eine Akte, bat ich um einen Schlüssel zu LaManches Büro. Das war nichts Ungewöhnliches. Da der Chef krank war, benötigten die Pathologen und ich Dossiers aus seinem Büro.

Meine Uhr zeigte zehn vor zwölf. Ich kehrte in mein Büro zurück und zwang mich zu warten. Zwanzig Minuten. Dann würden meine Kollegen Frühstücksfleisch und Mikrowellenpizza verschlingen.

Ich hatte mich verschätzt. Bereits nach zehn Minuten war der gerichtsmedizinische Flügel verlassen.

Schnell ging ich in LaManches Büro und nahm seinen Generalschlüssel vom Schreibtisch. Damit öffnete ich die Tür zu Briels Büro, schloss sie wieder und fing an zu suchen.

Der Schreibtisch ergab nichts.

Ich arbeitete mich durch die Bücherregale, das Sideboard. Noch immer nichts.

Meine Handflächen waren feucht. Ich kam mir vor wie ein Dieb.

Mit fahrigen Bewegungen zog ich die Schubladen des ersten Aktenschranks auf. *Nada*.

Des zweiten. Null.

Mein Blick huschte zu dem kleinen Fenster neben der Tür. Durch die Jalousie entdeckte ich keine Bewegungen im Gang.

Tief durchatmen.

Ich machte mich an den dritten Aktenschrank.

Und stieß auf Gold.

Der Ziploc-Beutel lag in der untersten Schublade, in einer Lücke hinter der letzten Abtrennung. In dem Beutel waren mindestens vierzig Zähne. Mich innerlich selber beglückwünschend, schloss ich ab und legte den Schlüssel des Chefs an seinen Platz zurück.

Wieder in meinem Labor, breitete ich die Sammlung auf meiner Schreibunterlage aus. Und sackte enttäuscht zusammen.

In dem Beutel befand sich kein einziger Milchzahn, ob mit oder ohne Flecke.

Hatte ich mich geirrt? Briel falsch eingeschätzt? Suchte ich nur verzweifelt einen Weg, um meinen Kopf aus der Schlinge zu ziehen?

Wie zuvor wanderte mein Blick nun zu dem Fenster über meinem Schreibtisch. Eine Eisblume wuchs in einer unteren Ecke des Glases. Ich sah ein Pony. Eine Eule. Das Gesicht eines alten Mannes.

Ich dachte an Katy, an unsere Wolkenspiele, als sie noch ein kleines Mädchen war. Ich sehnte mich zurück, stellte mir vor, an einem Sommernachmittag auf dem Rücken im Gras zu liegen.

Dann erinnerte ich mich an meine Unterhaltung mit Solange Duclos. An ihren »Spinnen«-Backenzahn aus Bergerons Schale. *Die winzigkleine Spinne krabbelt in die Regenrinne.* Ich fand das damals nicht sehr amüsant. Ein Zeichen, dass ich langsam alt wurde? Meine Vorstellungskraft verlor? Oder meine Fähigkeit zu lachen?

Professionell zu funktionieren?

Verdammt, nein. Ich hatte den Zahn nicht wirklich untersucht.

Der Zahn.

Die Schale.

Ich stellte mir die »Spinne« winzigklein in der Luft vor.

Meine Augen schlossen sich.

Und sprangen auf.

Carabellis Höcker!

Ich schnappte mir meine Schlüssel, rannte zum Lagerraum, schloss den Schrank auf und holte Bergerons Schale mit dentalem Unterrichtsmaterial heraus.

Zurück zu meinem Schreibtisch, um den Inhalt zu durchsuchen.

Die Sammlung enthielt zwölf Babyzähne: acht Schneidezähne, drei Eckzähne und Duclos' »Spinnen«-Zahn, einen ersten Backenzahn von oben rechts.

O Mann. Der Backenzahn hatte einen Carabelli-Höcker.

Ich trug ihn zu einer fest auf die Arbeitsplatte montierten Lupe. Ich drehte eben den Backenzahn und studierte alle Oberflächen, als die Tür aufging und sich mit einem Klicken wieder schloss.

Ich schaute hoch.

Joe.

Viel zu aufgeregt für eine Unterhaltung, drehte ich mich wieder der Lupe zu, weil ich hoffte, wenn auch nicht wirklich erwartete, endlich zu finden, was ich brauchte.

Ich wollte eben schon aufgeben, als mir ein winziger, stumpfer Fleck ins Auge stach, weniger eine Verfärbung als eine leichte Abflachung des Schmelzes.

Ja. Eine Abnutzungsfacette.

Nachdem ich den Zahn in ein Röhrchen gesteckt hatte, suchte ich mir eine Nummer aus meiner Handyliste und wählte.

»Anthropologische Fakultät.«

»Miller Barnes bitte.«

Eine Stimme antwortete, so breit und flach wie die Prärie in Kansas.

Ich sagte Hi. Miller sagte Hi. Wir meinten beide, dass es schon lange her sei. Miller erkundigte sich nach Katy. Ich erkundigte mich nach seiner Frau. Schließlich konnte ich meine Frage vorbringen.

»Gibt es auf dem McGill-Campus ein Raster-Elektronenmikroskop?«

»Die Maschinenbauer haben eins. Was brauchst du?«

Ich erklärte es.

»Wann brauchst du es?«

»Gestern.«

Miller lachte. »Ich spiele mit einem der Jungs dort Raquetball. Kriege immer den Arsch versohlt. Das sollte uns weiterhelfen.«

Ich ging auf und ab, nagte an den Fingernägeln.

Joe warf neugierige Blicke in meine Richtung. Ich ignorierte ihn. Würde ihm wieder Plätzchen kaufen.

Eine Ewigkeit später klingelte das Telefon.

»Schon mal *Der Preis ist heiß* angeschaut?«

»Irgendwann im Pleistozän.« Quizsendungen?

»Kommen Sie runter!« Er äffte den Moderator nach.

Ich schloss Briels Ziploc-Beutel in meinen Schreibtisch und Bergerons Schale in ihrem Schrank ein und steckte mir das Röhrchen mit Duclos' »winzigkleine Spinne«-Zahn, einen ersten Backenzahn oben rechts, sowie das Röhrchen mit den Zähnen des jüngsten Kindes vom Lac Saint-Jean in die Tasche. Dann schnappte ich Jacke und Handtasche und rannte zur Tür hinaus.

Die McGill University liegt im Herzen von *centre-ville,* einen Parkplatz zu finden ist also ungefähr so, als wollte man atomaren Müll deponieren. Hier bitte nicht.

Nach drei Runden die University hoch und durch ein Viertel mit dem Spitznamen McGill Getto entdeckte ich eine Möglichkeit. Nach fünf Minuten Bandenspiel mit den Stoßstangen der Nachbarautos schaffte ich es, den Mazda in eine Lücke zu bugsieren, in der vorher wahrscheinlich ein Roller gestanden hatte.

Ich stieg aus. Die Fahrzeuge vor und hinter mir hatten fast einen halben Meter Spielraum.

Nicht schlecht, Kleine.

Der Himmel war Zinn, die Temperatur minimal gestiegen. Feuchte Luft lastete auf der Stadt wie eine schwere, nasse Bettdecke.

Als ich den Campus durch das Osttor betrat, fing es an zu schneien. Fette Flocken rieselten träge zur Erde. Die meisten schmolzen beim Kontakt mit dem Pflaster, wenige blieben liegen, hatten aber wenig Lust, sich mit anderen zu vereinigen.

Den Innenhof säumten hohe Steingebäude, im Karree von der Sherbrooke zur Docteur Penfield, grau und mächtig wie der Mont Royal hinter ihnen. Studenten liefen über die Wege, die Schultern vorgezogen, Köpfe und Rucksäcke mit Schneehäubchen bedeckt.

Das schicke neue Wong Building direkt vor mir sah kantig und nackt aus, ein Musterbeispiel moderner Effektivität. Strathcona, eine strengere Vision aus einer anderen Zeit. Als die Architekten es im späten neunzehnten Jahrhundert erbauten, hatten sie sich nicht bemüht, ihre feminine Seite zu zeigen.

Ich stapfte den Abhang hoch und stieß die Tür zum Wong auf. Miller wartete drinnen. Ich bekam eine tapsige Umarmung.

»Mein Kontakt sitzt in Materialien und Bergbau.«

»Geh voraus.«

Er tat es. Bis zu einem Büro mit dem Namen *Brian Hanoaka* neben der Tür.

Der Mann hinter dem Schreibtisch trug Klamotten, die älter aussahen als er. Kariertes Hemd, ausgewaschene Jeans, gammeliger Wollpullover. Ich schätzte den Träger auf ungefähr fünfunddreißig.

Miller stellte uns vor. Hanoaka war kurz und schwammig, mit einem sehr runden Gesicht und sehr schwarzen Haaren.

»Bitte. Machen Sie es sich doch bequem.« Mehr übertriebene Korrektheit als Akzent.

Wir setzten uns, Miller und ich vor, Hanoaka hinter den Schreibtisch.

»Mein Freund sagte mir, wir können Ihrem Institut behilflich sein.« Beim Lächeln wurde Hanoakas Gesicht noch runder.

Ich überlegte, ihn aufzuklären, wer tatsächlich diesen Gefallen verlangte, entschied mich aber dagegen. Falls mein Verdacht bestätigt wurde, würde das Institut davon profitieren.

»Ich habe mal für das CILHI gearbeitet, das United States Central Identification Laboratory in Hawaii. Zu der Zeit gab es ein Projekt, das Abnutzungsfacetten isolierter Zähne untersuchte. Bei der Studie wurden Raster-Elektronenmikroskopie und energiedispersive Röntgenspektrografie benutzt. Die Jungs sprachen nur von REM und EDX.«

»Das ist das Institut, das gefallene Soldaten aus Südostasien identifiziert, ja?«, fragte Miller.

»Ja. Und aus Korea und dem Zweiten Weltkrieg«, sagte ich.

»Schwierige Aufgabe.«

»Sehr schwierig. Die Überreste sind oft nur fragmentarisch. Manchmal werden nur wenige Zähne zurückgeschickt, und dann werden zahnärztliche Unterlagen sehr wichtig. Manchmal dokumentiert eine antemortale Akte die Behandlung eines *nicht* geborgenen Zahns. Dann heißt es ›Goldkrone‹ oder ›Amalgam‹. In solchen Fällen kann es hilfreich sein, an einem Nachbarzahn, der zwar unbehandelt, aber *geborgen* ist, spezifische Elemente zu entdecken und zu identifizieren.«

»An diesem Punkt kommen diese Facetten ins Spiel«, vermutete Miller.

»Ja. Abnutzungsfacetten sind winzige Schmirgelspuren, die im Kontakt von zwei Zähnen entstehen. Mit nacktem Auge betrachtet, scheinen sich diese Spuren kaum von der Umgebung abzuheben. Unter dem Mikroskop sieht man jedoch deutliche Kanten und Winkel.«

»In denen sich gern Materialpartikel sammeln.«

»Genau.« Der Kerl kannte sich aus. »Die CILHI-Wissenschaftler benutzten REM, um die Facetten darzustellen, und EDX, um die elementare Zusammensetzung des Zahnersatzmaterials, das beim Nachbarzahn verwendet wurde, zu bestimmen.«

»Gut.« Hanoaka nickte ausdauernd, was sein Mondgesicht schwabbeln ließ. »Sehr gut.«

Ich holte das Lac-Saint-Jean-Röhrchen aus der Tasche und legte es auf den Tisch. Dann erläuterte ich, ohne auf Details einzugehen, meine Idee.

»Zähne A gehören zu einem kürzlich entdeckten kindlichen Skelett. Die beiden Baby-Backenzähne zeigen Merkmale, die mit den anderen Überresten nicht vereinbar sind. Der eine ist ein Zweiter oben rechts, der andere ein Zweiter unten rechts.«

»Sie meinen jetzt die braunen Kleineren?« Hanoaka hielt sich die Röhre dicht vors Gesicht.

»Ja.«

»Einer hat eine Füllung.«

»Der obere.«

Ich legte jetzt das Röhrchen mit dem »winzigkleine Spinne«-Zahn aus Bergerons Schale auf den Tisch.

»Zahn B stammt aus einem anderen Kontext. Es ist ebenfalls ein kindlicher Backenzahn, ein Einser oben rechts. Er hat auf der distalen Seite eine Abnutzungsfacette. Aber er selber ist unbehandelt.«

Hanoaka verstand sofort. »Sie wollen herausfinden, ob oben eins B, der eine Abnutzungsfacette hat, früher mal neben oben zwei A mit einer Füllung gestanden hat.«

»Genau.«

»Warum sind die Milchzähne von Baby A braun?«

Ich erläuterte die Tetracyclin-Einflüsse und den zeitlichen Ablauf der Kronenbildung.

Wieder Nicken. Dann eine Pause. Dann: »Das gefällt mir.«

»Können Sie machen, was ich vorgeschlagen habe?«

»Kann ich.«

»Wann?«

»Wenn Sie zwanzig Minuten warten können, mache ich es sofort.«

In Hanoakas Abwesenheit erzählte mir Miller von seinen jüngsten Ausgrabungen in Jordanien. Da mich die Gedanken an Briels Verrat ablenkten, bekam ich nur wenig mit. Aber das Reden über Archäologie erinnerte mich an Sebastien Raines. Als Miller fertig war, fragte ich ihn nach Briels Ehemann.

»Ob ich ihn kenne? Ja, ich kenne diesen schleimschneckigen Schmierfinken. Wobei ich die Finken nicht beleidigen will.«

»Was ist mit den Schnecken?«

»Kritik akzeptiert. Raines ist hinterhältig wie eine Schlange und eine Schande für den ganzen Berufsstand.«

»Nur keine Höflichkeitsfloskeln.«

»Der Kerl würde Machu Picchu in die Luft sprengen, wenn ihn jemand dafür bezahlen würde. Und seinen Bericht so schreiben, wie der Auftraggeber es will.« Millers Gesicht verzerrte sich vor Wut. »Raines hatte die Unverfrorenheit, sich um eine Stelle an unserer Fakultät zu bewerben. Als wir seinen Lebenslauf unter die Lupe nahmen, stellten wir fest, dass fast alles getürkt war.«

»Er hat doch einen Master, oder?«

»O ja. Online gekauft. Raines wurde zwar von einem ernstzunehmenden Institut in Frankreich als Masteraspirant akzeptiert, aber schon im ersten Jahr wieder rausgeschmissen. Der Projektleiter ertappte ihn, als er Artefakte stahl.«

»Raines ist Quebecer. Warum in Frankreich studieren?«

»Weil ihn hier kein Institut haben wollte.«

»Soweit ich weiß, ist er ein Separatist?«

»Der Kerl ist ein Fanatiker. Weigert sich, Englisch zu sprechen, außer man zwingt ihn dazu.«

»Warum bewirbt er sich um einen Job an der McGill?«

»UM und UQUAM haben ihn abgewiesen.«

»Raines' Spezialgebiet ist urbane Archäologie.«

»Ja.« Miller schnaubte angewidert. »Der Kerl kriegt keine Fördermittel, also buddelt er, wo er gerade steht, solange nur noch kein anderer die Finger drauf hat. Du hast von seinem jüngsten Projekt gehört?«

»Body Find?«

»*Corps découvert, madame, s'il vous plaît.* Aber ja, du hast recht. Das Konzept ist klassisch Raines.« Miller schüttelte den Kopf. »Mach die große Kohle mit dem Leid anderer.«

Ich erinnerte mich an einen Vorfall kurz nach Briels Anstellung. Ich aß eben mein Mittagessen auf einer der Betonbänke vor dem Wilfrid-Derome. Ein Mann wartete an der Tür, er rauchte und sah ziemlich nervös aus. Briel kam heraus, und die beiden stritten sich. Der Mann stürmte davon, und sie ging wieder nach drinnen. Da ich Briel damals kaum kannte, schenkte ich der Sache keine Beachtung.

»Ist Raines ein großer, muskulöser Typ? Dunkle Augen, lange, schwarze Haare in einem Pferdeschwanz?«

»Das ist er. Hält sich für einen Trapper. Ich kenne da eine Geschichte, die dir gefallen wird. Einmal ging Raines –«

Hanoaka kam zurück. Miller und ich standen auf.

Unser Gastgeber entschuldigte sich für seine lange Abwesenheit und führte uns in den Keller, einen langen, schmalen Gang entlang und durch eine blaue Tür in einen Sicherheitsbereich mit der Bezeichnung *Mikroskopiezentrum*.

Hanoaka deutete auf ein Stereomikroskop und bat mich, die Facette auf dem Zahn aus der Schale unter der Optik zu positionieren. Ich tat es. Unter geringer Vergrößerung sah der Kontaktpunkt aus wie ein kleiner, dunkler Fleck.

Das REM-System nahm eine Ecke des Raums ein. Zylindertanks, Rechner, Monitor, ein paar Tastaturen und ein Gewirr von Geräten, deren Funktion mir schleierhaft war. Ich muss zugeben, ich hatte keine Ahnung, welcher Teil tatsächlich das Mikroskop war.

Wir gingen zu der Apparatur. Da es nur einen Stuhl und zwei Männer gab, bestand Hanoaka darauf, dass ich mich setzte. Vielleicht hatte er auch Angst, ich würde an seinen Instrumenten herumspielen.

»Brauchen Sie hochwertige Fotos?«

»Im Augenblick möchte ich einfach nur sehen, ob in der Facette Ablagerungen vorhanden sind. Falls ja, will ich wissen, ob das Material vereinbar ist mit dem Material, das für die Füllung des anderen Zahns verwendet wurde.«

»Gut. Wenn Sie später hochwertige Abbildungen brauchen, überziehen wir die Oberfläche mit evaporiertem Kohlenstoff oder einem Sprühnebel aus Goldpartikeln.«

Hanoaka nahm etwas, das aussah wie Lehm, positionierte damit den Zahn aus der Schale auf einer Platte und schob das Ganze in eine rechteckige Luftschleuse.

»Das ist die Vakuumkammer. Der Prozess dauert ungefähr eine Minute.«

Nachdem das Vakuum aufgebaut war, drückte Hanoaka auf einen Knopf, um den Elektronenstrahl zu aktivieren. Auf dem Monitor erschien ein Bild.

Die Facette sah jetzt aus wie der Thornton Quarry. In den Ecken und Furchen steckten Dinge, die aussahen wie Felsbrocken und Kiesel.

»Wow«, sagte ich.

»Wow«, sagte Miller.

Hanoaka strahlte wie ein Kind mit einem Schokoriegel.

Nachdem er die Vergrößerung hochgedreht hatte, benutzte Hanoaka das Monitorbild, um den Elektronenstrahl auf einen besonders beeindruckenden Brockenhaufen zu richten. Bei der Arbeit redete er weiter.

»Ich stelle den Spektrometer so ein, dass er die von der Probe ausgehende charakteristische Röntgenstrahlung einfängt.«

Als er mit der Einstellung zufrieden war, bedeutete mir Hanoaka, ich solle mit meinem Stuhl zu einem Monitor am anderen Ende der Apparatur rollen. Miller trottete hinterher.

Eine Landschaft materialisierte sich, grünes Unterholz mit drei schmalen, steil aufragenden Fichten. Kürzel aus zwei Buchstaben identifizierten die Bäume. *Yb. Al. Si.*

»Ytterbium. Aluminium. Silikon. Sagt Ihnen die Kombination irgendwas?«

Ich schüttelte verwirrt den Kopf. Ich war kein Zahnarzt, aber ich wusste ein bisschen was über Amalgame. Ich hatte ganz andere Elemente erwartet. *Hg. Sn. Cu. Ag.* Quecksilber. Zinn. Kupfer. Silber. Das Zeug, das man normalerweise in Füllungen findet.

Hanoaka nahm den Schalenzahn heraus, schob den Zahn vom Lac Saint-Jean hinein und wiederholte den Vorgang.

Augenblicke später erschien eine zweite Landschaft auf dem Bildschirm.

»Wow«, sagte Miller.

»Heilige Scheiße«, sagte ich.

38

Die zweite Landschaft war identisch mit der ersten. Yb. Al. Si.

Das Material der Füllung war vereinbar mit dem Abrieb in der Facette. Und sehr ungewöhnlich. Das deutete darauf hin, dass der Zahn aus der Schale und der Zahn vom Lac Saint-Jean nebeneinander im Mund desselben Kindes gewachsen waren.

O Mann.

In meinem Kopf entfalteten sich zwei Szenarios.

Eins: Briel las in Valentin Gouvrards antemortalen Unterlagen vom Tetracyclin, holte sich die verfärbten Backenzähne aus der Wanne und vertauschte sie mit denen, die man bei den Knochen vom Lac Saint-Jean gefunden hatte.

Zwei: Der erste Baby-Backenzahn des jüngeren Kindes vom Lac Saint-Jean war irgendwie in Bergerons Schale gewandert.

Die Wanderung war so wahrscheinlich wie ein Quickie in einer Kirche.

Meine Finger ballten sich zu Fäusten.

Briel hatte meinen Fall sabotiert.

Würde ich andere davon überzeugen können?

»Vereinbar mit« und »ungewöhnlich« reichten nicht, um sie festzunageln. Ich brauchte noch mehr.

Das Elementarspektrum, das die Materialien der Füllung beschrieb. Das war der Schlüssel.

Hanoakas Stimme riss mich aus meinen Gedanken.

»... könnten sich ja mal umhören, schauen, ob irgendeine Datenbank existiert. Haben Sie einen USB-Stick? Ich könnte das Spektrum im EMSA-Format abspeichern, wenn Sie wollen.«

»Ja«, sagte ich und zog das daumengroße Speicherteil aus meiner Handtasche. »Ja, ich habe einen.«

Es war dunkel, als ich das Wong Building verließ. Es schneite noch immer, allerdings nicht mehr so heftig.

Anstatt zu meinem Auto zurückzukehren, stapfte ich den Hügel hoch zum Strathcona an der Ecke von University und Pine. Das alte Fort, früher das Hauptgebäude der medizinischen Fakultät, beherbergt nun die anatomische Abteilung und die Schule für Zahnheilkunde.

Es war Dienstag, der Tag, an dem der Beißerkneißer an der McGill unterrichtete. Ich habe mir diesen Namen nicht ausgedacht, Bergeron trägt sogar ein T-Shirt, das mit diesem Spitznamen bestickt ist. Und es gefällt ihm.

Ich fand Bergeron in einem Büro im zweiten Stock. Die Deckenbeleuchtung war ausgeschaltet, eine Leselampe mit grünem Schirm warf weiches, gelbes Licht auf den geschnitzten Eichenschreibtisch.

Ich skizzierte kurz das Problem und ließ nur die Rolle aus, die seine Schale dabei spielte. Bergeron hörte zu, die langen, knochigen Finger im Schoß verschränkt. Ich fragte ihn, ob es eine Datenbank über zahntechnische Materialien gebe.

Bergeron erinnerte sich an Gespräche über ein Projekt im REM-Labor des FBI in Quantico.

Er griff zum Hörer und wählte eine Nummer. Erklärte. Machte sich Notizen. Trug unzählige »Ahas« und »Verstehe« zum Gespräch bei. Schließlich legte er auf.

Eine solche Datenbank existierte. Ihr Entwickler war inzwischen pensioniert, und die Software war jetzt in den Händen eines REM-Labors der State University of New York in Buffalo.

Bergeron wählte eine zweite Nummer. Und erklärte das Problem noch einmal.

Aha.

Verstehe.

Ich machte mir fast in die Hose.

Schließlich legte er auf.

Der Name des Mannes war Barry Trainer. Bergeron gab mir einen Zettel mit einer handgeschriebenen E-Mail-Adresse. Wenn ich das Spektrum als EMSA-Datei übermitteln könne, würde Trainer sie in die Datenbank eingeben.

Ich dankte Bergeron und hüpfte förmlich den Hügel hinunter.

Und rutschte auf dem feuchten Untergrund aus.

Als ich landete, krachte etwas an meinem Handgelenk. Im Handschuh spürte ich etwas Hartes zwischen Handfläche und Pflaster.

Ich stand vorsichtig wieder auf, hob die Handtasche auf, bürstete mich ab und ging etwas würdigeren Schritts zu meinem Auto.

Die Sherbrooke war eine verstopfte Arterie. Zwischen Trommeln auf dem Lenkrad und Schimpfen über den Verkehr befestigte ich meine Uhr wieder am Handgelenk. Das Glas sah aus, als hätte ich es mit einem Hammer zertrümmert.

Dreißig Minuten später war ich zu Hause. Die Tiefgarage war dunkel und verlassen.

Ich schloss eben mein Auto ab, als ich meinte, eine Bewegung zu hören.

Ein Schritt?

Ich erstarrte.

Noch einer.

Und noch einer.

Ich wirbelte herum. Eine Gestalt trat aus dem Schatten eines Winkels.

Mein Hirn registrierte das Wesentliche.

Männlich.

Schnelle Bewegungen.

Der Instinkt schloss meine adrenalinsatten Nerven kurz.

Ich holte mit meiner Tasche aus und traf den Kerl voll am Ohr.

Er riss die Hand hoch und krümmte sich.

»Verdammt. Mann!«

Scheiße. Sparky.

»Sie haben mich erschreckt.«

»Sie haben mir das verdammte Trommelfell kaputtgemacht.«

»Unwahrscheinlich.«

Sparky richtete sich auf und hielt sich theatralisch die Hand ans Ohr. »Dafür mache ich Sie haftbar.«

Mir hatte schon die Geduld gefehlt, meinen beleidigten Assistenten zu besänftigen. Für meinen Spinner von Nachbarn fehlte sie mir erst recht.

»Sie kamen plötzlich aus dem Nichts. Was machen Sie hier unten?«

»Geht Sie zwar nichts an, aber ich habe Kleinscheiß aus meinem Kofferraum geholt.«

»Wie Sie mit Worten umgehen können.«

Sparky schüttelte den Kopf und drückte sich den Handballen aufs Ohr. »Wahrscheinlich muss ich zum Doktor.«

»Schicken Sie mir die Rechnung.«

Ich hängte mir die Handtasche wieder über die Schulter und ging auf die Tür zu.

»Warten Sie.« Sparky kam hinter mir her und keifte in meinem Rücken. »Ich habe noch was zu sagen.«

»Schicken Sie's mir schriftlich. Ich habe es eilig.«

»Ihre verdammte Katze macht mich wahnsinnig. Sie müssen was gegen das Miauen machen.«

Sparky wohnt einen Stock über mir, in dem Flügel auf der anderen Seite des Innenhofs. Birdie müsste schon einen Verstärker mit sich herumschleppen, damit seine Lautäußerungen so weit zu hören wären.

Mein Wutschalter kippte.

Ich drehte mich um.

Sparky knallte gegen mich.

Ich versetzte ihm einen Stoß gegen das Brustbein.

»Lass endlich mich und meine Katze in Ruhe, du armseliger Jammerlappen. Keine Beschwerden mehr. Keine toten Vögel mehr. Keine Fäkalien mehr. Erledigt. Kapiert?«

Im Dämmerlicht sah ich, wie sich Sparkys Gesichtszüge verhärteten.

»Ach ja? Mal sehen, wer hier erledigt ist.«

Oben sagte ich dann Birdie, was für ein klasse Kater er sei. Dann fuhr ich meinen Laptop hoch, kopierte das Spektrum in eine E-Mail und schickte sie Trainer.

Um die Zeit totzuschlagen, schob ich mir gefrorene Spinat-Ravioli in die Mikrowelle. Als das Ding summte, schaute ich auf die Uhr. Die Ziffern waren von einem Netz aus Rissen verdeckt.

»Scheiße.«

Ich holte mir eine alte Swatch aus der Schlafzimmerkommode und kehrte in die Küche zurück.

Ich hatte meine Pasta gegessen und ging eben ins Arbeitszimmer, als das Telefon klingelte. Ich griff nach dem Hörer.

»Sag mir, dass du mich liebst.« Chris Corcoran klang außerordentlich selbstzufrieden. Fast schon überschwänglich. Es war verdammt nervig.

»Ich liebe dich.«

»Sehr?«

»Was hast du herausgefunden, Chris?«

»Früher warst du amüsanter.«

»Früher war ich auch mal Ballkönigin.«

»Nein, das warst du nicht.«

»Ich verlange eine Nachzählung.«

»Na, dann sei es eben so.« Er spielte den Beleidigten. »Du hast dich übrigens richtig erinnert. ML. Eine Pathologin namens Miranda Leaver machte die Anthropologie bei Laszlo Tot. Leaver war in Chicago, weil sie nach ihrer Promotion eine einjährige Assistenzzeit an der UIC absolvierte. Keiner am CCME weiß viel über sie. Aber ein Techniker hat sich erinnert, dass sie von ihrem Mann betrogen wurde, sich scheiden ließ und ihren Mädchennamen wieder annahm.«

»Briel!«

Mein Schrei jagte Birdie in den Gang.

»Ja, genau.« Überrascht. »Nachdem ihre Ehe in die Brüche gegangen war, ging Briel nach Frankreich, um die Scherben zusammenzukehren. Ihre Therapie? Ein Schnellkurs in Knochen für Nichtanthropologen.«

»Wo in Frankreich?« Ich spürte, wie meine Nerven summten.

»Montpellier.«

Ich griff zu Stift und Papier. »Kennst du zufällig den Namen des Instituts –«

»Komm runter, Mädchen. Auch ich kann ein Telefon benutzen. Das Programm wurde gemeinsam von der Universität von Montpellier und der Abteilung für Gerichtsmedizin am Hôpital Lapeyronie angeboten.

In Montpellier wurde Miranda Leaver, jetzt wieder unter ihrem Mädchennamen Miranda Briel, französischer als die Franzosen. Kaufte sich *très chic* Schuhe und eine Baskenmütze und sagte: *Je m'appelle Marie-Andréa.* Schließlich lernte sie einen *garçon* mit ähnlichen Neigungen kennen. Oder vielleicht war er der Grund für ihre gallische Wiedererweckung. Wer weiß.«

Normalerweise hätte ich über Chris' französische Aussprache gegrinst. Aber ich war zu elektrisiert von seinen Neuigkeiten.

»Ein Archäologe.«

»Voilà.«

»Sein Name?« Ich kannte die Antwort, aber ich wollte sie hören.«

»Sebastien Raines.«

»Hast du über ihn irgendwas erfahren?«

»Als Student wurde er beim Stehlen von Artefakten erwischt.

Anscheinend gab er dem Prof, der ihn hinhängte, eins auf die Nase. Er wurde von der Uni geworfen und arbeitete eine Weile gegen Bezahlung auf archäologischen Grabungsstätten. Schließlich kehrte er *la république* den Rücken zu und machte sich auf nach *la belle province*. Wie's heißt, ist er ziemlich aufbrausend und hegt einen Groll so groß wie Marseille.«

»Gegen wen?«

»Gegen Doktoren im Allgemeinen und Akademiker im Besonderen.«

Mein Laptop meldete eine eingegangene E-Mail. Ich warf einen Blick auf den Absender.

BTrainer@buffalo.edu.

»Danke, Chris. Das ist wirklich klasse.«

»War es diese Briel, die dich bei Edward Allen Jurmain angeschwärzt hat?«

»Ich glaube schon. Oder Raines. Der ist inzwischen ihr Ehemann. Die beiden haben den Plan, mit Forensik reich zu werden.«

»Welcher Ball?«

»Was?«

»Auf welchem Ball hat man dich gekrönt? Im alten Viertel gab's 'ne Menge davon.«

»Auf jedem, den du dir vorstellen kannst.«

Ich öffnete Trainers E-Mail.

Die Nachricht war kurz und prägnant.

Die letzte Zeile sprang förmlich von der Seite.

39

Molar B. Das Loch wurde verfüllt mit Heliomolar, einem Harz, dessen elementare Zusammensetzung und atomaren Anteile meines Wissen nach einzigartig sind. Al 2,85. Si 87,4. Yb 9,75.

Molar A. Die Ablagerungen in der Abnutzungsfacette produzierte ein Spektrum, das in elementarer Zusammensetzung und atomaren Anteilen identisch ist mit dem von Molar B. Al 2,85. Si 87,4. Yb 9,75. Meiner Ansicht nach erhält diese Facette ebenfalls Reste des Heliomolar-Harzes.

Trainer hatte noch ein paar Anmerkungen angefügt.

Heliomolar-HB-Harz ist ein hoch viskoses, verdichtbares, lichtbehandeltes Füllmaterial, das für die Restauration von Backenzähnen entwickelt wurde.

Heliomolar ist strahlenundurchlässiger als Zahnschmelz und Dentin und stellt sich auf Röntgenaufnahmen heller dar.

Heliomolar wird von Ivoclar Vivadent Inc. produziert. In Amherst, New York.

Die Finger um die Maus gekrallt, las ich die letzte Zeile.

Heliomolar kam 1984 auf den Markt.

Der Tetracyclin-fleckige Backenzahn war mit einem Harz namens Heliomolar verfüllt. Im Leben hatte dieser Backenzahn Krone an Krone neben dem Backenzahn gestanden, den ich in Bergerons Schale gefunden hatte. Der hatte Heliomolar-Ablagerungen in einer Abnutzungsfacette. Beide Backenzähne hatten Carabelli-Höcker.

Heliomolar wurde 1984 eingeführt.

Die Picknicker von Sainte-Monique ertranken 1958.

Die Gouvrards stürzten 1967 ab.

Wieder hatte ich zwei Szenarios zur Auswahl.

Eins: Beide Zähne gehörten zu dem Kind aus dem Lac Saint-Jean. Das hieß, die Opfer konnten weder die Gouvrards noch die Ertrinkensopfer aus Sainte-Monique sein.

Oder:

Zwei: Keiner der beiden Zähne gehörte zu dem Kind aus dem Lac Saint-Jean. Das hieß, beide waren aus der Schale genommen worden, um sie mit den echten Milchzähnen des Kindes zu vertauschen.

Von Briel.

Ich hatte die Verfärbung nicht übersehen. Oder die Füllung. Sie waren nicht da gewesen, weil ich die echten Zähne des Kindes angesehen hatte.

Bevor Briel sie vertauscht hatte.

Briel fand die Fingerglieder.

Von wegen. Sie klaute sie aus dem Labor und platzierte sie in Oka.

Briel fand den Schusskanal.

Hatte sie ihn bei einem ihrer mitternächtlichen Ausflüge in die Leichenhalle fabriziert? Ich stellte mir vor, wie Briel eine Kugel in Marilyn Keisers Leiche feuerte. Eine grausige Vorstellung.

Die nächste halbe Stunde lang ließ ich mir meine schockierende Erkenntnis durch den Kopf gehen.

Konnte das wirklich sein?

Nichts anderes passte.

Das Telefon klingelte, als mir eben das ganze Ausmaß von Briels Verrat bewusst wurde.

»Wie steht's, Butterblümchen?«

Ich war viel zu aufgeregt für eine sarkastische Antwort auf Ryans Kosenamen. Ohne ihn nach seinem Tag zu fragen, erzählte ich ihm alles, was ich erfahren hatte. Chris Corcorans Schusskanal-Fall in Chicago. Miranda Leaver, alias Marie-Andréa Briel. Sebastien Raines' gewalttätige und unappetitliche Vergangenheit. Heliomolar. 1984. Die vertauschten Zähne. Der Diebstahl der Fingerglieder.

»Der Anruf bei Edward Allen war der Startschuss für Briels Plan, mich zu torpedieren.«

»Was ist das Motiv?«

»Um ihren Ruf zu vergrößern. Um Body Find mehr Glamour zu verleihen, damit sie bessere Kontakte zu Behörden, Privatfirmen und Anwälten bekommen.«

»Ich kann ja verstehen, dass sie auf Ayers anlegt, wenn du mir den Ausdruck verzeihst, aber warum auf dich?«

»In Frankreich machen Pathologen alles, Anthropologie, Odontologie, was auch immer. Es ist ein archaischer Ansatz der Gerichtsmedizin, aber so ist es eben. Als sie ihren Schnellkurs machte, entwickelte Briel wahrscheinlich einen gewissen Größenwahn.«

»Sie meint, sie hat Knochen drauf, und du bist die Konkurrenz.«

»Das ist meine Theorie.«

»Wenn du damit recht hast, dann kann sich Briel auf einiges gefasst machen. Manipulation von Beweismitteln, Behinderung der Justiz, unangemessene Behandlung von menschlichen Überresten.«

»Für den Anfang nicht schlecht.«

»Was hast du für einen Plan?«

»Zuerst lege ich die ganze Sache Hubert vor. Wenn er nicht darauf reagiert, gehe ich zu LaManche. Das ist eine ernste Sache. Briels Taten könnten bei Keiser und Villejoin einen ernsthaften Rückschlag bedeuten. Bei jedem Fall, den sie bearbeitet hat.«

Bis jetzt hatte sich das Gespräch ausschließlich um mich gedreht.

»Wie laufen die Ermittlungen?«

»Florian Grellier hat Adamski bei einer anonymen Gegenüberstellung identifiziert. Sagt, das ist eindeutig der Barkumpel, der über das Grab bei Oka gequasselt hat. Wir haben einen Angestellten von Canadian Tire, der sagt, er habe Adamski an dem Tag, als Anne-Isabelle ermordet wurde, einen Gartenspaten verkauft. Wir haben einen Tankwart, der sagt, er habe ihm in der Woche, in der Keiser verschwand, Kerosin verkauft. Es gibt eine Kellnerin, die ihn zu der Zeit in Memphrémagog gesehen hat. Das Netz zieht sich zu.«

»Was ist mit Poppy?«

»Ein Richter hat sich überzeugen lassen. In diesem Augenblick durchsucht ein Team ihre Wohnung in Saint-Eustache.«

»Claudel bearbeitet immer noch Adamski?«

»Jetzt, da der Mistkerl einen Anwalt hat, ist es schwieriger. Aber der Staatsanwalt hat den Eindruck, dass die Geständnisse in Bezug auf Keiser und Villejoin Bestand haben werden. Bei Jurmain bewegt sich Adamski immer noch nicht. Und er beharrt auch darauf, nie jemanden erschossen zu haben.«

»Dann würde meine Briel-Theorie passen.«

»Wie die Faust aufs Auge. Wie geht's Bird?«

Ich erzählte Ryan von meiner letzten Begegnung mit Sparky.

»Willst du, dass Sparky mal eine Begegnung mit dem langen Arm des Gesetzes hat?«

»Danke«, sagte ich. »Aber ich schaffe das schon allein.«

Ein verlegenes Schweigen folgte, wie so oft in letzter Zeit. »Willst du heute Abend Gesellschaft?« Bei dem Angebot wurde mir flau im Magen. Ich wollte nichts mehr, als dass Ryan neben mir schnarchte.

Aber nein. Heute nicht.

Ich bog das Angebot mit Humor ab.

»Wessen?«

»Warum gebe ich mich eigentlich mit dir ab, Brennan?«

»Wegen meines brillanten Geistes und meines atemberaubend guten Aussehens. Wobei keins von beiden heute viele Punkte machen dürfte.«

»Von mir kriegst du immer die Maximalzahl.«

»Danke. Aber ich schließe mich lieber mit Birdie ein. Als ich ihm heute von Sparkys Bemerkungen über seine stimmliche Potenz erzählte, beschloss der kleine Gauner, die Band zusammenzutrommeln und ihr neue Verstärker zu bestellen. Ich muss ihn besänftigen.«

Nach dem Auflegen setzte ich mich wieder an meinen Computer und öffnete eine Datei. Ich wollte meine Argumente perfekt strukturiert haben für die Konfrontation mit Hubert morgen.

Ich saß eine Stunde dran, als ich aus dem Augenwinkel eine Bewegung sah.

Birdie spielte den lauernden Panther.

»Bird.«

Der Kater rührte sich nicht.

»Was ist los, Fellball?«

Birdie legte die Ohren an den Kopf.

Eine plötzliche Erinnerung. Das zertrümmerte Fenster.

Ein Schauer lief durch meinen Körper. Mit aufgestellten Nackenhaaren schlich ich den Gang entlang und spähte ins Schlafzimmer.

Auf der geschlossenen Jalousie zeichnete sich im Licht einer Straßenlaterne eine menschliche Silhouette ab. Nahe. Sehr nahe.

Wieder schoss mir Adrenalin durchs System.

»Sparky! Du Hurensohn.«

Ich schnappte mir einen Turnschuh und stürmte zur Vordertür hinaus, schob dabei den Riegel vor, damit die Tür nicht einschnappte. Ich rannte um die Ecke des Korridors zu einem hinteren Notausgang, stemmte die Verriegelungsstange mit der Hüfte auf, sprang durch die Tür und klemmte den Turnschuh in den Schlitz.

Die Temperatur war noch immer mild, aber die Feuchtigkeit war schneidend. Auf meinen Armen wuchs sehr schnell eine Gänsehaut.

Schnee schmolz auf den Rasenstreifen vor meinem Schlaf- und meinem Arbeitszimmer. Ich erinnerte mich, dass ich das Gras mit den Polizisten abgesucht hatte. Lampenlicht funkelte auf ein paar übersehenen Scherben, Mahnungen an den Angriff auf mein Zuhause.

Mein durchgeknallter Nachbar war nirgendwo zu sehen.

Ich schlang mir die Arme um den Oberkörper und trat vorsichtig auf den Rasen. Schon jetzt bedauerte ich meinen Leichtsinn, ohne Jacke aus dem Haus zu stürzen.

»Sparky!«

Meine Stimme klang laut in der Stille nach dem Schnee.

»Wo zum Teufel bist du?«

Ich blieb stehen.

Horchte auf eine Bewegung.

Auf der Straße rauschte ein Auto vorbei, die Reifen spritzten Matsch hoch. Irgendwo tropfte Wasser.

Ich ließ den Blick über den Hof wandern.

Im pfirsichfarbenen Schein eines Gassenlichts sahen die Büsche aus wie zusammengeduckte Korallen. Die Nadelbäume trugen pinkfarbene Designerjacken, die sich langsam auflösten.

»Komm raus. Ich weiß, dass du hier irgendwo bist.«

Keine Antwort.

Was Sparky auch vorgehabt haben mochte, jetzt war es bedeutungslos. Anscheinend hatte ich den kleinen Wichser verschreckt.

Zitternd machte ich kehrt.

Ich schaffte es bis zur Tür.

Dann zersplitterte die Realität.

Und wurde schwarz.

40

Ich kauerte bewegungslos da und starrte in die endlose, schwarze Leere.

Allem Anschein nach war ich nicht bis in die Oberwelt durchgebrochen. Aber wohin dann? In einen Keller? Einen Tunnel? Noch eine Katakombe, die man vor langer Zeit versiegelt und vergessen hatte?

In meinem Kopf wälzten sich Eindrücke.

Die Luft hier draußen war feucht und kälter als im Grab.

Meine Nase sortierte neue Gerüche. Schlamm. Abgestandenes Wasser. Moder. Pisse?

»Hallo? Hilfe!«

Meine Stimme hallte, was auf eine geräumige Höhlung hindeutete.

»Ist da jemand?«

Nichts als das hohle Echo meiner Worte.

Ich spähte in Dunkelheit, die so absolut war, dass sie ein Eigenleben zu haben schien.

Ausgehend von der Zeit, die es gedauert hatte, bis die Tür auf terra firma *geknallt war, schätzte ich den Abstand der Öffnung zum Boden auf nur einen guten Meter.*

Würde mein verletzter Knöchel den Aufprall aushalten?

Er musste es. Hierbleiben war keine Alternative.

Ich setzte mich auf den Hintern, rutschte vorwärts, schob die Beine über die Kante und drehte mich dann auf den Bauch. Ich versuchte, mich so lang wie möglich zu machen, ohne den Halt an der Türöffnung zu verlieren. Die Ziegel waren zu glatt, meine Finger zu taub. Ich rutschte ab.

Die Landung jagte mir einen scharfen Schmerz das linke Bein hoch. Das Knie gab nach, und ich kippte zur Seite. Meine Schulter traf hart auf, und der raue Boden riss mir noch die letzte Haut von der rechten Wange.

Einen langen Augenblick lag ich nur da und wartete, bis der Schmerz nachließ. Meine Hände und Füße waren so gut wie tot vor Kälte. Mein Kopf pochte. Mund und Kehle waren ausgetrocknet.

Ich musste würgen wegen des Gestanks von Abwasser und Schlamm.

Plötzlich blitzten Bilder auf. Ein Steinbruch. Knochen in Kisten. Chris Corcoran. Vecamamma. Cukura Kundze.

Lassie Tot.

Endlich. Die Erinnerung kehrte allmählich zurück.

Ich war wann nach Chicago geflogen? Vecamammas Weihnachtsdekorationen hingen bereits. Dezember. Wie lange her? Was war seitdem passiert?

Die jüngste Geschichte blieb mir noch immer verschlossen, deshalb versuchte ich, mich auf die augenblickliche Situation zu konzentrieren.

In der Stille hörte ich, schwach aber in der Nähe, Fiepen und Scharren.

Adrenalin schoss von Synapse zu Synapse.

Ratten!

Ich sprang auf.

Und stieß mir den Schädel an.

Mein Herz schaltete auf klaustrophobischen Overdrive.

Ganz ruhig.

Ich atmete ein Mal tief durch. Ein zweites Mal.

Ich bückte mich und versuchte einen tastenden Schritt.

Mein verletzter Knöchel spuckte Feuer.

Ich atmete ein paar Mal. Dann ging ich, tief geduckt und mit ausgestreckten Armen, unter Schmerzen rückwärts.

Ich war nicht weit von der Öffnung des Grabs entfernt gelandet. Ich ertastete die Wand mit meinen Händen.

Ich war in einer röhrenartigen Struktur aus Ziegeln mit einem leichten Bodengefälle. Der Grabeingang befand sich auf einer Seite der Röhre dicht unter der Decke.

Das Krabbeln war jetzt näher, deutlicher. Ich zitterte vor Kälte und Ekel.

Die Röhre führt irgendwohin. Folge ihr.

Die Wand sowohl als Orientierung wie als Stütze benutzend, humpelte ich durch die Dunkelheit.

Die Luft war feucht, der Boden unter meinen Füßen glitschig.

Ich stellte mir rote Knopfaugen vor. Nackte Schwänze. Gelbe, gefletschte Zähne in spitzen Schnauzen. Ich musste meine Finger zwingen, am Mauerwerk zu bleiben.

Der Gestank war überwältigend, eine Mischung aus Müll, Fäkalien und Schlamm. War ich in einer Abflussröhre? Einem Abwasserkanal?

Ja. Es musste ein Abwasserkanal sein.

Aktiv? Aufgelassen?

Ein plötzlicher, entsetzter Gedanke.

In den älteren Vierteln verlässt sich Montreal auf ein kombiniertes Ableitungssystem, in dem Abwasser und Regenwasser in denselben Röhren fließen.

Die Luft war kalt. Welche Wetterbedingungen herrschten oben? Schnee? Graupel? War es zu kalt für Regen?

Konnte einen Woge schwarzen Wassers plötzlich den Raum fluten, in dem ich mich befand? Würde es mich strömungsabwärts tragen oder mich ertränken?

Was stimmte mit meinem Hirn nicht? Warum dachte ich über Montreals Kanalsystem nach, konnte mich aber nicht erinnern, was mich in diese Hölle gebracht hatte?

Denk nach. Denk nach.

Wieder unvermittelt aufblitzende Bilder.

Das Oka-Skelett. Die Leiche aus Memphrémagog.

Ich machte noch fünf quälende Schritte. Sieben.

Namen.

Rose Jurmain. Christelle Villejoin. Anne-Isabelle. Marilyn Keiser.

Neun.

Dann stieß meine Hand ins Leere.

Mit hämmerndem Herzen riss ich sie zurück.

Irgendetwas rollte. Traf auf Ziegel.

Ein anämischer gelber Strahl warf einen Pfeil auf den Boden.

Ich blinzelte in das erste Licht, das ich seit Stunden gesehen hatte. Tagen?

O mein Gott, ja. Ja!

Ich schnellte vor und packte die Taschenlampe.

Der Strahl flackerte.

Bitte!

Ich schraubte das Gehäuse fester zu. Der Strahl stabilisierte sich. Ich richtete ihn auf die Umgebung meiner Füße.

Schmutzwasser stand in Pfützen auf dem Ziegelboden, im blassgelben Schein wirkte es schillernd schwarz.

Ich ließ die Lampe die Wölbung der Wand hochwandern.

Das kleine Oval tanzte in meiner zitternden Hand. Huschte über die Nische, in der die Taschenlampe gelegen hatte. Bis auf Rattenkötel war der kleine Hohlraum leer.

Ich richtete den Strahl noch oben.

Schlammverkrustetes Ziegelwerk wölbte sich über meinem Kopf. Nicht gut. Was immer hier durchfloss, musste manchmal die gesamte Röhre ausfüllen. Der Tunnel, den ich gebückt durchwanderte, hatte nicht mehr als knapp eineinhalb Meter Durchmesser.

Ich richtete den Strahl auf die Dunkelheit vor mir. Nach knapp zwei Metern verschluckte ihn die Schwärze.

Ein Zittern lief durch meinen Körper. Meine Zähne klapperten.

Beweg dich. Du musst dich bewegen.

Ich schleppte mich weiter, stützte mich an der Wand ab und schwenkte die Taschenlampe von einer Seite zur anderen. Der schwache Strahl fing bereits wieder zu flackern an.

Bei jedem Schritt spürte ich mehr Nässe, mehr Widerstand an meinen Füßen. Die Pfützen verschmolzen miteinander. Das Wasser umspielte die Seiten meiner Sohlen. Abwasserkanäle müssen sich doch in irgendwas entleeren.

Gott, bitte, lass mich nicht strömungsaufwärts laufen.

Hin und wieder blieb ich stehen, um einen Finger ins Wasser zu tauchen. Stieg der Wasserstand? Sollte ich umkehren? Vor mir ein leises Rauschen, das ich eher spürte als hörte, wie von Flügeln, die irgendwo in der Dunkelheit schlugen.

Ein Schwenk der Taschenlampe erhellte eine Armada von winzigen Köpfen, die auf der schlierigen Oberfläche trieben. Ich humpelte weiter und weigerte mich einfach, darüber nachzudenken, was da zu meinen Füßen schwamm.

Das dreckige Wasser. Die Ratten. Die Wut und die Angst. Was immer auch der Auslöser war, plötzlich stürzten Erinnerungen wie Puzzlestücke auf mich ein.

Adamski.

Claudel.

Ryan.

Das Geständnis.

Ich schleppte mich weiter.

Das Wasser bedeckte meine Schuhbänder.

Die fehlenden Fingerglieder.

Die Backenzähne vom Lac Saint-Jean.

Marie-Andréa Briel. Miranda Leaver.

Sebastien Raines.

Hatte Raines mich hierhergebracht? Hatten er und Briel erfahren, dass ich ihnen auf der Spur war?

Meine Verschleppung war noch immer eine Leerstelle. Hatte man mich betäubt? Auf den Kopf geschlagen? War das wichtig? Ich war hier und ich musste hier raus.

Zehn Schritte, dann flackerte der Strahl wieder.

O Gott. Nein.

Ich drückte auf den Schalter, um die Batterien zu schonen, und sofort umhüllte mich wieder absolute Dunkelheit.

Das Rauschen hatte nun ein Echo aus Gurgeln und Klatschen. Meine Schuhe waren nass. Mein Rücken und meine Waden kreischten unter der Belastung des gebückten Gehens.

Umkehren?

Weitergehen?

In meinen Fingern und Zehen hatte ich jedes Gefühl verloren. Ich zitterte unkontrolliert. Fieber? Unterkühlung?

Finde einen Auweg! Befreie dich!

Ich ging weiter, jede Zelle meines Körpers hatte nur noch ein Ziel: raus hier.

Meine Kopfhaut kribbelte.

Ich ignorierte es.

Noch ein Kribbeln, diesmal auf der Stirn.

Fedrige Beine zuckten über mein Augenlid. Den Nasenrücken.

Eine Spinne.

Meine Hand schnellte hoch, die Finger fuhren übers Gesicht.

Zitternd vor Ekel, Kälte und Erschöpfung, lehnte ich mich an die Wand. Die Verzweiflung drohte mich zu überwältigen.

Vergiss die Batterien. Ich brauchte Licht.

Ich drückte auf den Schalter.

Der Strahl war beinahe nutzlos außer als emotionale Stütze. Ich richtete ihn nach vorne, auf den Ursprung des Rauschens zu. Sah tintige Schwärze.

Wieder schüttelte ein heftiges Zittern meinen Körper.

Als ich mir die Arme um den Oberkörper schlang, huschte bernsteinfarbenes Licht über die Ziegel an meiner Schulter.

Und fiel auf etwas.

Mit angehaltenem Atem hielt ich die Lampe dicht an die Wand.

41

Der verschwommene, bernsteinfarbene Fleck kroch über schwarze Zeichen auf dem Ziegelwerk.

Schablonierte Buchstaben, ausgebleicht und abgeblättert.

Ich ließ den Strahl langsam über die Buchstaben wandern und zwang mein verwirrtes Hirn, die Leerstellen zu füllen, Worte zu bilden, Bedeutungen daraus abzuleiten.

ALEX DRE DE S VE ET DU PAR L FONT INE.

Straßennamen.

Rue Alexandre-de-Sève Rue du parc Lafontaine.

Eine Kreuzung.

Gott, diese Ecke war nur ein paar Blocks vom Institut entfernt!

Das brackige Wasser. Der Gestank.

Der Tunnel musste ein Abwasserkanal sein. Verlief er unter einer dieser Straßen?

Aber ich war in einem Grab aufgewacht.

Das ergab keinen Sinn.

Die bittere Kälte brachte mein langsam zurückkehrendes Denkvermögen durcheinander.

Ich versuchte, im Kopf eine Karte des Terrains über mir zu erstellen.

Veterans Park. Die Auffahrt zur Jacques-Cartier Bridge. Rue Logan. Malo. Avenue Papineau. De Lorimier.

Noch eine aufblitzende Erinnerung. Aber keine frische. Die Synapse kam aus einer lange zurückliegenden Zeit. Von einer geschriebenen Seite.

Der Veterans Park lag auf dem Gelände des alten Soldatenfriedhofs.

War ich in einem Grab eingemauert gewesen, das man für tote Soldaten gebaut hatte?

Unmöglich. Diese Gräber waren in den Vierzigern exhumiert und umgebettet worden.

Hatte man einige übersehen? Raines war urbaner Archäologe. Er würde über Friedhöfe Bescheid wissen. Gräber. Abwasserkanäle.

Mein Entführer musste Raines gewesen sein.

Langsam wurde mir schwindelig.

Wie viel Zeit war vergangen, seit ich das Grab verlassen hatte? Wie lange noch, bis ich der Unterkühlung erliegen würde?

Ich versuchte, klar zu denken.

Mein Hirn kreischte nur einen Satz. Beweg dich!

Die Zähne gegen das Zittern fest zusammengebissen, schleppte ich mich, die Hand wieder an der Wand, weiter.

Das Gefälle wurde stärker.

Das Rauschen-Gurgeln-Klatschen wurde lauter.

Das Wasser leckte mir jetzt an den Knöcheln.

Ich stapfte weiter, der Strahl war jetzt nur noch ein Bernsteinfaden.

Nach weiteren drei Metern kam ich zu einer runden Öffnung, deren untere Hälfte mit Ziegelbrocken und Schutt gefüllt war. Von dahinter kam das unmissverständliche Rauschen von fließendem Wasser.

Ich richtete den Strahl durch die Lücke.

Der Kanal, in dem ich mich befand, hatte hier eine Verbindung mit einem anderen. Eine Hauptader? Wasser floss durch die größere Röhre, ein knietiefer Fluss aus wirbelnd schwarzem Schlick.

Meine Augen spähten nach Details, die das Licht nicht finden konnte. Sahen nur eine Kollision von Schatten.

Meine Ohren sagten mir, dass die Strömung kräftig war, stark genug, um mich von den Füßen zu reißen.

Meine einzige Chance lag hinter mir.

Das Grab. Die stummen Toten.

Sei nicht blöd. Dort hinein schaffst du es nie mehr. Die Öffnung ist zu weit oben.

In diesem Augenblick erlosch der Strahl ganz.

Verzweifelt schüttelte ich die Taschenlampe.

Die Birne sprang kurz an, flackerte und ging endgültig aus.

Mit dem Hämmern meines Herzens als Taktgeber hypnotisierte ich mich in einen Zustand der Ruhe.

Du bist okay! Du bist okay!

Wie lange war es her, dass ich das Grab verlassen hatte? Eine Stunde? Eine Minute? Zeit hatte noch immer keine Bedeutung.

Plane deinen nächsten Schritt. Denk nach. Du musst in Bewegung bleiben.

Dann registrierten meine Ohren durch das wässrige Fauchen ein anderes Geräusch. Quietschen, wie Metall, das über Beton kratzt.

Ich streckte den Hals in die Verbindungsöffnung und spähte in beide Richtungen des Hauptkanals.

Links sickerte Licht durch eine kreisrunde Öffnung in der Deckenwölbung des Kanals.

War es zuvor schon da gewesen? Hatte ich es übersehen?

Nein.

Wo kam es dann plötzlich her?

Ein Einstiegsschacht?

Jemand stieg in den Kanal ein!

Vor meinen Augen tauchten nun zwei Beine auf. Ein Oberkörper. Eine menschliche Gestalt kam eine Leiter herunter, die ich erst jetzt vor der gewölbten Tunnelwand erkannte.

»Ich bin hier.« Reiner Instinkt. Doch der Ruf war nur schwach.

Die Gestalt stieg weiter abwärts.

»Je suis ici.« *Noch immer heiser, kaum mehr als ein Flüstern.*

Noch zwei Sprossen. Die Gestalt glänzte merkwürdig, als würde sie aus Satin oder Plastik bestehen.

»Helfen Sie mir!« Diesmal schrie ich mit aller Kraft, die ich noch hatte. »Bitte!«

Die Gestalt erstarrte.

»Hier drüben.« Mein Schrei hallte.

Die Gestalt sprang von der letzten Sprosse und verschwand im Schatten.

Ich wartete, Hoffnung und Angst stritten sich in meiner Brust.

Hatte ich es mir nur eingebildet? Halluzinierte ich?

Nein, der Mann war real.

Warum antwortete er nicht?

Mein Magen verkrampfte sich bei einem entsetzlichen Gedanken.

Der Mann war kein Kanalarbeiter.

War mein Entführer zurückgekehrt, um mir den Rest zu geben?

Es musste Raines sein.

Aber nein.

Raines war ein Gorilla. Die Gestalt auf der Leiter hatte lange Spinnenbeine gehabt.

Spinne.

Die Spinne auf meinem Gesicht.

Duclos' »Spinnen«-Zahn.

Die winzigkleine Spinne krabbelt in die Regenrinne …

Die Lider wurden mir plötzlich schwer.

Ich ließ sie zufallen.

Briel hatte die Spinne aus Bergerons Schale genommen und sie zu dem Kind vom Lac Saint-Jean gelegt.

Runter kommt der Regen und spült die Spinne fort …

So wie ich bald fortgespült sein würde.

In einem Abwasserkanal.

Was erkunden Sie?

Sachen unter der Erde.

Drainsplorer. *Kanalerkunder.*

Joe.

Joe hatte Zugang zu der Schale.

Nicht Briel.

Ich hatte einen Schlüssel.

Joe hatte einen Schlüssel.

Ich war so müde. Am liebsten hätte ich mich ins Grab zurückgeschleppt. Um mich zu verstecken.

Den Rücken an der Wand, rutschte ich nach unten in das stinkende Wasser. Umklammerte die Knie mit den Armen, um einen Rest Wärme zu bewahren.

Millionen Meilen entfernt hörte ich Spritzen. Schreie.

Nein. Nicht weit entfernt.

Hier.

Ich öffnete die Lider wieder, stemmte mich hoch und schaute in den Hauptkanal.

Ein zweiköpfiges Monster stolperte und platschte in dem fahlen Schein, der durch die offene Einstiegsluke fiel. Vier Beine stemmten sich gegen das wirbelnde, schwarze Wasser, zwei glänzende, zwei dunkle. Vier Arme fuchtelten.

Vor meinen Augen zerteilte sich das zweiköpfige Monster und verwandelte sich in zwei Puppen. Eine trug eine Zipfelmütze. Die andere hatte Stachelhaare auf dem Kopf.

Stachelhaar taumelte nach links.

Zipfelmütze machte einen Satz hinter ihm her und legte ihm den Arm um die Kehle.

Beide Puppen fielen nach hinten, wurden aber nicht fortgespült. Ihre Bewegungen ließen Gischt in die Dunkelheit aufspritzen.

Wütende Schreie hallten durch die Röhre. Worte verstand ich keine.

Meine Sicht verschwamm.

Ich blinzelte. Noch immer wirkten die Bilder unverbunden, als würde ein Cutter einen Film zerteilen.

Stachelhaar richtete sich auf.

Zipfelmütze umklammerte Stachelhaars Bein, wurde mitgeschleift.

Stachelhaar drehte sich um und trat aus.

Zipfelmützes Kopf schnellte nach hinten. Er drehte sich, kippte um. Dreckiges, braunes Wasser bedeckte sein Gesicht.

Stachelhaar stapfte auf die Leiter zu.

Zipfelmütze rappelte sich hoch, wirbelte herum und sprang Stachelhaar von hinten an, sodass dessen Gesicht gegen die Wand krachte.

Stachelhaars Hände schnellten hoch, der Kopf peitschte nach hinten.

Zipfelmütze warf noch einmal sein Körpergewicht gegen Stachelhaar, diesmal mit mehr Wucht.

Wieder krachte Stachelhaars Gesicht auf Ziegel.

Zipfelmütze trat einen Schritt zurück.

Stachelhaar sackte in das schlammige Wasser.

»Hier.« Kaum noch ein Flüstern. »Ich bin hier.«

Und damit schleppte ich mich in eine verborgene Ecke meines Bewusstseins. Zum beruhigenden Rhythmus des Blutes, das in meinem Innenohr pulsierte.

Der Kanal verschwand. Das Wasser. Die Kälte. Die Ratten.

Augenblicke oder Stunden später sah ich den Schein einer Taschenlampe auf mich zuhüpfen.

Zeit verging.

Oder auch nicht.

Ich spürte die Anwesenheit eines Menschen. Spürte, dass ich an den Schultern angehoben wurde. Hörte tiefen, rasselnden Atem. Roch feuchte Wolle. Männlichen Schweiß. Spürte Wärme.

Ich zwang mich, die Augen zu öffnen.

Ein Gesicht, Zentimeter von meinem entfernt.

Langsam nahm es Züge an.

»Halt durch, Butterblümchen.«

42

Unterkühlung zweiten Grades.

Das war die Diagnose. Als Ryan mich fand, war meine Körpertemperatur auf 35 Grad gesunken.

Für Säugetiere ist das nicht gut.

Ich habe nur noch schwache Erinnerungen an meine letzten Augenblicke im Kanal. Zu der Zeit fühlte ich mich bereits warm und schläfrig, bereit für Kakao und Plätzchen und Bett.

Ich erinnere mich, dass ich durchgerüttelt wurde. An etwas Gepolstertes unter meinem Rücken, wahrscheinlich eine Trage. Grauer Himmel. Blinkende rote Lichter.

Dann nichts mehr.

Ich wachte in einem Krankenhauszimmer auf. Es war dunkel. Dann hell. Dann wieder dunkel. Schwestern kontrollierten Schläuche, wechselten Infusionsbeutel, untersuchten meine Hände und Füße, leuchteten mir in die Augen.

Ich hatte Erfrierungen erlitten, aber keine irreversiblen. Es würde nichts zurückbleiben, hatte der Arzt kichernd gemeint. Beziehungsweise alles. Ich war nicht sehr amüsiert. Aber sehr erleichtert, dass ich alle Finger und Zehen behalten würde.

Ich war auch erleichtert, dass meine Behandlung nur aus gewärmten Decken und heißen Getränken bestand. Keine Spülungen mit warmen Flüssigkeiten in Blase, Magen oder anderen versteckten Orten. Man hatte es mir zumindest theoretisch angedroht.

Halleluja.

In wachen Perioden erfuhr ich, dass die Kälte nicht mein einziger Angreifer gewesen war. Auch Joe Bonnet hatte seinen Anteil zu meinen Verletzungen beigetragen. Im Verlauf meiner Verschleppung, des Transports und des Abladens in diesem Grab hatte er mir eine Gehirnerschütterung zugefügt, den

Knöchel verstaucht und eine Wange in rohes Steak verwandelt.

Ja, Joe. Der Drainsplorer. Das hatte ich mir korrekt zusammengereimt.

Ich ließ den Blick durch das Zimmer wandern. Infusionsgalgen. Herzmonitor. Wasserkrug. An der Wand befestigter Fernseher. Besucherstuhl, eins dieser Klappdinger aus Plastik, die man ursprünglich entwickelt hatte, um Geheimagenten zu knacken. Auf der Armlehne lag ein Taschenbuchroman.

Ich schaute auf den Titel. *Playback.* Raymond Chandler war Ryans Lieblingsautor.

Ich grinste. Es tat verdammt weh.

Ich erinnerte mich, in einer Wachphase mit Ryan gesprochen zu haben. Ihn verhört zu haben, wäre genauer. Ich war am Dienstagabend um 22 Uhr verschleppt worden. Jetzt war es zehn Uhr vormittags am Donnerstag. Ich rechnete nach. Sechsunddreißig Stunden waren vergangen, seit ich aus meiner Wohnung gerannt war. Achtundzwanzig, seit Ryan mich aus dem Kanal befreit hatte. Das hieß, ich hatte acht Stunden unter der Erde verbracht.

Der ungewöhnliche Wärmeeinbruch hatte für mich gute und schlechte Seiten gehabt. Die milderen Temperaturen hatten mein Überleben begünstigt. Aber sie hatten auch die Schneeschmelze beschleunigt und Hektoliter von Schmelzwasser in die Kanäle geschickt.

Wie telepathisch gerufen, erschien nun Ryan mit einem Strauß aus spitzen orangefarbenen Dingern, die aussahen, als würden sie sich von kleinen Eidechsen ernähren.

Als Ryan mich wach sah, kam er sofort zum Bett.

»Sind diese Dinger gefährlich?« Meine Stimme klang heiser und krächzend.

»Nur, wenn du ihre Jungen bedrohst.« Ryan legte die Blumen aufs Bett und nahm meine Hand.

»Nur halten. Nicht massieren oder streicheln.« Mit dem Daumen fuhr er ganz sanft über meine Knöchel.

Ich hob eine Braue. Glaube ich. Meine Fragebraue ist die rechte. Diese Seite meines Gesichts war Toast.

»Reiben könnte Eiskristalle lösen, die ganz wild drauf sind, dein Herz zu überfallen.«

»Ich hasse es, wenn das passiert«, sagte ich.

Ryan zog den Stuhl ans Bett. Setzte sich. Nahm wieder meine Hand.

»Okay, Sir Galahad«, sagte ich. »Erzähl.«

»Alles?«

»Im Augenblick nur die Höhepunkte. Mein Kidnapper war Joe Bonnet, oder?«

Ryan nickte. »Kurz gesagt, dein geliebter Assistent fühlte sich unterschätzt und überarbeitet.«

Ich verdrehte die Augen. Auch das tat weh.

»Briel, die Joes Unzufriedenheit spürte, schleimte sich an ihn ran. Meinte, er wäre ein Superstar. Bot ihm eine goldene Zukunft bei Body Find an.«

»Joe hat Christelles Fingerglieder für sie gestohlen.«

»Nein, das war sie schon selber. Sie hörte dein Telefonat mit dem Hausarzt der Villejoins mit und dachte sich, die Fingerknochen würden wegen der Kamptodaktylie noch wichtig werden.«

Ich dachte an diesen Tag zurück. »Briel klaute sie, als ich nach oben ging, um mir ein Diet Coke zu holen.«

»Sie dachte sich, da man die Knochen ja bei ihrer Zweitgrabung ›entdecken‹ würde, könnte man ihr nichts vorwerfen und auch nichts nachweisen.«

»Woher wusste sie, dass Hubert sie nach Oka schicken würde?«

»Falls nicht, hatte sie vor, die Knochen irgendwo im Labor zu platzieren. Du würdest so oder so schlecht dastehen.«

»Briel hat auch die Zähne vom Lac Saint-Jean vertauscht?«

»Ja. Las Valentin Gouvrards antemortale Unterlagen, erinnerte sich, das Duclos eine Zahnsammlung mit braunen Milchzähnen erwähnte. Joe ließ sie an den Schrank mit Bergerons Schale, sie fand die verfärbten Backenzähne, steckte sie ein und legte sie zu den Überresten. Wen schert das noch nach so vielen Jahren?«

»Jahrzehntealte Knochen, im Fall geht nichts voran, also was soll's?«

»Genauso dachte sie.«

»Das hat mich im Kanal darauf gebracht, dass Joe mein Kidnapper sein musste. Mir wurde bewusst, dass Briel durch ihn Zugang bekommen haben musste. Nur Bergeron, Joe und ich hatten den Schlüssel. Das und die langen Spinnenbeine.«

»Lange Spinnenbeine?«

»Egal.«

Ryan beließ es dabei. »Sowohl bei Oka wie beim Lac Saint-Jean dachte Briel, sie könnte glänzen, ohne jemandem zu schaden.«

»Außer mir.«

»Das war ihr Sahnehäubchen.«

»Kam der Anruf bei Edward Allen Jurmain von ihr?«

»Das ließ sie Raines machen. Wollte, dass es eine Männerstimme war, für den Fall, dass jemand bei Edward Allen nachfragte. Er benutzte eine Telefonzelle an der Gare Central, damit man den Anruf nicht zu ihm oder ihr zurückverfolgen konnte.«

»Hat sie die Kugel in Marilyn Keisers Leiche gejagt?«

»Briel beharrt darauf, dass es Joe war. Sagt, sie würde nie irgendetwas tun, das eine polizeiliche Ermittlung beeinträchtigen könnte. Behauptet, sie sei entsetzt über Joes Tat gewesen. Ich vermute, es war eine gemeinsame Aktion. Joe hätte von so einer Art von Schusskanal nichts gewusst. Briel erinnert sich an Richie Cunninghams Fall in Chicago –«

»Er heißt Chris Corcoran.«

»– und sieht eine weitere Chance, um zu glänzen. Ein drei Monate alter Mord, der wahrscheinlich nie aufgeklärt wird. Und falls doch, was soll's, wenn die Todesursache nicht ganz korrekt ist? Ich denke, sie hielt die Leiche, damit Joe schießen konnte. Sie holt die Kugel raus, verkündet den Kanal, und *voilà,* sie ist die Heldin.«

Eine Schwester kam ins Zimmer, ihre Gummisohlen quietschten zum Bett. Sie maß meinen Puls, steckte mir ein Thermometer in den Mund, schob mir eine Luftdruckmanschette über den Arm und pumpte den kleinen, schwarzen Ball.

»Die Blumen müssen in eine Vase.« Ohne Ryan oder mich anzusehen.

»Natürlich.« Ryan zeigte ihr sein charmantestes Lächeln. »Haben Sie vielleicht zufällig irgendwo eine alte herumstehen?«

Wir alle warteten auf meinen thermalen Zustand.

Die Schwester trug meine Vitaldaten in ein Diagramm ein und eilte davon.

»Leg dich nicht mit dieser Frau an«, sagte Ryan.

»Keine Chance«, sagte ich.

»Stammte der Zettel mit ›Geh nach Hause, verdammte Amerikanerin‹ von Briel?«

»Das war Joes Zugabe.«

»Nett. Ich nehme an, sie verriet Keisers Identifikation an die Presse.«

»Der beste Weg, um ins Fernsehen zu kommen.«

»Was ist am Dienstagabend passiert? Wo war ich?«

Ryans Brauen hoben sich nun eindeutig. »Das hast *du* mir doch erklärt, Honigbienchen. Weißt du nicht mehr?«

Honigbienchen? Das war neu. Eine Anspielung auf den gelben Beutel an meinem Bett?

Ich ließ es unkommentiert.

»Gefunden habe ich dich in einem Kanal unter der Alexandre-de-Sève. Du bist einen kaum noch benutzen Nebenarm bis zu seiner Mündung in den Hauptkanal entlanggekrochen. Und ausgebrochen bist du aus einem alten Grab unter dem Veterans Park. Das haben die Ermittler erst heute herausgefunden.«

»Ein Teil des Old Military Burying Ground, des alten Soldatenfriedhofs«, sagte ich. »Aber dieser Friedhof wurde doch schon vor langer Zeit verlegt.«

»Richtig.« Ryan schlug einen professoralen Ton an. »Früher einmal diente das Gelände, das jetzt der Veterans Park ist, als letzte Ruhestätte sowohl für die britische Garnison wie auch für eine ganze Reihe von Zivilisten.« Ryan wechselte das Register. »Auch Hinz und Kunz wurden dort verbuddelt.« Zurück zu Herr Professor. »Von Ende des achtzehnten bis Mitte des neunzehnten Jahrhunderts wurden mehr als eintausend Soldaten und ihre Familien auf diesem Grundstück bestattet, das später als der Old Military Burying Ground bekannt wurde. Im Lauf der Jahre forderten Vernachlässigung und Vandalismus ihren Tribut, und der Friedhof wurde zu einem Schandfleck. Vierundvierzig wurden die britischen Soldaten exhumiert und ins Field of Honour, das Feld der Ehre, in Pointe-Claire umgebettet.

Aber jetzt kommt der Haken.« Ryan redete wieder normal. »Es gab nie irgendwelche systematischen Versuche, Hinz und Kunz zu verlegen. Die Grabsteine verschwanden, aber viele gewöhnliche Bürger wurden einfach liegen gelassen.«

Und auch einige Soldaten, dachte ich, als ich an meine knöchernen Kameraden im Grab dachte.

»Hin und wieder stößt man auf ein Skelett, sehr zum Missfallen von Bauarbeitern und schaufelschwingenden Kollegen des öffentlichen Dienstes.«

Ryan grinste äußerst selbstzufrieden.

»Woher weißt du das alles?«, fragte ich.

»Wir haben uns mit einem Archäologen von der U de M und einem Historiker der McCord in Verbindung gesetzt. Erster war bereit, mit dem Spurensicherungsteam da runterzugehen. Letzter lehnte ab. Der Archäologe meint, dass man wahrscheinlich auf Überreste stieß, als der Kanal um die Jahrhundertwende gebaut wurde. Er nimmt an, dass die genervten Arbeiter schnell ein Grab buddelten, die Überreste hineinwarfen, es versiegelten und weiterzogen. Da es eine geografische Distanz gab, wurde diese Behelfsgruft übersehen, als der Friedhof in den Vierzigern verlegt wurde.«

»Zuerst dachte ich, Raines wäre mein Kidnapper«, sagte ich. »Er würde über historische Grüfte und Begräbnisstätten Bescheid wissen. Dann kam ich auf Joe. Er ist beim Drainsploring über die Gruft gestolpert, nicht?«

»Richtig.«

»Joe hatte vor, mich einfach verschwinden zu lassen. Keine Leiche. Keine Erklärung. Einfach verschwunden.«

»Ja.« Ryans Griff wurde fester, und sein Finger bewegte sich schneller über meinen Handrücken. Hielt inne. Wir alle warteten auf den Angriff der Eiskristalle in meiner Blutbahn. Nichts passierte.

»Handelte Joe in Briels Auftrag?«

»Wieder behauptet sie, dass das alles Joes Idee gewesen sei. Leugnet, irgendwas von dem Plan, dir zu schaden, gewusst zu haben.«

»Wo ist er jetzt eigentlich?«

»Genießt einen Käfig und einen leuchtend orangefarbenen Overall. Während ich nach dir suchte, fischte meine Verstärkung ihn aus dem Kanal.«

»Gab Joe einen Grund an, warum er mich töten wollte?«

»Er sagt, Briel habe sich um das Thema herumgedrückt, aber ihre Absicht sei klar gewesen. Sagt, sie habe beständig erwähnt, dass ohne dich alles viel glatter laufen würde. Und angedeutet, dass es nett wäre, wenn du weg wärst und nie wiederkommen würdest.«

»Wie hast du mich gefunden?«

»So gegen elf rief ich in deiner Wohnung und auf dem Handy an, konnte dich aber nicht erreichen. Ich fand das komisch, da du mir doch gesagt hattest, du wolltest mit der Katze zu Hause bleiben. Nach mehreren vergeblichen Versuchen dachte ich mir, ich fahr lieber mal vorbei. Der Notausgang war mit einem Schuh verklemmt. Deine Wohnungstür war unverschlossen. Deine Uhr lag zerbrochen auf dem Boden. Deine Jacke war da, aber du warst verschwunden.«

Uhr auf dem Boden? Ich schätze, dafür muss ich Birdie danken.

»Kurz zuvor hattest du mir von deinem Verdacht gegen Briel erzählt und von Raines' aufbrausendem Temperament und seiner undurchsichtigen Vergangenheit. Außerdem hattest du eben eine unschöne Begegnung mit deinem Nachbarn gehabt.«

Sparky hatte ich ganz vergessen.

»Ich rief Claudel an und bat ihn, sich Briel und ihren Gatten zu schnappen. Deinen Nachbarn fand ich schlafend in seinem Fernsehsessel. Sparkys Chef konnte glaubhaft versichern, dass er bis elf Schlaglöcher auf dem Décarie Expressway aufgefüllt hat. Übrigens, Sparky hat zugegeben, dein Fenster eingeschlagen zu haben.«

»Wie?«

»Mit einem metallenen Baseballschäger. Er kommt für den Schaden auf. Aber das ist eine Geschichte für einen anderen Tag.«

»Dieser Hurensohn.«

»Briel und Raines mauerten zuerst, aber Claudel nahm sie hart ran, und schließlich gingen sie angesichts der vielfachen Anklagen, die ihnen drohten, in die Knie. Briel war bereit, Joe anzurufen.

Wir hörten natürlich mit. Joe sagte, er habe dich in Briels Büro in Schubladen wühlen sehen und über die Zähne vom

Lac Saint-Jean und über die REM- und EDX-Tests, die du machen wolltest, reden hören. Er meinte, um Briel und seine Zukunft bei Body Find zu schützen, habe er dich beseitigt.«

Ryans Kiefermuskeln straffen sich, und der Druck auf meine Hand wurde stärker.

»Joe prahlte, er habe dich lebendig an einem Ort begraben, wo man dich nie finden würde. Briel fragte, wo. Joe weigerte sich, es ihr zu sagen. Sie bettelte. Er blieb stur. Wie wir zuvor vereinbart hatten, bestellte sie ihn daraufhin ins Labor.

Als Joe ankam, sagte Briel ihm, du hättest etwas, das sie dringend brauche. Sonst würde ihr Betrug ans Tageslicht kommen, ihr Ruf und Body Find wären ruiniert. Sie fragte ihn noch einmal, wo du bist. Jo weigerte sich noch immer, es ihr zu sagen.

Briel spielte die Verzweifelte – sehr überzeugend, wie ich hinzufügen möchte – und flehte ihn an, ihr einen Beutel mit Zähnen zu besorgen, von dem sie wüsste, dass du ihn bei dir hättest. Sie drohte ihm, sie werde ihn im Regen stehen lassen, falls er sich weigerte.«

»Der Trottel hat wirklich geglaubt, ich würde Beweisstücke mit mir herumschleppen?« Ich konnte nicht glauben, dass jemand so dumm sein konnte.

»Briel sagte, du hättest sie angerufen und ihr berufliches Fehlverhalten vorgeworfen und behauptet, du hättest den Beweis dafür in deiner Jeanstasche. Sie sagte Joe, sie hätte in ihrem Aktenschrank nachgesehen und festgestellt, dass Zähne fehlten. Belastende Zähne. Es klang sehr überzeugend. Joe hatte gesehen, dass du etwas aus Briels Büro mitgenommen hast.«

»Und du hast die ganze Zeit im Hintergrund gelauert?«

»Ja, Ma'am. Joe führte mich zu dir. Der Rest ist Geschichte.«

»Aber wie zum Teufel schaffte er mich in dieses Grab?«

»Wenige Meter hinter der Graböffnung ist eine Einstiegsluke. Du bist in die falsche Richtung gegangen, aber von unten und im Dunkeln hättest du die Luke sowieso nicht sehen können.«

»Passt. Aber wie konnte er die verdammte Tür so effektiv versiegeln, und warum hat er es getan?«

»Quikrete-Schnellzement für den Außeneinsatz.«

Ryan strahlte. Ich wartete auf die Erklärung.

»Das Zeug kann man in jedem Baumark kaufen. Joe versteckte einen Fünf-Kilo-Eimer im Kanal und brachte heißes Wasser mit. Nachdem er dich in das Grab geschubst hatte, mischte er den Zement, klemmte das Brett wieder in das Loch und füllte die Lücken mit dem Zeug auf. Nach einer halben Stunde ist der Zement trocken, hat nach zwei Stunden eine Kompressionsstärke von zweihundert Pfund pro Quadratzoll und vierhundert nach vierundzwanzig Stunden. Du hast vermutlich gegen zwei oder drei Uhr nachts angefangen, daran herumzukratzen. Zu der Zeit war das Zeug schon verdammt fest. Wahrscheinlich versiegelte er die Öffnung, weil er nicht wollte, dass ein anderer Drainsplorer dort hineinkriecht und eine frische Leiche findet.«

Ich überlegte einen Augenblick.

»Warum benutzte er nicht dieselbe Einstiegsluke, als er zurückkehrte?«

»Als Joe ankam, sperrte gerade ein Bautrupp seine ursprüngliche Luke ab. Joe ließ sich nicht abschrecken, latschte zur nächsten Luke, zog seinen Drainsplorer-Overall an und stieg nach unten. Natürlich mit meiner Wenigkeit im Nacken.«

Im Gang läutete leise eine Glocke. Ein Karren wurde vorbeigerollt. Eine Stimme rief einen Doktor Sowieso. Hinter mir piepsten leise Maschinen.

»Danke, dass du da warst, Ryan.«

»War mir ein Vergnügen.«

Vergnügen?

»Es war ein Abwasserkanal.«

»Du warst drin.«

Die Schwester kam ins Zimmer, stellte mir eine Vase aufs

Nachtkästchen und verzog die Lippen zu etwas, das fast aussah wie ein Lächeln. Ryan und ich dankten ihr beide.

»Ich erinnere mich noch an eins«, sagte ich, als sie gegangen war.

»An was?«

»Deine Kopfbedeckung war grässlich.«

»Meine Zipfelmütze?« Er spielte den Beleidigten.

»Ist was für Gartenzwerge.«

»Oder für richtige Männer ohne falschen Stolz.«

43

Am Samstagmorgen holte Ryan mich aus dem Krankenhaus ab. Fuhr mich nach Hause. Führte mich zur Couch. Entzündete ein Feuer. Machte mir ein Mittagessen.

Mein Knöchel schmerzte. Meine Wange war geronnener Teer. Am Hinterkopf hatte ich ein Monster von Beule. Mein Hirn fuhr noch immer Karussell.

Damit keiner auf falsche Gedanken kommt: Ich brauchte Pflege.

Bei Tomatensuppe und Erdnussbutter auf Toast hielten wir uns an unverfängliche Themen.

Ryan erzählte mir, dass am Mittwoch die Testergebnisse meiner Opfer vom Lac Saint-Jean eingetroffen seien. Der Oberschenkel der erwachsenen Frau hatte genügend organisches Material geliefert, um daraus mitochondrische DNS sequenzieren zu können.

»Der Bruder hat eine Probe abgegeben?«

»Ja, Ma'am.«

»Und?«

»Freundlichkeit zahlt sich aus. Du stehst in dem Ruf, freundlich zu sein. Die Leute mögen dich.«

»Ryan.« Ich schaute ihn stirnrunzelnd an. Die Mimik tat dem Schorf auf meinem Gesicht nicht gut.

»Angesichts deines jüngsten, so ausgezeichnet bestandenen Abenteuers fuhr ein Beamter der SQ die Probe persönlich von Sainte-Monique nach Montreal. Die DNS-Jungs setzten den Test ganz oben auf die Warteliste.«

»Und?«

Ein Grinsen breitete sich über Ryans Gesicht aus.

»Sag schon.«

Das Grinsen wurde noch breiter.

Ich beugte mich vor und boxte Ryan auf den Bizeps.

»Einen Orden für die Dame.«

»Ja.« Ich reckte die Faust. Es tat weh. »Die Clemenceaus und Blackwater, nicht die Gouvrards.«

Danach sprachen wir vorwiegend über die immer dichter werdende Beweislage gegen Adamski.

Auf die richterliche Anordnung hin wurde Poppys Wohnung in Saint-Eustache durchsucht. Was ihr ganz und gar nicht gefiel.

»Ein Hohlraum unter einem Wasserbett enthielt einen Matchbeutel mit zweitausend Dollar.«

»Aus der Vorratskammer der Villejoins?«

»Könnte sein. Man sucht gerade nach Fingerabdrücken und auch nach genomischer DNS.«

»Fingerabdrücke wären gut. Genomische DNS ist ein unsicherer Kandidat.«

»Besser als –«

»Gar keiner. Wusste Poppy irgendwas von dem Geld?«

»Glaubst du, sie hätte es nach Adamskis Verhaftung dort gelassen?«

»Hat man sonst noch was gefunden?«

»Eine Schaufel in der Garage. Ein Sedimentologe vergleicht die Erdreste auf dem Blatt mit den Proben, die du von Christelles Grab in Oka genommen hast.«

»Blut?«

»Ein Fleck und ein paar Haare werden eben untersucht. In der Garage befand sich außerdem eine reizende, kleine Kettensäge. Ein Botaniker vergleicht Materialreste an den Zähnen mit Holzscheiten, die hinter dem Haus der Villejoins aufgestapelt waren.«

»Supi.«

»Total supi. Falls Adamskis Geständnis gekippt wird, will der Staatsanwalt *beaucoup* Material haben, das er aus dem Ärmel ziehen kann.«

Es klingelte. Schon wieder. Ryan ging an die Tür und kam mit einem weiteren Geschenk zurück. Ich hatte bereits Trillionen von Blumen erhalten, ein Pyjama-Telegramm von Ayers und einen Obstkorb von Santangelo. Diesmal war es ein Blumenarrangement so groß wie Denver.

Ryan stellte die Vase auf den Tisch und gab mir die Karte.

»Claudel«, las ich.

»Was schreibt er?«

»Claudel.«

»Siehst du? Er mag dich.«

Ryan trug das Geschirr in die Küche, dann machten wir uns über Santangelos Korb her. Eine Clementine für mich, eine Banane für Ryan.

»Adamski hat zugegeben, Keisers Pensionsschecks gefälscht zu haben. Hat alle drei in ihrer Handtasche gefunden. Nachdem er sie eingelöst hatte, warf er die Tasche in einen Müllcontainer an der Saint-Laurent und suchte sich eine Bar.«

»Mach ein Fass auf. Auf meine tote Frau.«

»Bei Rose Jurmain bleibt er stur. Leugnet, sie getötet zu haben. Und zwar beharrlich.«

»Dann war der ursprüngliche Befund des Coroners wahrscheinlich korrekt. Rose hatte zu viel getrunken und zu wenig an, ging davon und starb an Unterkühlung.«

»In Bezug auf Jurmain räumt Adamski nur ein, dass ihr Verschwinden ihn auf die Idee brachte, sich seine Exfrau vorzunehmen. Das und die Berichterstattung über ältere Opfer im Norden von New York State.«

»Und dass er mit dem Mord an den Villejoins durchkam.«

»Und das.«

»Was passiert an der Joe-Briel-Raines-Front?«

»Die fallen übereinander her wie Hyänen über einen Kadaver. Die Ballistik untersucht gerade eine zweiundzwanziger Browning-Halbautomatik-Pistole, die in Briels Wohnung gefunden wurde. Die kriegen alle drei ihr Fett weg.«

»War Raines beteiligt?«

»Indirekt. Body Find war sein Baby. Er bequatschte Briel, bis sie glaubte, wenn sie erst berühmt wäre, würde das der Firma aus den Startlöchern helfen. Außerdem rief er Edward Allen an.«

»Briel ist eine Schlange.«

»Wir sollten nicht allzu streng mit ihr sein. Briel glaubte, dass sie weder die Freilassung eines Kriminellen noch die Verurteilung eines Unschuldigen verursachte. Sie schoss einige Kollegen ab, um sich selbst voranzubringen, aber das macht sie noch zu keinem Adamski, außer du glaubst, sie wollte wirklich, dass Joe dich umbringt. Außerdem half sie ja, nachdem die ganze Sache aufgeflogen war, bei deiner Rettung mit.«

»Wahrscheinlich um nicht wegen Beihilfe zum Mord angeklagt zu werden.«

»Wahrscheinlich.«

Das Feuer glühte nur noch schwach. Ryan stand auf, um es zu schüren.

»Es sind Leute wie Briel, die die forensische Wissenschaft in Verruf bringen«, sagte ich.

»Adamski ist schuldig, und er kommt für sehr lange Zeit hinter Gitter, aber bei dem, was Briel so alles angestellt hat, macht man sich schon so seine Gedanken.« Ryan redete, ohne mich anzusehen. »Wie viele Schuldige laufen frei herum, und wie viele Unschuldige wurden verurteilt nur wegen schlechter polizeilicher oder forensischer Arbeit?«

»Kennst du das Unschuldsprojekt?«

Ryan nickte.

»In den letzten zwanzig Jahren gab es in den Vereinigten Staaten über zweihundert Rehabilitierungen, und einige davon betrafen sogar Insassen von Todeszellen. Mehr als ein Viertel, fünfundfünfzig Fälle mit sechsundsechzig Angeklagten, hatten mit forensischen Ermittlungen und Zeugenaussagen zu tun, die sich als falsch erwiesen. Und diese Statistiken erzählen beileibe noch nicht die ganze Geschichte.«

Ryan legte ein Scheit nach. Funken stoben auf, ein winziges Feuerwerk im Halbdunkel des Kamins.

»Die Forensik ist im Augenblick sehr populär, und Leute mit minimaler oder gar keiner Ausbildung wollen unbedingt mitspielen. Briel ist ein perfektes Beispiel. Sie hat ein bisschen was über Knochen gelernt und sich gleich aufgeführt, als wäre sie eine Anthropologin.«

»Mit vorhersehbaren Ergebnissen«, sagte Ryan.

»Ob es schlechte Methodik ist, schlampige Arbeit oder absichtliches Fehlverhalten, Geschworene können pseudo-wissenschaftlichen Müll nicht immer erkennen. Wenn ein Experte einen weißen Labormantel trägt, dann ist es Wissenschaft.«

Ryan kam wieder zur Couch und setzte sich dicht neben mich.

»Polizisten und Anwälte haben dasselbe Problem«, sagte er. »Woher sollen wir Normalsterbliche wissen, wer legitim ist und wer nicht?«

»Darum geht's bei der Zulassung durch den Verband. Es gibt einen für jeden Fachbereich. Das American Board of Forensic Anthropology für uns Knochenspezialisten. Und vergleichbare

Verbände für Ingenieurwesen, Entomologie, Odontologie, Pathologie, Toxikologie. Die Akkreditierung ist ein strenger Ausleseprozess.

Die Verbandszulassung ist keine perfekte Lösung, Ryan. Ein paar Inkompetente rutschen immer durch, so wie in Jura oder Medizin auch. Aber es ist ein Anfang. Die Buchstaben hinter dem Namen eines Wissenschaftlers sind ja nicht nur Angabe. Sie sind hart erarbeitet. Und sie sind eine Botschaft, dass ein Experte sich von Ebenbürtigen hat prüfen lassen und hohe berufsethische Ansprüche erfüllt. Und dass man die Zulassung in einem Fachgebiet hat, heißt nicht, dass man auch Experte in einem anderen ist.«

»Briel hat keine Zulassung als forensische Anthropologin.«

»Natürlich nicht. Man braucht einen Doktortitel und jahrelange Erfahrung, um vom American Board of Forensic Anthropologists überhaupt zur Prüfung zugelassen zu werden. Ein Pathologe ist nicht automatisch ein Anthropologe und andersherum.«

Einige Augenblick lang lauschten wir nur dem Knistern und Prasseln des Feuers.

Mein Blick wanderte zu einem Bouquet auf dem Esszimmertisch. LaManche. Sein Geschenk war das erste gewesen, das ankam.

»Unter LaManche wäre so etwas nie passiert«, sagte ich. »Er hätte nie einen Experten ohne Zulassung eingestellt.«

»Der alte Mann hätte Briel durchschaut«, pflichtete Ryan mir bei.

»Ich hoffe, es geht ihm gut.«

»Ich auch.«

Ryan nahm meine Hand. Der Feuerschein tanzte in seinen Augen und tauchte sein Gesicht in einen warmen Honigschein.

»Und uns, Butterblümchen? Geht's uns gut?«

Ich zögerte.

»Ja, Löwenzähnchen.«

Ich lächelte.

»Sehr gut sogar.«

Danksagungen

Herzlichen Dank an Peter Busch vom Laboratory of Forensic Odontology Research an der School of Dental Medicine, SUNY in Buffalo, für seine Beratung bezüglich der Raster-Elektronenmikroskopie und der energiedispersiven Röntgenspektrografie und an S. Kelly Sears von der Facility for Electron Microscopy Research an der McGill University.

Meine aufrichtige Dankbarkeit gilt Michael Warns, der, wie gewöhnlich, sehr viele Sachen recherchiert hat. Wer wusste zum Beispiel, dass es in der Umgebung von Chicago so viele Steinbrüche gibt?

Michael Cook ließ mich teilhaben an seinem Wissen über Abwasserkanäle. Renate Reichs half mir bei der Topografie Chicagos. Jack Kenney hatte nützliche Tipps zum Büro des Cook County Medical Examiner. William Rodriguez steuerte Details aus der forensischen Anthropologie bei. Michael Bisson klärte mich über die CRM-Archäologie auf, die *cultural resources management archeology* (Kulturressourcenmanagement/KRM), also den Zweig der Archäologie, der sich mit der Lokalisierung, Dokumentation und wenn möglich dem Erhalt von archäologischen Stätten beschäftigt, die bei Bauarbeiten ans Licht kommen. Ronnie Harrison bearbeitete meine Fragen zur Polizeiarbeit. Und da war natürlich auch die nette Dame, die meinen Anruf in der Bibliothèque et Archives nationales du Québec entgegennahm.

Ich freue mich sehr über die fortdauernde Unterstützung durch Philip L. Dubois, dem Chancellor of the University of North Carolina in Charlotte.

Ich danke meiner Familie für ihre Geduld und ihr Verständnis, vor allem, wenn ich gereizt bin. Oder nicht da. Ein spezieller Dank geht an Paul Reichs, weil er das Manuskript gelesen und kommentiert hat.

Tiefster Dank an meine wunderbare Agentin Jennifer Rudolph Walsh und an meine glänzenden Lektorinnen Nan Graham und Susan Sandon. Ich möchte auch all jene dankend erwähnen, die sich für mich so viele Mühe gemacht haben: Katherine Monaghan, Paul Whitlatch, Anna Simpson, Margaret Riley sowie Britton Schey, Tracy Fisher und Michelle Freehan. Und natürlich stehe ich in der Schuld des kanadischen Teams, vor allem bei Kevin Hanson und Amy Cormier.

Falls dieses Buch Fehler enthält, ist das allein meine Schuld. Falls ich vergessen habe, jemandem zu danken, entschuldige ich mich. Sie wissen ja, wie das alles ist.

Artikel von Bush und Brion Smith:

Smith, B.C., »A Preliminary Report: Proximal Facet Analysis and the Recovery of Trace Restorative Materials from Unrestored Teeth.« *Journal of Forensic Sciences;* Bd. 35: 4. Juli 1990. 873–80.